MARTÍN SOLARES

Los minutos negros

Martín Solares nació en 1970 en Tampico, una pequeña ciudad a sólo quince minutos de Paracuán, Tamaulipas. Después de trabajar como crítico, profesor y editor, en 2000 se instaló en París, donde estudia un doctorado y dirige un taller literario.

Los minutos negros

MARTÍN SOLARES

Los minutos negros

Vintage Español
Una división de Random House, Inc.
Nueva York

PRIMERA EDICIÓN VINTAGE ESPAÑOL, ABRIL 2010

Copyright © 2006 por Martín Solares

Todos los derechos reservados. Publicado en coedición con Random House
Mondadori, S. A., Barcelona, en los Estados Unidos de América por Vintage
Español, una división de Random House, Inc., Nueva York, y en Canadá
por Random House of Canada Limited, Toronto. Originalmente publicado
en España por Random House Mondadori, S. A., Barcelona, en 2006.
Copyright © 2006 por Random House Mondadori, S. A.

Vintage es una marca registrada y Vintage Español y su colofón son marcas
de Random House, Inc.

Información de catalogación de publicaciones disponible en la Biblioteca
del Congreso de los Estados Unidos.

Vintage ISBN: 978-0-307-47536-7

www.grupodelectura.com

Impreso en los Estados Unidos de América
10 9 8 7 6 5 4 3 2 1

A Vesta

HABITANTES DE PARACUÁN, TAMAULIPAS

Los agentes

- Rosa Isela, bella jovencita que realiza su servicio social en la comandancia de Paracuán
- Camarena y Rodrigo Columba: jóvenes egresados de la Escuela de Policía
- Joaquín Taboada, el Travolta, actual comandante de la policía municipal de Paracuán
- Ramón Cabrera, también conocido como el Macetón
- García, antecesor de Taboada
- Lolita, secretaria
- Rufino Chávez, el Chaneque: el brazo derecho de Taboada
- El perito Ramírez
- El Profe
- Wong
- El Beduino
- El Evangelista
- Tiroloco
- Gordolobo: agentes
- Luis Calatrava, el Brujo: vigilante de la garita

- La doctora Ridaura, médico forense y respetable profesora de biología
- Vicente Rangel, detective
- Jorge Romero, el Ciego: madrina de Rangel
- Emilio Nieto, el Chicote, recepcionista, celador, lavacoches y mensajero de los anteriores
- Cruz Treviño, comandante de la policía judicial, antes agente municipal

LOS LOCALES

- Bernardo Blanco, joven periodista
- Don Rubén Blanco, padre de Bernardo
- Johnny Guerrero, reportero de nota roja de *El Mercurio*
- La Chilanga, fotógrafa
- René Luz de Dios López, preso por asesinar a cuatro niñas
- Fritz Tschanz, sacerdote jesuita
- El señor obispo de Paracuán, Tamaulipas
- Bill Williams, influyente empresario del puerto
- John Williams, Junior, llamado Jack, hijo del anterior
- Tobías Wolffer, diputado local
- Rodrigo Montoya, director de la hemeroteca de Paracuán
- Lucilo Rivas, gerente del bar León
- Raúl Silva Santacruz, testigo
- Juan el Chimuelo y Jorge el Chaparro, carniceros
- El Lobina, pescador
- Don Isaac Klein, restaurantero
- El Profeta, vendedor de helados
- Lucía Hernández Campillo, Inés Gómez Lobato, Karla

Cevallos, Julia Concepción González, Daniela Torres, víctimas del Chacal

Los visitantes

- Teniente Miguel Rivera González, legendario policía de Paracuán, Tamaulipas
- B. Traven, escritor
- Doctor Alfonso Quiroz Cuarón, criminólogo de fama internacional
- Rigo Tovar, cantante
- El Rey de los Marcianos, extraterrestre
- Cormac McCormick, ex detective del FBI
- El Albino, fotógrafo de nota roja

Los narcos

- El Chincualillo, vendedor de droga al menudeo
- El Cochiloco, líder de los colombianos
- El Chato Rambal, cabeza del cártel del Puerto
- Vivar, abogado del cártel de Paracuán
- El señor Obregón, líder del cártel de Paracuán

Los polacos

- El licenciado Echavarreta
- Juan José Churruca, secretario de Gobierno del estado de Tamaulipas

- José «Pepe» Topete, antiguo gobernador del mismo estado
- Norris Torres, influyente político
- Daniel Torres Sabinas, alcalde de Paracuán a finales de los setenta
- Agustín Barbosa, primer alcalde de oposición en Ciudad Madera
- Edelmiro Morales, líder del Sindicato de Profesores de Tamaulipas

LOS INVASORES

- Los agentes de la Dirección Federal de Seguridad

Hasta ahora, la pesadilla más importante de mi vida la tuve cuando viajaba por una carretera llena de pinos, en un camión de pasajeros. No he podido averiguar qué significa, o por lo menos, no por completo.

Era de noche y no lograba dormir. Cada vez que empezaba a cabecear, las luces de los autos que venían en sentido contrario o los movimientos del camión me despertaban de inmediato. Supe que por fin estaba dormido cuando dejé de oír el ronroneo del motor y las luces del camino se volvieron suaves y azules y dejaron de ser una molestia.

Tenía un sueño agradable y hasta cierto punto musical cuando sentí que una persona sarcástica, que me conocía lo suficiente, se había sentado en el asiento trasero. El visitante esperó a que me acostumbrara a su presencia; entonces descruzó las piernas, se estiró hacia delante y dijo, en dirección a mi nuca:

«¿Verdad que en la vida de todo hombre
hay cinco minutos
negros?».

La idea me asustó tanto que desperté, y como no había nadie en los asientos contiguos pasé el resto de la noche dedicado a beber agua, a mirar la luna y a revisar si ya había cumplido con mi quinta cuota de minutos negros.

Así llegué a Paracuán.

PRIMERA PARTE

MIL LAGUNAS TIENE
TU MEMORIA

1

La primera vez que vio al periodista le calculó veinte años, y calculó mal. Éste, por su parte, supuso que el ranchero de camisa a cuadros tendría unos cincuenta, y acertó. Ambos viajaban al sur. El periodista venía de Estados Unidos, luego de renunciar a su empleo; el hombre de la camisa a cuadros volvía de una misión en el norte del estado, pero no dijo cuál. Supieron que estaban llegando porque no se podía respirar.

Cuando iban por río Muerto vieron un convoy de dos jeeps, al llegar a Dos Cruces los rebasó una pickup de judiciales y a la altura de Seis Marías les tocó una inspección de la Octava Zona Militar. Un soldado con una linterna le indicó al chofer que se orillara, éste llevó el camión por un sendero de terracería y se detuvo bajo la luz de un reflector inmenso, entre dos muros de costales. Al otro lado de la carretera había una gran tienda de lona con un juego de radares, y más allá tres docenas de soldados estaban haciendo calistenia. Mientras ocurría la revisión, el periodista encendió la luz individual y trató de leer el único libro que llevaba, los *Ejercicios espirituales* de san Ignacio de Loyola, mas al minuto se sintió bastante incómodo y miró en dirección de las trincheras. Justo debajo de él, tras los costales de arena y la enramada de palmas, dos soldados le dirigían una mirada llena de resentimiento. No le hubiese importado de no ser porque además le apuntaban con una ametralladora de grueso calibre. El ranchero le dijo que lo mismo haría él si tuviera que pasar la noche a merced de los mosquitos, con un calor de cuarenta grados, agazapado detrás de unos costales.

La inspección pasó sin pena ni gloria. El sargento que los revisó lo hizo por cumplir el trámite y escrutó el equipaje con flojera. Entretanto, el joven aprovechó que el camión se detenía para beber un yogurt, y le ofreció otro al ranchero. En intercambio, el cincuentón le ofreció unas galletas de maíz. El ranchero preguntó si estudiaba, y el muchacho respondió que no, que ya había terminado, que incluso había renunciado a su primer empleo: reportero en *El Heraldo* de San Antonio. Que pensaba tomarse un año y vivir en el puerto, acaso después volvería a Texas. Le mostró el retrato de una rubia, con el cabello peinado hacia atrás. El ranchero comentó que era muy bella, y que no debió dejar un empleo como ése. El periodista contestó que tenía sus razones.

El muchacho examinó a sus compañeros de viaje: le parecieron tipos rudos y sin letras. Estaban el ranchero de camisa a cuadros, desfajada para disimular la pistola; un fumador sombrío, que viajaba con un machete envuelto en hojas de periódico, y hasta atrás, el que parecía el peor de todos: un gigante bigotudo, que comía naranjas sin pelarlas. Todavía los examinaba cuando llegaron al segundo retén.

Desde que vio las pickups estacionadas sobre la línea intermitente de la carretera se hizo a la idea de que el trato iba a ser descortés y prepotente, pero se quedó corto. Los desvió un oficial con bigotes de aguamielero, que alzó con la misma mano la placa y la pistola. Tras él, todo el escuadrón bebía cerveza, recargado en las camionetas. Usaban lentes oscuros, aunque no había amanecido y vestían de negro, a pesar del agobiante calor. Por alguna razón su desparpajo lo inquietó más que la aparición de los soldados. Él, con sus lecturas piadosas en la punta de la lengua, dijo: «Cuán grande es la capacidad y redondez del mundo, en el cual están tantas y tan diversas personas». Ya se daría cuenta de que lo único blanco que había en su alma eran las iniciales de la PGR, impresas sobre las playeras.

El jefe dio instrucciones y un gordo subió al autobús. Lo seguía un chavito con un cuerno de chivo. Ninguno era más viejo que él, al segundo ni siquiera le salía bigote. El periodista tuvo la impresión de que era el primer autobús que examinaban en su vida. El gordo les mostró la placa como si fuera a bendecirlos con ella y pidió que no se moviera nadie: iban a hacer una inspección de rutina, que para nadie lo fue.

Caminó a lo largo del pasillo y les dedicó dos miradas a los otros pasajeros, como si no pudiera creer que reconocía a individuos tan buscados. Era un gordo de poca fe, que ni siquiera pensó en aprehenderlos. Luego subió a un perro pastor alemán que los olfateó uno por uno. En cuanto entró, el periodista percibió movimiento en los asientos de atrás. Seguramente el fumador disimulaba el machete, el ranchero ocultaba su arma, el bigotón arrojaba un paquete por la ventana. Vana precaución: era un perro muy inteligente. Fue hasta el final del camión y pasó junto a los otros sin detenerse ni dudar. Sólo se plantó delante del joven, que estaba leyendo los *Ejercicios espirituales*. Entonces el gordo ordenó:

—Bájese.

Lo bajaron a punta de pistola, lo catearon como si perteneciera al cártel de Paracuán, lo humillaron con frases soeces y cuando dijo que trabajaba en la prensa lo obligaron a quitarse la chamarra: Ah, conque reportero, y la examinaron en busca de droga. Luego vaciaron su maletín sobre una mesa y el gordo se puso a esculcar. Le llamaron la atención sus ropas y su grabadora, pero lo que más le gustó fueron sus anteojos oscuros. El periodista dijo que estaba enfermo de la vista y debía usarlos por prescripción médica, pero el agente se los quitó de todas maneras. El del cuerno de chivo opinó: Pinche mamón, y escupió en dirección de sus zapatos. Los demás sonreían.

—Ándale —se ufanó el gordinflón—, ya salió el peine.

En la mano ostentaba un cigarro de mariguana. Desde su asiento en el autobús, el ranchero meneó la cabeza.

—El cigarro no es mío —reclamó el muchacho—, ustedes lo pusieron ahí.

—Ni madres, cabrón —respondió el gordo.

Cuando calculó que las vejaciones se pondrían peores, el ranchero se dijo: Es suficiente, y bajó del camión. Caminó en línea recta hacia el jefe de los judiciales, que bebía cerveza recargado en la pickup. Al verlo, éste dio un notable respingo:

—Pinche Macetón, ¿qué se te perdió por aquí?

—No mames, Cruz, es un escuincle.

—Ya tiene edad de votar.

—Viene conmigo.

El judicial soltó un gruñido de desconfianza, y le gritó al periodista:

—¿A qué viaja al puerto?

—¿Eh?

—¿A qué viaja al puerto?

—Ahí voy a vivir.

—Váyase.

Colocaron sus cosas de vuelta en la maleta, excepto la chamarra y los anteojos. Cuando iba a tomarlos se atravesó el del cuerno de chivo:

—Aquí se quedan. Y ándele, que se le va el camión.

Cuando el autobús arrancó vieron que el gordo estrenaba los anteojos y que el otro se había puesto la chamarra. Además, le faltaban mil pesos en la cartera.

—Es su día de suerte —dijo el ranchero—; era el comandante Cruz Treviño, de la policía judicial.

El periodista asintió, y apretó la quijada.

Ya para llegar a la margen del río, dos gigantescos letreros les dieron la bienvenida a nombre de la ciudad: el primero anunciaba «Refrescos de Cola», y el segundo mostraba al presidente con los brazos abiertos. Tanto él como su lema de campaña estaban perforados a balazos. Donde decía: «Bienestar para tu familia», la luz se filtraba por los agujeritos.

Mientras cruzaban el puente, al ranchero le extrañó que el periodista mirara hacia el río con tanta curiosidad: eran las mismas lanchitas de siempre, y, más allá, las inmensas grúas de los alijadores movían sus cuellos de dinosaurio en el puerto de carga y descarga.

Una vez en la estación de autobuses, se dirigieron al sitio de taxis y compraron boletos. Mientras esperaban su turno, el ranchero observó:

—Cuando quieras transportar hierba, guárdala en una botella de champú, enredada en un pedazo de plástico. Ni se te ocurra esconderla en una lata de café, es donde primero revisan.

El muchacho insistió en que la droga la habían sembrado en sus cosas, que él ni siquiera fumaba tabaco. Luego comentó que estaba en deuda con él y le gustaría agradecerle.

Con cierta incomodidad, el hombre de la camisa a cuadros le entregó su tarjeta: «Agente Ramón Cabrera, policía municipal». El muchacho lo miró estupefacto, y el ranchero insistió en que abordara el siguiente taxi disponible.

Cuando el auto doblaba en la esquina, descubrió que el retrato de la rubia temblaba en el suelo: Debió caerse cuando pagó. La levantó y la guardó en su cartera, sin saber para qué.

Pensó que no volvería a verlo nunca, y se volvió a equivocar.

2

Para el agente Cabrera el caso empezó el lunes 15 de enero.
Ese día el comandante Taboada tuvo una reunión con su mejor elemento, el señor Chávez. De acuerdo a la secretaria, discutieron, y Chávez habría levantado la voz. A media reunión
el comandante se asomó por la gruesa persiana que separaba
su despacho de la sala principal, examinó con la vista a los
presentes y eligió al único subordinado en quien, según él,
aún se podía confiar. Es decir, al Macetón Cabrera.

El Macetón conversaba con las muchachas del servicio social cuando le dijeron que el jefe lo mandaba llamar. En el
momento en que entró a la oficina del comandante el agente Chávez salía, y lo empujó con el hombro. Por fortuna el
Macetón es un elemento pacífico, no devolvió la agresión y
se reportó con el jefe.

—Deja lo que estés haciendo y me investigas al difunto de
la calle Palma.

Se refería al periodista que encontraron muerto la mañana anterior. La tarde del domingo, unas horas después de ser
reportado el cadáver, el agente Chávez logró detener al Chincualillo, en una acción relampagueante, con todos los elementos para encerrarlo quince años. El culpable habría ac-

tuado solo y la motivación sería el robo. Pero el comandante Taboada no se decía satisfecho:

—Me faltan datos: me averiguas qué hizo el periodista en sus últimos días. Dónde estuvo, a quién vio, qué le dijeron. Si estaba escribiendo algo, quiero leerlo. Necesito saber en qué andaba.

Para el Macetón Cabrera, que no ignoraba que el Chincualillo fue vendedor del cártel de Paracuán, la petición de su jefe implicaba un problema de ética profesional:

—¿Por qué no lo hace Chávez?

—Prefiero que tú te encargues.

El Macetón titubeó:

—Tengo mucho trabajo.

—Que te ayuden los nuevos.

El Macetón respondió que no, no sería necesario, que podía hacerlo él mismo… El Macetón no soportaba a los nuevos.

—Otra cosa —añadió el comandante—, ve a ver al padre del difunto, don Rubén Blanco, y te quedas en mi representación al entierro. Es muy importante que te reportes con él, que sepa que vas de mi parte, y te quedas montando guardia hasta que todo termine. Está en Funerales del Golfo, y apúrate, porque lo van a enterrar a las doce. ¿No tienes un saco?

—Aquí no.

—Que te presten uno, no vayas a presentarte así.

—¿Algo más?

—Sí: discreción, que nadie se entere en qué andas.

Cabrera volvió a su escritorio y pidió a las muchachas del servicio social que le buscaran el texto de la autopsia. Las muchachas, que no tenían mucho trabajo que hacer, se pelearon por llevarle el informe. Se lo llevó Rosa Isela, una veinteañera de ojos color esmeralda, que se apoyó sobre el escritorio y, después de entregarle el reporte, no le quitaba la vista de encima. El Macetón sonreía muy halagado hasta que ella comentó que le recordaba a su padre. Al notar la incomodidad en el detective, la muchacha fue toda sonrisas:

—Le traje un regalo.

Era una libreta rayada.

—¿Y esto?

—Para que tire la otra.

Se refería al cuaderno que estuvo usando esos días. El Macetón lo tenía tan repleto que a veces escribía sobre hojas que ya había usado al menos en dos ocasiones, un verdadero palimpsesto, como se dice en lenguaje legal. Y es que el Macetón tuvo mucho trabajo en los últimos días.

—Gracias, amiga. ¿No me traes un café?

Isela cumplió sus más oscuros deseos y dejó la bebida sobre su escritorio. Hay que decir que él llevaba su propio café, porque el de la jefatura le parecía detestable. A los diez minutos entró Camarena, uno de los nuevos, a platicar con las chicas del servicio social. Camarena era un chico joven, alto, sonriente, que tenía éxito con las mujeres. Ese día ostentaba al menos tres besos junto a la boca: uno de ellos podría ser el de Rosa Isela. Camarena se preparó un café sin cafeína y se fue a su escritorio. ¿Quién, que tenga dos dedos de frente, se preguntó el Macetón, puede aficionarse al café sin café?

Era un día bochornoso. Intentó estudiar el informe pero no logró concentrarse, y leyó sin prestar atención hasta que lo interrumpió otro novato:

—Oiga, ¿dónde está el cuarto de concreto? —Usaba anteojos oscuros en el interior de la oficina: Cabrera se dijo que los nuevos lo desconocen todo sobre esa institución que son los lentes oscuros. Usarlos frente a un superior es una falta al respeto, y el Macetón le reprochó con el tono:

—¿Qué se te perdió allí?

—Nada —el muchacho se bajó los anteojos—, me mandaron a buscar trapeadores. Está chorreando su cafetera.

—Agarra el del closet, al final del pasillo; tú no tienes nada que hacer en el cuarto de concreto, ¿entendido?

Su coche tiraba aceite, la cafetera chorreaba, ¿qué iba a seguir? ¿Se iba a enfermar de la próstata, como amenazó su doctor? Quizá, a su edad, tendría que tomar menos café y más agua pura. Pero ¿podría vivir sin café? Luego de unas ideas deprimentes (una visión del mundo sin cafeína, el mundo como una larga laguna aburrida), por fin logró concentrarse en el texto.

El reporte indicaba que al periodista le cortaron el cuello de oreja a oreja, destrozando la yugular, y extrajeron la lengua por el orificio. En otras palabras, se dijo, le hicieron la corbata colombiana, para que no quede duda de quién fue el autor material. Desde que la gente del puerto se asoció con el cártel de Colombia, estas cosas comienzan a ocurrir cada vez con mayor frecuencia… Pensaba en esto, y al releer el reporte sintió que le quemaba la panza. Uchis, se dijo, ¿en qué me metí?

Cuando terminaba de leer el reporte su estómago volvió a gruñir y se dijo que era una señal, no debía tomar ese caso. Pero el sentido del deber fue más fuerte que él, y salió a buscar a Ramírez.

En toda la comandancia sólo había una persona que podía prestarle un saco de sus dimensiones, y era el perito Ramírez. No es que el Macetón fuera gordo, es que era muy ancho de hombros. En cuanto a Ramírez…

En el puerto que nos ocupa, pasados los cuarenta años, la gente se encuentra ante una disyuntiva: o encuentra algo interesante que hacer, o se dedica a comer, con los resultados que todo el mundo conoce. El perito Ramírez pertenece a la segunda categoría. Tenía no doble, sino triple papada, la barriga se le desbordaba sobre el cinturón. El Macetón entró a saludarlo y notó que en la mesa del fondo un muchacho de lentes tecleaba en una computadora.

—¿Y éste quién es?

—Es mi ayudante, Rodrigo Columba.

Ramírez no tenía idea de lo que le estaban pidiendo. En casa del periodista no se encontró ningún manuscrito, ni borradores, ni nada. Tan sólo un cuaderno, sin ningún interés.

—Déjame verlo.

—Manipula con cuidado…

—Sí, ya sé.

Una vez encontraron las huellas digitales del Macetón en un escenario, y desde entonces nadie lo salva de la carrilla.

Ramírez le pasó el material y Cabrera lo revisó con guantes y pinzas, no quería darle motivos de preocupación a los colegas. Se trataba de un cuaderno de tapas negras: un diario, que, para ser exactos, de primera impresión no revelaba nada importante: dos o tres fechas, un poema sobre Xilitlán, y un nombre: Vicente Rangel… El Macetón resintió la gastritis: Puta madre, no puede ser. Leyó el poema, que encontró pésimo, y no halló ninguna inscripción ulterior. Qué raro, concluyó. No podía imaginar a un periodista sin tomar notas… un periodista sin escribir. Y la mención de ese nombre, Vicente Rangel. No le dijo nada al perito, y, aprovechando un descuido, arrancó esa página y se la guardó en el pantalón, ante la mirada estupefacta del joven agente. No era la primera vez que debía «rasurar» unas pruebas. El Macetón ignoró olímpicamente la mirada del joven y se dirigió al gordo Ramírez:

—¿Tenía computadora?

—Tener, lo que se llama tener, pues sí tenía… pero no podemos abrirla. Nos pide una clave, y no hay manera de adivinarla.

—Traigan a un técnico.

—Es lo que está haciendo aquí mi colega: un policía de la nueva generación, no como tú, Macetón, que todavía usas máquina de escribir.

El muchacho de anteojos le sonrió al Macetón, y éste desvió la mirada.

—¿Y casets? ¿No encontraron?

—¿Casets de audio? No hallamos.

—No, no casets de audio, casets para grabar la información.

—Se llaman disquets —dijo Ramírez—. O cidís.

El especialista se inclinó sobre las evidencias, extrajo un disquet de una bolsa de plástico y se lo entregó de un solo impulso, con más gracia de la que el Macetón esperaba:

—Esto fue lo que hallamos. Que te ayude Columba.

El muchacho de lentes insertó el disquet en la computadora. La pantalla mostró una cajita vacía.

—Está en blanco…

—¿A ver?

El Macetón miró la imagen en blanco, y sí, el disquet se encontraba vacío.

—O quizá no está formateado para PC, tendría que examinarlo en mi Macintosh. Si quiere lo examino más tarde, con otro sistema operativo.

Cabrera respondió con gruñidos:

—Dame una fotocopia de ese cuaderno —ordenó al chavo—, y usa guantes, cabrón, no te vaya a pasar lo que a mí.

—Oye —Ramírez cayó en la cuenta—, ¿y tú por qué investigas al periodista? ¿Que el caso no le tocaba al Chaneque?

Cabrera le indicó que bajara la voz. Salieron al pasillo, y el Macetón comentó:

—Orden del jefe.

Ramírez respiró hondo:

—Yo, en tu lugar, me zafaba, cabrón, eso huele muy raro.

—¿Por qué, o qué? ¿Qué has oído?

—¿No te has preguntado si el comandante te estará utilizando?

—¿Qué quieres decir?

En ese momento otro colega llegó a pedir un reporte, situación que aprovechó Ramírez para posponer la conversación:

—Luego busco eso que me pediste, ¿no? Ahorita tengo mucho trabajo.

3

Antes de subir a su coche advirtió que tenía ponchada una llanta, y le dolió la cabeza. No sabía si la llanta provocó el malestar, o si el dolor había provocado la llanta, pero quedaba claro que si se detenía a cambiarla iba a perder el entierro. Además, terminaría ensopado, pues a esa hora el sol calcinaba. Por fortuna, había una vulcanizadora a dos cuadras de la jefatura; el Macetón fue a ver al encargado y le dejó las llaves del auto. Como no había taxis a la vista, esperó uno a mitad de la calle, considerando si sería mejor irse a pie: la funeraria, a fin de cuentas, no estaba muy lejos de allí, pero el Macetón tenía otras cosas en mente, ciertas ideas que no conseguían aclararse. Minutos después vio acercarse un lanchón viejo y destartalado, que tenía una lamparita de música disco colgando del espejo retrovisor. Le ordenó al taxista que lo llevara a la casa del muerto, la casa frente a la laguna, donde supuso que encontraría más información. Examinada la autopsia, quería ver el escenario del crimen, pues el Macetón era un hombre metódico. El conductor usaba lentes oscuros, el pelo grasoso y envaselinado a conciencia. Vestía una playera verde, al estilo militar. De un tiempo a la fecha, se dijo, todo el mundo usa ropa militar.

En un primer momento la dirección no le dijo nada, calle Palma número 10, pero en cuanto la vio, recordó: Mira nada más, ¿quién iba a suponer que aquí ocurriría un crimen? El Macetón evocó un tiempo lejano, al menos veinte años atrás, cuando la casa número 10 de la calle de Palma era uno de los pocos inmuebles construidos en esa colonia. Al principio no había buen drenaje y fallaba la electricidad, en toda la cuadra había dos o tres casas, el pavimento terminaba a cien metros de allí. Al Macetón siempre le ha gustado conducir, de joven acostumbrada estacionarse muy cerca, al caer la noche, en dirección de la laguna, a veces solo, a veces en compañía de sus amadas de entonces. El agente tuvo un instante fugaz de alegría, al recordar momentos que ocurrieron allí, en compañía de sus chicas. ¿Cuánto hará que no vengo?, se preguntó. La zona se había vuelto una colonia exclusiva, de casas ricas, y debido a las nuevas construcciones ya no era tan fácil ver la laguna. Si no estuviera investigando, se dijo, no tendría nada que hacer por aquí.

El escenario del crimen era una casa sin pretensiones. Se encontraba entre dos palacetes fastuosos, pero eso no fue lo que más le llamó la atención. En la fachada, unas tiras de plástico impedían el acceso a la puerta principal, y bajo ellas, en dirección de la entrada, dibujaron el contorno del cadáver. Había una anomalía y el ojo experto de Cabrera la detectó de inmediato.

Le pidió al taxista que aguardara, y bajó. La revisión de las manchas de sangre confirmó sus temores: el descuido con que delinearon la silueta del periodista no daba muchas esperanzas sobre el resultado de la investigación. Parece que lo ultimaron adentro, y que lo arrastraron aquí, concluyó, pero el informe no da cuenta de eso. Puta madre, pensó, ¿en qué estoy metido?, ¿le digo o no le digo al comandante?, y pateó una maceta de barro con insistencia, hasta que la quebró. El taxista preguntó si se iba. Cabrera le gritó: Espéreme ahí, y le dio la vuelta a la casa, a ver si podía entrar por detrás.

Al final del jardín, donde comienza la laguna, descansaba un enorme bulldozer. No quedaba rastro de los árboles del patio y en su lugar instalaron una de esas tuberías de gas monumentales. Al fondo, un letrero del Sindicato de Petroleros advertía: «Peligro. No excavar», y remataba con una oronda calavera.

Tres claxonazos impacientes lo devolvieron a la realidad. Chingada madre, ahí voy, le gritó al taxista. ¿Cuál es la prisa, maestro, si te voy a pagar? El taxista fingió que le hablaba la virgen y sintonizó el radio en «Clásicos de la canción tropical».

En el palacete contiguo, una sirvienta indígena tallaba el reguero de sangre que se había escurrido hasta ahí. La muchacha, que se empeñaba en lavar la mancha con jabón y escobilla, se asustó al verlo llegar. Quiso preguntarle si ella o su patrona habían visto algo sospechoso, pero la sirvienta lo vio como si fuera a agredirla y en la manera como recogió sus enseres le adivinó la intención de escapar. Cabrera le mostró su placa, pero la niña estaba tan asustada que fue imposible sacarle una frase. Así que se despidió de ella y subió de nuevo al lanchón.

Cuando el taxi se ponía en movimiento, la sirvienta volvió a tallar la sangre del muchacho. Pronto no quedaría rastro de él. El Macetón le dirigió una mirada al escenario del crimen, y el viento agitó los señaladores.

4

—¿Adónde, patrón?

Cabrera miró su reloj e indicó que lo llevara a Funerales del Golfo.

—¿La sucursal chica o la grande?

—La grande, y píquele, que se me hizo muy tarde.

El chofer tomó la avenida hacia el centro. A la altura del hospital militar, luego de un breve forcejeo, rebasó a una pickup de vidrios polarizados, que ocupaba al mismo tiempo dos carriles.

—Oiga —le dijo el chofer—, ésa era la casa del muerto, ¿verdad? Allí vivía el periodista que mataron…

—Así es.

—¿Será cierto lo que dicen?

—¿Qué cosa?

—Dicen que andaba en asuntos de narcos y que era amigo del Chato Rambal…

Iba a responderle, pero antes de llegar al semáforo la pickup se les atravesó. El taxista se dio el enfrenón y se detuvo a mitad de la calle. Lo primero que vio al abrirse la puerta fue una bota de piel con incrustaciones metálicas. El Macetón se imaginó a un ranchero de dos metros de alto, desagradable y broncudo, pero, en lugar de ello, la pickup escupió a un niño que mediría metro y medio, en buena medida gracias a las botas vaqueras. No tendría más de doce años, pero ya caminaba con la altanería de los narcos. Usaba una chamarra de piel relumbrante, y la pistola a la vista.

Al principio no entendió, porque el joven hablaba muy rápido, pero después comprendió que le reclamaba al taxista por haberlo rebasado:

—¿Mucha prisa? ¿Traes mucha prisa, cabrón? —Se dirigió al conductor—. Ahorita te voy a quitar la urgencia, pinche pendejo.

En eso reparó en que el chofer no venía solo:

—¿Tú qué, cabrón? ¿A ti quién te habla?

En esta ciudad, quien no calla no avanza. Por suerte el Macetón era un pacifista, y respondió con sonrisas cordiales:

—Nada, nada —lo apaciguó—, voy a un entierro.

—Pues te vas caminando —lo azuzó el niño—: bájate.

Y se recogió la chamarra para ostentar la pistola. De todos los autos que circulaban, se dijo el detective, este niño tenía que ensañarse conmigo, un ciudadano honesto, en pleno cumplimiento del deber. Cuando el Macetón descendía, el niño cacheteaba al taxista. El Macetón meneó la cabeza e invirtió la situación. Le volteó la cara de una guantada.

—¡Ora cabrón! ¡No mame!

—No mames tú. Pórtate bien o te surto.

Y al ver que se preparaba a desenfundar, con una mano le torció el brazo mientras que con la otra le arrebató la pistola. El Macetón alzó el brazo para examinarla. Era un arma de lujo, con dos iniciales bañadas en oro: «C.O.». Como el muchacho seguía dando saltos y no escuchaba razones, Cabrera volvió a abofetearlo:

—Dije «Quieto», cabrón. ¿Tienes permiso para portar armas?

—No —contestó el niño—, pero no es mía. Es de mi papá.

—Si no traes el permiso me la llevo decomisada. Que tu papá la recoja en la jefatura.

—Ja —se burló—, mi papá es amigo del comandante.

—Pues cuando vaya a saludarlo, que pase a recogerla en mi escritorio. Y te vas calmadito, pinche chamaco, si continúas dando lata le doy la queja a tu padre.

El chamaco se puso negro de furia, pero fingió cortesía:

—Cómo no, ¿con quién tuve el placer?

El Macetón se echó hacia delante:

—Con el agente Ramón Cabrera, servidor. —Y en cuanto dijo esto supo que había hablado de más.

—Me voy a acordar.

—Pues ya te estás yendo. —Se guardó el arma en el pantalón.

El niño arrancó rechinando llanta, y se estacionó cien metros después.

—Ay, Dios —dijo el chofer—, nos está esperando.

—¿Lo conoce?

—Lo he visto salir de las discos… Creo que es el hijo del Cochiloco.

Cabrera lo pensó un momento y concluyó:

—Puede ser.

Luego intentó convencer al taxista de que siguiera al muchacho, pero éste se encontraba aterrado:

—No sea malito, mejor lo llevo a su destino. No vaya a ser que se enoje, estos tipos te echan bala por menos que eso.

—Ándele pues —aceptó, pero no le gustaba la idea. Una cosa era evitar la violencia y otra muy distinta, soportar a los narcos.

Al pasar a su lado, la camioneta aceleró cinco veces, pero no los siguió.

5

La mayoría de las personas se quedó boquiabierta cuando lo vio entrar: el saco azul le quedaba inmenso, y no alcanzaba a esconder los colores de su impecable camisa hawaiana. Al primero que vio fue al padre del occiso, don Rubén Blanco, conversando con tres respetables ancianos. En los sillones afines lloraban la madre y las hermanas. En el otro extremo del salón, cuatro rancheros hacían una guardia junto al féretro.

Cabrera saludó con una inclinación de cabeza a los padres del difunto y se acercó a presentar sus respetos al cadáver; en realidad, para examinarlo en detalle. Fue cuando lo reconoció: Tómala, se dijo, es el chavo de los yogurts, el chavo que vivía en San Antonio: ¡no mames!, ¿qué le pasó?

Habían disimulado el corte en el cuello con una mascada, pero lo que alcanzó a ver fue suficiente para despertar sus sospechas: Esto, se dijo, no es una corbata colombiana habitual: o le tembló la mano al agresor, o el asesino no era un experto, de otra manera no se explica la trayectoria del corte. Luego miró el cadáver, y constató que no tendría más de veinticinco años. Pobre chamaco, pensó. ¿Qué habrá hecho para que se lo cargaran tan joven? De acuerdo al reporte de Chávez, el Chincualillo se habría metido a robar y fue sorprendido por el periodista. No, pensó el Macetón, esto no cuaja: ¿por qué un elemento del cártel de Paracuán se mete a robar? ¡Como si les hiciera falta dinero! Con lo que ganan en un día pueden vivir meses sin trabajar.

—Hijos de puta —susurró un doliente a sus espaldas—. Era un chavo indefenso.

Le pareció que le reclamaban a él, y se le quedó viendo de frente: Como si yo tuviera algo que ver.

Tan pronto pudo, Cabrera le dio las condolencias al padre del occiso y preguntó si podían hablar en privado, de parte del comandante Taboada.

—En un minuto —contestó el hombre, y meneó la cabeza de manera despectiva.

No le gustó que lo trataran así, pero se dijo que don Rubén estaba pasando un trago muy gordo y había que ser comprensivo con él; así que salió y lo esperó al final del pasillo. Había un aparato que vendía café instantáneo, pero no funcionaba, y el deseo de un café multiplicó el tiempo de espera. Como no tenía otra cosa que hacer, sacó el arma decomisada y revisó las inscripciones por segunda ocasión: «C.O.». Uchis, pensó. Si el arma pertenecía al Cochiloco, estaba en problemas.

La seguía examinando cuando vio llegar a una de las mujeres más guapas que había visto en su vida. Una rubia imponente, de cabello rabiosamente ensortijado. Usaba un vestido negro, y hasta los más discretos la siguieron con la vista. Era la mujer que había estado viviendo en su cartera desde que él recogiese su foto en la central de autobuses: la novia del periodista. Antes de que el Macetón reaccionara, la muchacha pasó junto a él y abrió dos labios deliciosos al reparar en el arma. Turbado, el Macetón maldijo el desliz y guardó la pistola. La muchacha siguió su marcha, fingiendo que no había visto nada, y penetró en el recinto. Dejó un aroma a flores que estremeció al Macetón: Ay, Dios, dijo una voz interior.

Cinco minutos después, el señor Blanco aún no salía a buscarlo. Es natural, se dijo, en estos casos la gente se ensaña con la policía; si hiciéramos bien nuestro trabajo no estarían ocurriendo estas cosas. A las once y cuarto se dijo que había esperado demasiado, y bajó a la fuente de sodas, a ver si encontraba un verdadero café.

Había una mezcla de Veracruz, que parecía tolerable. La encargada le entregaba un vasito humeante cuando sintió que vibraba su celular: era la secretaria del jefe.

—¿Señor Cabrera? ¿Usted está en el entierro? Tengo en la otra línea a una de las dolientes. Dice que hay un sospechoso en el área.

—Dile que ya voy, que estoy al final del pasillo.

Y abandonó el café sin probarlo.

—¡Dice que ahí está! Está entrando a la sala.

—Dile que lo describa.

—Camisa hawaiana color azul cielo y lentes oscuros.

—No mames, Sandra, dile que el sospechoso soy yo.

Miró a la rubia asentir y la saludó con un movimiento del rostro. La joven enrojeció. En otras circunstancias el Macetón se habría molestado, pero ese día no, menos con una mujer como ésa. Se dijo que la gente se pone muy nerviosa en estas situaciones, y es natural. Luego, ya con más calma, pensó en devolverle el retrato, pero la timidez fue más fuerte que él.

Al ver que se asomaba por segunda vez a la sala, el padre del muerto salió a reprenderlo:

—Si lo manda el comandante Taboada, no tiene nada que hacer aquí.

Cabrera explicó que cumplía órdenes, y externó sus condolencias más sinceras. Don Rubén miró al Macetón a los ojos, por un instante, sólo por un instante, y meneó la cabeza, pero con menos violencia:

—¿Cuántas veces tengo que declarar? Ya le dije todo al agente Chávez.

Esto lo tomó por sorpresa. Ignoraba que Chávez lo había entrevistado:

—¿Cuándo fue eso?

—Ayer por la noche.

La cosa le olió muy mal, porque ninguna frase de don Rubén Blanco aparecía en el informe.

—Y otra cosa: no estoy convencido de que el asesino de mi hijo sea la persona que detuvieron. Tengo amigos en el gobierno del estado y vamos a iniciar otra investigación.

—Es lo que estoy haciendo ahora —explicó Cabrera—. Me asignaron el caso.

—Pues a ver si hacen bien su trabajo —dijo el señor Blanco, y volvió con los suyos.

En la siguiente media hora desfilaron ex socios y conocidos de la familia, amigos de las hermanas, compañeros de estudios del occiso. Cabrera se sorprendió al ver al ayudante de Ramírez:

—¿Y tú qué haces aquí?

—Fui amigo de Bernardo, estudié con él en la prepa.

Se le había olvidado su nombre… ¿Ricardo?

—Rodrigo. Rodrigo Columba…

Se sentaron en el fondo del pasillo, donde nadie se acercó a molestar. Cabrera le preguntó qué tan bien conocía a Bernardo Blanco, qué tipo de reportaje escribía. Nota roja, dijo el muchacho. Cabrera se mostró muy extrañado de que a Bernardo le interesara esa sección, si se veía tan calmado, y Columba dijo que sí, que siempre le interesó. El difunto se ufanaba de leer reportajes sobre crímenes con la misma asiduidad con que otros leen la *Biblia* o *Don Quijote*.

—¿Era malo en su chamba?

El joven meneó la cabeza:

—No, si hasta le dieron un premio.

Cuando vivía en Estados Unidos, Bernardo se compró una moto y una radio de onda corta para escuchar las conversaciones de los policías. Poco a poco descifró el caló y memorizó las claves que se usaban en la ciudad para designar cada crimen. En varias ocasiones llegó al lugar de los hechos antes que las patrullas. Le tocó presenciar la persecución de un narcotraficante, el comienzo de un tiroteo en el interior de un banco, y el día que decidió retirarse, fue él quien sostuvo la mirada a un herido de bala que agonizó en un centro comercial. Bernardo presenció la muerte del herido, les reclamó la tardanza a los paramédicos, y después de presentar su testimonio olvidó todo lo que hizo a partir de ese momento y hasta la caída de la tarde. Lo impresionante es que presentó su declaración, volvió al trabajo, escribió una nota breve y muy precisa, dijo al jefe de redacción algunas frases inconexas y, cuando por fin parpadeó, estaba de pie en una avenida rumbo al centro, en los instantes en que el sol comenzaba a descender y los cristales y el asfalto reflejaban un fulgor anaranjado. Esto contaba Rodrigo Columba, y de pronto se interrumpió:

—Mire quién va llegando: el padre Fritz Tschanz.

Como vestía sotana, supusieron que iba a oficiar misa. El muchacho preguntó qué relación tenía el padre con los policías, por qué se le veía tan seguido en la comandancia. El Macetón le explicó que el sacerdote daba clases en el colegio de los jesuitas, y por la tarde, o según hacía falta, ponía sus facultades al servicio de la comunidad: daba terapia psicológica a los policías, los confesaba y reprendía de ser necesario. Cuando van a detener a un miembro del cártel de Paracuán, y se teme que haya balazos, los agentes tenían la costumbre de invitarlo para que fungiera de mediador. Antes de que comiencen los tiros, el sacerdote habla con las dos partes y trata de convencer al culpable de que se entregue, con lo cual ha evitado muchos baños de sangre.

—Parece que le hablan —dijo el muchacho, y tenía razón.

Luego de saludar a los presentes, el padre Fritz reconoció a Cabrera y lo llamó con un gesto. La última vez que se habían encontrado, el padre se dedicó a criticar el departamento en el cual trabajaba Cabrera, y no terminaron en buenos términos. El Macetón tenía el rencor tatuado en la frente; pero es natural, a nadie le gusta que critiquen su trabajo, sobre todo si pretende hacerlo bien. En cuanto pudo, el padre se alejó de la concurrencia y lo agarró por el brazo.

—¿Tú estás a cargo?

El Macetón asintió.

—Me parece muy bien. Bernardo dejó unas cosas en mi oficina. Sería bueno que pases por ellas, te van a interesar.

Así dijo: «Te van a interesar». El Macetón iba a preguntarle qué cosas, pero en eso los interrumpió una señorita, y a pesar de que el Macetón se empeñó en alejarla, ésta insistió en confesarse con el sacerdote. Detrás de ella se acercó una señora, luego otra y otra más, hasta que los separó una oleada de inoportunos. Entonces ocurrió la primera de las cosas extrañas que siguieron a la muerte del periodista.

Cuando intentaba acercarse, la multitud se separó y entró el señor obispo. Cabrera, que quedó atrapado entre la pared y la multitud, alcanzó a ver que el prelado fue hacia los señores Blanco, les dio el pésame y se sorprendió de encontrar ahí al padre Fritz. Con una firmeza notoria, arrastró al jesuita junto al féretro, y se inclinaron como si fueran a rezar, pero Cabrera tuvo la impresión de que el obispo le estaba dando una orden. Fritz frunció la boca hasta que los labios se le pusieron blancos, pero no intentó replicar. Hizo como que rezaba con el prelado, bendijo el cuerpo del difunto y se inclinó en dirección de la caja al mismo tiempo que el superior. Cuando terminó el servicio, el obispo se despidió de los familiares, dio una última rociada de agua bendita a los presentes y salió tan raudo como llegó. Fritz se quedó cabizbajo y se instaló en un rincón, dispuesto a escuchar las confesiones.

El resto de la mañana fue muy difícil, sobre todo para el Macetón, que no soporta los entierros. Escuchó todo tipo de comentarios idiotas, por el estilo de «Él se lo buscó, son los riesgos de ese oficio», «¿Quién le ordenó trabajar aquí en el puerto, teniendo empleo en San Antonio?», «Hubiera trabajado en los negocios del papá». Hubo un momento en que los comentarios le resultaron insoportables, y salió a buscar un café.

En el medio policiaco, la primera impresión es la que cuenta, y Cabrera no fue la excepción. En cuanto vio llegar al agente Chávez le pareció que algo preocupaba al colega, que se veía irritable y nervioso. Al igual que el Macetón, el Chaneque es un sobreviviente de los años setenta. Basta ver su corbata ancha, las patillas canas, el bigote gangsteril. A pesar de sus cincuenta años se conserva en forma, como esos boxeadores peso pluma que se siguen entrenando a lo largo de su vida. Lo acompañaba uno de los nuevos reclutas, precisamente el de los lentes oscuros: pistola al cinto, feliz de estar en una misión oficial, ignorante del tipo de bicho al que acompañaba. Chávez tenía la costumbre de tomar a los nuevos como aprendices. Para desgracia de éstos, pensaba el Macetón, porque, viéndolo bien, ¿qué les podía enseñar el Chaneque?

El Chaneque fue al encuentro del Macetón como quien se encuentra a punto de correr a un perro:

—¿Te mandó Taboada?

—Ey.

—Dile que yo me hago cargo y te largas. No tienes nada que hacer aquí.

Cabrera contó hasta diez y se esforzó en responder como el pacifista que era:

—Si te parece mal, reclámale al jefe. ¿O qué?

Se oyó un «clic» y Cabrera descubrió que el Chaneque apoyaba una navaja de resorte contra su panza. Mientras más intentaba esquivarla, más se clavaba en la barriga del Macetón. Cabrera sintió que palidecía: Ahí muere… ahí muere… Cuando decidió que era suficiente, Chávez guardó la navaja y se retiró. El Macetón respiró con alivio.

Se dedicó a recuperarse en el pasillo, pero entonces vio que el doctor Fritz Tschanz se dirigía a la salida y se le acercó. El padre se veía cabizbajo, sin rastro de su optimismo habitual. Cabrera lo llamó dos veces por su nombre, pero tuvo que tocarlo en la espalda para que reaccionara:

—Ah, sí: las cosas. —Parecía deprimido—. No tienen la menor importancia, las puedo tirar yo mismo a la basura.

—Claro que no —insistió el Macetón—. Dígame a qué horas paso por ellas.

Fritz lo examinó por un instante y bufó:

—Hoy a las cinco, en mi oficina.

—¿La misma de antes?

—La misma de siempre —resopló.

Iba a ser una charla muy difícil. Desde la última vez que se vieron, el carácter del sacerdote parecía haber empeorado.

—Ahora me disculpas. —Se hizo a un lado—. Se lo están llevando al cementerio.

6

Cuando supo que no traía auto, el joven colega insistió en llevarlo. El Macetón sugirió que rebasara al cortejo.

Llegaron mucho antes que la comitiva y se sentaron a esperar junto a una barda. Al minuto estaban sudando. Las pocas palmeras que había no procuraban ninguna sombra, y les costaba trabajo mirar a lo lejos, pues el sol rebotaba sobre las tumbas blanqueadas. Al Macetón se le empapó la camisa y el sudor le corría por la espalda.

El primero en llegar fue un gordo de unos cincuenta años que vestía un pantalón de tirantes. Preguntó si estaban esperando a Bernardo Blanco y el muchacho asintió. Antes de sentarse con ellos examinó al detective:

—Usted es Ramón Cabrera, ¿verdad? El que resolvió el fraude en la Aseguradora del Golfo…

Cabrera intentó evadirlo, pero el gordo se sentó frente a ellos:

—Ya no he sabido nada de usted, hace mucho que no aparece en las ruedas de prensa.

—El mejor policía es invisible —gruñó.

Les entregó su tarjeta: «Johnny Guerrero, reportero de *El Mercurio*». Preguntó si sabían algo del caso, pero el Macetón no soltó prenda:

—Más bien, cuénteme usted cuáles son los rumores. Debe estar más enterado que yo.

—A ciencia cierta, no tengo nada… —explicó el Johnny—. Yo creo que fueron los colombianos. Están desplazando a los narcos locales: primero se asociaron con ellos, aprendieron sus rutas y sus contactos para llegar a Estados Unidos, y ahora los eliminan, sólo que en lugar de mariguana piensan transportar cocaína. El occiso sabía todo eso, me consta, y quizá iba a escribir al respecto… ¿Usted qué opina?

El Macetón no opinaba: se concentraba en limpiarse el sudor incesante. Por más que lo intentó, el reportero no consiguió que el detective propusiera otro móvil del crimen. El Macetón perdió interés en la conversación, y hubiera respondido con monosílabos hasta el fin de los tiempos, pero de repente el reportero dijo algo que despertó su interés. Y el detective le dijo:

—¿Usted sabía qué estaba escribiendo Bernardo Blanco antes de morir? —Y le clavó la mirada.

—Lo ignoro —confesó el reportero—. *That is the question*, ¿o no? Ahí está la clave del crimen.

Al ver que se acercaba el cortejo, el periodista se incorporó:

—Ay, no… Ahí viene el padre Fritz Tschanz. Ese padre está loco, y no me puede ver ni en pintura.

Y estaba en lo cierto, así es que se alejó en sentido contrario. Cabrera notó que renqueaba del lado izquierdo.

—Oye —le dijo al muchacho—, ¿tú sabes quién era la rubia que llegó al final?

—¿La güera? Cristina González, la ex novia de Bernardo.

Según el muchacho, Cristina y el periodista se conocieron en San Antonio, cuando los dos estudiaban allá, y anduvieron de novios todo el tiempo que duró la carrera. Luego Bernardo decidió regresar a su ciudad natal, y rompió el compromiso.

—¿Por qué lo habrá hecho?

—No tengo idea.

Qué raro, pensó, eso está muy raro. Yo en su lugar, no dejaría un buen empleo en San Antonio para volver a este puerto. Y menos, pensó entre suspiros, a una mujer como ésa.

—¿Tú qué has oído? —El Macetón se dirigió a su colega—. ¿Lo mataron los narcos?

—No creo. —Meneó la cabeza—. ¿Usted no supo lo del Chato Rambal?

—¿Qué cosa?

—El Chato, el del cártel del Puerto. Bernardo lo entrevistó hace un año, porque estaba escribiendo un reportaje sobre el narcotráfico aquí.

Según Columba, al Chato no le disgustó el reportaje de Bernardo, porque era crítico pero objetivo, y desde entonces Bernardo se volvió el protegido del cártel del Puerto:

—Una vez iban a asaltarlo en el mercado, usted sabe lo peligrosa que es la colonia Coralillo, y Bernardo me contó que de repente los asaltantes abrieron los ojos y se retiraron pidiendo disculpas. Cuando volteó, un ranchero con una pistola se tocó el sombrero de palma y se fue sin decir nada. Con protectores como ésos, nadie se animaría a hacerle daño. No creo que hayan sido los narcos.

—Quién sabe, no saques conclusiones tan rápidas. Quizá escribió otro reportaje, en contra del Chato.

—Es imposible.

—¿Cómo sabes?

—Porque Bernardo dejó de escribir para el periódico. Desde hace más de seis meses.

Le pareció que, donde depositaban el cuerpo, una nube pequeñita se formaba en esa zona del cementerio, y se elevaba con elegancia.

—¿Y sabes por qué renunció?

—No sabría decirle.

—Si ya no trabajaba para el diario, ¿qué estaba haciendo en el puerto? ¿De qué vivía?

—No sé… Supongo que tenía ahorros… Bernardo era un ermitaño: de repente se desaparecía semanas enteras y se encerraba a escribir… Yo tenía más de seis meses sin verlo cuando me enteré de que había fallecido.

—¿Y no sabes qué tanto escribía?

—Ni idea.

—¿Tenía algún conocido con las iniciales «C. O.»?

El muchacho se encogió de hombros, y como el Macetón se quedara en silencio, se puso de pie. Había movimiento en la comitiva.

Mientras bajaban el cuerpo del periodista, una monjita centenaria se coló a codazos en el centro de la multitud. Templó una vetusta guitarra, y en lo que el ataúd bajaba a la tumba —antes de que nadie pudiera impedirlo—, cantó una versión cristiana de «Blowing in the wind», una adaptación tan libre de la canción de Bob Dylan que sólo conservaba la melodía original. En lugar de los versos del rockero, la madre cantó una canción de protesta, de inspiración religiosa. Algo por el estilo de: «Sabed que vendrá / Sabed que estará / repartiendo a los pobres su pan». No tenía buena voz, pero cantaba muy fuerte, y cuando repetía el coro, algunos de los presentes lloraron, sobre todo los parientes del muerto. El Macetón era un tipo rudo, pero se le hizo un nudo en la garganta: los entierros lo deprimían. Por cambiar de tema, le dijo a Rodrigo Columba:

—Si el occiso estuviera presente, pediría que cambien de canción.

—No crea —respondió el muchacho—, a Bernardo le encantaba Bob Dylan… A Bernardo le encantaba todo lo que tuviera que ver con los años sesenta y los años setenta, estaba obsesionado con eso.

Esto no cuaja, pensó el Macetón: Bernardo Blanco tenía empleo y novia en Texas, un futuro prometedor y estable pero decidió volver al puerto y escribir reportajes de nota roja en los que arriesgaba su vida. Al Macetón le hubiera gustado saber en qué andaba el reportero, aunque lo más probable es que nunca lo iba a saber. Mientras resonaba la canción de Bob Dylan, la nube se dividió en partes cada vez más pequeñas, hasta que se esfumó por completo.

—Bueno —gruñó—, hay que volver al trabajo.

7

El muchacho lo dejó en la vulcanizadora, donde el encargado ya lo estaba esperando:

—Tuve que ponerle una llanta nueva.

—¿Por qué? ¿Ya no sirve la otra?

—Huy, no, ni con Viagra. Mire, mi poli. —Le mostró los despojos—. ¿Cómo voy a arreglar esto? Está imposible. ¿Con quién se peleó?

La habían cortado. A navajazos, para ser más exactos.

—Eso no es una llanta —le dijo el empleado—, es un aviso.

Y la panza le volvió a gruñir.

Fue a buscar a Ramírez en dos ocasiones, pero el especialista tenía una comisión en los muelles y no regresó. Entretanto, el muchacho de la pistola comenzó a llamarlo por teléfono, un par de veces, y Cabrera le colgó otras tantas: Vete a cambiar los pañales, pinche mocoso; si quieres la fusca, que venga por ella tu padre.

A las tres y media decidió ir a comer al Flamingos, consciente de que tenía una cita importante a las cinco. Hurgó hasta el último cajón de su escritorio, hasta que encontró un libro muy maltratado, y salió al estacionamiento. Luego de comprobar que su auto no tuviera otra llanta ponchada, sólo faltaba eso, se dirigió al restaurante: todos los malvivientes de la oficina estaban allí. Vio que Ramírez comía en un rincón y fue a sentarse a su mesa.

—A ver, panzón, desembucha: ¿qué me ibas a contar?

Había dos platos de enchiladas suizas frente a Ramírez, y otro de cecina, aguardando su turno. El perito engulló el bocado y se limpió los labios con la servilleta:

—No te metas ahí, es terreno minado. —Ramírez hablaba en voz baja.

—Si no es por gusto, buey; el comandante me dio la comisión.

—Está muy raro, muy raro. Yo que tú, me cortaba, cabrón. Te estás metiendo en terreno espinoso. Ni yo ni nadie —tomó aire, se secó el sudor de la frente—, aceptaría un caso que fue del Chaneque. No sé si me explico.

Vio que dos de los nuevos, por cierto, se encontraban cerca de allí, con el agente Chávez, y que asentían a cuanto éste decía. Qué pena, pensó el Macetón, estos chavitos acaban de llegar, no tienen nada de que arrepentirse, pero si toman de modelo a Chávez pronto lo van a tener. Al Chaneque lo puso en su puesto el mismo Durazo, lo peor que ha dado la policía nacional. Y por eso continúa aquí, educando a estos chavos.

—¿Qué vas a hacer? —preguntó Ramírez.

Pero Cabrera no respondió. Un niño con las ropas muy sucias había entrado furtivamente y repartía anuncios, mesa por mesa. Pronto dejó un ejemplar en sus manos: «¿Y si hoy fuera el último día de su vida? ¡Venga a disfrutarlo en el Cherokee Music Disco!». Promovía el antro que fue del Freaky Villarreal, que habían transformado en un *table dance*. Al ver que un parroquiano se iba y dejaba en la barra la edición vespertina de *El Mercurio*, fue por el ejemplar. La columna de Johnny Guerrero estaba en la página 3. Ay, cabrón: trabaja rápido el buey. Luego de anunciar el «lamentable» deceso de Bernardo Blanco, «el prometedor periodista que llegó de San Antonio», comentaba que, según los rumores, Bernardo había molestado a «destacados miembros de la localidad», y que los investigadores a cargo especulaban con la posibilidad de que «el hoy occiso» hubiera muerto por efectuar un chantaje. Que un destacado elemento del servicio secreto estaba realizando una investigación paralela… Ay, cabrón: el elemento del servicio secreto era él. Me lleva la chingada, pensó. Pidió la carta, no se le antojó nada, se quemó con el café.

Al cuarto para las cuatro recordó que tenía un compromiso y salió por el auto. Comprobó que las cuatro llantas estuvieran en forma, tomó la avenida principal, se estacionó frente al Instituto Cultural Paracuán, la institución de los jesuitas.

Sabía muy bien que el colegio estaba abierto, pues había estudiado allí, ¡todo el mundo estudió allí, incluido Bernardo Blanco! Durante años el colegio de los hermanos fue la principal escuela en el honorable puerto de Paracuán, Tamaulipas. Como era de esperarse en una institución semejante, la mayoría de los estudiantes están becados. Bernardo tuvo una beca, el Macetón tuvo la mitad de una beca, pues nunca tuvo promedio suficiente para optar por la otra mitad. Si exceptuamos su expulsión en el primer año de preparatoria, el Macetón sólo guardaba buenos recuerdos de su paso por ahí: las excursiones, los retiros espirituales, las discusiones sobre la injusticia en el mundo, las exigencias por elevar el promedio y la disciplina de acero que reforzaba la moral.

Sabía muy bien que no iba a ser una charla sencilla. Sabía que Fritz estudió en Roma, era especialista en derecho. Que vivió en Nicaragua, de donde lo sacaron por su simpatía con los teólogos de la liberación, pero tanta mudanza no consiguió disminuir la actividad del jesuita. Desde que el Macetón recuerda, el padre brindaba orientación psicológica a los policías locales, y organizaba el servicio social en la cárcel. Pero mediar entre policías y delincuentes no es sencillo, y a fin de no poner en peligro al resto de los jesuitas, el provincial decidió que Fritz se iría a vivir en el interior del obispado, un edificio seguro, que contaba con dos vigilantes. Sabía muy bien que a Fritz se le encuentra en el colegio por las tardes, ya que da clases en el instituto. Sabía muy bien todo esto porque Fritz se lo dijo.

8

TESTIMONIO DEL PADRE FRITZ TSCHANZ, SACERDOTE JESUITA

Lo volví a ver el día del entierro, entre la turbamulta, y por la tarde fue a mi oficina. Llegó antes de lo previsto:

—Te dije a las cinco.

—Se me hizo temprano. Espero que no le importe.

Claro que sí me importaba, pero no se lo podía decir. A mis setenta y cinco años tengo que cuidarme la espalda. Recuerdo que, atrapado *in fraganti*, me coloqué a la defensiva, disponiendo objetos muy pequeños sobre el escritorio, lápices, tarjetas, plumas, como si construyera un muro entre él y yo. Pero el Macetón tomó la delantera con un gesto sorprendente. Sacó un ejemplar de los *Ejercicios espirituales* y lo colocó frente a mí:

—Ya lo leí. A ver si ahora podemos hablar.

Se refería a una conversación que iniciamos años antes, la última vez que discutimos. Ramón, el Macetón Cabrera, nunca fue de mis alumnos destacados. Es la opinión de un jesuita que fue maestro de seis diputados de izquierda, al menos de un batallón de sandinistas, de un gran reportero y del mejor columnista político que dio este país. Frente a ellos (y frente a casi cualquier otro), los méritos del Macetón palidecían. Una vez lo regañé por sus lecturas. Ramón estaba con una compañera, a la hora del recreo, hablando de una novela policiaca. Identifiqué la portada y me acerqué. En cuanto oí que decía «Mucho cuidado con este libro», me aparecí y les dije:

—No sé cómo pierden el tiempo con esas lecturas.

Él se puso rojo, pero la muchacha estuvo a punto de desmayarse, porque siempre he tenido fama de malhumorado, y de que fuera de clases sólo hablo con los alumnos para reportarlos. Para acortar su agonía, le mostré mi ajado ejemplar de los *Ejercicios espirituales*:

—Éste sí es un libro peligroso. En cada página el lector corre el riesgo de sentirse reconocido y humillado. Cuando lo termines de leer, volvemos a hablar.

Luego me enteré, atando cabos, que la portada del libro en realidad encubría una novela erótica, y que el Macetón se la estaba prestando a la muchacha. Pensé reclamarle, pero no volví a verlo a solas hasta el final del curso, el día que le entregamos su diploma. Si me lo encontraba en la biblioteca me sacaba la vuelta, y en clases se sentaba hasta atrás y pretendía pasar inadvertido. Casi lo reprobé. Eso ocurrió hace más de treinta años y es lo que el Macetón venía a recordarme.

Lamentablemente para él, un día antes yo había vuelto a la bebida. La razón por la que lo cité ahí y no en el obispado era que necesitaba un trago fuerte, y el día anterior había decomisado una botella de vodka a mis alumnos. Cuando Cabrera llegó, yo estaba a punto de servirme el primero de la tarde, pero no podía hacerlo frente a él. Además, la botella estaba a espaldas suyas, en el librero que sostiene mis archivos. Me dio por mirar en esa dirección, preocupado por que Ramón descubriera uno de mis secretos. La conversación de esa tarde fue una lucha entre uno que lo sabía todo y otro que nunca entendió nada. Fue por eso que cuando él sacó el libro de nuestro santo patrono tardé en reaccionar.

—Ah, sí… Los *Ejercicios* de san Ignacio… ¿Y sirvieron de algo?

—Dos pesadillas.

—¿Qué?

—Hasta hoy me ha provocado dos pesadillas. Usted dijo que era un libro peligroso.

Lo había leído a saltos, en las últimas semanas. Por respuesta di un gruñido. Mis alumnos me permiten estos exabruptos, que aceptan como una excentricidad. Y con ello conseguí pasar a la ofensiva:

—¿Y bien, Cabrera? ¿En qué puedo servirte?

—Vengo por las cosas del difunto.

¡En la madre!, como dicen mis alumnos, ¡había olvidado la conversación del entierro! ¿Lo ves, Fritz? —a veces me hablo a mí mismo—. ¡Sólo para eso sirve la bebida! ¡Volviste a equivocarte, *säufer*! Pero intenté disimular el problema. Fui hacia el segundo librero, el que siempre está a punto de caer bajo el peso de mis libros y revistas, y pretendí tomar un objeto al azar, pero me traicionó el inconsciente. El libro que saqué fue el *Tratado de criminología*, del doctor Quiroz Cuarón. Cuando lo veo, casi me voy de espaldas. Tragué saliva, muy preocupado, pero Ramón Cabrera admiraba el gran retrato de Freud, que ocupa toda la pared izquierda, y no advirtió el titubeo. Entonces tomé el libro contiguo: *Pasado negro*, de Rubem Fonseca. ¡Con un carajo!, pensé, ¿todos los libros conducen al difunto? Luego, en un arranque de nerviosismo saqué los tres tomos contiguos: *A sangre fría*, de Truman Capote, *El juez y su verdugo*, de Friedrich Dürrenmatt, y *El extraño caso del Dr. Jeckyll y Mr. Hyde*... Cuando ocurren casualidades como ésas, en que se revela la armonía de las cosas, me pongo a temblar ante los designios divinos, y Ramón lo notó:

—¿Padre? ¿Se siente bien?

No hay nada que me moleste más que la piedad, sobre todo cuando se refiere a mi persona. Y respondí de muy mal modo:

—Nada, nada: aquí tienes.

El Macetón bajó la mirada y yo comencé a preguntarme cómo era posible que este hombre investigara la muerte de Bernardo Blanco. El joven Bernardo tuvo una mente brillante, sagaz, inquisitiva; hizo maravillas con sus reportajes, en particular con sus notas rojas, y el Macetón... del Macetón no se podía esperar nada, era un burdo remedo. Pero me equivoqué.

—¿Esto es todo?

—¿Qué quieres decir?

Habíamos vuelto al principio. Él volvía a ser el lebrel y yo el zorro.

—Hace un rato tuve la impresión de que iba a entregarme otra cosa.

—¿Como qué? —le dije.

—No sé —respondió—, algo muy importante.

—Estos libros lo son, fueron muy importantes para Bernardo —insistí. ¡Cuánto necesitaba ese trago de vodka!

—Pero usted me dio a entender que era urgente.

—Pues claro. —Señalé el librero—. ¡Nunca tengo espacio suficiente en este lugar! ¡Cada alumno que pasa olvida un libro en mi oficina! ¡No soy una biblioteca pública!

Entonces frunció el ceño y comprendí que desde la última vez que lo vi había aguzado su capacidad intuitiva (muy diluida, pero allí estaba). Cabrera me miró como me miraba Bernardo cuando comprendía que le estaban mintiendo. Por un instante pensé que se lanzaría a interrogarme en forma directa e inquisitiva, al igual que lo hizo una vez el muerto, pero su reacción fue más cruel. Alargó el suplicio, comentó vaguedades mientras se animaba a atacar:

—Me dio gusto venir a la escuela. Vi que construyeron más salones.

—Así es —le dije—. Cada día nacen más analfabetos. ¿Cuánto hace que no venías?

—Uf… Como veinte años.

—Ah, ya veo.

Y antes que Ramón me acosara con más preguntas, traté de acorralarlo yo a él.

—¿Cuándo te asignaron el caso?

—Hoy por la mañana.

—¿Desplazaron al Chaneque?

—Ey —comentó—, y por cierto, padre: la semana pasada lo vi hablando con Chávez, ¿para qué lo quería?

—Es parte de mi trabajo. Como tú sabes.

—¿Ya no trabaja con los presos?

—Hago las dos cosas. El señor obispo me ordenó cerrar el círculo y mediar entre las dos trincheras. Es la única vía para disminuir la violencia.

Su conversación me resultaba sospechosa. En ese momento, mi principal preocupación era averiguar cuánto sabía. Por su manera de fruncir el ceño, me pareció que no ignoraba en qué trabajaba Bernardo. En eso pasó un ángel y quedamos en silencio. ¿Qué cosas pasarían por la mente de Cabrera? Si esperaba que yo confesara, estaba muy equivocado. Pero el Macetón no se iba, y entretanto la botella de vodka, como una mujer tentadora, me incitaba desde el librero. Te lo mereces, *säufer*, me dije, nadie tiene más culpas que tú. Puse cara de enfado, pero el Macetón dio a entender que se encontraba a sus anchas. ¡Yo quería que se fuera de inmediato! Como llegó antes de lo previsto, no tuve tiempo de limpiar. Mi despacho estaba lleno de señales incriminatorias, las mismas que el Macetón podría descubrir. Para empezar, advirtió que en una orilla de mi escritorio estaba el tablero de ajedrez, con el juego a medias. Y comentó:

—¿Bernardo era buen rival?

—Era estupendo —le dije—, pero siempre perdía por la dama.

Al instante me arrepentí de haber abierto la boca. ¡Fritz, lo hiciste de nuevo! ¡Te metiste tú solo en una situación difícil! Cabrera me lanzó una mirada divertida, acaso sospechando lo que pasó. Mas en lugar de hacer nuevas preguntas maliciosas, como habría hecho Bernardo, bajó la vista hacia el ejemplar de Stevenson:

—¿Lo veía mucho, padre?

—No tanto —dije, y para cambiar de tema, agregué—: ¿Cómo va todo en la jefatura?

—Igual que siempre.

—Es una lástima —repliqué.

Antes de que el Macetón pudiera reaccionar, guardé las piezas de ajedrez en el estuche. Ya borraría más tarde el resto de las huellas digitales de Bernardo. Una de las piezas rodó y, en lugar de examinarla, el Macetón me la entregó.

—Aquí tiene, padre.

Le dediqué un gruñido. ¡Señor, perdónalos porque no saben lo que hacen! Tienen ojos y no ven, oídos y no oyen. Mientras que Bernardo tenía una inteligencia admirable y una gran capacidad inquisitiva, Cabrera era el polo opuesto. ¿Y si de repente…?, me dije, ¿y si en lugar de callarme…? Pero no, no era posible. Me dije que la cosa no funcionaría, pero alimenté esperanzas, uno siempre alimenta esperanzas, es lo que nos enseñaron a hacer.

—Padre, necesito su ayuda.

Fingí limpiar mis anteojos.

—Te escucho.

Hizo un resumen de sus andanzas y me limité a menear la cabeza:

—Mal, muy mal: terrible.

—¿Supo el rumor sobre el cártel del Puerto?

—Así es.

—¿Qué opina?

—Con todo respeto, que no mamen. Bernardo no tenía nada que ver.

Cabrera no se inmutó. Esto puede seguir hasta el infinito, me dije, así que miré el reloj y le di a entender que debía irse. Tenía que sacarlo de allí a como diera lugar.

—Una última cosa, padre… ¿Usted sabía que Bernardo había renunciado al periodismo?

Los Padres de la Iglesia, que prohíben mentir, jamás aconsejaron decir toda la verdad, sobre todo si los inquisidores no formulan la pregunta correcta:

—Sí, sí sabía.

—¿Y no puede decirme por qué?

—Interesante pregunta: No. —Me quedé callado un segundo—. ¡Es una pena! —le dije—. Si supieras leer entre líneas podríamos platicar largo y tendido… para esto Bernardo era un experto. La cosa es muy compleja, Cabrera, pero antes dime una cosa: ¿cuánto te puse en Lógica?

—Siete.

—¿Siete? Se me hace mucho. Sólo he dado un diez en toda mi carrera docente y ése se lo llevó Bernardo Blanco. ¿Estás seguro que siete? No, no pudo haber sido tanto; voy a revisar en mis archivos.

—Padre —insistió—, dígame qué pasó con Bernardo.

—Bien a bien —le dije—, ni yo mismo lo sé.

Y decía la verdad, sólo que él se refería al destino terrenal de Bernardo y yo a la salvación de su alma. Entonces el Macetón dio media vuelta y miró el librero. En la madre, me dije, y por la manera en que me vio supe que había descubierto la botella. Con seguridad pensaba que yo seguía bebiendo como en su época. Fritz, me dije, debes tranquilizarte, por ese camino lo vas a echar todo a perder. Deja de preocuparte por la pinche botella, ¿qué importa una pinche botella? Puede ser obsequio de un alumno, o lo que es: un objeto requisado en el instituto. Pensé que se iba a cansar y se iría, pero en lugar de ello, el Macetón siguió examinando el librero y tuvo un destello de vivacidad:

—Me contaron tres cosas de usted, padre.

—¿Qué cosas?

Empecé a sudar.

—¿Se las digo en orden o…?

—Como te salga de los huevos. ¿Qué te contaron?

—Que usted asesoraba a Bernardo.

—Puede ser —expliqué.

Me temblaban las manos y Ramón lo notó.

—Me vas a perdonar —dije—, pero están por llegar unas personas y no quiero que te vean aquí.

Eso lo puso a la defensiva:

—¿Quiere oír el segundo rumor?

—A ver, dime.

—Que usted se lleva mal con el obispo.

—Mienten. ¿Y el tercero?

—El otro es que usted se lleva mal con el obispo, pero muy bien con el cártel del Puerto.

Permanecí un segundo en silencio y después solté la carcajada. El Macetón debió pensar que estaba loco. Cuando terminé de reír tuve que secarme las lágrimas con el pañuelo.

—¿Algo más?

El Macetón se veía furioso, y tenía razón.

—No —me dijo—, ahora le toca a usted. Necesito que me diga algo en firme, ¿o me hizo venir en balde?

Me eché hacia delante y el ejemplar de *El extraño caso del Dr. Jeckyll y Mr. Hyde* volvió a quedar al alcance de mi vista.

—Tres cosas —le dije— y es todo, porque van a llegar mis visitas. Uno: Bernardo estaba escribiendo un libro; Dos: era sobre la historia de esta ciudad en los años setenta; Tres: sí, lo amenazaron de muerte. Cuatro: no te metas en esto. Macetón, tú eres un buen elemento, pero te conviene alejarte. Como dirían los monjes budistas: Al asomarte al abismo también el abismo se asoma a ti.

Quiso tirarme de la lengua, pero no hubo manera de que yo dijera el nombre de un sospechoso. Le expliqué que en otro momento yo le habría dado la información sin dudarlo, pero por la mañana había tenido un problema. Cuando fui al entierro de Bernardo, me encontré al señor obispo de improviso. Él también se sorprendió de encontrarme:

—¿Qué haces aquí? —Y cuando me tuvo cerca descubrió mi aliento alcohólico—: Volviste a beber, ¿verdad? Terminando el servicio te regresas al obispado.

—¿Tengo manera de negarme?

El obispo se inclinó frente al cadáver, hizo como que musitaba *Ora pro nobis*, pero en realidad me dijo, al levantarse del suelo:

—Es suficiente. Tu cuarto voto es de obediencia expresa al Papa, y como representante de él en esta zona, te prohíbo hablar con nadie del asunto, contra la suspensión de tus funciones. ¿Comprendes?

—Sí, Su Excelencia.

¡Fritz!, me dije, ¡treinta años de conocer a este tipo y todavía se te olvida su afición por las soluciones simples! Olvidas que en público no oye razones y claro, en lugar de hablar con él en privado, lo retas en público: la impaciencia es mala consejera. En momentos como ése de nada sirve que hayamos coincidido dos años en Roma, en el Seminario Mayor de Teología, que lo haya invitado a pasar Navidad en casa de mis padres, a las afueras de Berlín. Hay cosas que la amistad no resiste. Fritz, eres un animal, en lugar de resolver las cosas civilizadamente te enfrentaste a tu superior y recibiste tu merecido. Ahora estás atado de manos y entretanto el Macetón anda por ahí, investigando el deceso de Bernardo.

En fin. Entonces vi que eran las cinco y media y me puse de pie:

—Me vas a perdonar, Ramón, pero tengo otra cita: anda con mucho cuidado.

Y abrí la puerta, sin darle tiempo a replicar. No parecía satisfecho. Cuidado, me dije, mucho cuidado, éste va a regresar.

En ese momento, y para mala suerte de todos, el Macetón se topó con el Chaneque, que llegaba. Chávez no dijo nada, pero en cuanto estuvimos solos, me reclamó:

—¿Qué le estaba contando a Cabrera, padre? ¿También lo va a asesorar?

—Estate tranquilo. El obispo extendió las alas y me prohibió inmiscuirme en el asunto. Se arreglará sin que yo intervenga… por segunda vez.

El Chaneque sacó esa risa tan odiada que ya había oído antes.

—El comandante buscará la manera de agradecerle.

—¿Y si no lo hubiera hecho?

—Es tarde —dijo—. Tengo que ir a comprar unas navajas.

Y no quise imaginar para qué. Viniendo del Chaneque, eso podría ser una amenaza, pero no me inmuté. Cuando se trabaja con este tipo de personas uno se acostumbra a sus desplantes.

—No te preocupes por mí —le dije—, preocúpate por ti y por la salvación de tu alma.

El Chaneque miró la botella con una mirada de sorna. ¡Qué desastre!, me dije, Cabrera no pudo ser más inoportuno y ahora, seguramente, lo estarán siguiendo. Me pregunté si había manera de advertirle. Luego Cabrera hizo cosas que no cabía esperar de una persona como él, y no hubo manera de impedirlo.

Fritz, me dije, todo ha sido en vano. Mira a los agentes: llevas años trabajando con ellos y siguen igual, no fue tan fácil cambiar sus conciencias. Deberías retirarte. Y como cada vez me sentía peor, tomé la botella de vodka y me fui al obispado.

Por la noche la hermana Gertrudis vino a tocar a mi habitación. Yo no contesté y seguí mirando el techo, tumbado en mi cama. Como no respondí, entreabrió la puerta y me dijo:

—Hicimos chucrut.

¡*Sauerkraut*, reaccioné, *sauerkraut*! Las hermanas guisan comida alemana cada vez que me ven agobiado. Esto lo disfruto doblemente porque a Su Excelencia no le gusta el chucrut. Dice: ¿Otra vez repollo? Y durante la cena dispersa su ración a lo ancho del plato, de manera que disimule su aversión por la comida germana. En momentos como ése, mientras me sirvo una segunda o tercera ración, suelo preguntarle: ¿Ya acabó con su plato? ¿Se sirve otro, Su Excelencia? Él invariablemente comenta: No, un poco más sería gula. Yo respondo: Es una lástima, las madres merecen reconocimiento. Y el señor obispo, con expresión de mareo, alza el cubierto y vuelve a menear su porción. Pero hay días en que ni la guerrilla culinaria consigue mejorar mi ánimo. Mucho menos este día, con un muerto en la conciencia, y otro ex alumno arriesgando su vida, todo por mi culpa, que ahora se materializa bajo una forma oscura: el hábito de la hermana Gertrudis, que sigue esperando en la puerta.

—No voy a cenar.

—¿No?

—No.

Y la hermana se va. Ojalá mis preocupaciones obedecieran de la misma manera.

¿Qué estás haciendo, Fritz?, me reprendo, ¿no te parece infantil esta actitud? ¡A tu edad no puedes maltratarte de esta forma! ¡Échate algo en el estómago, *mein Gott*! ¡Vas a desmayarte! Me dije: Estoy en huelga de hambre. ¡Resistencia contra los obispos arbitrarios, *und ihre unterdrückenden Maßnahmen*! Esto me decía, pero no lograba convencer a nadie. Dentro de mi cabeza había una multitud en contra mía. Uno de los miembros de la multitud se ponía de pie y me increpaba: Fritz, pecador, tienes las manos manchadas de sangre y estás obligado a actuar. ¿No oyes cómo el alma de Bernardo está pidiendo justicia? Sí, ya la oí, respondí, no he hecho otra cosa en las últimas horas. ¿Y entonces? Entonces esperen. Y se disuelve el coloquio, conversar con uno mismo es malo para la salud mental.

Me pregunté: ¿Qué vas a hacer si el Macetón llega con una orden de cateo a revisar tu escritorio? Podría hacer eso… O cosas peores. ¿Qué te asegura que en estos momentos el Macetón Cabrera no se acerca a los Williams o a Romero, poniendo su vida en peligro? Serían dos muertos en tu conciencia… La frase del Chaneque me seguía atormentando: «Tengo que ir a comprar unas navajas», y pensaba en el Macetón, exponiéndose en vano.

Alrededor de las ocho oí llegar el coche del señor obispo. Lo oí caminar hasta la cocina, para examinar el menú, y gritar: «¿Cómo? ¿Chucrut?», y musitar algo incomprensible. Al minuto tocó dos veces la puerta de mi cuarto, y le respondí:

—¡Silencio, chingado! ¡Estoy rezando!

Pero abrió la puerta de todas maneras. Como siempre que se le pasa la mano al regañarme, quiso deslizar una disculpa disfrazada, pero yo estaba muy enojado:

—¿Qué desea, Su Excelencia?

—¿No vas a cenar?

—No.

—Hicieron esa cosa que te gusta… el repollo.

—No. Su llamada de atención me ha dejado muy pensativo. Tengo que meditar en mis errores, y para eso se necesita soledad.

Mi respuesta consiguió incomodarlo:

—Fritz, ya no eres un niño. Ven a comer esa cosa… Una

de las señoras del patronato nos trajo un cartón de esa cerveza alemana que te gusta tanto. Si no vienes me las voy a acabar yo solo. —Y lo decía en serio.

—El Señor castiga los excesos —le dije.

—Como tú quieras. —Y cerró la puerta.

Durante veinte minutos oí el ruido de la vajilla. Me pareció oír que destapaba una, quizá dos de mis adoradas cervezas. Hubiera sido el momento ideal para realizar la llamada pero entonces todavía no había tomado la resolución. Cuando estaba más preocupado fui hacia mi escritorio. Tomé el ejemplar de los *Ejercicios* y lo abrí al azar. Jesucristo no predicó la adivinación libresca pero nunca me falla. Loyola parecía aconsejar: «Sed listos como las serpientes y suaves como las palomas». Rapidez y ligereza, mi santo patrono estaba avisando que si quería salir del problema debía actuar sin que se enterara el obispo, ocultar mi participación en el caso. Revisé los nombres de mi agenda y al minuto había elegido al sujeto. Tracé un plan mentalmente y llegué a un momento de paz interior, en el que una parte de mi mente iba por aquí y la otra por allá. Cuando por fin se encontraron, con cierta sorpresa, una le preguntó a la otra: Fritz, villano, me gustaría saber en qué estás pensando. En estos momentos, dije, en cenarme el chucrut.

Así que esperé hasta que el obispo se puso de pie y entró a su estudio. Tengo que acabar con esto, me dije. Entonces salí al pasillo y alcé la bocina. Me sorprendió un ruido intolerable, un retumbante chillido, y comprendí que se había conectado a internet, como todas las noches. Supe que debería esperar media hora, mientras Su Excelencia se comunicaba con sus colegas por todo el mundo, así que me retiré a mi celdilla a escuchar el ruido que hacían mis tripas. Mientras estaba sentado en el escritorio oí la voz de mi conciencia moral: Huele a comida. ¿Es que no va a haber un descanso? Ahora no, le dije, tenemos trabajo pendiente. Es una lástima, me dijo, todo el tiempo que las madres invirtieron en preparar ese repollo… y las cervezas alemanas, fabricadas tal como aconseja el Tratado de Baviera… Iba a replicar arteramente cuando oí que el obispo colgaba, y me lancé al aparato que está al fondo del pasillo. Una vez allí, marqué al trabajo del Chícharo:

—Aquí La Tuerca. —La Tuerca es la ferretería donde trabaja.

—¿Carnal? —No me siento muy natural cuando hablo en caló, pero el Chícharo no entiende de otro modo—. Te tengo un catorce.

El Chícharo tardó en responderme y deduje que jalaba la bocina hasta un rincón seguro.

—¿Qué onda vato? ¿Otro catorce?

—Sí —le dije—, éste es más complicado.

—Eso dijo del otro, y ya ve. ¿Vio su foto en *El Mercurio*? Me sentí insultado:

—¿Puedes o no?

—Orita no sé, va a estar más difícil, porque lo estarán vigilando… —En este punto calló, antes de añadir—: creo que se nos acabaron las rondanas del nueve.

—Ah, no puedes hablar, ya veo. Pero ¿lo aceptas? Responde sí o no.

—No sabría decirle… Tengo que revisar las facturas… Debí suponerlo:

—¿Es cuestión de veintes? *Du willst das Doppelte, oder?*

—¿Quiobo?

—Quieres el doble, ¿verdad?

Me pareció que el Chícharo metía un papel celofán en la bocina, evidentemente lo tenían vigilado… Y yo sudaba. El obispo podría descolgar la bocina en cualquier momento.

—¿Carnal? —insistí.

El Chícharo retiró el celofán de la bocina, o lo que fuera, y por fin respondió:

—Es que nos está llegando un pedido… Déjeme su número y yo le marco.

—Negativo —estallé—. Me tienen vigilado.

—Voy a ver si encuentro sus rondanas. Hábleme en quince minutos.

Y colgó. Es obvio que no iba a esperar quince minutos en ese pasillo, así que conté hasta cien y volví a marcar. El Chícharo tomó la llamada:

—Con la novedad de que ya hallé sus pinches rondanas. ¿Dónde quiere que las entregue?

—Quiero que te instales en la puerta de su casa.

—¿O sea?

No fue necesario revisar mi agenda, lo sabía de memoria:

—En el treinta y dos A de la calle Emiliano Contreras, junto al hotel Torreblanca. Es más, ¿por qué no te instalas en el hotel? ¿No sería más cómoda la vigilancia?

—Voy, voy, ¿y usted cree que voy a entrar ahí? El de la puerta es mi cuñado.

—¿Y qué tiene de malo?

—Que le va a decir a mi vieja que me vio entrando a un hotel de paso. ¿Que no conoce a las viejas?

Estos locales, pensé, todo sería más fácil con un profesional de Alemania.

—Pero no se preocupe, tengo la experiencia necesaria, yo veré la manera de cumplir con el encargo.

—Eso espero.

—¿No se le olvida algo? ¿Cómo lo reconozco?

—Es muy fácil. Es el Macetón Cabrera.

—¡Ah!

—Ut's.

—¿Ah?

—Ut's —insistí: el Chícharo no entiende de otro modo—. Y a ver si esta vez lo haces mejor.

—A huevo. Para estas cosas soy un profesional.

—Más te vale.

Colgué discretamente y caminé a la cocina. Con un poco de suerte, me dije, habrán dejado chucrut.

9

El resto de la tarde el Macetón se dedicó al papeleo. Escribió un reporte de sus pesquisas y lo dejó sobre el escritorio del jefe. A las ocho en punto se dijo: Otro día, otro dólar, y fue a descansar a su casa. Tenía una cita con su mujer, y no quería dejarla plantada.

La relación entre él y su pareja se había deteriorado en los últimos meses. Desde diciembre ella vivía en un departamento y él en otro, pero dormían juntos la mayoría de las noches. En el último pleito, el motivo fue el control remoto: su chava le reclamó que ya nunca hablaban, que se quedaba callado, que sólo quería hacer el amor y después ver la tele. Cabrera dijo que no, y le hizo el amor. Luego, encendió la tele. No pudo evitarlo, fue un acto reflejo, pero ella se puso a gritar, y el Macetón terminó durmiendo en la sala. No recuerda cuándo ocurrió, pero con seguridad ella sí, pues lleva el récord de sus discusiones; en cambio el Macetón es un pacifista y perdona el agravio.

Ese día Ramón fue al departamento de su mujer y se propuso controlar su carácter. La encontró de un buen humor sospechoso: Qué bueno que llegaste, te estaba esperando. Lo instaló en el sillón de la sala y la mano casi se le acalambra cuando no encontró el control de la televisión. ¿Y el control remoto? Escondido, dijo ella, estaba acabando con nuestra relación. No mames, el Macetón levantó los cojines, dame el control remoto; si no me lo entregas, pinche Mariana, va a haber problemas entre tú y yo; tú sabes que soy pacifista, pero si me buscas me encuentras. Te lo voy a dar, prometió, pero antes quiero darte un masaje. ¿Un masaje?, ¿de qué, o cómo? Un masaje, ven a la cama. Ah… la cama, esa palabra me gusta: promete un programa doble: cama y televisión. Eres un cerdo machista, cállate y ven a la cama, quítate las botas y acuéstate boca arriba. Lo que quieras, nomás no me amarres, no soporto estar amarrado. No te preocupes. Ella le mostró una botellita de aceite que olía muy, muy bien. ¿Qué es eso? Una loción aromática, te va a fascinar. Nomás con olerla, el Macetón se relajó y sonrió de manera no muy inteligente. Y fue y se recostó boca arriba.

Desnudo, exigió su mujer. El Macetón protestó: ¿Y tú? ¿Por qué no te quitas la ropa? Le costó convencerla, pero finalmente ella se quitó la blusa y la falda, luego el sostén. Oían un disco de soul calmadito, y comenzó el masaje. A la primera de cambio el Macetón quiso tocarle los pechos y ella le dio un manazo: ¡Sólo quieres hacer el amor! ¡Trátame como una dama, cerdo miserable! Le masajeó el cuello, los brazos, los hombros y él se dejó hacer… la obediencia era el camino más corto al control remoto. Pero el masaje reveló ser muy, muy agradable y el Macetón terminó por acostumbrarse a los movimientos de esas manos y sonreír poco a poco. De pronto, el movimiento se interrumpió, y el Macetón la miró, intrigado: ¿Quiobo, quiobo? Entonces ella se restregó un poco de aceite en el cuello y los hombros. Inclinó un poquitín la botella y una gota cayó entre sus senos, en dirección de su vientre. Ése no es el comportamiento de una dama, reclamó el Macetón. ¿Te parece reprobable todo esto? Me parece, pero me aguanto, los pacifistas somos muy tolerantes. Ella dejó caer otra gota en el mismo lugar. Quiobo, te vas a acabar el aceite, ¿que no iba a ser para mí? Espérate, dijo ella. Entonces vertió una tercera gotita en su seno derecho. El Macetón la veía resbalar, y ella sonreía. La gota bajaba lentamente, no terminaba de caer. ¿No necesitas ayuda? Si quieres un colaborador, yo puedo echarte una mano. Quieto, ordenó, o me visto y me voy. Entonces dejó caer otra gota sobre su seno izquierdo. Y lo miró sonriendo a los ojos.

Un rato después, Cabrera se atrevió a comentar: Es la mejor demostración que me han hecho en mi vida, quiero una caja de ese producto. ¿Te gustó? Pues sí, pienso distribuirlo entre las chavas del servicio social. Cerdo infeliz, reclamó ella, cerdo machista. En fin: fue una tarde tranquila. Le ayudó a hacer lo correcto.

10

A la mañana siguiente, el Macetón se lavaba los dientes cuando oyó el timbre. El Beduino aguardaba en el umbral de su casa:

—El comandante te quiere ver. Que le urge.

Lo llevó prácticamente arrastrando durante las pocas cuadras que los separaban de la comandancia.

—¿Qué prisa tienes, cabrón?

Pero el colega no respondió. Las oficinas de la policía, como todo el mundo sabe, se encuentran en el centro histórico, en un edificio blancuzco, bajo un gigantesco nogal plagado de cuervos. Por la mañana el estruendo que hacen es insoportable.

En la entrada tenía lugar el movimiento habitual. El Beduino preguntó por el patrón y un agente nuevo, que llevaba esposada a una persona, levantó la quijada y señaló en dirección de un pasillo: Ya regresó. Andále bolsón, te están esperando. Cruzaron el corredor, cuyas paredes estaban saturadas de avisos oficiales, retratos hablados, fotos de personas desaparecidas, mensajes de un policía a otro, anuncios de coches o departamentos en venta, y varios mapas de la ciudad, colonia por colonia. Al final llegaron a la sala de recepción, vigilada por dos de los nuevos. La secretaria del jefe saludó al Macetón e ignoró al Beduino. Éste, sin duda molesto por el tratamiento, pasó entre los dos vigilantes y se reportó con el jefe.

—Aquí está Cabrera.

Adentro hacía un frío glacial, aunque al comandante no parecía importarle. Vestía una guayabera blanca, como las que se pusieron de moda en la época de Echavarreta, en los años setenta, y una chamarra de piel negra, tamaño extra grande. En el momento en que llegó el Macetón, el jefe estaba hablando por teléfono. El Beduino se le acercó para susurrarle algo, y a partir de ese momento no tuvo ningún gesto de hospitalidad. Además de los muebles de oficina, el Macetón tuvo tiempo de examinar la foto oficial del presidente de la República, la tele encendida en los noticieros, dos retratos donde el comandante comía o se daba de abrazos con el gobernador en turno, y bajo ellas, tres armarios de cristal repletos de armas reglamentarias. Había pocos objetos realmente personales en la oficina y todos tenían que ver con la caza: una escopeta Winchester, la cabeza de un venado y un jabalí. Mientras el jefe seguía hablando, el Macetón se sentó en una de las dos sillas frente a su escritorio. El Beduino dio dos golpes en el respaldo y susurró:

—Mejor espera a que te invite, cabrón. Quién sabe qué hiciste.

El Macetón le dijo: No mames, buey, y no se paró. Aunque las gruesas persianas no dejaban pasar un rayo de luz, el comandante jamás se quitó sus lentes oscuros estilo aviador. Cuando colgó, miró de frente al detective y le preguntó a bocajarro:

—¿Que tú le decomisaste un arma al señor Obregón?

La pistola del niño… La había olvidado.

—Sí, está en mi escritorio. ¿Es del señor Obregón?

El jefe no respondió.

—A ver, Macetón, ¿qué te andas creyendo?

—Fue una confusión: pinche escuincle. El niño amenazó a un civil con el arma, y no se identificó. —Si el niño podía mentir, él también.

El comandante Taboada meneó la cabeza:

—Me haces el favor de ir a entregarla ahora mismo. Y otra cosa: ¿por qué no me reportaste esto? —Le arrojó la edición de *El Mercurio*.

En el puerto no había mucho que decir y lo realmente importante ocurría en la nota roja. Allí iban a parar los resultados de todas las intrigas y rivalidades. Después de cada lucha por el poder, los convictos o asesinados aparecían en las tres páginas de la sección principal. Allí estaba la historia secreta del puerto, y si alguien sabía leerla era la persona que estaba enfrente de él.

La nueva columna del Johnny Guerrero estaba en la página tres. ¡Mi madre! Pinche Johnny chismoso… Al igual que la tarde anterior, no se trataba de una nota, sino de un artículo editorial. El periodista retomaba la muerte de Bernardo Blanco y comentaba que el elemento que realizaba la investigación paralela seguía una pista «en firme» para prender al asesino.

El comandante lo miró sin parpadear ni inmutarse y le aplicó uno de los trucos más viejos de la policía: cuando quieras que un sospechoso hable, cállate. Un par de minutos de silencio, si provienen de un policía, causan más presión que un cuestionario bien planteado. Por lo general la gente se siente incómoda y comienza a hablar por sí sola, como le pasó al Macetón.

—Son inventos del periodista…

El jefe interrumpió sus explicaciones:

—¿Cuáles son las novedades?

El Macetón le explicó que no mucho: antes de morir, el periodista estuvo con el padre Fritz Tschanz.

—¿De qué hablaron?

—Aún no lo sé, el padre fue muy evasivo. Ya lo conoce.

—¿Y el disquet?

—No contenía nada.

—¿Seguro?

—Seguro, patrón.

Luego de arrojar el humo, gruñó y le clavó la mirada. La respuesta no le agradó:

—Creo que ya te llegó la hora, mi estimado. Déjale el caso a los nuevos. Habla con Camarena y ponlo al tanto de tus pesquisas.

Jamás lo habían humillado de esa manera. Lo peor, lo peor que le pueden hacer a un agente es sustituirlo cuando está a punto de resolver un asunto. ¡Y ponían a Camarena en su lugar! La decisión de Taboada le pareció arbitraria, y comentó:

—Quiero tres días de descanso.

El jefe lo miró con rencor:

—¿Qué te crees, Macetón?

—Nada. No he tenido un día libre desde hace dos meses, y necesito un descanso.

Y era verdad: hacía dos meses que prácticamente estaba viviendo en la jefatura. El fracaso de su matrimonio podía confirmarlo.

—Te los doy, pero ojo —aclaró—: no tienes nada que hacer en este asunto.

—Gracias, patrón.

El Beduino lo miró con desprecio, y al salir lo empujó con un hombro.

Fue a comer al departamento, de milagro encontró a su mujer ordenando documentos de su trabajo. Por prudencia, no le contó que había solicitado un permiso: ella hubiera insistido en que salieran de viaje a visitar a su hermana, y el Macetón no tenía ganas de andar de chofer. Trató de quitarle la ropa, pero ella respondió con un manazo. Respeta mi espacio, estoy trabajando. El Macetón buscó el control de la tele y la mano casi se le acalambró al comprender que continuaba escondido. Lo pidió a gritos y su mujer se ofendió. El agente se tiró en un sillón de la sala y se dedicó a mirar por la ventana. Cuando cumplía un cuarto de hora en silencio, su mujer preguntó:

—¿En qué piensas, Ramón?

—En muchas cosas. En el padre Fritz Tschanz, en el periodista, en Xililitán y en un sospechoso que se llama Vicente.

Su mujer, que ordenaba documentos, dejó caer una cascada de papeles. El Macetón notó eso, y se fue a la cocina de muy mal humor.

Preparó un pescado a la parrilla, en jugo de limón y con rodajas de cebolla —comida de soltero, pues a su mujer no le gustaba la cebolla—. Entretanto, ella le preguntó si estaba bien, y el Macetón le contó la discusión con el Chaneque, las dudas sobre la culpabilidad del cártel del Paracuán. Estaba a punto de tener lista la comida cuando la mujer sugirió que dejara ese caso a los nuevos. El Macetón tomó la sartén y la arrojó contra la pared. Discutieron, y salió dando un portazo.

La siguiente media hora se dedicó a vagar en el coche. Su furia terminó por llevarlo a la playa, como siempre que quería pensar. En el camino se detuvo en el puesto del Venado y compró dos Tecates, y seis tacos de carne.

No había un solo auto en la carretera de acceso, y se estacionó entre las dunas. El mar estaba revuelto, picado, y la arena presentaba manchas de petróleo: quizá hubo un accidente en la refinería, u otra fuga de crudo en las plataformas. Comió los tacos con salsa, bebió las Tecates y fumó un cigarrillo: un menú perfecto para fomentar su gastritis. Dos veces salió a orinar. Si las cosas seguían así, se dijo, tendría que ver a un doctor.

Hubiera pagado por saber qué mosca le picó al comandante. ¿Por qué le encargó que investigara al muerto, y después se rajó? Pero básicamente se dedicó a preguntarse qué estaba pasando entre su mujer y él, si las cosas se estarían acabando. ¿Estaría tan ciego que no lo aceptaba? Para nadie era un secreto que el más ilusionado de los dos era él. Su mujer aún se conservaba muy guapa, tenía admiradores; él se sentía viejo, torpe, sin gracia. Salvo Rosa Isela, tenía que esforzarse para que le hicieran caso las muchachas del servicio social. Había una pareja de gaviotas a un costado del auto, y el Macetón se preguntó si iba a dejarlo su chava. Por respuesta, la más veleidosa de las gaviotas se echó a volar, dejando a la otra al lado del auto, exactamente como el Macetón: Ay, cabrón. Nunca practiques la adivinación con gaviotas

En las últimas semanas se habían peleado más que en todo el tiempo de conocerse. Se preguntaba si la relación tendría futuro, si funcionaban o no. A lo mejor él era el único realmente involucrado en la pareja. Se repetía: A lo mejor ya se acabó todo, y sentía un nudo en la garganta. Bueno, si se acabó, se acabó, no hay nada que hacer. Se dijo que debía ser maduro y aceptar esas cosas.

Después de analizar lo que había visto y oído ese día, concluyó que quizás ella tuviera un amante. La opción era perfectamente posible, pues él se encontraba todo el día en la calle, sólo iba a comer con ella de vez en cuando, a veces llegaba tan exhausto que sólo quería ver la televisión. La imaginó haciendo el amor con otra persona, y sintió que se le revolvía el estómago. Le dio esa angustia que viene cuando se acaban las cosas en verdad importantes.

Miraba el mar revuelto y pensaba, veía el mar picado y pensaba, el mar tan negro como la arena manchada de petróleo, por eso tardó en responder al muchacho que, cargando una mesa plegable, se acercó a ofrecerle dulces de coco:

—¿Una condesa? ¿Cocadas?

Se preguntó cómo era posible que un vendedor de dulces apareciera a un costado del auto, en la zona más desierta de la playa. Le dijo: No, gracias. Acto seguido encendió el coche y volvió a la ciudad.

11

Llegó a la hemeroteca municipal cuando los empleados volvían de comer. Ahora que tenía tres días de descanso podía tomarse las cosas con calma. Cuando pidió los diarios de hacía veinte años la responsable no supo qué responder:

—Es que soy nueva aquí, déjeme ver dónde están.

El Macetón se preguntaba cuál de todos los casos de los años setenta habría interesado a Bernardo Blanco. ¿La corrupción en el Sindicato de Petroleros? ¿Las actividades de la Liga Terrorista 23 de Septiembre? ¿La fundación del cártel del Puerto? Cualquiera de los tres temas era un terreno espinoso.

La chica regresó con tres tomos polvorientos, atados con un mecate, y pensó que iba a ser una tarea larga y penosa. Literalmente, iba a desempolvar un asunto que otros ya consideraban enterrado y olvidado.

Examinó el primer tomo: enero a febrero de 1970. La mayoría de las notas parecían repetirse: «Avezado contrabandista», «Pertinaz ladrón», «Detienen a carterista», «Preso por robar ganado», lo cual invariablemente iba acompañado por la foto de un tipo triste, y a su lado, la vaca ultrajada; «Torvo sujeto de obtusa mentalidad…», y otra vez: «Avezado contrabandista», «Pertinaz ladrón», «Detienen a carterista», «Preso por robar ganado», la foto de otro tipo triste, otra vaca.

Como ignoraba en qué fecha exacta había ocurrido el tema que le interesaba a Bernardo, lo primero que hizo fue examinar los ejemplares de 1970, luego los del año siguiente y así fue avanzando. Una hora después creyó encontrar algo… Para las seis de la tarde no cabía duda alguna: ocho meses de diarios confirmaban sus temores. Puta madre, pensó, ¿en qué me metí? Por momentos sintió que la realidad estaba formada por varias capas de mentiras, que se apilaban unas sobre otras.

Entonces había dos periódicos que se copiaban el diseño, el logotipo y los colores corporativos. El líder de ventas era *La noticia*, un diario timorato, obediente, priísta y crítico con los enemigos, propiedad del general García. Su competencia era *El Mercurio*: un diario independiente, fiel a la versión oficial y, sobre todo, amarillista. Era fácil confundirlos, porque ambos tenían tamaño doble tabloide.

A juzgar por las imágenes, durante los años setenta la ciudad atravesó una de sus rachas de bonanza. Se descubrían nuevas reservas de petróleo, el gobierno patrocinaba la iniciativa privada y hubo cierto auge comercial. El dólar estaba a doce cincuenta en aquella época de crecimiento, y dada la cercanía con Estados Unidos, la gente iba «al otro lado» como quien va al mercado a hacer el súper.

Era infaltable el queso Kraft. Los dulces Brach's. Los jeans Levi's. Los tenis Nike. Las aspirinas gringas. Fraccionaron nuevas colonias frente a la laguna. Se abrieron hoteles y restaurantes. Construyeron un nuevo hospital, con los aparatos más modernos, para el Sindicato de Petroleros.

El señor Jesús Heredia cazó un tigre de doscientos kilos en el rancho. Su caballo se encabritó frente a un par de ojos que acechaban en la maleza. Apenas alcanzó a encender la lámpara y a disparar hacia el bulto. Necesitaron dos burros para alzar el cadáver hasta un árbol y tomar la foto que se publicó en los diarios.

La nota contigua denunciaba a un joven mecánico que pretendió abusar de dos adolescentes. Una de ellas logró escapar y pidió auxilio. Los transeúntes por poco lo linchan. La imagen mostró al trabajador con los labios rotos y un ojo morado. El titular decía: «Infeliz chacal», y fue la primera vez que apareció la palabra en ese año. En el argot de la nota roja, se le dice «chacal» a quien ataca a seres de menor tamaño, como el animal de rapiña. El asunto no causó mayor revuelo. Entonces se denunciaba un promedio de tres violaciones a la semana. El resto no trascendía.

Ese año vino un ciclón y mató cientos de cabezas de ganado. Muchos comerciantes de la zona perdieron su patrimonio. Hubo un incendio menor cerca de la refinería, que se mantuvo en secreto.

Secuestraron a un ganadero y dos policías del servicio secreto lo liberaron tres días después. Mira, se dijo, precisamente el periodista de tirantes, el Johnny Guerrero, escribió que los agentes que seguían el caso estaban de acuerdo con los secuestradores. Como sea, es la primera ocasión que se menciona a los agentes Chávez y Taboada, viejos conocidos del Macetón.

Luego entró en funciones el gobernador José «Pepe» Topete, aficionado al espiritismo, las pirámides y la herbolaria. Su personal de confianza se reducía al nefasto Juan José Churruca, su secretario de Gobierno, y al licenciado Norris Torres, miembro de una dinastía de dinosaurios. El comienzo de su período coincidió con el de dos presidentes municipales: Daniel Torres Sabinas, alcalde de Paracuán, y don Agustín Barbosa, primer alcalde de oposición en Ciudad Madera. Con el tiempo, el gobernador encarceló a uno de ellos. Ese año de 1978, don Daniel Torres quería que el Carnaval de Verano, que conmemora la refundación de Paracuán, y constituye la principal celebración del puerto, fuera memorable.

En la televisión pasaban *Kojak*.

En los cines, *Vive y deja morir*, del 007; *Papillón*, *El exorcista*, *El Santo Oficio*, de Arturo Ripstein y *El llanto de la tortuga*, con Hugo Stiglitz.

Había un cine porno, el Hilda, que programaba *Emanuelle*, *Bilitis* e *Historia de O*, pero la mayoría de las veces repetían: *Elsa la perversa*; *Ubalda, ardiente y fogosa*; *Tren secreto de la Gestapo*; *Las colegialas se divierten*; *Mi amante es un cachorro*, partes I y II, y otras que conseguían mezclar el sexo con la geografía: *Asia, la insaciable*; *Khartoum, noches sensuales*; *Samsala, lengua voraz*. Películas que, se entiende, el señor obispo fustigaba en sus homilías dominicales.

Éstas son las inserciones publicitarias:

«Estrena Rigo Tovar su nuevo disco», «Escuche "La Hora de Roberto Carlos" por XEW»; «José José y sus amigos, Juan Gabriel e invitados»; «Venga a las noches del Cherokee Disco Music, y baile al ritmo de los Jackson Five, de Donna Summer, de Stevie Wonder y de los Bee Gees. Conozca gente bonita y baile el YMCA».

«Sociales. 8 de enero: Éstas son las distinguidas bañistas que han llegado de Alemania. Las bronceadas señoritas que aparecen en la foto han viajado desde la tierra del Rhin para visitar nuestro máximo atractivo turístico, la playa de Miramón.

Ellas son: Inge Gustaffson, Deborah Strauss y Patricia Olhoff.»

Locales:

«Grave riesgo de una infección de paludismo: Los agentes virales vendrían en un camión de jitomates».

Deportivas:

«Fanfarronea Cassius Clay en su rueda de prensa».

Internacionales:

«Amenaza Kissinger con estrangulamiento económico. Alarma en Medio Oriente».

Locales:

«Por cuatro días consecutivos, priístas de Paracuán condenan con desplegados la pedrada que el presidente Echavarreta recibió en la Universidad Nacional».

Sociales. Aeropuerto:

«Jack y Bill Williams viajan a la hermana ciudad de San Antonio. A despedirlos, familiares y amigos».

Locales. Nota Roja:

«Fiesta de quinceañera termina en bestial zacapela».

«Miserable individuo golpea a la autora de sus días.»

«Maltrata a su esposa sin causa justificada.»

«Infeliz septuagenario tiene ataque epiléptico a media calle y es arrollado por un camión.»

«Torvo sujeto de obtusa mentalidad pasó gélida noche en la ergástula municipal.»

Ése era el clima en la progresista ciudad de Paracuán, Tamaulipas, siempre interesada por las manifestaciones del espíritu (al mismo tiempo que reprobaba las de la carne). Pero hasta aquí difieren los dos diarios del puerto: en los días siguientes la distribución y el contenido de sus notas sería casi idéntica, si exceptuamos el tono de los reportajes y el estilo de los encabezados.

La primera noticia en relación al asesino apareció el jueves 15 de enero, en forma de una pequeña inserción pagada, junto a la programación de televisión:

«Difícil pesquisa: desaparece una niña».

Incluía una foto, tomada de un anuario escolar, y a un costado el siguiente texto: «La menor que aparece en esta imagen responde al nombre de Lucía Hernández Campillo y desapareció el pasado lunes, cuando se dirigía al colegio Froebel. Vestía falda azul y camiseta blanca con zapatos negros. Sus afligidos padres, Everardo y Fernanda, gratificarán a la persona que proporcione informes sobre su paradero». Al examinarlos veinte años después, se diría que los encabezados del día siguiente más que un titular eran un presagio:

«Arde la sierra de Ocampo».

«Causa inquietud en el puerto la sequía.»

«Los daños se extienden por el norte y el centro del estado.»

«Acusan de robo a dos agentes de la secreta»: otra vez los agentes Chávez y Taboada, el Macetón meneó la cabeza, y se estrenó *El desconocido*, con Valentín Trujillo.

A las dos de la tarde del 17 de febrero, hubo un horrendo hallazgo en El Palmar. Una pareja de novios, que recorrían la laguna en una lancha, dieron con el cuerpo de la niña Karla Cevallos. El cadáver estaba mal disimulado con ramas y hojarasca en un pequeño islote, a unos cuantos metros de la avenida más transitada de la ciudad.

Ah, concluyó el Macetón, así que se trataba de esto. Cómo no me voy a acordar, si trabajamos turnos de cuarenta y ocho horas, a fin de encontrar al culpable, yo acababa de entrar al cuerpo de policía. Por desgracia, todos los esfuerzos fueron en vano, y los periódicos publicaron numerosos editoriales sobre la desaparición de la primera niña: «No encuentran a Lucía. Sus padres, consternados».

El 17 de marzo, treinta días después del primer asesinato, *El Mercurio* señaló un «Macabro hallazgo en el centro de la ciudad». Al entrar a los urinarios del bar León, justo frente a la Plaza de Armas, el oficinista Raúl Silva Santacruz encontró los restos de una segunda niña. Pero no se trataba de Lucía, sino de Julia Concepción González, que había desaparecido horas antes. El parecido entre las dos muertes era innegable y la policía tuvo que reconocer la existencia de un mismo asesino:

«Busca la policía a un individuo que es acusado de graves delitos».

«Reaparece el Chacal: Se concentran los agentes del servicio secreto en la intensa búsqueda de un sujeto que ha sido señalado como el autor del secuestro y del ataque a varias menores de edad en los últimos días...»

Se especuló que el culpable era un agente viajero. Se dijo que era un enfermo mental. Ambos diarios entrevistaron a la doctora Margarita López Gasca, psiquiatra del centro de salud de la vecina ciudad de Tampico, y a petición de ellos la especialista elaboró un perfil del asesino: «Se trata de un ser incapaz de adaptarse socialmente, que carece de una conciencia moral y que repite los mismos actos de manera compulsiva, pues en el castigo que le espera consiste su mayor satisfacción». Le adjudican una frase, evidentemente intercalada por el reportero de *El Mercurio*: «Todo hace suponer que volverá a atacar».

Se desata la histeria colectiva. Los maestros advierten a sus alumnos sobre el peligro y se redobla la vigilancia.

En la misma semana de marzo, cuando la policía del puerto anuncia que sigue una pista segura para localizar al culpable, también ocurre otro hecho singular, pero que debido al horror de este crimen casi pasó inadvertido: el arqueólogo francés René Leroux anunció que por fin había descubierto la ubicación exacta de la legendaria y misteriosa pirámide de las mil flores y un caracol. Cualquiera que haya vivido en el puerto sabe que esta legendaria pirámide de las mil flores y un caracol se encontraba en el jardín trasero de la señora Harris. Se trataba de una mole de cuatro metros de altura, cubierta por una gruesa capa de pasto. Según el arqueólogo francés, los cuatro metros eran apenas la punta del iceberg. De acuerdo a las leyendas de la zona, la pirámide tenía cuatro mil años de edad, medía unos cien metros de altura y podía contener tesoros importantes. Para apoyar la afirmación, dijo, bastaba preguntarle a los vecinos qué tan difícil fue instalar los cimientos de sus casas, y pedirles que mostraran los objetos de barro que aparecieron durante los trabajos de construcción. Los vecinos de la mole, incluyendo a la señora Harris, no querían ni oír hablar del asunto, así que la pirámide se quedó enterrada durante más de veinte años.

Con diferencia de pocos días, ambos diarios publicaron editoriales incendiarias, exigiendo detener al asesino y sugirieron que si el culpable seguía libre era porque se trataba de un personaje poderoso. Mientras aumentaba el resentimiento popular, el pronóstico del tiempo presagiaba que la situación seguiría igual en las próximas horas: «Amenazas de lluvia. Vientos huracanados que llegan del noreste».

A principios de marzo un donante anónimo ofreció veinticinco mil y luego cincuenta mil dólares para quien ayudara a encontrar al Chacal. Atraídos por la recompensa, madrinas, ex policías y detectives aficionados invadieron el puerto. Comenzó la carrera por la recompensa.

La ira popular no se había tranquilizado cuando, el 20 de marzo, un grupo de boy scouts, que entraron a una construcción abandonada, encontraron los cuerpos de Lucía Hernández Campillo e Inés Gómez Lobato. *El Mercurio* no escatimó detalles ni fotografías desagradables, y se desató el furor general.

«Encuentran dos niñas más.»

«Anuncian plantón los padres de la niña Lucía.»

«Hoy a las cinco, manifestación en el puerto.»

Desde la ciudad de México, el líder del Sindicato Nacional de Profesores anunció que de no tomarse cartas en el asunto llamaría a una huelga nacional. El Sindicato Nacional de Profesores tenía cuatrocientos mil profesores afiliados y era uno de los más poderosos del país. El gobernador tomó cartas en el asunto y, finalmente, el 21 de marzo detuvieron al asesino, que confesó de inmediato. Pero hasta aquí pudo seguir la historia, porque los registros de la hemeroteca estaban incompletos. A juzgar por lo que leyó, el proceso estuvo lleno de irregularidades y el abogado defensor insistió en que se ocultaron pruebas importantes, que podrían haber conducido la investigación en otro sentido. A los pocos días de haber empezado el juicio en contra del detenido, *La Noticia* dejó de reseñar el proceso y *El Mercurio* lo imitó un día después. Ese fin de semana *La Noticia* publicó una fotografía que impresionó profundamente al Macetón en su momento. Era la imagen de una persona barbada y vestida de blanco, a la manera de los antiguos cristianos, que cubría una inmensa extensión de agua con una tela gigantesca. El pie de foto explicaba: «El artista búlgaro Christo Javacheff cubrió la playa de King's Beach, Massachusetts, con una tela blanca de 12.600 metros cuadrados».

A partir de entonces los diarios no volvieron a mencionar el tema y la nota roja volvió a la normalidad: «Estrenan el film *Tiburón*». «Dramático suicidio de un albañil.» «Pertinaz ladrón.» «Avezado contrabandista.» Y el 20 de junio «afirma el secretario de Salud, de visita en este puerto, que ya no hay riesgos de malaria en la zona conurbada». Pero si uno revisa la nota roja de los meses siguientes, se dará cuenta de que a pesar de que el asesino fue juzgado y encerrado, siguieron apareciendo cadáveres de niñas pequeñas por el norte del estado. Cabrera quiso obtener más datos, pero hasta ahí llegaban los registros de la hemeroteca.

12

Cuando pidió el tomo que correspondía a mayo y junio, la chava regresó con las manos vacías:

—¡Qué raro! No está en su lugar ni en todo el librero. Ha de estar traspapelado y me da mucha pena, pero ya me tengo que ir. Repórtelo al director, don Rodrigo Montoya.

El director resultó ser una de las personas que estuvieron presentes en el entierro, platicando con el papá de Bernardo. La petición de Cabrera pareció sorprenderlo:

—¿Cómo dice?

—Le digo que quiero conseguir el cuarto volumen de 1978, el libro que contiene mayo y junio.

—¿No aparece?

—No. Ya revisé hasta marzo, pero no pudieron encontrar lo que sigue.

—Es muy raro que no esté en su lugar, yo soy obsesivo con el orden. Habrán sido los del servicio social, que desacomodan todo.

Llamó por un interfón a la encargada en turno y le ordenó volver a buscar. Desde su ventana se veía la laguna, acosada por grúas y bulldozers.

—Ahorita lo checan.

Iba a añadir algo, cuando la muchacha devolvió la llamada:

—Ya busqué y no está, licenciado.

—Sigue buscando, Claudina. —Echó otra mirada por la ventana, a los bulldozers, y luego de considerarlo, se dirigió al Macetón—: No viene mucha gente a la hemeroteca. Ahora que me acuerdo, sólo otra persona me ha pedido ese tomo, y la enterramos hoy por la mañana.

El Macetón le explicó que estaba a cargo del caso, y el director miró los bulldozers.

—Mire —explicó—, hace tres meses Bernardo vino por primera vez. Dijo que estaba investigando la historia económica de la ciudad. Le advertí que no iba a encontrar mucho, porque las cosas aquí no han cambiado nunca, pero de todas formas él vino a leer los archivos todos los días, durante tres semanas, y tardé en comprender qué estaba buscando. Era un tipo muy reservado. Una tarde me lo encontré fotocopiando ciertas páginas que hicieron historia, pero no tienen nada que ver con la economía local, o al menos no de manera evidente, así que me paré a su lado y le dije: Hay mucha gente que se enojaría si sabe que están removiendo ese tema, es un asunto muy delicado. Sí, me dijo él, me lo imagino, la ciudad parece haber crecido alrededor de ese asunto. Y me preguntó: ¿Qué habría opinado el doctor Quiroz Cuarón? Por ese comentario me di cuenta de que Bernardo conocía mi humilde participación en el caso, cuando trabajé en el cuerpo de policía, hace más de veinte años, así que le respondí: Si quiere saber lo que dijo el doctor, yo tengo ese testimonio, está a su disposición... pero si quiere avanzar en eso, le dije, hay una segunda persona que podría contarle cosas más interesantes sobre este asunto, cosas que se han olvidado... Le advertí que podría ser peligroso, porque ese individuo vive al margen de la ley. Fue policía por ese entonces y él sabe cómo ocurrió todo. Bernardo tomó nota y me dijo: Voy a pensarlo. Luego desapareció durante varias semanas y hace diez días me buscó para preguntarme los datos del informante. Le conseguí una cita con él y me enteré que se entrevistaron. Como esta persona tiene cuentas pendientes con la justicia, pensé que lo culparían de la muerte de Bernardo, pero ya ve que no fue así: culparon al Chincualillo. Pero en el caso del informante, me consta que es inocente: yo respondo por él.

Cabrera comentó:

—Me gustaría hablar con esa persona.

—Haré lo posible. Entretanto…

Abrió un cajón con llave y extrajo un cuaderno de pastas azules, adornado con dibujos sicodélicos.

—Es mi testimonio sobre lo que pasó hace veinte años… Bernardo también lo leyó.

Llamó a la muchacha para que preparara una fotocopia, y entretanto miraron por la ventana. A lo lejos los bulldozers mantenían una actividad incesante; luego llegó la secretaria, entregó el original y la copia, y el Macetón se retiró. Tenía muchas cosas que hacer, y tan sólo tres días de permiso.

13

La cárcel de Paracuán se encuentra a la entrada de la ciudad, sobre el cerro que mira hacia el río. Originalmente, el edificio fue propiedad de un hacendado español. Ahora sus torres sirven para que ocho gendarmes armados custodien el interior del penal.

Para entrar hay que dejar todos los objetos personales en un sobre, quitarse el cinturón, los cordeles de los zapatos y todo lo que pueda cortar o fundirse. Un letrero escrito sobre una caja de cartón advierte que no se permite la entrada con alcohol, comida, objetos punzocortantes, plátanos, mangos o guanábanas, ya que los presos fermentan las frutas para obtener alcohol. En la entrada del penal te piden una identificación, te preguntan cuál es tu relación con el preso, y te dejan entrar.

A René Luz de Dios López ya poca gente lo llamaba el Chacal. Todo mundo se refería a él por nombre y apellidos. El Macetón preguntó por él y uno de los celadores le contestó:

—Es aquél de la guitarra. Apúrese porque tienen que ir a cenar, es hora de que les sirvan el rancho.

El hombre conocido como el Chacal tocaba la guitarra y

cantaba una canción religiosa con otros presos de la crujía. No quería llamar la atención de los celadores, así que lo interrumpió con discreción:

—¿René Luz de Dios? —Y le explicó sus intenciones. No pareció muy asombrado:

—Dos entrevistas en quince días. Me estoy volviendo famoso.

Y comprendió que se estaba acercando.

14

La historia de René Luz de Dios es la historia de un chivo expiatorio. En 1975 era el chofer repartidor de una fábrica de carnes frías. Cuando mataron a las primeras tres niñas él se encontraba en Matamoros, a un día de camino, porque cada día 15 el patrón lo enviaba al norte del estado a fin de surtir a los clientes de esa zona. Incluso tenía las notas del hotel donde se hospedó, con sello y firma del cajero, que lo recordaba bien. La mañana que encontraron a una de las niñas, para su desgracia, él se encontraba en el puerto. Por una cadena de azares la policía, que estaba buscando un culpable, decidió que René Luz de Dios López era el candidato ideal y desde hace veinticinco años está preso por cuatro crímenes que no cometió.

Cuando el Estado tiene la voluntad de perjudicar a un individuo, no hay nada que pueda detenerlo. Ochenta testigos de Jehová, que por religión no pueden mentir, estaban dispuestos a declarar con la furia de los conversos que, el día que mataron a la segunda niña, René Luz de Dios había estado en una ceremonia con ellos, a partir de las diez de la mañana y hasta bien entradas las seis. No había manera de que hubiese salido sin que otros se dieran cuenta, pero el juez ignoró estos testimonios. Tampoco tomaron en cuenta que el dueño de la fábrica mostrara recibos fechados y sellados, donde se demostraba que, durante los días que asesinaron a las primeras tres niñas, René Luz de Dios estuvo en Matamoros y Reynosa, entregando mercancía. El día que desapareció la primera víctima, por ejemplo, él se encontraba en la frontera desde la noche anterior. Cuando desapareció la segunda él trabajaba en Reynosa, y el día que mataron a la tercera incluso mostró su pasaporte sellado, pues se fue de compras a McAllen, en busca de un regalo para el cumpleaños de su esposa. Sin embargo, el fiscal sugirió que se podían falsificar los recibos y, que de habérselo propuesto, el acusado podría haber viajado de ida y vuelta al puerto, desde el otro polo en el norte del estado, a fin de asesinar a las niñas sin despertar sospechas.

Las fotos del día que se leyó su sentencia lo muestran inconsolable y abatido. En el momento de entrar a la cárcel iba a cumplir veinticinco años. Si conseguía salir vivo, al terminar la sentencia sería un anciano de casi setenta. Dejó en el mundo dos niñas de brazos y sobre todo a su esposa, con quien no había cumplido tres años de matrimonio. Su defensor de oficio, un litigante que militaba en la oposición, apeló a las instancias más altas del estado y convocó a la prensa para denunciar el manejo del caso. Un mes más tarde publicó un libro, con recursos de su propio bolsillo, donde enumeraba las injusticias de que fue objeto el chofer. El defensor sólo dejó de hacer declaraciones en público cuando sufrió un accidente automovilístico en la carretera, y murió cinco años después, a consecuencia de las lesiones.

En la crujía de los asesinos el techo consistía en una gruesa malla de metal, sobre la cual desfilaban los vigilantes, listos para disparar bolas de caucho o arrojar gases lacrimógenos; y las celdas de los presos eran cajones de concreto, muchas de ellas tenían cortinas de plástico en lugar de puertas. Desde que lo enviaron al pabellón de los matones, los guardias le advirtieron a René Luz que tuviera cuidado. La costumbre entre los presos era que al llegar un asesino de mujeres, o un violador de menores, los internos se organizaban para matarlo, y los celadores se hacían de la vista gorda. Le dijeron todo esto con lujo de cinismo, pues en caso de que lo atacaran nadie saldría a defenderlo. Los internos podían tolerarlo todo, menos a un violador.

René Luz no pensaba dormir la primera noche. Al notar cómo lo miraban sus vecinos comenzó a preocuparse, y cuando notó que la puerta de su celda consistía en una sencilla tela de plástico, creyó que se iba a desmayar. Aunque intentó convencer al celador con ruegos patéticos, el hombre que vigilaba la crujía desde el techo no sólo no le respondió, sino que se retiró al rincón opuesto de la azotea para dormir a gusto. El celador que guardaba la puerta al final del pasillo le ordenó que se retirara de allí. Y a las nueve de la noche apagaron la luz.

Fueron a verlo en cuanto se ocultó la luna. Eran sólo tres: uno que se quedó en la puerta y no entró nunca, y dos hombres delgados, morenos, que iban descalzos. Buenas, le dijo el más flaco, un mulato con una cicatriz en el cuello, un tipo de mirada muy dura. René Luz de Dios López debió pensar que era la mirada del hombre que iba a matarlo: ¿Así que usted es René Luz? ¿El que mató a las tres niñas? A punto de desvanecerse, el chivo expiatorio, que se sabía al borde del sacrificio, intentó contarle a los presos la injusticia que cometieron en su contra: Pero fue inútil. Si la gente civilizada no quiso oírme cuando tenía las pruebas en la mano, ¿para qué le iba a contar lo mismo a tres asesinos convictos?

Hilvanó como pudo, con un hilillo de voz, la historia de su proceso. Le pareció que su testimonio no era creíble. En comparación con el que presentó ante su familia y el tribunal, éste le sonó parco e inverosímil. En ocasiones el interlocutor intervenía con una pregunta o un monosílabo, a lo que René Luz contestaba con un hilillo de voz, porque se estaba desmayando de miedo. Con trabajos podía decir dos palabras seguidas y sentía que le zumbaban los oídos. Entonces la luna brilló a través del enrejado y notó que el flaco disimulaba una punta de metal bajo la ropa.

Al momento notó que el de la entrada se hacía señas con los presos. Recuerda que pensó: Hasta aquí llegué. El más flaco se puso de pie y se acercó un paso, luego otro más, fingiendo que revisaba sus objetos personales. Cuando estaba casi sobre él, extendió la mano y tomó una bolsa de café en polvo que su mujer le había enviado. Caa-fé-de-Co-mi-tán, leyó con la luz de la luna, ¿en dónde queda eso? En Chiapas, dijo René Luz. No pensaba salir vivo. Ha de estar bueno. ¿Me regala un poquito? Lléveselo, le dijo, pero el recluso alegó que sería mucho abusar. Viendo cómo se demoraba el visitante, René Luz esperaba recibir el primer golpe en cualquier momento y se preguntó si comenzarían por el cuello o por el vientre. Cuando el recluso sacó el arma de la camisa, cerró los ojos con reverencia; como un borrego dispuesto al sacrificio. No vio cómo el recluso perforaba con la punta de metal y sólo abrió los ojos cuando oyó que algo se derramaba suavemente: era parte del café que caía sobre un pañuelo. Luego oyó un «Gracias, amigo», «Muy agradecidos», y de pronto se habían ido.

No supo a qué horas se durmió. Luego soñó que una jauría de perros se acercaban para olerlo y después se retiraban.

El día que el Macetón lo visitó, ya no guardaba ninguna esperanza. Le faltaban quince años para salir, ya le habían reducido la condena, ¿para qué se iba a arriesgar? Debió insistir mucho para que accediera a especular quién podría ser el culpable:

—Decían que era el dueño de Refrescos de Cola. Decían que era un protegido del presidente Echavarreta.

En este punto René Luz se quedó mirando al piso, como si estuviera resignado a no saber nada del tipo que debería ocupar su lugar. Entonces la luz pareció menguar y el Macetón advirtió que el cielo se había encapotado.

15

SEGUNDO TESTIMONIO DEL PADRE FRITZ TSCHANZ, S. J.

Por la noche, mientras caía una verdadera tromba, me llamó al obispado:

—¿Por qué no me dijo que Jack Williams era el sospechoso principal? —El Macetón sonaba molesto.

—Porque no venía al caso —expliqué—. El señor Williams se está esforzando en aclarar su reputación desde hace veinte años, y no iba a ser yo quien propagara esas versiones.

—¿Cómo está tan seguro de que no fue él?

—Porque lo conozco y conté con la amistad de su padre durante veinte años.

Eso le cambió completamente la perspectiva. ¿De qué lado estaba el jesuita? Ya no sabía qué pensar.

A continuación llamó a casa del director de la hemeroteca, Rodrigo Montoya, y preguntó si pudo localizar al informante.

—Mañana te espera a las once, a la altura del faro que está en la playa. —Y precisó el lugar del encuentro—. Se llama Jorge Romero y trabajó en el servicio secreto.

—Me suena mucho. ¿Cómo lo reconozco?

—No te preocupes, él te va a reconocer a ti, tiene ojos por todas partes. En cambio tú no podrías identificarlo jamás, porque es muy bueno para disfrazarse.

—¿Y por qué va a ir disfrazado?

—Aquí hay mucha gente que no lo quiere, empezando por el comandante de la judicial. Ya te dije que esto iba a ser complicado.

—¿Y cómo me va a reconocer a mí?

—No es nada difícil. Otra cosa: si tienes unos centavos, dáselos. Nunca anda bien de dinero.

—No tengo mucho.

—Unos doscientos pesos estaría bien.

Llamó a la jefatura para reportarse, y se enteró que tenía seis mensajes del hijo del Cochiloco: Regréseme mi pistola, pinche culero. ¡La fusca!, se dijo, se me olvidó por completo; debería llevarla ahora mismo, no quiero problemas con Obregón. Pero estaba completamente agotado y se dijo que unas horas más no harían gran diferencia… y se volvió a equivocar. Como había reñido con su mujer, el Macetón había regresado a su propio departamento, al cual le hacía falta una profunda limpieza. Al caer en la cama intentó leer el testimonio de Rodrigo Montoya, pero le fue imposible: habían ocurrido muchas cosas en un solo día. Se levantó por un vaso de agua y vio atardecer: había empezado el crepúsculo, la oscuridad bajaba sobre la ciudad. Por el rumbo de la refinería, el horizonte se impregnaba del mismo tono que los quemadores de gas, las nubes reflejaban ese color rojizo angustiante que tanto le disgustaba. El tono provenía de tres grandes flamas alargadas, una por cada quemador de gas. Tenía que dormir unas horas: Valiente día de descanso, dijo, y se acostó.

16

Sólo tres locos habían ido a la playa con ese tiempo, un grupo de chavos que intentaba asar una carne a la parrilla, enredados en sendas cobijas. Siguiendo las instrucciones de Montoya, tomó el boulevard costero hasta el hotel Las Gaviotas. En cuanto vio el anuncio de Refrescos de Cola se estacionó junto a las dunas y caminó hacia la orilla. Un viento helado azotaba las palapas vacías y volaba hasta el malecón. Se preguntó por qué carajos no salió con chamarra.

De vez en cuando, algún cangrejo constructor le escupía un puñito de arena. Al filo del agua, una gaviota minúscula caminaba a dos pasos de él. Cada vez que se retiraban las olas, la gaviota perseguía a los peces plateados que nadaban en la corriente. Caminaron en la misma dirección durante algunos minutos, para no congelarse, hasta que otra gaviota llegó por la primera, y se dijo que incluso una gaviota tenía mejor suerte que él.

El Macetón ignoraba cómo se las ingenian los porteños para que aun en el punto más alejado de la playa exista un puesto de dulces, pero así fue. Antes de que lo viera venir, un vendedor ambulante le había ofrecido dulces de coco y de leche. Pensó que si un vendedor con una vitrina portátil podía acercarse hasta él sin que él lo advirtiera, cualquiera podía. ¿Qué clase de investigador era él? Su lugar no estaba ahí, en la calle, sino en la oficina, platicando con las muchachas del servicio social. Cuando vio que los tres chavos se subían a un coche y se iban, notó que la playa había quedado vacía: entonces fue como si le quitaran la venda de los ojos. ¿Y si la cita fuera una trampa? Qué pendejo, pensó, en caso de problemas no tendría a quién acudir. La soledad de la playa hacía de ese sitio un lugar ideal para ocultar un cadáver. ¡La cita podría ser un complot! ¡El director de la hemeroteca estaba coludido con el Chaneque! Lo iban a dejar como víctima de la mafia china, enterrado hasta el cuello. Estaba pensando en eso cuando vio que un autobús se paraba. De él se bajaron sólo dos personas, una le echó un vistazo y supo que el objetivo era él.

Se trataba de un ciego con un bastón y una niña, que le servía de lazarillo. La niña condujo al ciego hacia el Macetón, y antes de que le dijera su nombre, el invidente le dijo:

—Sí, ya sé quién es. No se asuste, amigo, yo no lo voy a matar.

Lo llevó al único restaurante abierto: un tendajón de cemento, que al menos los resguardaba del frío. Se sentaron en sillas tan frías que la niña se estremeció. Cargaba una lonchera de metal oxidada, con imágenes de *Contacto en Francia*. Tendría unos diez años y usaba un rompevientos rasgado. Al entrar al restaurante el ciego la despachó hacia el punto más alejado del local:

—Vete a jugar, Conchita. No nos vayas a interrumpir.
—Ella se cambió de mesa, extrajo papel y unos colores y se puso a dibujar. Era una niña muy obediente.

Se llamaba Romero y había trabajado en el servicio secreto. A primera vista parecía un indigente: bajo su chamarra luida usaba una camisa a la que le faltaban botones. Había marcado el dobladillo del pantalón con unas grapas y no se había rasurado en tres días.

—¿Lo asusté? No tenga miedo, ya despisté a los que me estaban siguiendo. ¿A usted no lo siguen?

—No sé. No se me había ocurrido...

—Conchita dice que no hay nadie más en la playa, pero tome sus precauciones, el Chaneque es muy vengativo, y este asunto le interesa de manera particular. Digamos que sobre él construyó su carrera. Todo se lo debe a este asunto.

Tenía el aire de quien está en perpetua tensión, esperando el peligro. Según el director de la hemeroteca, Romero fue policía hace más de veinte años y llegó a ser un detective notable. Sólo una vez cometió un error, y eso bastó para arruinarle la vida. El Macetón preguntó desde cuándo conocía al director de la hemeroteca y luego de unas cuantas banalidades, le dijo:

—Cuando usted quiera. Estoy a sus órdenes.

—Bueno —comentó el Macetón—, vamos al grano: ¿usted sabe quién mató al periodista?

—¿Así nomás? Déjeme tomarme algo primero, ¿o qué? ¿No me va a invitar a comer?

Esa mañana, el ciego estaba en peligro de muerte por dos razones: un grupo de judiciales se dedicaba a hacerle la vida imposible a raíz de un asunto de autos robados y el comandante Taboada lo estaba buscando. Desde que desapareció su colega, y sobre todo ahora, con el gobierno de oposición en el ayuntamiento, Romero no había encontrado acomodo y cada semana había un nuevo proceso en su contra. No hay nada peor para un madrina que perder a sus protectores. Hacía tres años que no podía tener dirección fija; con frecuencia debía esconderse por meses enteros, y en dos ocasiones tuvo que huir a Estados Unidos. En el momento en que se citaron, se rascaba una barba blanca y rala y juró que cumplía dos días sin comer.

Pidió los dos platos más abundantes del menú, uno para él, otro para la niña, y en promedio se bebió un Refresco de Cola cada diez minutos. Al mismo tiempo pidió un queso seco a un marchante y lo devoró a mordidas, tan bien como se lo permitía su dentadura incompleta.

A medida que terminó pudo sacarle algo más que monosílabos y para la hora del postre ya era otra persona, muy distinta al agresivo y taimado pordiosero que había entrado al tendajón. Cuando lo examinó de perfil recordó haberlo visto en la comandancia, muchos años atrás, cuando el Macetón era un jovenzuelo inexperto que ingresaba al trabajo.

Se había sentado muy tieso en el respaldo, con una mano sobre el bastón. Cabrera no podía olvidar que estaba frente a un antiguo torturador, pero no lo parecía: más bien recordaba a un animal cansado de escapar. Una vez que se sintió a sus anchas le preguntó si sabía sobre qué estaba escribiendo el periodista. Él asintió con modestia:

—¿Cómo no lo voy a saber? Yo fui su fuente principal. ¿Ve esto? —Y se señaló los dos ojos.

Don Jorge Romero usaba anteojos oscuros por una sola razón: no tenía ojos, se los habían arrancado.

—Para resolver este caso, tiene que saber lo que pasó hace veinte años: estoy hablando del Chacal.

Luego de un preámbulo innecesario, el Macetón se atrevió a sugerir:

—Sí, algo me acuerdo y ya estuve leyendo al respecto. Decían que el asesino fue Jack Williams, ¿no?

Romero negó mientras expelía una nube de humo:

—Jack Williams no tiene nada que ver.

—¿Por qué está tan seguro?

—Porque al verdadero asesino lo agarré yo.

17

Estuvieron ahí tres horas. Todo el tiempo se refirió a su socio, y cuando el Macetón preguntó su nombre, el ciego dijo: Vicente Rangel. El Macetón sintió que un escalofrío le corría por la espalda, y a la primera oportunidad le pidió que los presentara:

—Imposible. Está desaparecido, nadie sabe qué le pasó.

—Romero se llenó las bolsas de la chamarra con el azúcar de cortesía y dijo que tenía que irse, pero antes pidió una segunda cajetilla de cigarros, a cuenta del detective.

—¿Y el asesino?

—Eso le va a costar. Tengo que sacar algo de esto, chingá. No lo hago por amor a la patria.

Le entregó casi todo el dinero que llevaba encima. A cambio, el ciego llamó a la niña: Conchita, dale el papel al señor, y ésta le entregó un arrugado recorte de periódico, de la sección de sociales local. Allí, dos personas de traje y corbata, rodeadas de guardaespaldas, miraban al fotógrafo con suficiencia.

—El asesino es el de lentes oscuros.

Cuando se levantaba, le dijo:

—Espérese un rato antes de salir. Si nos andan siguiendo, no le conviene que nos vean salir juntos.

El Macetón demoró todo lo posible. Cuando le pareció que había sido suficiente, pidió la cuenta y salió. Su interlocutor se encontraba allí todavía, esperando el autobús del otro lado de la calle. La niña reparó en su presencia, y para no inquietarlos fue a perder tiempo a la playa.

Lo que le contó Romero era una bomba. ¡Carajo! ¿Qué debía hacer? Se encontraba cerca de la refinería, por lo que el viento arrastraba un olor a azufre y cosas pútridas.

A fin de sosegarse se dedicó a contemplar la valla de pinos y palmeras que indicaban el final de la playa, pero el mar inestable que era su mente le recordó: La pistola, cabrón, y, ¡en la madre!, pensó. Si es cierto: se me olvidó entregar la pistola. Si quería evitar problemas en las próximas horas, tendría que ir a recogerla a la oficina.

Rosa Isela lo esperaba en la puerta, visiblemente angustiada. En cuanto lo vio corrió y se prendió de su brazo. A dos pasos de ella venían el Beduino y el inmenso Gordolobo. El Beduino le gritó:

—¡Macetón! Te anda buscando Chávez.

Isela lo quiso arrastrar en dirección opuesta, pero el Macetón se zafó:

—Espérame un minuto, mi reina, ahorita te alcanzo.

—No, señor, por favor, no vaya para allá.

Al oír esto comprendió lo que le esperaba.

—Te habla Chávez —insistió el Gordolobo.

Al momento de entrar notó que habían despejado los escritorios, dejando un espacio en el centro de la oficina. Y los civiles, que siempre sobran, no estaban allí. Solamente Isela pretendía sacarlo de allí. En algún momento el Gordolobo la desprendió de su brazo, y el Macetón accedió a ir al interior de la comandancia.

El Chaneque estaba sentado tras una mesa de plástico, jugando con las llaves de su auto.

—Quiobo Chaneque, ¿qué se te ofrece?

Chávez lo miró y no dijo nada. Tenía la mano izquierda escondida en la espalda.

En este negocio pierde el que se distrae. Chávez lo examinó con mucha atención, y el Macetón le devolvió la mirada. Eso siguió hasta que el Chaneque se rió y se jaló la piochita:

—Has tenido mucho trabajo.

—Algodón.

—Me dijeron que viste a Romero. ¿Estás buscando a Rangel?

La mención de ese nombre, por tercera vez en dos días, le cayó como patada en el hígado:

—¿Por qué? ¿Lo andas buscando tú?

—No —se burló—, pero si quieres encontrar a Rangel, pregúntale a tu mujer...

Rosa Isela sabía qué estaba pasando, porque pretendió interponerse: «Señor Cabrera, señor Cabrera, venga, por favor», pero Gordolobo y el Beduino cuidaban la puerta: «No se meta, señorita, déjelos solos». El Macetón avanzó hacia el Chaneque:

—¿Qué dijiste, cabrón?

—Pregúntale a tu mujer.

—¿Quieres que te parta el hocico?

—No pues... si te vas a enojar no preguntes. —Se divertía a sus costillas—. Pero si quieres saber dónde anda Vicente, pregúntale a tu mujer.

La mesa voló con el patadón de Cabrera. Chavez sacó una manopla y la blandió a un centímetro de su rostro, pero el Macetón se echó para atrás. Aprovechó que Chávez volvía a abanicarlo y lo golpeó en el mentón, directo, con todo lo que tenía, y el Chaneque cayó boca abajo. Estaba en el suelo pero no estaba vencido; el Macetón adivinó que pensaba saltar y soltarle un revés, pero cuando empezaba a pararse le dio una patada en el plexo solar. Para desgracia de Chávez, el Macetón llevaba las botas vaqueras. El Chaneque levitó, dio una vuelta completa en el aire y cayó detrás de la mesa. Intentó levantarse pero se le doblaron las piernas, aunque ya era muy tarde: al Macetón Cabrera se le había esfumado el ímpetu pacifista. El Beduino y Gordolobo tuvieron que agarrarlo por los brazos para que no lo matara: Cálmala buey, ya cálmala. ¿Ahora sí me interrumpes, pinche pendejo?, le reclamó. Ve a chingar a tu madre, y se zafó con un movimiento. Entonces vio que el Chaneque extendía un brazo y sintió dolor en la pierna derecha. ¡Hijo de puta!, escupió. El cabrón le arrojó la manopla, a ciegas, y le acertó en la espinilla. Cabrera se zafó del Gordolobo de un empujón, ya iba a terminar lo que había comenzado, pero Isela se le abrazó berreando: ¡Señor Cabrera, por favor cálmese! Porque la vio se contuvo y salió resoplando.

Para entonces se había reunido una multitud en la puerta: todos los nuevos estaban allí: Pinches curiosos, pensó. El problema era que para salir tenía que pasar junto a Chávez, que estaba en el suelo. Rosa Isela lo arrastraba del brazo, interponiéndose entre ambos, pero al pasar junto a él, el Macetón oyó el bisbiseo y se regresó:

—¡Repíteme eso!

—Te vas a morir —le dijo—, te vas a morir.

—Aprendan —Cabrera les dijo a los nuevos—: si van a matar a alguien, lo matan y ya, no publican un anuncio en la sección de sociales.

El Chaneque frunció los ojos como sólo él puede hacerlo y Cabrera entendió que había hablado en serio.

Salió a la calle apoyado en Isela:

—Por favor, váyase: Chávez es muy vengativo.

—No te preocupes —le dijo—, no va a pasar nada.

—¿Quiere que le pida una ambulancia?

—Sí, pero para el Chaneque. Ahorita debe estar escupiendo los dientes.

—¿Y usted ya se vio? Le pegaron bien feo.

Era verdad. Cuando Chávez soltó el primer golpe debió rozarle la punta de la nariz, porque estaba sangrando. Con el coraje no se dio cuenta. Y notó que su pierna comenzaba a adormecerse.

—Tiene que ver a un doctor. A lo mejor está fracturada.

En el lugar del impacto una mancha negruzca había hecho su aparición. Isela tenía razón: no iba a conseguir nada en esas condiciones, sería mejor retirarse.

—Ya salió. ¡Ay! Váyase por favor —se angustió la muchacha—, ahí viene Chávez.

Y en efecto, el Chaneque salió, apoyado en el Gordolobo. Vio que hablaba con uno de los nuevos, para darle instrucciones, y el muchacho se subía a la patrulla, sin dejar de mirar hacia él: No puedo creerlo, se dijo. ¿Adónde ha llegado el pinche mundo, que me están siguiendo mis propios compañeros?

—Gracias, mi reina. Tú también vete a descansar, ya terminó tu servicio. —Abrazó a la muchacha y se despidió.

El simple hecho de pisar le provocaba punzadas, pero no se podía detener, el joven ya había arrancado. Vamos a ver si me agarras, hijo de pulga.

En lugar de subirse a su auto tomó un autobús hacia el centro. Desconcertado, el muchacho lo siguió a distancia prudente del camión. En la tercera parada el Macetón descendió y el muchacho se frenó en seco. Bueno, se dijo, vamos a comprobar tu pericia. Tomó un taxi en sentido contrario y el muchacho se las vio negras para dar vuelta en U, en plena avenida. Eso le pareció divertido, y le dijo al chofer que lo llevara al Supermercado Rosales.

—Pero si está aquí al ladito.

—Por eso mismo.

El chofer dio la vuelta entre gruñidos y el muchacho también. Cabrera descendió del taxi y entró cojeando por la puerta principal; luego salió por la puerta trasera y caminó de regreso a la comandancia. La patrulla quedó prensada entre los coches de las señoras que buscaban lugar para estacionarse. Ni modo, se dijo, le falta mucho por aprender. Entonces dio la vuelta a la cuadra y saludó a los presentes, antes de subir a su coche:

—¡Buenas tardes!

Chávez se veía negro de furia, y el Macetón se moría de la risa. Pobres pendejos, perder al objetivo puede ser una fuente de frustración, ojalá que no acumulen energía negativa contra un servidor. Se decía esto mientras conducía por las calles nuevas, pisar le dolía muchísimo, pero logró dirigirse a su casa por las calles vacías. Al llegar al entronque con la avenida le tocó el semáforo en rojo. La pierna le estaba latiendo de puro dolor… Un movimiento tan sencillo como pisar el acelerador le provocaba punzadas. Mientras esperaba el verde vio que una pickup de vidrios polarizados, que se había estacionado a su izquierda, se echaba en reversa. No le dio mucha importancia, porque el dolor de la pierna lo estaba matando. Qué raro, pensó, echarse en reversa en plena avenida, menos mal que la calle está sola, de lo contrario podría provocar un accidente. Entonces el de la pickup pisó el acelerador a fondo y se estrelló contra su auto, del lado del conductor.

El Macetón astilló el cristal de un cabezazo. Del caos que siguió sólo recuerda que estaba apoyado en la ventanilla del auto y leía con insistencia el letrero del espejo lateral: «Las cosas están más cerca de lo que parecen».

Mientras se preguntaba quién era él y por qué estaba ahí, vio que el agresor se volvía a echar en reversa, esta vez hasta el final de la cuadra y volvía a arrojarse contra él.

El Macetón era incapaz de moverse. Por un instante tuvo la impresión de que había una discusión en el interior de su cabeza, pero entonces se asomó por el espejo retrovisor y descubrió que no, no era él quien discutía, sino dos muchachas que estaban sentadas en su asiento trasero: una morena y una pelirroja. La morena decía: Ahí viene la pickup, hay que moverse. Pero la pelirroja estaba muy distraída, o tan atontada como él a causa del impacto: ¿Moverse? ¿Por qué moverse? ¡Si estamos a gusto aquí! Y entretanto, el Macetón veía la pickup acercarse y oía una canción de Rigo Tovar, que sonaba en la radio: «¡Oh, qué gusto de volverte a ver! / Saludarte y saber que estás bien. / ¡Oh, qué gusto volverte a encontrar! / Tan bonita, guapa y tan jovial». Cuando se preguntaba por qué se oía con tanta nitidez, se dio cuenta de que ni más ni menos el propio Rigo Tovar estaba en el asiento trasero. ¡El mejor cantante de música tropical del planeta estaba allí, al lado de las muchachas, tras el asiento del conductor! Rigo, que vestía un traje blanco y lentes oscuros, tocaba el güiro con mucho sentimiento. El Macetón le sonrió: Hombre, qué gran honor, Rigo Tovar en mi coche, y éste cantó: «Aquel día que tú te marchaste / me quedé solo y triste en el parque / esperando encontrar el motivo / del enojo que habías tenido». Sólo que la pickup no dejaba de avanzar, y la morena mencionó un hecho importante: Se está acercando, es peligroso. ¿Peligroso?,

¿por qué peligroso? (la pelirroja no se distinguía por su lucidez). De pronto Rigo se echó hacia delante y dijo con voz engolada: ¿Sabes, mi amigo? Creo que tienes que mover tu automóvil, de lo contrario te van a chocar, y ya no podrás sentarte en el parque, bajo los flamboyanes y los rosedales, no verás a las muchachas del servicio social, ni podrás bailar mis canciones, y yo me sentiré triste. No, eso no, Rigo no debía estar triste. No te preocupes, le dijo, te prometo que me voy a mover, y el artista sonrió condescendiente. ¡Qué bueno! ¡Me da mucho gusto! De nada, Rigo, no tienes nada que agradecer, es un honor estar aquí platicando contigo, y Rigo se rió, y de pronto se había esfumado con las muchachas.

Entonces sólo quedaban la pickup y él. Sin que el Macetón interviniera con toda conciencia, su mano metió reversa y su pie se apoyó sobre el acelerador, despacito, de manera progresiva, y su coche saltó rechinando hacia atrás. La pickup le rozó la defensa, le dio un toquecito y se saltó el camellón. Para su desgracia, en ese momento un tráiler de doble remolque corría en sentido contrario. Arrastró a la pickup trescientos metros y después se trepó sobre ella. Por eso no me paso los altos, se dijo, no se puede saber cuándo llega el peligro.

Lo último que recuerda es que su auto chocó con la banqueta trasera y dejó de avanzar. Entonces apagó el motor, se bajó del auto y se desmayó. El resto ya se sabe: ambulancia, fractura de brazo, costillas rotas, contusión cerebral.

Todo por un informe que ni siquiera leyó. El informe del periodista.

SEGUNDA PARTE

LA ECUACIÓN

UNO

1

Hay dos tipos de policías en todo el mundo: a los que les gusta su trabajo y a los que no. A mí me gustaba mi empleo, al agente Chávez le gustaba su empleo, al comandante García claro que le gustaba investigar y resolver un problema, pero a su mejor detective no —y fue él quien recibió la denuncia—. Intentó deshacerse de ella como de una papa caliente, pero hay pistas que se te prenden a la piel y no te dejan en paz hasta que las investigas. Dicen que entre ellas y nosotros se establece una especie de obsesión, como de perro que sueña con la presa que olfateó, aunque le digan que la caza ha terminado.

Bueno, hay que empezar por alguna parte. El 17 de marzo de 1977, Vicente Rangel González, casi treinta años, natural del puerto, domiciliado en una casa junto al río, un músico metido a detective, fue el encargado de levantar la denuncia. Rangel tenía seis años en el cuerpo y llevaba cuatro renunciando. Siempre decía que iba a renunciar, pero cada vez que estaba a punto de hacerlo se involucraba en un caso difícil y volvía a postergar su salida. El día que empezó todo fue el Chicote —ese recepcionista, velador, lavacoches y mensajero de todo el departamento— quien le pasó la llamada:

—Ahí le hablan.

—¿Mi tío?

—No, cómo cree. Es una denuncia.

Eso del tío era una broma entre ellos, si pudiera decirse que a Vicente Rangel le gustaban las bromas… La verdad es que no.

Tomó el aparato negro y pesado que estaba en el centro del salón. Un tipo desesperado gritaba en el otro extremo del alambre:

—¿Bueno? ¿Bueno? ¡Bueno!

—Jefatura…

—¡Oiga, por fin! Le llama el licenciado Rivas, del bar León. Encontramos otra niña, como la del Palmar.

—Un momento —dijo, y cubrió la bocina con la palma de la mano—: ¿Dónde está el Travolta? —le preguntó al Chicote.

—No ha llegado.

—¿Y por qué me la pasas a mí?

—Me dijo Lolita.

Lolita se estaba mordiendo las uñas a dos escritorios de distancia. Era la secretaria del jefe.

—A ver, Lolita, ¿qué pues? El caso le toca al Travolta.

—Pero no va a volver, ya ve que siempre se tarda, ¿por qué no va usted?

—¿Es una orden?

—Pues… sí, ¿no? ¿O qué será bueno?

Rangel suspiró a fondo y llenó sus pulmones con el aire denso, caliente, que no se podía respirar; luego descubrió la bocina y dijo con la mayor autoridad posible:

—¿Es usted el gerente?

—Sí.

—No toque nada ni deje salir a nadie. Ya van para allá.

—¿Sabe dónde estamos?

—Sí, hombre, ya van en camino.

Cualquiera sabía dónde estaba el bar León: quedaba frente a la Plaza de Armas. Era uno de los bares más antiguos del puerto, tan antiguo como la refundación de la ciudad, a finales del siglo XIX. Aunque ya había pasado su época de oro —que fue en algún momento de los treinta, antes de la Segunda Guerra Mundial— su aire de gran bar venido a menos aún atraía a los turistas y, sobre todo, a una escasa pero fiel clientela compuesta por vecinos y empleados de oficinas públicas, que trabajaban por ahí.

Rangel tomó la hora: Son las dos cincuenta, y bueno, se dijo, que conste en el acta que yo no quería ir. Mientras colgaba el aparato, Rangel debió admitir que estaba nervioso. ¿Será el mismo tipo?, pensó. Sintió que le volvían a hervir las palmas de las manos y se dijo: Chingue su madre, me late que sí. Pensó en untarse la crema medicinal que le había recetado el doctor Rodríguez, pero no estaba seguro. No quería que nadie lo viera poniéndose el remedio; a él las cremas y los maquillajes le parecían cosa de maricones, no de policías bragados, a punto de cumplir los treinta años, pero era cierto que el doctor Rodríguez Caballero era el mejor especialista del estado. Bueno, se dijo, ¿qué tanto es tantito? Estaba abriendo el cajón, ya había sacado el remedio, se lo iba a aplicar en la mano izquierda, cuando reparó en que lo observaba un tipo de camisa a cuadros y anteojos gruesos, como de fondo de botella; un tipo humilde pero muy limpio, que esperaba sentado al comienzo del pasillo, acaso un aspirante a madrina, de los que aparecían tantos por allí. El detective se sintió molesto y se guardó la crema en el pantalón.

Vicente Rangel González sacó la calibre veintidós que había comprado en diez pagos, se desabrochó el cinturón y se acomodó la funda. Prefería su veintidós a la pesada calibre cuarenta y cinco reglamentaria que le ofrecía el departamento. Por tratarse de una ciudad pequeña, no había armas para todos, y las pocas que había se guardaban en el despacho del comandante García, en una vitrina bajo doble llave, pero el comandante no estaba y la llave la tenía él. A Rangel no le gustaba usar armas, estaba seguro de que no iba a tener necesidad de utilizarla, pero la llevó de todas maneras: No vaya a ser que me encuentre a ese tipo. Luego de cerrar la funda de manera conveniente se rascó con disimulo, y cuando consiguió que la comezón se atenuara le ordenó al Chicote:

—Avisa a los peritos y mándame a Cruz Treviño, o a Tiroloco y al Gordolobo. Que hagan limpieza en la Plaza de Armas y en los muelles.

—¿Otra vez, oiga?

Rangel hubiera querido explicar la situación en detalle, pero no podía descartar que el hombre de la camisa a cuadros fuera un espía de los periódicos, así que hizo un gesto que significaba «No me preguntes», y salió de la habitación.

El Chicote obedeció en silencio. Su experiencia le había enseñado a no discutir con policías nerviosos, así que tomó la sección amarilla, buscó la lonchería Las Lupitas y se concentró en encontrar al Tiroloco.

Rangel atravesó el estacionamiento de grava, seguido por una estela de polvo que lo acompañó hasta su auto. Como lo temía, el metal estaba hirviendo: olas de humo se desprendían del capó. Chingado, se dijo, quién tuviera aire acondicionado. Metió la llave en la chapa al rojo vivo, giró la manija para bajar el cristal izquierdo, le dio vuelta al cojín del piloto y se metió de una vez. Antes de que pudiera bajar la ventanilla derecha ya estaba sudando, ríos de agua le escurrían por la frente. Me lleva, pensó. Al encender la marcha volvió a quemarse los dedos, de manera que sacó un pañuelo y un paliacate rojo de la guantera, con uno cubrió el volante, con el segundo se cubrió la diestra y condujo en dirección del bar. Por entonces el ayuntamiento sólo tenía tres vehículos: la Julia —una camioneta cubierta, adaptada para «levantar» sospechosos— y dos patrullas pintadas con colores oficiales; una la usaba el comandante García, otra la conducía el Travolta. El resto de los agentes tenía que usar sus vehículos particulares; si los tenían, como era el caso de Vicente Rangel.

Miró el termómetro: Cuarenta grados, dijo, y esto no va a refrescar. Desde que se compró el Chevy Nova trataba de no manejar durante las horas de mayor calor, en el mediodía interminable del puerto, cuando los edificios parecen hervir y los espejismos se alzan del pavimento. Tenía la impresión de estar entrando a otra realidad, al epicentro del miedo. Para distraerse de pensamientos tan macabros encendió la radio, donde un locutor sugería que los marcianos estaban calentando la Tierra: «Primero van a acabar con la capa de ozono, después van a deforestar el planeta, luego fundirán las capas de hielo del polo norte e inundarán las ciudades. Piensan extinguir a la raza humana entre crueles sufrimientos». Pinches marcianos, se dijo, han de ser putos.

Al pasar frente al Tiberius Bar disminuyó la velocidad para ver si encontraba al Travolta, pero no tuvo suerte. Pinche gordo, se dijo, y encima se va a encabronar.

Tomó el Boulevard del Puerto hasta la avenida del Palmar

y recorrió el itinerario en diez minutos. Sólo tuvo que detenerse en el semáforo de la Curva a Texas, pues había un tráiler delante, y, por no llevar sirena, no tenía modo de hacerse oír. Bueno, se dijo, puedo esperar un momento. La verdad es que no quería hacer el trabajo y aún conservaba la esperanza de que el Chicote localizara al Travolta, y lo relevaran de la investigación. Treinta segundos después tuvo la certeza de que no sería así, por lo menos no de inmediato, y que no había forma de eludir las circunstancias. Ni modo, se dijo, que se empute el gordo, ¿pus qué? Otra raya más al tigre.

Miró el anuncio monumental de Refrescos de Cola, donde una mujer levantaba un vaso de líquido color petróleo, rebosante de hielos. Mientras esperaba el siga, como buen antiimperialista que era, le dedicó malos pensamientos a la compañía e incluso a la modelo del anuncio. Pinches gringos cabrones, y Pinche vieja en *hot pants*, ha de ser bastante puta. Cada vez que veía un refresco de cola lo relacionaba con la guerra de Vietnam, la tensión en Medio Oriente, la guerra fría, la caída de Salvador Allende en Chile. Desde que entró al cuerpo de policía estas explosiones de rencor externo se habían vuelto menos frecuentes, pero seguían persistiendo. Era su conciencia internacional, que se resistía a morir. Lo de la chava es más complicado y se explicará en su momento.

Llegó al bar León en otros seis minutos —entonces toda la ciudad podía recorrerse en media hora— y al acercarse a la entrada divisó el coche de la doctora Ridaura, lo cual significaba que Ramírez también debía estar ahí. Por la mañana daban clases de química y biología en el colegio de los jesuitas; por la tarde, o en caso de una emergencia, eran los peritos de la ciudad.

Cosa inusual, Ramírez lo estaba esperando en la calle. Parece mareado y trae los ojos rojos, pensó, no aguanta nada este hombre, a lo mejor le impresionó lo que vio.

—¿Ya terminaste?

—Estoy tomando aire.

—Apúrale, porque ya va a llegar la ambulancia. —Y en vista de que comenzaba a formarse una multitud de curiosos, le ordenó—: Hazme una valla en la puerta, no dejes entrar ni salir.

Antes de que diera otro paso el fotógrafo confesó:

—Señor Rangel...

—¿Sí?

—El gerente dejó salir a un individuo.

Rangel asintió. ¿Un individuo?, ¿el gerente? Ahorita va a ver ese pendejo, me lo voy a chingar por obstrucción de la ley. Ya iba a seguir caminando, pero la voz de la intuición lo obligó a detenerse. Conocía lo suficiente a Ramírez para advertir que le ocultaba algo:

—¿Tú lo conoces?

Rangel adivinó que sí, a juzgar por las vacilaciones del perito:

—Era Jack Williams... Venía con su secretario y cuatro gringas.

¡Puta madre! Un influyente. No le gustaba tratar con influyentes, y el joven que se fue sin esperarlos era el hijo del hombre más rico del puerto: el legendario Bill Williams, dueño de la embotelladora local de Refrescos de Cola. Ramírez estaba sudando, y no era por los treinta y siete grados a la sombra.

—¿Dónde está el cuerpo?

—Al fondo, en el baño. Allí está la doctora.

Iba a entrar a la sala pero el fotógrafo solicitó su atención.

—¿Oiga?

—¿Sí?

—Se me acabó el rollo.

El agente sacó un billete de su cartera.

—Me traes nota, cabrón. Y no tardes.

Al traspasar el dintel tuvo que esperar un segundo para acostumbrarse a la oscuridad. Se le acercaron tres bultos oscuros, cada vez menos difusos... El gerente debía ser el más barrigón. No hubo necesidad de sacar la placa —nunca la había—, y mucho menos ahora: nadie querría estar en su lugar.

El gerente se llamaba Lucilo Rivas. Rangel lo reconoció de inmediato, lo había visto muchas veces de lejos, cuando iba al bar en calidad de cliente. Siempre usaba trajes color claro una talla menos de lo recomendable, que le quedaban muy apretados. Al verlo, el gerente dio señas de reconocer a un cliente habitual. Fue como si se dijera: Ah, caray, no sabía que era detective. Le decían la Cotorra, pero ese día estaba muy callado. Oh, qué la chingada, se dijo Rangel, este cabrón se va a poner difícil.

—¿Están todos?

—Si se hubieran ido sin pagar me habría fijado.

—Eso lo vamos a ver. ¿Tiene las notas del día?

El gerente se demudó. Tenga, se dijo Rangel, esto no le gustó ni tantito.

—Acabábamos de empezar.

—No mame, ni modo que no llevaran la cuenta de las bebidas. Algún registro ha de tener.

Más taciturno que nunca, el gerente abrió un cajón y le entregó las notas. Rangel tomó la que estaba más arriba y encontró lo que buscaba. El Junior había pagado con tarjeta de crédito:

GRUPO REFRESCOS DE COLA DE PARACUÁN
JOHN WILLIAMS, JR
SUBDIRECTOR GENERAL

Rangel no tenía tarjeta de crédito. ¿Cómo iba a tener, si ni siquiera podía llegar a fin de mes con dinero en el bolsillo? Para él las tarjetas de crédito eran títulos nobiliarios, vislumbres de un país imposible, un sueño tan remoto como un Ford en su futuro.

—¿Cómo? —La voz del gerente rompió su concentración.

—Le digo que lo dejé ir porque tenía mucha prisa. Venía con inversionistas gringos y les tenía que mostrar la ciudad.

Rangel meneó la cabeza:

—Usted y yo vamos a seguir platicando. Lo que hizo es suficiente para que me lo lleve consignado... Me llevo esto —dijo al tomar las facturas—. ¿Quién la encontró?

El barman le señaló a un muchacho con aspecto de burócrata, que estaba sentado en la barra, pálido como un fantasma. Ay, buey, se dijo Rangel, éste se va a desmayar.

Como acostumbraba desde hacía un año, el oficinista Raúl Silva Santacruz fue a comer al bar León a las dos en punto. Cada tercer día llegaba con sus colegas a la hora de la botana, ordenaba una o dos cervezas y a cambio le servían un caldo de camarones secos, tacos de jaiba o carnitas y un arroz con guisado. El 17 de marzo de 1977 terminó sus dos cervezas, festejó la última broma torpe de sus compañeros y salió a orinar. Eran las dos cuarenta. Aunque el bar tenía mingitorios al fondo, por lo general inundados de miasmas, Silva Santacruz prefería abrir la puerta contigua a la barra y utilizar los otros baños, que estaban mejor ventilados. Se trataba de una habitación de cuatro metros de alto, paredes de azulejo blanco, urinario colectivo en forma de rectángulo y dos cubículos con sendas tazas, iluminados por un amplio ventanal. Ese día, cuando iba de camino al meadero, Raúl Silva Santacruz reparó en un objeto tirado frente a la puerta de uno de los excusados. Pensó en los malvivientes que rondaban la Plaza de Armas y se dijo: Pinches vagos, nomás vienen a ensuciar. Era común que los vagabundos entraran al bar para pasar al baño y una vez allí abandonaran botellas de refrescos de cola, envolturas de papas fritas, jeringas usadas para drogarse o bolsas de pan. Ya se iba a abrir el cierre cuando notó que el objeto tirado era un minúsculo zapato. Levantó la vista unos centímetros y descubrió que por abajo de la puerta del privado sobresalía un piececito infantil.

El descubrimiento le provocó una crisis nerviosa. Aunque el barman le servía dosis de alcohol turbio en un vaso tequilero, sus movimientos aún eran lentos y en vaivenes, como si llevara el ritmo de un vals. Rangel hubiera preferido que el testigo no tomara pero no podía reclamarle: si no estuviera de servicio, él mismo se bebería un trago de ron. La tarea que tenía pendiente no le gustaba nada, pero no la podía eludir.

Un relámpago iluminó el interior del restaurante y el agente supo que ya estaban llegando los fotógrafos: en este caso era el Albino, siempre el primero en llegar. De un tiempo a la fecha, a Rangel le incomodaba encontrar al Albino, y cada vez que salía a investigar un homicidio era probable volverlo a encontrar. Pinche ave carroñera, quién sabe quién le avisa, pensó, debe tener una oreja en el departamento, de lo contrario no me explico que siempre sea el primero en aparecer. No es que el Albino fuera mala persona, pero es que a Rangel lo inquietaba verlo trabajando: era un tipo silencioso, de cabello blanco y cejas blancas, siempre vestido de blanco entre los mares de sangre. Si al menos hiciera el esfuerzo de parecer amable, se dijo, pero sólo llega y estorba... Detrás de él no tardaría en llegar la Chilanga, una egresada de la Escuela de Periodismo Carlos Septién García, expulsada de la Ibero por sus ideas de izquierda. Cuando le impedían el acceso a los escenarios del crimen, la Chilanga acostumbraba soltar rollos largos e injuriosos, en un vocabulario marxista que Rangel a veces no lograba entender: Materialistas de cuarta, perros de mierda, son el brazo armado del gobierno burgués. Rangel no sabía cómo tratarla: Se aprovecha de que es mujer, guapa, feminista, ilustrada, y ya me tomó la medida, pinche vieja, debería estar en su casa. A Rangel le quedaba muy claro que los periodistas estorbaban el trabajo de la policía. Si de él dependiera, les impediría mezclarse en las investigaciones, pero no todos pensaban igual. Al comandante le gustaba lucirse, al Tiroloco le gustaba lucirse y al Travolta ni se diga: era toda una *vedette*. En cuanto el Albino intentó cruzar la valla de seguridad —en realidad un par de sillas, dispuestas por Ramírez en la entrada del bar—, ¡Ora cabrón!, Rangel le gritó: Que te largues. Pero el Albino permaneció quieto, como si estuviera muerto, o como si fuera un animal que no comprendiera el lenguaje humano, y Rangel ordenó que bajaran las rejas. Un minuto después los meseros bloquearon la luz de la calle y los detectives quedaron a oscuras, de manera literal.

2

En el momento en que entraba, los parroquianos lo miraron como si fuera oficiante de un rito secreto, a punto de celebrar. Pinches cabrones, se dijo, como si yo supiera resolver este problema. Calculó que eran setenta personas. Uta, pensó, voy a necesitar refuerzos, ni modo que los entreviste yo solo, además no traje pluma ni papel ni nada.

—¿Por dónde es?

—Allá al fondo, atrás de la rocola —explicó el gerente, y lo condujo a los baños grandes.

El agente sorteó las mesas que se interponían en su camino y notó que Rivas se detenía en el umbral, cediéndole el paso. En ese instante se preguntó: ¿Qué voy a hacer cuando llegue el Travolta? Me va a echar pleito, seguro: ¿Qué onda, buey? ¿Me estás pisando los callos? Ni modo, cabrón, así se presentaron las cosas, si no me crees pregúntale a Lolita. Y si se enoja es su problema, pinche gordo de mierda, esto le tocaba a él.

Rangel, como ya lo señalé antes, tenía seis años en el cuerpo de policía. Había visto muertos de bala, por arma blanca, por veneno, ahogados, ahorcados, atropellados, descalabrados con objetos contundentes, suicidas que se habían lanzado de un sexto piso e incluso el cuerpo de un hombre corneado por un cebú, pero no estaba preparado para lo que iba a encontrar. Lo que tenía ante sus ojos era lo peor que había ocurrido en la ciudad desde el siglo XIX. Y apenas iba a empezar.

Paracuán es el tercer puerto petrolero del Golfo. Lo más cerca que ha estado de saltar a la fama fue en 1946, cuando John Huston buscaba locaciones para *El tesoro de Sierra Madre*. Según cuentan los viejos, estuvieron a punto de realizar ese film en el puerto, pero el fotógrafo Gabriel Figueroa insistió en que había otra ciudad al norte, que retrataba mejor, y el equipo de filmación se desplazó hasta Tampico. Ésa es la historia de Paracuán: lo bueno se le escapa cuando está a punto de llegar. En sus quinientos años de vida ha sufrido todo tipo de catástrofes. Fue el centro del comercio indígena hasta que lo destrozaron los españoles, volvió a ser un próspero centro mercantil hasta que lo invadieron los franceses, un destacado centro bursátil hasta la Depresión de 1929 y un gran campo petrolífero hasta que clausuraron el Sindicato de Petroleros. Por estar en zona petrolera padece la maldición de los pueblos mineros, donde se produce mucha riqueza pero poca o nada queda para beneficiar a sus habitantes. Con frecuencia hay hechos de sangre sonadísimos: cuando no son los marinos son los rancheros y cuando no se trata de éstos son los sindicatos o los contrabandistas. Se han usado navajas de resorte, perchas, garfios, arpones, juegos de anzuelos, machetes, cuerdas, mecates, sartenes, gatos hidráulicos, parachoques e incluso vagones de tren; todo a fin de provocar o simular falsas caídas, choques, accidentes de trabajo, suicidios, muertes infligidas en estado de ebriedad. A nivel político, lo único notable son las actividades de la incipiente oposición, tanto de izquierda como de derecha, a pesar de las riñas que desgajan a la izquierda, y porque en Paracuán decir «derecha» equivale a decir «ultraderecha»: gente ignorante, racista, y poco acostumbrada a pensar.

Un mes antes habían localizado a la niña de El Palmar. Se llamaba Karla Cevallos. Una pareja de novios, cuyos nombres se omitieron en los diarios, recorrían la laguna en una lancha y se les ocurrió desembarcar en una isleta llena de juncos. La muchacha fue la primera en hallarla. Qué feo huele, se dijo, aquí apesta horrible. Cuando exploraba unos matorrales se le enganchó el tacón en la bolsa de plástico, y al tratar de zafarse descubrió los restos de la niña. *El Mercurio* no escatimó detalles ni fotografías desagradables: «Encuentran un cuerpo en la laguna». Escribieron que apareció descuartizada y que los animales salvajes la habían empezado a roer. Su desaparición la reportaron sus padres, diez días atrás. La última vez que la vieron viva fue al salir de la escuela federal Benito Juárez.

Al atravesar el dintel reconoció el cabello blanco de la doctora Ridaura. La anciana estaba de rodillas, a pesar de sus setenta años, y examinaba el interior del cubículo de manera exhaustiva. Tiene más sangre fría que Ramírez, pensó. Era española, emigrada. Dicen que abandonó su patria al final de la guerra civil. ¿Cómo fue que una profesora de biología terminó haciendo autopsias?, se preguntaba Rangel. Durante años fue su esposo quien asesoró a la comandancia en los peritajes, pero hacía más de cinco que era ella quien estaba a cargo. El día que la contrataron, el comandante le preguntó si creía estar capacitada para retomar las funciones del marido, si no creía que le sería imposible trabajar con cadáveres. «Tengo cuarenta años como médico… Usted dirá si algo puede impresionarme.» Rangel se preguntó si la doctora seguiría pensando lo mismo, luego de cinco años allí.

En cuanto percibió la presencia del agente, la especialista volteó y se bajó el cubrebocas:

—Ah, ¡qué bueno que vino usted! No sé por dónde empezar, ¿cómo quiere que proceda?

La mujer se puso de pie y caminó en dirección del agente. Antes de que Rangel pudiera ver el cadáver la puerta del privado se cerró de golpe. Ya más de cerca, la doctora no se veía tan tranquila. En la diestra llevaba unas pinzas y en la izquierda una bolsa de plástico, que multiplicaba el temblor casi imperceptible de su mano. Ah, caray, no puedo permitir que me ponga nervioso, se dijo Rangel. Por eso contestó con su voz más tranquila:

—No la ha movido, ¿verdad?

—No, Dios me libre.

—No la mueva si no han tomado las fotos. ¿Ya tiene alguna opinión?

—Es muy pronto —contestó ella—. Apenas iba a empezar, estoy revisando el entorno… A primera vista, no la ultimaron *in situ*, aquí nomás la vinieron a tirar.

—¿Está segura?

—Sería imposible hacer todo eso sin dejar huellas de sangre en el piso. Y vea, no hay manchas, la bolsa está intacta, salvo por ese agujero… Pero júzguelo usted.

La española se hizo a un lado para dejarlo pasar. Rangel cavilaba cómo evitar la inspección, pero lo disuadieron los rostros de la mujer y del gerente, que había atravesado el dintel. Fue como si le dijeran: Haz algo tú, cabrón, que nosotros no podemos; se supone que eres la ley, a ver, demuéstralo; nos tienes que proteger, muévete, no seas inútil. Ni modo, se dijo Rangel, esto le tocaba al Gordo… y decidió proseguir.

Empujó la puerta del cubículo con una mano y lo primero que advirtió fue la negra bolsa de basura… Algo que parecía cabello… Jirones de una blusa blanca y una falda a cuadros… De repente, la cabeza… Qué horror, se dijo, y no encontró más palabras. Recordó aquella vez que lo mandaron al municipio de Altagracia, a levantar los restos de un hombre devorado por un tigre. Ay, cabrón, pensó, ¿quién pudo hacer esto? Tuvo la impresión de que no había acabado de despertar, como si las rondas de cuarenta y ocho horas sin dormir hubieran perjudicado su sentido de la realidad. Ay, Dios, se dijo, Ay, Dios, me estoy mareando. Pero debió contenerse, por ser él quien conducía las pesquisas.

Volvió a empujar la puerta, que estaba vencida, y reparó en una tenue capa de polvo y pelusas muy finas que flotaban sobre el cubículo, visibles por efecto de la luz del sol, pero, sobre todo, le intrigó la disposición del cadáver. Ah, chingá, ¿qué pasa? ¿Por qué me molesta tanto? Allí había algo raro y no sabía determinar qué. A ver, fíjate bien, cabrón, ¿qué te perturba? Ya sé que está del nabo pero concéntrate: algo tienes que hacer.

Miró de nuevo la bolsa. Si había una pista ahí se le escapaba. Entonces se preguntó qué habría hecho su tío, el legendario teniente Rivera, muerto dos años atrás. Si su tío estuviera presente, sin duda le hubiera dicho: «Pareces maricón, pinche sobrino, siempre te están sudando las manos. A ver, hazte a un lado». Casi creía ver a su pariente acercarse al cuerpo y hacer una cuidadosa inspección visual del entorno, «Ajá, sí, ya veo», incluso de las baldosas y del baño contiguo, a fin de obtener una certera composición del lugar: «Ajá. Ajá. Ajá». Entonces y sólo entonces su tío se habría acercado al cadáver, seguro de no estar destruyendo una pista. No tardaría en proponer su primera hipótesis: «Me recuerda a la niña del Palmar. Ya sé que son circunstancias distintas, pero es lo que pienso… Acuérdate de que la primera impresión es la más importante, siempre pregúntale a tu estómago qué es lo que opina; que no se te olvide el sistema, sobrino; hasta pareces recomendado, caray: paso puras vergüenzas contigo».

Al entornar la puerta, Rangel provocó una corriente de aire que agitó la nube de polvo y pelusas.

—Perdón —estornudó la doctora—. Me está pegando un resfriado.

Notó que allá, en la entrada, la reja se estremecía bajo el impacto de unas patadas. No deje entrar a nadie si no es detective, le ordenó al gerente, y cuando se quedó a solas con la anciana le preguntó:

—¿Con qué hicieron esto? —Señaló una herida concreta.

—¿La de arriba? Yo diría que es un cuchillo de monte, como de tres centímetros de ancho. Se lo diré con precisión cuando la lleve a la morgue… Sí, sin duda un cuchillo.

—¿Tres centímetros de ancho? ¿Como la otra?

—A primera vista, sí. Yo diría que sí.

Todo indicaba que se trataba del mismo sujeto. La idea no era nada agradable, y tanto Rangel como la doctora permanecían en silencio. Al final fue él quien habló:

—Antes de ir a la morgue busque iniciales en las ropas. La prioridad es saber quién era o en qué escuela estaba.

Oyó una voz que decía «Pásele». Por fin, pensó, ojalá sean Wong y el Profe, pero sólo era Ramírez, que venía de tomar aire. El fotógrafo se encaminó hacia el baño, y en el momento en que iba a entrar, Rangel lo jaló por el brazo:

—Antes de caminar por aquí, se toman fotos del piso.

—Perdón. Es que no trabajo así con el señor Taboada.

Ya ni la chinga el Travolta, pensó, ya me imagino cómo conduce sus casos.

—Pues ahorita estás trabajando conmigo, cabrón —increpó al perito.

—¿Qué quiere que busque?

—Pruebas, todo tipo de pruebas. ¡Como si no conocieras tu oficio, Ramírez!

—Yo lo dirijo —respondió la doctora con mayor sangre fría, y empezó a darle instrucciones.

Mientras llegaban la ambulancia y los refuerzos, Rangel entrevistó al personal: imposible que el culpable estuviera entre ellos. El cocinero no había salido de su rincón desde las once, el gerente cuidaba la caja, el barman tenía prohibido abandonar su lugar en la barra, los meseros no salieron del salón en ningún momento y Raúl Silva encontró el cadáver poco antes de las dos cincuenta. Me lleva, pensó.

Lo primero era determinar a qué hora se abandonó el cuerpo. Una vez establecido esto, Rangel tendría que dilucidar si alguno de los presentes era sospechoso, detenerlo si fuera necesario y reconstruir lo que había pasado en la última hora. Todo esto bajo la presión de los reporteros, que empezaban a llegar; y por supuesto, ignorando la amenaza que representaba el Travolta: a Taboada no le iba a gustar que otro perro estuviera olfateando en su zona. Al Gordo le tocaban los crímenes contra la salud y los delitos sexuales. Rangel estaba en homicidios y secuestros, sobre todo en secuestros, pero también se ocupaba de resolver robos de vez en cuando, para aprovechar los contactos que le había heredado su tío. Pinche gordo pendejo, pensó, me debería agradecer que le esté cubriendo la espalda. Tenía que apurarse, afuera se reunía una multitud hostil, que exigía resultados, y no se veían ni las luces de la ambulancia. Vio su reloj: eran las tres y media. A partir de allí, cada minuto contaba.

Vamos a ver, se dijo mientras miraba a los presentes, ¿alguno de éstos será el culpable? Sabiendo que los iba a interrogar, la mayoría de los presentes se dedicaban a perder la vista en el espacio, como si el techo fuera muy interesante: Ah Dio', ¿te habías fijado en esas manchotas? ¿De qué serán, tú? Para no desgastarse inútilmente, Rangel examinó las mesas y eligió la que estaba repleta de botellas.

Doce minutos después pudo establecer que el asesino debió abandonar a la niña entre las dos y las dos con veinte. Usualmente Rangel habría detenido al oficinista, pero todo el mundo había visto que Raúl Silva Santacruz no cargaba ninguna bolsa de plástico cuando se dispuso a orinar.

—Escúcheme bien —le dijo—, no está detenido pero va a ir a la jefatura a ampliar su declaración.

Un mesero le reveló que antes que Silva había entrado otra persona:

—Aquel que está junto a la puerta.

El sospechoso era un agente viajero: un tal René Luz, o René Luz de Dios López. Éste comía con su jefe, el señor Juan Alviso, dueño de una cadena local de dulcerías. El mesero declaró que lo vio entrar después de ordenar la bebida. Tampoco traía nada en las manos ni se tardó nada, apenas un minuto. René Luz de Dios argumentó que venía de cargar paquetes y era natural que antes de comer pasara a lavarse las manos. El jefe confirmó su coartada: «Estuvo cargando los pedidos en la combi, porque al rato se va a Matamoros, es mi distribuidor allá». Al agente le bastó un vistazo para comprender que el sujeto era inocente pero tendría que llevarlo a rendir su declaración.

—Oficial —intervino el señor Alviso—: mi ayudante vino conmigo, estuvo en la oficina toda la mañana y llegamos juntos. No hay manera de que un hombre sentado junto a la puerta atravesara el bar con una niña en los brazos, ¿o sí?

Rangel comprendía que el comerciante tenía razón, pero no podía liberar al chofer. René Luz de Dios López tendría que pasar por el purgatorio que significa la ley para la gente inocente. Como había podido comprobar en sus seis años de trabajo, a Rangel le constaba que nadie salía indemne de la jefatura. La experiencia de ser culpable hasta que se pruebe la inocencia transformaba a la gente. Además, mientras estuviera aguardando a que lo llamaran, René Luz corría el riesgo de que cualquiera, hasta el Chicote, tratara de extorsionarlo, y lo más probable es que el Chaneque o el Travolta se encargarían de hacerlo a conciencia. A Rangel le disgustaba esta parte de su trabajo, pero si no hacía las cosas de acuerdo al reglamento parecería que estaba protegiendo al chofer; y en caso de que René Luz resultara culpable él mismo tendría problemas penales, así que no dio su brazo a torcer:

—Lo siento mucho, pero debo respetar el procedimiento. De lo contrario me arrestan. —Y se guardó la identificación del chofer.

—Claro, pero a los influyentes sí los sueltan, ¿verdad? —le reprochó el señor Alviso—. Aunque hayan estado más tiempo en el baño; luego se nota a quién protegen.

Rangel le clavó la mirada al comerciante:

—A ver, a ver, ¿cómo está eso?

—El señor Williams sí se tardó media hora, ¿verdad?, y aquí a mi chofer, que no se tardó ni un minuto, nomás para lavarse las manos, a él sí lo quieren detener. Me parece un abuso.

Rangel tomó nota de que debería interrogar al Junior; pero de todas maneras debía retener al chofer.

—Mire —bajó la voz—, le doy mi palabra de que es un procedimiento de rutina. Lo siento —dijo. Qué chinga, pensó, éste es un trabajo de mierda.

El Profe y Wong llegaron a las cuatro y cinco. El primero entrevistó a los borrachos que esperaban su turno junto a la barra y Wong aprovechó su imagen de oriental irritable para interrogar a los parroquianos de las últimas mesas. A las cuatro y media Rangel fue a ver a los peritos.

Ya habían bajado el cuerpo al piso y Ramírez le estaba tomando las últimas fotos. Lo habían dispuesto sobre un mantel amarillo, con el logotipo de Refrescos de Cola, proporcionado por el dueño del bar. Rangel era un policía bragado, pero no pudo evitar que se le revolviera el estómago. Cuando vaciaban la bolsa con los restos una pierna salió desprendida y estuvo a punto de caer del mantel. Rangel y la doctora se quedaron mirando. En vista de que las extremidades estaban separadas del tronco, ya no cabía duda de que el culpable fuera el mismo sujeto.

—Apúrate —le dijo a Ramírez—, quiero acabar de una vez.

Estaban examinando las marcas cuando lo sorprendió un extraño fenómeno. Cada vez que Ramírez apretaba el obturador parecía como si el relámpago luminoso sufriera una suerte de eco, por el cual duraba más de lo normal. El fenómeno se repitió dos veces, hasta que alzaron la vista y descubrieron que la Chilanga los enfocaba a través de una ventana. Pinche vieja metiche, se dijo, no lo puedo creer. Rangel le apuntó con un dedo:

—¡A ver, tú!

La Chilanga hizo ademán de irse, pero se le trabó la camisa en la ventana. Cuando intentó zafarse, la ventana se movió un poco y Rangel comprendió todo: Claro, se dijo, qué pendejo me vi. La chica, comprensiblemente nerviosa, lo agredió con su discurso marxista, pero Rangel la ignoró.

—¿Adónde dan las ventanas? —le preguntó al gerente.

—Al callejón Aduana.

Claro, se dijo, tiene sentido.

—Wong —dijo—, ahí te encargo un minuto.

Tres decenas de curiosos se habían congregado en la entrada del bar. Le preguntaron: ¿Qué pasó, oiga?, pero no respondió y le dio la vuelta a la cuadra, hasta que llegó al callejón. No le gustó encontrarse al Albino. Cuando Rangel entraba, el fotógrafo salía, pero el agente no hizo nada por detenerlo. Quizá no quería reconocerlo, pero le tenía miedo, siempre le tuvo un poco de miedo, acaso le acobardaba la visión del sujeto, siempre tan silencioso, ojos claros, de gato, denso como una premonición. El Albino le echó una de sus miradas calculadoras, como un enterrador que tomara medidas de un cuerpo, y salió sin decir palabra. Rangel no respiró hasta que lo vio alejarse. Luego advirtió que el fotógrafo rebobinaba un rollo. Ah, caray, concluyó, ya tomó instantáneas de la niña y ni siquiera lo oí trabajar. Rangel no sabía en qué rotativo trabajaba el Albino, pero no quería preguntar. En el fondo temía que no trabajara en ningún diario. Una vez le preguntó por él a su tío: ¿Un albino? ¿Cuál, tú? No lo conozco, y ya no insistió.

El callejón a espaldas del bar León servía como un basurero para los edificios más próximos. Había seis botes de basura, innumerables cajas de cartón y el armazón de un viejo refrigerador herrumbroso, abandonado hacía un par de sexenios. Sobre este último se debatía la Chilanga, con una manga trabada en el filo de la ventana. Pinche vieja, pensó, muy marxista, muy marxista, pero le falta experiencia; cómo se nota que acaba de salir de la universidad.

A la ventana trasera del bar se podía llegar por tres pasadizos distintos: uno venía de la calle Aduana, otro de la calle Progreso y uno más de la avenida Héroes de Palo Alto. Claro, se dijo Rangel, aquí confluyen tres edificios, el asesino pudo entrar y salir por cualquiera de las tres calles; le bastó subirse a ese refrigerador y arrojar el cuerpo a través de la ventana. Pero qué extraño, pensó, esto no cuaja, no tiene sentido. ¿Por qué la abandonó en el bar si podía dejarla tirada aquí afuera, sin peligro de que lo vieran? Había algo muy raro. Esto no cuaja, me cae.

Ayudó a bajar a la muchacha, que estaba muy enojada, Cabrones, gángsters cabrones, y se trepó al refrigerador. De inmediato advirtió que la ventana sólo estaba entornada. Desde el interior de los baños, Wong y la doctora Ridaura lo seguían con la vista.

—Claro —les dijo—, por aquí la metió.

Examinó de un vistazo esa sección del pasillo y concluyó que no había otras manchas de sangre. No la ultimó aquí. En cambio, al analizar la ventana descubrió que había una mancha oscura por el borde exterior. Ramírez va a tener que revisar esto, se dijo, es una lástima que el metal esté tan herrumbroso, no creo que encuentre huellas digitales, pinche salitre, acaba con todo. Estaba examinando la mancha cuando sonó el obturador.

—Oye, maestra: ¿qué te crees? —le preguntó a la chava.

—¡Estoy haciendo mi trabajo!

Buscaba qué replicar cuando vio pasar a la Julia. Por fin, se dijo. Estaba seguro de que el Gordolobo, que iba manejando, lo había reconocido. El camión se enfrenó a unos metros de allí, se echó en reversa y se detuvo a fin de que Cruz Treviño descendiera y entrara por el callejón. El gigantón miró a la muchacha con desconfianza. Debí correrla, se dijo Vicente, aquí el colega va a pensar que fui yo quien la convocó. Cruz Treviño fue muy grosero:

—Retírese —ordenó—. No puede estar en la escena del crimen.

La mujer le dedicó una andanada de insultos. Cuando pasaba a su lado, Cruz la miró con molestia, y saludó al detective:

—¿Otra niña?

—Como la de El Palmar.

Cruz Treviño se echó para atrás:

—El caso es del gordo…

—A mí me mandaron. Yo estaba de guardia.

—Tú sabrás. —Alzó los hombros—. ¿Hay que barrer parejo?

—Lo dejo a tu criterio.

El gigante asintió e hizo ademán de irse. Antes de dar la media vuelta se palpó el pantalón y añadió:

—¿Traes tus argollas?

—Las voy a usar.

—Las necesito más yo.

Con harto desgano, Rangel sumergió la mano en la bolsa derecha del pantalón y le arrojó las esposas. Tenía razón Cruz Treviño: con el descubrimiento de la ventana era casi imposible que el asesino se encontrara entre los parroquianos. Si iban a detener al demente no iba a ser en el interior del bar. Se dijo eso y fue a coordinar el transporte de la niña.

En total permaneció dos horas. Entretanto, el Gordolobo y Cruz Treviño recogieron a los sospechosos que pudieron localizar en los alrededores. Cruz Treviño estacionó la Julia a una cuadra del bar León y los dos agentes caminaron al centro histórico. Recorrieron la Plaza de Armas con ojo clínico y al localizar una banca llena de pandilleros el Gordolobo fue hacia ellos y los arrastró a la camioneta. Uno pretendió escapar, pero Cruz Treviño lo pescó de un brazo y lo tumbó de un sopapo. Tenía la mano pesada. Luego bajaron a la estación de trenes, donde levantó en vilo a los mendigos que dormían sobre las bancas; enseguida visitaron el mercado y los puestos de fayuca, y repitieron la misma operación.

Cruz Treviño era de Parral, Coahuila. Muy amigo del Travolta, y siempre que hacía calor estaba de malas.

Ese día, Cruz y el Gordolobo metieron a todos los detenidos en un mismo separo, incluyendo a dos hippies que se dirigían a Acapulco. El Gordolobo escribió los nombres de los sospechosos en el registro, mientras Cruz Treviño se arremangaba la camisa y hacía calentamiento de brazos. Cuando estuvo satisfecho, Cruz entró a las celdas, seguido por el celador.

—Puerta —pidió que abrieran—. Tú. —Señaló a uno de los hippies y lo hizo salir.

Una vez en el pasillo, Cruz dio un paso hacia el detenido, que tenía un *look* a lo John Lennon —cabello largo, patillas, anteojos redondos— y le dio un empellón.

—¿Qué onda con la niña?

El hippie —un estudiante de ciencias políticas de la Universidad Nacional, de vacaciones en el puerto— se ajustó los anteojos redondos y replicó:

—¿Cuál niña?

Jamás lo hubiera hecho. El golpe le sacó el aire, en opinión del celador. El celador se llamaba Emilio Nieto, alias el Chicote, y prefirió mirar hacia el techo mientras Cruz Treviño se aprestaba a repetir el tratamiento en dosis controladas. El preso jadeó hasta que pudo reunir aire suficiente para preguntar: «¿Cuál niña?» y recibir otro golpe… Entretanto los presos empezaron a susurrar «Culeros», y el segundo hippie palideció. Luego Cruz Treviño gritó:

—¡Puerta!

Y los sospechosos, como miembros de un rebaño, recularon a la vez.

Identificar el cuerpo les llevó media hora. Uno de los meseros confirmó que el uniforme correspondía a la escuela federal número cinco, que no se encontraba muy lejos de allí. El Profe llamó a la directora y averiguó que la madre de una de las niñas había llamado preguntando por su hija.

—Mándela para acá.

La madre llegó escoltada por dos vecinas. Traía un rosario y unas estampitas en la mano. Lástima, pensó Rangel, no van a servir de nada. La señora se arrancó a llorar en cuanto vio los zapatos y no hubo manera de calmarla. Al final le inyectaron un tranquilizante y salió en la misma ambulancia que su hija. Al marido lo localizaron una hora después, gracias a las mismas vecinas que acompañaban a la madre. Se llamaba Odilón y trabajaba en la refinería. Siempre da pena ver a un hombretón tambalearse.

—Sí es —dijo el señor—. Es mi hija…

La niña se llamaba Julia Concepción González. Una vez en la jefatura, el papá comentó que su hija estaba en primer año de primaria, y pronto iba a cumplir los nueve años. Nueve años, pensó Rangel, ¿Quién puede atacar a una niña indefensa? Sólo un cabrón enfermo asesino.

—¿No ha vuelto Taboada?

Era la segunda vez en una hora que el comandante García preguntaba por el panzón. Desde hacía un par de meses el gordo se había vuelto el preferido del comandante, al grado que le prestó la patrulla de manera indefinida para su uso personal. De todas maneras no importa, se dijo Rangel, en cuanto llegue se lo van a chingar. Se supone que el Travolta estaba llevando ese caso, pues fue él quien levantó el cuerpo de la primera niña… Pero, conociendo las costumbres de su colega, Rangel dudaba mucho que el comandante lo encontrara ese día. Los viernes después de comer, el Travolta se iba a los antros de los muelles, al Tiberius Bar, por ejemplo, luego levantaba una o dos prostitutas y se iba a festejar.

Cuando regresó a la jefatura le dijeron que lo había llamado la doctora Ridaura. Rangel sacó su directorio diminuto del bolsillo trasero y marcó a la morgue de la universidad. Eran las seis de la tarde:

—¿Doctora? Aquí Rangel, ¿ya tiene algo?

—Ya he terminado. Pero antes dígame una cosa: ¿usted me envió un fotógrafo?

—No fui yo.

—Eso fue lo que pensé.

—A ver, a ver: ¿cómo está eso?

—Un tipo con acento del norte telefoneó y me dijo que usted le ordenó venir.

—¿Y lo dejó entrar?

—Claro que no, aunque intentó amedrentarme. Le dije que iba a confirmarlo y colgó.

Acento del norte, pensó, debe ser el Johnny Guerrero, pinche chihuahueño de mierda.

—Gracias, doctora. ¿Encontró algo?

—Sí, pero preferiría decirlo en persona… aquí hay muchos pájaros en el alambre.

Eran las nueve en punto cuando llegó a la morgue. Rangel se estacionó en la facultad de medicina de la universidad y bajó la ancha escalinata hasta el anfiteatro estudiantil. Tuvo que tocar muy fuerte para que le abrieran. Un joven sudoroso lo condujo hasta el laboratorio, una habitación recubierta de azulejos, donde dominaba el olor de los productos químicos, y la doctora continuaba ahí. Tan pronto vio a Rangel despidió al muchacho y resopló de cansancio.

—Uf, bienvenido.

—Se la ha echado larga.

—Si no lo hago yo, alguien lo va a hacer peor —dijo—. ¿Se imagina al Travolta dirigiendo todo esto?

Rangel no hizo comentarios. No le gustaba hablar mal de sus colegas, aunque estuviera de acuerdo con la doctora.

—¿Ya tiene algo en firme?

—Estoy terminando de pasar todo en limpio. —Señaló una pesada máquina de escribir Olivetti—. Lo primero que va a interesarle es que se trata de la misma arma que usaron en El Palmar. ¿Ve? Este corte, y ¿ve? Esta foto.

—¿Afectó algún órgano en particular?

—¿Qué está buscando?

—¿Usted cree que sea doctor, carnicero, estudiante de medicina, empleado del rastro municipal? ¿Sabía dónde cortar para hacer daño?

—Yo creo que no. ¿Se acuerda del marino? —La doctora se refería a un marino borracho, que había apuñalado a una prostituta, dos meses atrás—. Yo diría que es lo mismo: violencia sin cabeza, todo muy irracional. Si hubiera empezado por aquí, por ejemplo —señaló un punto concreto del tronco—, el cuchillo habría interesado al corazón y la muerte hubiera sido instantánea. En lugar de eso: vea, vea. Y vea.

—¿Diestro?

—Diestro, sin duda. —Con ayuda de una varilla metálica, la doctora levantó la piel del cadáver—. Fíjese en la trayectoria. El corte está inclinado a la izquierda y hacia abajo; yo creo que atacó así. —La doctora alzó la varita y la blandió de arriba abajo—. Pero primero debió tenderla en el suelo.

—¿Hubo violencia sexual?

—Como la otra.

—¿De la misma manera?

La doctora asintió.

—¿Antes o…?

—No, después de muerta, también. Y esto. ¿Se acuerda de la primera vez? Yo me preguntaba: ¿cómo alguien puede odiar a una niña a este grado? Y ahora me digo: ¿cómo pueden hacerle esto a dos niñas de manera consecutiva? No puedo entenderlo. —Y volvió a estornudar.

Rangel preguntó si podría hacer un análisis de sangre de las dos niñas. La doctora arrugó la nariz:

—¿Qué está buscando?

—Cualquier cosa que sirva para dormir. Me pregunto si las sedó.

—Mañana se lo tengo. Necesito reactivos que sólo tiene el químico Orihuela.

Un instante después le entregó el informe, que Rangel leyó de inmediato. Cuando estaba a punto de terminar, la doctora volvió a interrumpirlo:

—¿Eso fue todo, oficial?

—¿Eh?

—Le pregunto si ya se la pueden llevar. El padre ha llamado dos veces.

—Diga que sí, que ya terminamos. Pero una cosa: nadie está autorizado a fotografiar al cadáver. Dígale a los papás. Que no dejen entrar a nadie que no sea de la familia.

—Como usted ordene.

Entonces la doctora hizo una cosa que Rangel no volvería a ver. Además de la manta negra que cubría el cuerpo de la niña, desde el cuello a los pies, la anciana sacó un pañuelo blanco y lo extendió sobre el rostro del cadáver:

—Pobrecita… Ten, chiquita, ya terminó todo, ya vienen por ti tus papás.

3

Estuvo escribiendo el informe hasta las tres de la mañana. Como era habitual, llegó un momento en que ya no se podía hacer nada y sólo cabía aguardar. Por ello el Chicote roncaba sobre el escritorio de la entrada y el Tiroloco se había ido al coche a dormir. El último movimiento ocurrió a la una, cuando Wong regresó de entrevistar a los padres en la agencia funeraria.

—Los señores no sospechan de nadie, el padre no tiene enemigos y en esa calle no se ha visto gente sospechosa. Estamos igual que en lo de El Palmar.

Wong era buen elemento. Reconocía los indicios al vuelo y los señalaba para que la investigación avanzara. Gracias a él pudieron establecer la hora aproximada en que el asesino entró a los baños. En cuanto Rangel comprobó que el asesino entró por la ventana, Wong averiguó que dos parroquianos oyeron un ruido alrededor de las catorce treinta. Era el demente, pensó Rangel, dejó caer la bolsa con los restos. Esto avanza, festejó Wong, ya podemos seguir. Rangel comentó que sí, aunque en el fondo tenía la impresión de que la investigación no iba a ningún lado. Le bastaba cerrar los ojos para recordar la extraña disposición del cuerpo. Había algo irracional, imbricado, sugerente en todo ello; como si le hubieran enviado un mensaje y no lo pudiera entender. Chingado, se dijo, ¿dónde estará la clave?

Mientras escribía su reporte, el Chicote le llevó la edición de *El Mercurio*, recién salida de la imprenta: «Reaparece el Chacal». Ah, cabrón, y lo invadió un profundo malestar: Qué irresponsables, ahora sí no se midieron, ya hasta le pusieron nombre al asesino. En el artículo el reportero señalaba su extrañeza por el elevado número de violaciones que tenían lugar en la ciudad: «Al menos tres al mes, según cifras oficiales». Ah, caray, pensó el agente, no creí que fueran tantas; y el reportero afirmaba que el culpable era «un verdadero chacal». Llamaban así a los hombres que atacaban a las menores, como los animales de rapiña, que sólo cazan en grupo o cuando se aseguran de que su presa es pequeña e indefensa. «La inepcia —¿inepcia?— de las autoridades es quien fomenta la existencia del Chacal.» Momento, se dijo, esto no me gustó.

El reportaje era del nuevo articulista, el tal Johnny Guerrero, que venía de Chihuahua. A Rangel no le gustaba su estilo. Desde el primer día escribió contra el comandante, como si recibiera un sueldo del presidente municipal. Intercalaba su opinión entre los hechos y exageraba los datos, pero además lo sazonaba todo con adjetivos rimbombantes: convertía a un vagabundo en «malviviente», a una prostituta en «suripanta» y a un hospital en «nosocomio». Para él la autopsia era «la necropsia de ley» y escribía pies de foto despectivos: «Éste es el miserable albañil», «He aquí al despreciable gañán». Además, cuando habló con él por teléfono, una ocasión en que el Johnny pretendió entrevistarlo, Rangel sintió por él una aversión instantánea. Se lo imaginó renco, gordo, achaparrado, tez grasosa. No entendía su sentido del humor, que requería sobajar a los otros.

Leyó la nota deprisa, porque ya sabía lo que iba a encontrar: «Vanos esfuerzos», «asesino prófugo», «sociedad indefensa», «gran lentitud», «vergonzosas pesquisas», «incompetencia policiaca». ¿Incompetencia?, se dijo, ¡su madre!, ya lo quisiera ver en mi sitio, pinche reportero de mierda. Cuando le faltaba una línea, el artículo se cortaba abruptamente: «Continúa en la página 28». Apartó la sección principal y recorrió el diario hasta la sección de las historietas y los horóscopos: «(Viene de la página 1): [...] porque de este sistema no cabe esperar nada. Puede tener una pista enfrente y no la sabrá reconocer». Pinche pendejo, la nota era un ataque a su jefe, pero por un instante Rangel se lo tomó como una crítica personal. Seguro que el Johnny está coludido con el presidente municipal, pinche chihuahuense mamón, me cae que me lo voy a chingar. Estaba rumiando su descontento, a punto de cerrar el diario, cuando notó que en la página opuesta había un titular inusual: «Ovnis en Paracuán». Ah, chingá, ¿y esto qué es? Sobre el cintillo había una nota en cursivas, donde se explicaba que, gracias a un convenio con la agencia AP, *El Mercurio* por fin tenía acceso a la columna más interesante que había surgido en los últimos años, directamente de las filas del FBI: «Todo sobre los ovnis», del profesor Cormac McCormick. Ay, buey, ¿qué onda? En esa ocasión el audaz investigador reportaba el extraño caso de la ciudad de Yuca, en Wyoming, donde se creía que los marcianos usurpaban el cuerpo de los terrestres. Llegaron por la noche, decían los testigos, ocultaron la nave y se internaron en las casas. Dominan las mentes y también los cuerpos de sus anfitriones... Sólo se detienen ante la presencia de minerales como la mobdolita... El profesor citaba a la señora Stark: «Tienen a Bob». Mobdolita, pensó Rangel, esa piedra se va a poner de moda.

Arrojó el periódico hasta el escritorio vecino y caminó al fondo del pasillo para servirse un café. Le pareció ver que lo observaban desde atrás de la ventana. Ah, cabrón, ¿y ése quién es? Estaba tan cansado que lo sorprendió su propio reflejo: cabello largo, bigote a lo Sergeant Pepper, patilla espesa y camisa blanca, siempre una camisa blanca, botas color café con dibujo blanco y pantalón de mezclilla. ¿Por qué no me reconocí? ¿Será que no traigo los lentes oscuros? Hay que decirle al jefe que se compre otro aparato, esta cafetera no sirve, está tirando café. Siempre que las condiciones lo permitían, Rangel usaba anteojos oscuros, para disimular que tenía un ojo café y otro verde. Uno para cada lado de la realidad, como le había dicho el señor Torsvan.

Una vez en su escritorio tomó el reporte del Travolta sobre el cuerpo hallado en El Palmar y lo leyó de un tirón. Luego repasó sus propios apuntes: Fractura en la pelvis… Piernas separadas del cuerpo con un objeto dentado… Pelusilla blanca… Cigarrillo. De repente se dijo: Qué coincidencia, la otra niña también murió en un día 17. Pero no le dio importancia a este hecho y la casualidad quedó archivada en el fondo de su inconsciente.

Si no resolvían pronto ese problema, los reporteros se iban a poner más bravos. ¿Y yo por qué estoy haciendo esto?, se dijo, yo no debería estar aquí, ya me duele la espalda. Como ocurría a esas horas, su cuerpo empezó a reflejar la tensión. La prueba vino cuando quiso tomar un lápiz y se le escurrió de entre los dedos. Cada vez que aumentaba la presión, y sin que él pudiese evitarlo, las manos se le humedecían durante horas y llegaba un momento en que empezaba a sangrar. No podía hacer nada por remediarlo, ni tomar un tranquilizante o enredarse un pañuelo. Primero llegaba la comezón, una irritante comezón que le invadía las manos; horas después era necesario secarse el sudor cada tantos minutos, y para la noche ya no podía percibir las texturas. Lo peor comenzaba después, porque no podía tocar objetos calientes o muy fríos sin que le lastimaran, perdía la capacidad para agarrar ciertas cosas e incluso ejercicios tan sencillos como leer se volvían complicados: para tomar café debía envolver la taza en un pañuelo, para leer se humedecía las yemas con saliva. Llegaba un momento en que las manos al fin se secaban, pero esa falsa paz sólo anunciaba que se encontraba en el centro del huracán. Si la preocupación continuaba, a partir de ese punto no había crema o aceite que impidiera la formación de grietas y canales. La situación seguía hasta que sus manos se resecaban por completo y le sangraban: a veces por las puntas de los dedos, a veces en el centro de la palma.

La última vez que le sangraron las manos había sido en septiembre, cuando investigó el robo a un banco, un asalto sospechoso, justo al banco del gobernador… Un pinche caso muy torvo, que me trajo puros sinsabores, pensó, y se talló los ojos… ¿Qué estoy haciendo aquí? Yo no estoy capacitado, lo que se necesita es un verdadero perito en delitos sexuales, no una docena de improvisados. Como había ocurrido antes, Rangel se dijo que era tiempo de tirar la toalla y dedicarse a otra cosa. A pesar de que se oían buenos comentarios sobre su estilo, su manera de aprehender al criminal, Rangel sabía que todo eran malentendidos: ni creía tener una intuición infalible, ni estaba lleno de malicia ni, por supuesto, dominaba las artes marciales. Hacía más de un año que no se peleaba. Él en realidad era músico, o eso creía, ¿cómo se había permitido llegar hasta allí? Y si el Travolta no había podido resolver el asunto, ¿cómo iba a poder él?

4

Llegó ahí por culpa de su tío. Cuando nadie le tendió la mano, cuando hasta los que se decían amigos más cercanos le dieron la espalda, el único que le ofreció una manera de ganarse la vida fue su tío, Miguel Rivera, el individuo más repudiado por la familia. Le llamó para pedir empleo y su tío lo citó: Claro que sí, Vicente; ven mañana y platicamos. Lo recibió en el escritorio que tenía junto a la oficina del comandante. Se estaba tomando un Refresco de Cola, al tiempo que conversaba con un muchacho de unos veintitrés años y una mujer cuarentona.

—Jóvenes, les presento a mi sobrino: Vicente Rangel. Sobrino, te presento a Lolita y al agente Joaquín Taboada, joven promesa de la investigación policial.

La primera resultó ser la secretaria del comandante. Entonces era una mujer más delgada y suculenta. El segundo era un chavo alto, regordete, no era fornido pero un golpecito de sus manos sería suficiente para sentar a cualquiera en el piso. De primera impresión, a Rangel le pareció violento e inseguro. Antes de que pudiera hacerse un juicio más completo sobre el gordo, su tío lo llamó aparte y se fueron al restaurante de la esquina, ni más ni menos que al Klein's, ese local legendario.

—Es lo mejor que hay por aquí.

Pidieron dos cafés bastante diluidos y el tío comentó:

—Leí en las noticias que te estaba yendo bastante bien con tu grupo. ¿Ya no piensas tocar?

Rangel explicó a grandes rasgos que se peleó con el líder, que estaba pasando un período de transición y quería dejar las tocadas.

—Es una lástima —dijo su tío—. Creo que tenías aptitudes.

Sin más, le ofreció trabajo.

—¿Haciendo qué?

—Lo mismo que yo, sobrino.

—Pues muchas gracias, pero yo pensaba pedirle trabajo de oficina.

—No, no, no, ya tenemos un contador y con eso es suficiente. Vente conmigo y te enseño a trabajar.

—Pero no creo que tenga vocación para esto.

—Eso mismo dije yo hace treinta y siete años. Mira, sobrino: aquí no vas a encontrar a nadie que haya soñado con ser policía: todos llegamos de otra manera. Empiezas mañana temprano, te veo a las seis en este mismo lugar.

Y así fue como Rangel entró al cuerpo de policía. Las primeras semanas fueron increíbles. Su tío lo puso a revisar expedientes de terroristas y asaltabancos, para que los reconociera si se los topaba por la calle, y le permitió leer el último folder que les habían enviado del D.F., con el sello de «Gobernación»: un informe sobre un grupo llamado «Liga Terrorista 23 de Septiembre» y al calce se mencionaban los nombres de dos personas del puerto, sospechosas de pertenecer a ese grupo. Quiobo, se dijo, jamás pensé que de la escena artística iba a saltar al escenario del crimen.

Durante las siguientes tres semanas Rangel acompañó a su tío en todos los encargos. Hizo detenciones, averiguaciones, levantó denuncias, empezó a conocer la ciudad. Él, que no salía de las tiendas de discos y los bares, tuvo que cambiar de actividad. La gente le contaba sus problemas y Rangel los escuchaba, conoció casas que le habían parecido impenetrables y habló con personas que jamás pensó conocer. Todo sin necesidad de ser violento, porque ése era el estilo de su tío. Le dijo: Hay una regla de oro, sobrino, y es que si sacas una pistola es porque la vas a utilizar. Su tío aparentaba ir desarmado, pero Vicente notó que portaba una calibre treinta y ocho, a veces fajada en la cintura, a veces en la funda sobaquera.

Los primeros días fueron los más peligrosos. Como ese universo le resultaba totalmente ajeno, con frecuencia estuvo a punto de provocar un accidente, e incluso una muerte, pues aún no sabía cómo reaccionar. Un lunes, después de la junta semanal con el jefe, su tío le pidió que lo acompañara a hacer una detención. Le dijo: Vamos a la Coralillo. Ay, cabrón, contestó, ahí no conozco, dicen que está muy pesado. Ni tanto, estaba peor a finales de los cuarenta, después de la Segunda Guerra Mundial; entonces sí te tenías que cuidar del infeliciaje que llegó de ultramar: turcos, chinos, coreanos, hasta a la mafia italiana te podías encontrar. Oiga, tío: yo no ando armado. No importa, vamos a detener al ladrón de la petrolera. ¿Cómo? Al cabrón que está robando en la colonia de los petroleros, no me digas que no te has enterado. ¿Y quién es? Bien a bien no lo sé, pero tengo mis sospechas. ¿Y vamos a ir a la Coralillo por una sospecha? Sobrino, le dijo, en este trabajo uno tiene que seguir su intuición. Si te esperas a encontrar una prueba incriminatoria, o si confías en que delaten al culpable, mejor dedícate a otra cosa. Para seguir vivo hay que usar la intuición. Y como vio que Rangel era un escucha interesado, agregó: Hay veces en que uno sabe, sin necesidad de que se lo digan. Estás en el más oscuro de los casos, no tienes idea de cómo atacarlo y de repente, ¡zas!, hay una voz que te dice: Por aquí es, cabrón, no hay de otra. Tienes que dejar todo lo que estés haciendo y seguir por donde ella te indique. Sus consejos te pueden parecer extraños, pero la intuición no se equivoca. Ahorita lo vas a comprobar.

A medida que se acercaban a la colonia, los nervios de Rangel regresaron y le volvió la comezón de las manos: Oiga, tío, dicen que el último policía que entró a la Coralillo casi salió con los pies por delante. Ah… no me digas, ¿y qué más se cuenta? Dicen que lo atacaron como veinte, que ya cuando lo dejaban ir uno de ellos lo cortó con la navaja y el cabrón salió de allí con los intestinos en las manos. Y tienen razón, dijo su tío, y se levantó la camisa. Tenía una cicatriz que le corría a lo largo de la panza. ¡Ah, qué sobrino tan tonto! Todo lo conoces de segunda mano.

Dejaron el último callejón pavimentado y descendieron por una barranca de grava. No había muchos carros a la vista. Al ver el ceño fruncido de su tío, Rangel concluyó que a pesar de las bromas la idea de explorar ese sitio ponía nervioso a su pariente. Tan pronto aparecía el vehículo, la gente se retiraba con desconfianza y era obvio que los estaban vigilando desde atrás de las cortinas. Al dar la vuelta en una esquina, su tío le aclaró:

—Ahora sí: ponte muy vivo.

—¿Va a haber balazos?

—No, hombre, no te apures, no habrá problema. La Coralillo es un sitio clave en este oficio; a mí me conocen y ya es hora de que te presente a los mandamases.

Se estacionaron frente a una carnicería y su tío bajó con una amplia sonrisa.

—¡Juanito! —Y saludó a un cincuentón de mandil ensangrentado, que cortaba filetes detrás del mostrador.

—¡Patrón! ¿Cómo está, qué se le ofrece? ¿Va a llevar aguayón?

—No —dijo su tío—, al que me vengo a llevar es a tu ayudante.

Rangel volteó a ver al aludido, un pelado más alto y ancho que su tío y él juntos. El gigantón ni siquiera movió las pestañas. Tenía un hacha en la diestra, apoyada en la tabla, y, a cada lado, un buen pedazo de costillas de res, recién quebradas. ¿A poco mi tío creerá que va a detenerlo? Ni siquiera juntos, don Miguel, de setenta años, y Vicente, de veinticuatro, podrían someter a ese gorilón. Si partió las costillas de res de un solo golpe, ¿cómo cree mi tío que lo puede aprehender?

El dueño debía conocer a su tío de mucho tiempo antes, porque salió de atrás del mostrador, cuchillo en mano, y se acercó al anciano, para aumentar la presión:

—A ver, déjame ver. —Fingió examinarlo—. Estás más gordo y más viejo. Y aquí tu socio no se ve resistente. Te hubieras traído otro madrina, éste no le va a durar a mi ayudante.

Su tío avanzó hacia delante, ofreciendo el mejor flanco al cuchillo. Como si se encontrara en una reunión entre amigos:

—No te creas. Le dicen «Jackie Chan», nomás para que te hagas una idea. Además no es madrina, es mi sobrino.

—Ah —dijo el carnicero, tratando de grabarse el rostro—: mucho gusto.

Rangel asintió.

—Entonces, ¿qué? ¿Le vas a decir a tu ayudante que se suba a mi coche?

—Ya está grandote, dígale usted. O dígale a Jackie Chan que se lo lleve. A ver si da el ancho.

El gigantón le clavó la mirada. Uta, pensó Rangel, ¿estará hablando en serio? Y miró al gigantón con el hacha en la mano. No se había movido desde que llegaron, pero Rangel supo que los estaba midiendo. Le bastaría un leve impulso para saltar sobre el mostrador y atacarlos a ambos.

—¿Qué dices? —El anciano se dirigió al gigante—: ¿te quieres echar un cotorreo con mi sobrino?

Pero el gigante no contestó.

—Uy —dijo el dueño—. No quiere ir. Lo tendrías que cargar, teniente, pero no creo que puedas. En su tiempo libre mi socio se entretiene cargando lavadoras.

—Pues por eso vengo a verlo, Chimuelo. —El tío encaró al carnicero, y éste a él, como dos bueyes que se estuvieran midiendo—. No me lo voy a llevar, siempre y cuando me devuelva las cosas. ¿Por qué se mete en las casas de mis compadres?

El Chimuelo abrió su inmensa boca para sonreír ampliamente y Rangel entendió de dónde le venía ese apodo.

—¡De veras que no se puede contigo, licenciado! ¿Quién te va a creer? Siempre que vienes a verme resulta que estás defendiendo a tus compadres.

—¿Y yo qué culpa tengo de tener tantos compadres? Tú ya sabes cómo trabajo yo, pero a lo mejor mi coche no te gusta y prefieres que regrese con la Julia.

—No, esa camioneta está muy fea y no tiene aire acondicionado.

—No le hace, haz de cuenta que estás en el sauna.

—¿Y qué van a decir mis vecinos?

—Que te fuiste a pasear por el norte.

Por el norte quedaba la cárcel del Nagual, construida en el cerro del mismo nombre.

El Chimuelo se volvió a reír, pero no hizo ningún comentario, y Rangel notó que el gigante se deslizaba discretamente hacia la puerta de atrás. El tío de Rangel también lo advirtió y le dirigió una mirada a Vicente.

Estaban de pie frente a los carniceros, y el Chimuelo no había soltado el filoso cuchillo. Le bastaría alzar la mano para volver a destripar a mi tío, pensó. Pero aunque estaba en desventaja, su tío fue quien aceleró la conclusión. Sin moverse ni un centímetro, sin hurtar el cuerpo ante el peligro que encaraba, rompió la tensión con una frase impaciente:

—Mira, Chimuelo: tú sabes que siempre fui derecho contigo… No te conviene perder la relación… Los que están llegando a la jefatura son menos pacientes que yo.

El carnicero consideró sus opciones. Finalmente meneó la cabeza:

—A ver, Chaparro, dile aquí al teniente dónde están las cosas que te encontraste tiradas.

El gigante tenía una voz profunda:

—En el taller de Teobaldo.

—¿Con el español?

—Ahí mero.

—Ah, pinche Teobaldo… ¿cuándo se las llevaste?

—Apenas ayer.

—¿Ya te pagó?

—No.

—Mejor. Así no tienes que devolverle el dinero. Avísale que vamos p'allá.

Media hora después, Rangel ayudaba al gigante a meter en la cajuela un televisor, un aparato de sonido y un estuche con joyas. El dueño del taller, un español de origen morisco, escupía con frecuencia y maldecía a los policías.

—A ver si llega completo.

—Por lo menos va de regreso. Y ya no recojas objetos perdidos, porque te voy a encerrar. Es la última vez que te advierto, pinche Teobaldo. La próxima vez te encierro con todo y chivas.

Dieron una vuelta en U y volvieron por donde habían llegado. El coche apenas pudo subir con el peso añadido, las llantas resbalaban por la pendiente de grava. Mientras aceleraba con harta prudencia, su tío le espetó:

—Y todo este pinche trabajo para que digan que nosotros nos clavamos lo que falta.

Rangel pensó que acaso su tío no, pero cualquier otro sí.

Recibió su nombramiento al mes, gracias a que el comandante le debía favores a su tío. Pronto empezó a cobrar un sueldo quincenal, para sorpresa de los madrinas que hacía meses esperaban lo mismo. Era poco, pero para otros mucho, y ese paso tan pequeño, que a Rangel le dolió tanto dar, pues suponía una degradación de sí mismo, de la imagen que tenía de sí mismo, despertó mucha envidia entre quienes lo rodeaban. Por ejemplo, al Chaneque, pues nunca podría cobrar de planta y ser un policía normal, ya que tenía antecedentes penales. Según él, el suceso en el que acuchilló a dos personas estaba completamente esclarecido, «fue defensa propia», pero al comandante García eso no le importaba: el Chaneque estaba condenado a ser un madrina de por vida, a cobrar de los sueldos de otros, a estar a expensas del Travolta, su socio, que iba cobrando más y mejor fama cada vez que el Chaneque realizaba otra detención. El Chaneque arriesgaba y cosechaba el Travolta.

Con sus primeros pesos Rangel se fue a comprar unos zapatos y un pantalón. Tiró a la basura las camisas hawaianas y el traje de color pastel que usaba como guitarrista de Las Jaibas del Valle. Un músico había muerto y empezaba a nacer un policía.

Sus días eran largos. Levantarse y planchar una camisa, hacer unas cuantas sentadillas, ejercicio de brazo, abdomen, pierna —todo con tal de no igualar la barriga de su tío, y su tos de fumador—, luego se daba un rápido regaderazo y salía a tomar el primer águila (así llamaban a los taxis del puerto, por el emblema con que se identificaba el sindicato). Nunca logró llegar al merendero antes que su pariente. Por más que madrugaba, para cuando Rangel se sentaba en el local del judío, don Miguel Rivera ya había liquidado un amplio plato de chilaquiles acompañados con frijoles, salsa roja o verde, jugo de naranja y café de olla, oscuro y dulzón. Luego repasaban los casos en turno. Rangel le rendía el informe del día anterior. Si no había orejas a la vista, el pariente le confiaba una o dos cosas interesantes que estaban por ocurrir: aprehensiones, recompensas, la intercepción de un camaronero gringo en aguas federales mexicanas. Luego se iban a checar tarjeta y a diseñar el plan para el día. O los días. Nunca vivió dos iguales.

En cuanto le pareció natural su ritmo de trabajo, notó que la oscura depresión que lo aquejaba comenzó a desvanecerse, aunque no por completo. Siempre regresaría como una enfermedad maldita, y habría que volverla a ahuyentar.

Al año consiguió un Chevy Nova semiusado. Se lo compró a un colega que venía de la frontera. Dejó el cuartucho que rentaba por el centro y se fue a vivir al otro lado del río, en lo que él llamaba su mansión: una vieja casa de madera, que avistó cuando seguía a un sospechoso. Se trataba de una de esas casas antiguas que hay en el puerto, una casa construida a principios de siglo, al estilo Nueva Orleans. Consistía en una sala grande, la cocina, un comedor pequeño y dos habitaciones ubicadas en la parte trasera. La altura del techo refrescaba el interior, y era una delicia sentarse en la gran terraza, orientada hacia el río. La mansión perteneció al capataz de un rancho, y la propietaria era una anciana, que le cobraba una cantidad simbólica por vivir ahí. A espaldas de su casa comenzaban los maizales. Entre su casa y el embarcadero había un sendero eternamente lodoso, por el que nadie venía a molestarlo. Las casas más cercanas pertenecían a dos familias de pescadores, y se ubicaban muchos metros antes, frente al borde del río. El único sonido que se oía de vez en cuando era el silbato de los trasbordadores indicando la partida. Después de vivir en un ruidoso cuarto del centro histórico de la ciudad, en la zona de los muelles, conoció algo cercano a la calma las primeras tardes que pasó en su mansión, cuando se echaba a escuchar música en la terraza, recostado en la hamaca, con una bebida en la mano, mirando el cielo índigo y las luces reflejadas en el río.

Pronto advirtió que cada treinta días el Chicote pasaba por ciertos escritorios a repartir sobres con el sello de «Petróleos Mexicanos»; que alrededor del día 15 de cada mes un tipo de traje ostentoso, con aspecto de contador, pasaba a dejarles propinas, cortesía del millonario Bill Williams, el dueño de la embotelladora local de Refrescos de Cola. Y por si esto fuera poco, una vez al mes el comandante recibía a un tipo que usaba trajes muy caros a cuadros, del cual se decía que poseía tres moteles y una gasolinera. Siempre, después de recibir a estas personas, el comandante se mostraba de mejor humor y llamaba a unos cuantos agentes a su oficina, donde les entregaba billetes, repartidos en sobres con el logotipo de diversas instituciones del gobierno. Entonces se explicó por qué el Chaneque y el Travolta, que ganaban lo mismo que él, gastaban más dinero y vestían mucho mejor. Cuando le preguntó cómo es que toleraba todo eso, su tío carraspeó y tardó en responder:

—Mira, Vicente —y tragó saliva—, ésta es una chamba muy complicada. No digo que no puedas hacer tu trabajo, pero lo que te quiero decir es que a veces no se puede… o no se debe… y si lo haces, te metes en problemas. Se te revierte el impulso, como si le pegaras a la pared.

Una de esas tardes en que los visitó el tipo de los trajes a cuadros, el comandante García lo mandó llamar.

—Rangel —le dijo—, éste es el diputado Tobías Wolffer. Ayer lo amenazaron con raptarle a su hija, y lo quiero ayudar, porque el pobre está muy ocupado asesorando al Sindicato de Profesores. Te voy a pedir que dejes lo que estés haciendo —en los últimos días Rangel no estaba haciendo nada—, que le turnes tus casos a otra persona, por numerosos que sean, y a partir de mañana a las siete en punto te vas a vigilar la casa del licenciado, atento a cualquier movimiento sospechoso.

Luego se dirigió al diputado:

—El agente Rangel es uno de nuestros elementos más calificados. Fue él quien resolvió el secuestro de Tantoyuca, Veracruz.

El jefe estaba exagerando las cosas, pero Rangel no lo iba a contradecir frente a un patrocinador. Era frecuente que el comandante García adoptara el papel de protector de las almas ante quienes iban a pedirle favores. Por lo general los visitantes no buscaban asistencia espiritual, pues el comandante García no era ningún santo, sino que entre sus muchas ocupaciones representaba la vía legal para contratar a un guardaespaldas. Rangel se preguntó por qué lo habían llamado a él, ya que por lo general el comandante recurría al Travolta, al Gordolobo o a Cruz Treviño, que merecían toda su confianza. A él, en cambio, lo respetaban pero no lo involucraban en muchas cosas, por ser pariente de su tío. En vida a don Miguel Rivera siempre lo vieron como una isla aparte, que hacía su trabajo bien, pero sin mezclarse con el resto de la raza, y no acostumbraba llevarse la parte del tigre al resolver cada caso, a diferencia de los demás.

Como Rangel ya era un agente curtido, se preguntó cuál sería el secreto del diputado Wolffer. Cuando intentó verlo a los ojos, don Tobías desvió la mirada. No, se dijo Rangel, a éste no lo han amenazado. Si quiere que un policía vigile su casa debe tener otros motivos, a lo mejor quiere que vigile a su esposa, sospechará de su fidelidad.

Al día siguiente ya estaba apostado al diez para las siete. El licenciado lo estaba esperando.

—En los últimos días mi hija se ha querido escapar de la

escuela. Quiero que vigile las entradas del colegio y que tan pronto sea la hora de salida se la traiga para acá.

Le dio las llaves de una camioneta de lujo, una Van color azul claro, y mandó llamar a la niña, una chiquilla morena, que iba en sexto de primaria en un colegio de monjas. Llevaba un suéter delgado, aunque terminaba el invierno, y era evidente que estaba sudando.

—¿Quieres que ponga el aire acondicionado?

Pero la niña no contestó. Donde terminaba la manga izquierda, la niña tenía marcado un moretón inmenso, como si le hubiesen apretado el brazo sin clemencia. Había una señal parecida junto al cuello y entonces Rangel comprendió por qué el recurso del suetercillo y del cabello largo, suelto con ese calor. Maltrato de menores, con razón no quería a su papá. No va a pasar nada, le dijo, pero la niñita permaneció callada, mirando a través de la ventana.

Siguió con ese empleo por ocho días. Hasta que el viernes de la semana siguiente, el diputado preguntó: ¿No le da mucha lata este duende? Rangel contestó: No, pero se debe haber caído porque tiene unas marcas muy extrañas en los brazos... ¿Quiere que la lleve a un doctor? El diputado enrojeció. Ya la revisaron, dijo, no es necesario. Eso fue todo por hoy.

Lo peor que pudo ocurrirle fue la muerte de su tío. Él quedaba en el aire, sin nadie en quien apoyarse en la jefatura, y pensó renunciar. De inmediato los otros agentes empezaron a hacerle la vida imposible, sobre todo el Travolta y el Chaneque, hasta que llegó una tarde en que se agarró a golpes con Wong. Aunque éste le dio un derechazo en el rostro, Rangel tuvo la agilidad suficiente para esquivar el golpe siguiente y conectó una patada impecable. Con eso fue suficiente para que lo dejaran de molestar.

Lo que más lamentaba era que su tío había muerto de improviso y él no había concluido su aprendizaje. Fue por eso que consideró presentar su renuncia. O dejar de ir, simplemente. Se sentía muy nervioso: no era más que un músico metido a policía, que no había terminado de aprender el oficio, y se le había muerto el maestro, el único agente confiable. Por eso, cada vez que se encontraba en una situación complicada se preguntaba: ¿Así lo habría hecho mi tío? Y le parecía oír una voz que aconsejaba: El factor sorpresa, busca el factor sorpresa, sobrino. La persona, lo más importante es la persona, aprende a meterte en su piel. O su consejo más memorable: La primera impresión es la más importante, que no se te olvide, sobrino: hasta pareces recomendado. La razón por la que le iba bien era que la mayoría de sus colegas concentraban sus sospechas en un círculo cerrado, mientras que él se lo saltaba siempre, y veía más allá.

Como a las doce de la noche recibieron la llamada del Travolta. Rangel se enteró porque advirtió que Cruz Treviño cubría la bocina y bajaba la voz:

—¿Dónde estabas, buey? Encontraron otra niña. ¿Te acuerdas de El Palmar? ¿Y te acuerdas quién está a cargo? Pues lánzate, el jefe pregunta por ti desde las cuatro… No, cabrón, no es broma. Ahorita vas a ver que no es broma… Ey… Pues eso crees tú, pero yo en tu lugar ya hubiera llegado.

Media hora después el Travolta apareció por el pasillo. El Gordolobo lo detuvo antes de traspasar la puerta de vidrio y lo puso al tanto de los hechos. Rangel, que estaba hablando con Lolita, vio cómo el Travolta se quedaba callado, callado, y le clavaba la vista, el flequillo lacio cubriendo la frente. Cruz Treviño miró a Vicente y le dijo:

—Ahora sí, buey. Ya se te armó.

Lolita giró en dirección del pasillo y vio a los dos gordos hablar. Ay, Dios, ay, Dios, y se fue taconeando a la oficina del jefe. El Travolta musitó algo, como pidiendo explicaciones, y el Gordolobo apuntó la barbilla en dirección de Rangel.

Taboada pateó un archivero de metal, que retumbó por el pasillo y se encaminó en dirección del detective; el Gordolobo quiso agarrarlo de un brazo pero Taboada fue más veloz. Rangel empuñó el único objeto contundente que encontró a mano, la pesada bocina del teléfono, y se puso de pie. Cuando el gordo pasó frente a la puerta del jefe, éste lo llamó desde el interior del despacho: ¡Taboada!, pero el gordo se siguió de frente, en dirección de Rangel.

Si Cruz Treviño pensaba hacerse de la vista gorda y permitir la pelea, tuvo que cambiar de idea en cuanto vio que el comandante se asomaba. Aunque le hubiera gustado ver cómo golpeaban a Rangel, tuvo que interponerse en el camino del gordo, pero lo hizo con tan mala suerte que recibió un golpe en el ojo izquierdo. A pesar de ello, Cruz —que debía hacer méritos para reponer viejas faltas— alcanzó por un brazo al Travolta y consiguió detenerlo. Mientras forcejeaban el comandante gritó:

—¡Taboada!

Y sólo así se apaciguó el gordo. A espaldas del viejo, Lolita se mordía las uñas con expresión de terror. Finalmente Cruz Treviño lo sosegó:

—¡Te están hablando, buey!

Y no lo soltó hasta que el Travolta se calmó y fue a encerrarse con el jefe.

Se gritaron durante diez minutos. Rangel oía los berridos que resonaban adentro del despacho. El comandante le está metiendo la regañada de su vida, me cae: ¿Qué tiene usted en mente? ¿Qué se ha creído?, ¡A la siguiente falta se queda un mes encerrado!, ¿Entendió? Luego bajaron la voz y no se supo qué se dijeron, pero el gordo salió muy silencioso y ya no le buscó pleito a Rangel. Se limitó a sentarse junto a Cruz Treviño y a fingir que leía los papeles de la autopsia. De vez en cuando levantaba la vista en dirección de Vicente, y le lanzaba toda la mala vibra de que era capaz. El gordo estuvo ahí como media hora, porque no podía trabajar de tan borracho que estaba, y sólo se fue cuando Lolita le entregó un sobre cerrado, de parte del comandante. Entonces, cuando Rangel creía que todo había concluido, el gordo se levantó y le dijo:

—Te cuidas, cabrón. Así te va a ir.

Rangel se quedó quieto, quieto, y cuando vio que el Travolta se iba, Puf, se dijo, ya estaba de Dios.

Al salir de la jefatura le escocían las manos. Valiendo madre, pensó, ¿por qué me habrá regresado esto, si ya lo tenía controlado? La noche en que encontraron a la niña del bar León salió extenuado de las oficinas y se lanzó a su casa, más para cambiarse de ropa que para dormir. A duras penas consiguió estacionarse en el muelle, junto a la rampa del transbordador. Oteó las brumas pero no distinguió el ferry. Ni modo, estará en la otra orilla, así que se encaminó a la lonchería Las Lupitas, el único local que se encontraba abierto a esas horas. Allí, bajo tres focos de escasa potencia, un pescador hablaba con dos travestidos —es decir, las Lupitas, los dueños de ese local—. Al ver venir a Rangel, el pescador se puso de pie:

—Me lleva —saltó—. Ahí está ese cabrón otra vez.

El hombre intentó evadirse, pero Rangel lo agarró del brazo y lo llevó junto al río. Se trataba del Lobina, un pescador con antecedentes penales. Mal tipo, el Lobina. Rangel lo tenía entre ojos por vender mariguana, pero estaba esperando el momento propicio para detenerlo con una carga importante. Al tratar de zafarse, el pescador sólo consiguió que el detective le pegara en el lomo:

—Ay… cabrón, hoy trae la mano pesada.

Cuando Rangel estaba cansado se comportaba muy arbitrario, ¿por qué iba a darle explicaciones a un sujeto tan detestable como el Lobina? En el camino el pescador gritó:

—Espérese, espérese, mi chancla, se me salió la chancla, ¡mi chanclaaa! —Pero como el agente no se detuvo, gritó a las falsas mujeres—: ¡Ahí les encargo!

Una vez en el río, el pescador encendió el motor de su bote:

—¿Qué? ¿Lo volvió a dejar el ferry?

Pero Rangel no contestó. El pescador lo examinó con descaro, Pinches polis, y lo cruzó al otro lado del río:

—Servido, patrón.

Rangel musitó una frase incomprensible y se fue tambaleando a su casa. Se dio un regaderazo breve, con agua fresca, y sacó una camisa del ropero, otro pantalón. En el momento de elegir la ropa vio que una luz muy tenue alumbraba el sillón de la sala, donde identificó una botella de whisky a la que le sobraba un chorrito, apenas un trago, y se dijo: Ni modo, ya estoy aquí, y necesito echarme una pestaña. Así que después de vestirse se acostó en el sillón, nomás un momento, con el whisky en la mano y un disco de Stan Getz en el aparato. Al instante soñó que tocaba la trompeta, qué raro, pensó, si lo que sé tocar es la guitarra, pero en el sueño estaba tocando la trompeta, era un jazz muy suave, de lo mejor de Stan Getz. Rangel era la primera trompeta en ese conjunto, hacía lo que quería con la música y los demás lo seguían con habilidad. Una chulada de grupo, tocan bien este João Gilberto, y Astrud y António Carlos Jobim. ¡Échale Getz!, sugirió. Ahora sí me voy a echar un solo que no tiene madre, y en el sueño se ponía de pie, y soplaba muy fuerte, y la bella Astrud lo miraba con admiración total. Pues claro, pensaba Rangel. Va a dejar a su novio por venirse conmigo. Iba a tocar la nota final cuando oyó la voz de su tío: ¿Qué estás haciendo, sobrino?, y sacó una nota falsa. Ay, buey, quiso intentarlo de nuevo y Ay, buey, estuvo peor: la trompeta se quedó sin sonido, adentro sólo había un hoyo negro y oscuro y a un costado estaba su tío, le pareció que su tío estaba de pie ahí en su sala, con la eterna camisa blanca y la funda sobaquera. ¿Qué te pasa?, te estás quedando dormido, ¿que no vas a ir a trabajar? De inmediato abrió los ojos: Ah, cabrón. Eran las cinco y cuarto. Apenas voy a llegar.

DOS

5

Los citó en el Restaurant Flamingos. Éste era un local de color rosa, atrás de la Central de Autobuses. El comandante prefería realizar las juntas allí porque tenía aire acondicionado, las meseras no molestaban y servían suficiente café. Aprovechando que el local permanecía abierto las veinticuatro horas, los agentes llegaban entre seis y siete de la mañana, se iban al rincón más discreto, a la mesa del fondo, y Cruz Treviño o el Gordolobo se encargaban de despejar los lugares contiguos, si es que no se habían vaciado al verlos llegar.

Estaban el Profe, Wong —o el Chino—, el Beduino, el Evangelista, Tiroloco, el Gordolobo, Cruz Treviño, el Travolta y el Chaneque. Ahí no los molestaba nadie, pero en esa ocasión, martes 18 de marzo de 1977, a las seis de la mañana, mientras se dirigía al rincón de siempre, Rangel notó que en las mesas aledañas se congregaba una multitud de reporteros, con libretas, grabadoras e incluso una cámara de televisión. ¿Y ahora?, se dijo, ¿qué estarán regalando? Reconoció a tres periodistas locales y a uno que venía de Tampico, pero a los otros jamás los había visto. Son dos, cuatro, seis, ocho, diez: doce. Han de ser de Monterrey o del D.F., a lo mejor de San Luis Potosí. Uno de ellos, que parecía más despierto, al reconocer a Rangel se codeó con un fotógrafo: Hazte una foto de aquél. ¿Cuál? El que se peina como los Beatles. Ah, chingá–chingá, ¿qué se traen éstos?, pensó, ¿por qué me señalan? Rangel estaba muy desvelado, en toda la noche sólo había dormido media hora, así que le urgía llegar a la mesa y tomar un café. Estaba a punto de sentarse cuando oyó que Tiroloco decía «Mamacita», y descubrió que el colega se refería a la Chilanga, que, cosa inusual, en lugar de sus playeras inmensas con la imagen del Che se había puesto un pantalón acampanado y una blusa entreabierta de mezclilla. A Rangel, que jamás la había visto con ese tipo de ropa, hasta se le cortó la desvelada, y examinó con descaro el diseño, que resaltaba su cintura de avispa, y sobre todo la manera como la blusa acentuaba la forma de los pechos. Estaba buscando un pretexto para admirarla de cerca cuando advirtió que la acompañaba un chavo alto y melenudo, que vestía ropas caras y usaba el cabello esponjado, a lo Jackson Five. Momento, se dijo, ¿y ése quién es? El Jackson Five agarró a la Chilanga del brazo y la condujo a la mesa de los reporteros. El detective se preguntaba qué relación tendría el melenudo con ella cuando vio entrar a su jefe y supo que algo había ocurrido, pues Lolita lo seguía taconeando, dos pasos atrás.

En cuanto vieron al viejo los detectives guardaron silencio. Para Rangel fue como si una corriente de bochorno hubiera entrado en la habitación. Ay, buey, se dijo, me cae que viene de malas. El jefe miró a los presentes y resopló con fastidio:

—Ni reporteros ni madrinas —dijo, y la multitud se salió.

Como quedaron cuatro o cinco rezagados, el Gordolobo se puso de pie, chorreando grasa, y se deshizo de ellos a empujones. Era un tipo muy callado. Siempre estaba sudando, con sus ciento ochenta kilos de peso y su uno ochenta de estatura; en la cabeza sólo tenía un mechón de pelo negro en el centro, que se esforzaba por engomar hacia atrás, y cuando algo no le gustaba no perdía tiempo con razones: se hacía entender a manotazos. Al verlo venir, el resto de los reporteros se paró y se fue a la calle. Qué extraño, se dijo, quién sabe cómo supieron que la junta era aquí. Mientras la fotógrafa se iba, los detectives no le quitaron la vista de encima, y más de uno estiró el cuello para verla salir: Gandallas, cabrones, fascistas, tenemos derecho a la información.

Cuando la muchacha se perdió a lo lejos Rangel advirtió que el comandante miraba al Travolta, y éste tardó en comprender. Finalmente el gordo hizo un gesto en dirección del Chaneque: Ni modo, *brother*, es mejor que te vayas.

El cuchillero se retiró contrariado. Hacía un mes que se toleraba su presencia en la jefatura, y todos se hacían de la vista gorda ante el hecho de que tuviera antecedentes penales. Qué raro, pensó Rangel, el Chaneque lleva mucho tiempo haciendo méritos. En los últimos días incluso había oído el rumor de que lo iban a nombrar detective, con charola* y toda la cosa, pero la actitud del jefe dio a entender que seguiría en el purgatorio durante otra temporada. Ni modo, pensó Rangel, gajes del oficio, mi estimado.

El comandante ocupó la silla más alejada, de manera que no pudieran sorprenderlo por la espalda, una vieja costumbre que había adquirido luego de treinta años de servicio y ver mucho cine de acción. En una junta normal el jefe preguntaba a cada quien qué asuntos estaba llevando y qué avances había realizado. Daba algunos consejos, fijaba plazos para re-

---

* Placa.

solver los asuntos, asignaba nuevas pesquisas: desde coordinar la investigación de un asalto o una muerte violenta, hasta simplemente sentarse en el coche a vigilar la entrada a la Refinería de Petróleos, o a la fábrica de Refrescos de Cola, y recibir las gratificaciones correspondientes. Rara vez alteraba las líneas de investigación, y en general eran reuniones tranquilas. Pero ese martes 18 de marzo no fue una junta normal.

¿Qué pues?, se dijo Rangel. Lo primero que pensó fue que el comandante estaría molesto por las críticas de los periódicos, y lo de la «inepcia» policiaca. Pero no puede ser, se dijo, el jefe ha recibido comentarios peores y no se despeina. ¿Se habrá peleado con Torres Sabinas? Desde que el licenciado Daniel Torres Sabinas obtuvo la presidencia municipal del puerto, el jefe discutía con él cada semana. Torres era un político joven, enemigo del gobernador Pepe Topete, y no se llevaba con el comandante. Corría el rumor de que al presidente municipal lo habían impuesto allí por su amistad con el presidente Echavarreta. Quién sabe, se dijo, a lo mejor Torres Sabinas le pidió cuentas anoche y se volvieron a enojar. El jefe nunca ha sido buen polaco.

La mesera sirvió ocho cafés y un Refresco de Cola. En cuanto se hubo retirado, el jefe les mostró una foto a colores: Colegio Froebel. Grupo Dos A. Una niña de entre siete y diez años, tez blanca, cabello negro, vestida con uniforme escolar.

—Ésta —tronó— es la niña Lucía Hernández Campillo. Desapareció el quince de enero y su madre vino a hacer la denuncia. ¿Quién tomó la declaración?

Rangel miró a Wong, pero éste se deslindó mostrando las palmas: A mí que me esculquen, no sé de qué hablan. Luego miró a sus demás compañeros y nadie dio signos de reaccionar. El comandante se estaba irritando, y el silencio continuó hasta que el Travolta alzó la pesadísima diestra.

—Ah, usted. ¿Por qué no le dio seguimiento?

Los que habían estado antes en esa situación sabían que era una pregunta retórica y que no se podía contestar. Había dos razones por las cuales no se daba un parte al comandante: complicidad o negligencia, pero ambas ameritaban sanciones.

—¿Por qué no la investigó? ¿Fue intencional?

—No, señor… Había gran carga de trabajo. Después se traspapeló.

El viejo meneó la cabeza:

—Dos meses… —se dirigió al Travolta—. Y ni siquiera lo consignó. Me tengo que enterar a través del secretario de gobierno, a las tres de la mañana.

El jefe se refería al brazo derecho del gobernador: el señor Juan José Churruca, un hombre sin palabra, priísta mafioso, verdadero peligro entre los peligros. Le decían la Urraca por su nariz ganchuda y su afición al dinero. ¿Y ora?, se dijo Rangel, ¿qué tiene que ver Churruca en todo esto? La foto voló en dirección al Travolta.

—Se comunica con los padres hoy mismo. Espero un informe a las dos.

—Sí, señor.

El gordo se agachó tantito y Rangel notó que estaba perdiendo cabello, casi lo compadeció. Entretanto el jefe encendió su primer Raleigh del día con un encendedor desechable. Jaló y expulsó un cirro de humo blanco, denso y sinuoso como un alambique. Cuando la nube se hubo elevado lo suficiente se le ocurrió preguntar:

—¿Alguien más está investigando otras niñas y no las ha reportado?

El jefe los miró uno por uno, pero nadie respondió. Esperó un tiempo prudente y sacudió su cigarro con bríos, para desprender la ceniza:

—Lolita, reparte los folders.

A medida que los agentes abrían las carpetas se fue generando un murmullo. Rangel se moría por revisar esos folders, pero el paquete se agotó antes de llegar su turno, de manera que se inclinó hacia el Evangelista, y le preguntó de qué se trataba. El Evangelista abrió su expediente y fingió leer en voz alta:

—«El fin del mundo está cerca. Arrepiéntete y cree en los Evangelios».

—No estés chingando, cabrón.

Y le arrebató la carpeta. Desde que se volvió testigo de Jehová, el Evangelista estaba insoportable. Nunca iba a entender que no debía hablar de religión con sus colegas.

Tras la fotocopia del informe que Rangel redactó estaba una revista tamaño carta, con letras de color amarillo y un diseño muy moderno.

—Esto —explicó el comandante— llegó en la avioneta del gobernador, hace media hora. Es la revista *Proceso*. Acabamos de salir en interiores.

Cuando algún periódico o revista de circulación nacional criticaba los asuntos del estado, era normal que el gobernador mandara comprar todos los ejemplares que iban a ser distribuidos en la zona. Así, las ediciones que contenían críticas a su gobierno jamás llegaban a conocerse en el estado.

El índice decía: «Frente a la ineptitud policiaca, se multiplican los crímenes de un demente». Antes de que Rangel encontrara la página treinta, el Profe silbó y le dijo:

—Pinche Rangel, te estás volviendo famoso.

La revista reproducía una foto de Rangel y la doctora Ridaura, tomada por la Chilanga desde la ventana del bar, en el momento en que el detective señalaba el interior de los baños. La nota estaba firmada por el consejo de redacción, «con información de Juan Guerrero». Pinche Johnny, pensó, está haciendo carrera a costa mía.

No acababa de revisar la foto cuando el comandante extendió la portada de *La noticia*: «Macabro hallazgo en el centro de la ciudad». Allí también reproducían la misma foto que *Proceso* y otras cinco tomas de los baños, en tres de las cuales aparecía Vicente Rangel. Valiendo madre, pensó, ahora sí me chingaron. En eso advirtió que una sombra se cernía sobre el rostro del Travolta. Pinche cabrón, pensó, se muere de envidia. Y es que al gordo siempre le encantó que lo fotografiaran. En cambio, en opinión de Rangel, la policía debía pasar inadvertida. Si por él fuera, no habría ruedas de prensa, ni boletines, ni nada. Como afirmaba su tío: los detectives tienen que ser invisibles.

—Pero eso no es lo peor —continuó el jefe—. Según Churruca, los reporteros de *¡Alarma roja!* están por llegar.

¡Alarma roja! era el semanario más vendido en todo el país. Tenía titulares como «Machetazo en plena *feis*», «Agarró de *sparring* a la autora de sus días» o «Venerable abuelita repartía mariguana». La Secretaría de Gobernación la había clausurado muchas veces, pero el director le cambiaba de nombre, o de diseño, y la revista volvía a circular.

Mientras examinaban el contenido de los folders, el jefe inhaló profundamente su cigarro, y lanzó una nube de humo más densa que la anterior.

—Si uno de ustedes está jugando doble, no le va a durar mucho el gusto. Cuando sepa quién es, se va a tener que ir del estado, pero antes va a pasar por el cuarto de concreto. —Éste era el cubil donde interrogaban a los presos más tercos, en el sótano de la comandancia, una habitación diminuta, con fugas de agua, sin luz ni ventilación—. El único autorizado para hablar con la prensa soy yo, y que les quede muy claro. No quiero más filtraciones. ¿Se entiende? —Los miró uno por uno, mientras ladeaba su taza—: A ver, señores: ¿qué tenemos en firme?

Y quiso beber otro trago, pero no había más café.

Por haber coordinado las pesquisas, Vicente fue el encargado de repasar los hechos, en lugar del Travolta. Todos estaban acostumbrados a las vaguedades del gordo, y en cambio Rangel sorprendió con una reconstrucción sucinta, elegante, fina: lo que sea de cada quien. En dos patadas repasó los avances, planteó cabos sueltos y señaló las contradicciones. A diferencia del Travolta, que no prestó mucha atención a las pruebas materiales, Rangel localizó nueva evidencia: mientras peinaba el área a espaldas del bar descubrió una colilla de Raleigh. Más tarde, al compararla con la basura que se encontró en El Palmar, encontró una segunda colilla. Ambas estaban mordidas en el área del filtro, de manera que podía distinguirse la impresión de un largo y filoso colmillo. Si añadimos que en las dos ocasiones se utilizó un cuchillo de monte, agregó, esto permite concluir que se trata del mismo individuo.

Al terminar su exposición, Vicente examinó los rostros de sus colegas y llegó a la conclusión de que estaban nerviosos. Desde que entraron a trabajar en el puerto la experiencia les había enseñado a resolver los casos de acuerdo a una serie de pasos preestablecidos, que incluían todo tipo de abusos. El Travolta acostumbraba decir: «El mejor policía es el más arbitrario». Cuando se enfrentaban a ladrones violentos, marineros borrachos o gente de la guerrilla, ¿qué etiqueta podían respetar? Lo más conveniente era ubicar al sujeto y detenerlo aunque no hubiera pruebas: para eso existía el recurso de la prisión preventiva. Si los sospechosos resultaban ser inocentes se les daba una disculpa y se acabó. Tras el asesinato de un tipo humilde se enlistaba uno por uno a los últimos que lo vieron vivo y se interrogaba al que tuviese una dificultad con el occiso. Cuando desaparecía dinero de una empresa había que echarle la mano al contador o al personal de confianza: los culpables siempre eran unos u otros. En caso de que secuestraran a un comerciante, cosa que ocurría un par de veces al año, se entrevistaba a parientes y criados, y se concentraban en aquel que tuviera antecedentes penales. Si todo fallaba había que ir al muelle o a los asentamientos de la periferia, como la terrible colonia Coralillo, cuna de los mal vivientes del estado, y preguntar a los orejas o a criminales conocidos. Pero en el caso del Chacal no tenían ninguna pista y no sabían cómo empezar.

—La niña iba a la primaria federal número cinco, que está a la vuelta del bar León —continuó Rangel—. Eso significa que la interceptaron en la calle, la ultimaron en un sitio cerrado y en lugar de abandonarla en el lugar del crimen la llevaron al bar. No hemos podido averiguar por qué lo hicieron, qué necesidad había de ir a tirarla allí, y si querían incriminar al gerente. No hay móvil ni testigos, ésa es la situación.

Hubo un murmullo de inquietud general.

—Comandante —interrumpió el Profe—, yo quisiera agregar algo.

—Sé breve. —Le decían el Profe por su tendencia a pontificar.

—Hablé con la doctora Gasca, la psiquiatra. A ella le llamó la atención que, por una parte, el asesino actuara con tanta saña y, por la otra, que borrara sus huellas de manera impecable, como si se tratara de dos personas distintas. Por un lado parecería que es un demente, por el otro, que es un tipo muy calculador.

—Tiene razón —apoyó Tiroloco—: esto no cuaja, podría ser un grupo de personas.

—A huevo —dijo el Travolta.

—De otra manera no se entiende cómo pudo dejarla en el bar…

—Por lo pronto concéntrense en las pruebas que tenemos, el cuchillo dentado y el cigarro…

—El caso es que después de atacar, desaparece del puerto durante períodos prolongados. A lo mejor fue un marino… —gruñó el Travolta—. O un agente viajero.

—Es probable. No podemos descartar nada. ¿Y tú? ¿Encontraste algo? —le preguntó al Evangelista. Éste se había pasado la noche en vela, en los archivos de las ciudades vecinas, estudiando las huellas dactilares encontradas en el bar.

—No hubo nada, señor. Ninguna tenía antecedentes penales.

—¿Qué más? —regresó con el Profe.

—La doctora Gasca me mostró un reporte del departamento de policía de la ciudad de Los Ángeles. Según ella, a este tipo de —consultó sus apuntes— «esquizoides» los afecta el ciclo lunar. Una parte del mes están muy tranquilos, mientras la luna se esconde, y van regresando a la actividad a medida que la luna vuelve a aparecer en el cielo; el índice de criminalidad sube hasta en un veinte por ciento cuando hay luna llena. Todo indica que la cercanía de la luna influye en las mareas, en las mujeres, en las personas de temperamento nervioso y sobre todo, en los enfermos mentales.

El viejo se revolvió en el asiento:

—¿Cuándo es luna llena?

—Pasado mañana.

Un gemido de origen gástrico se elevó del asiento del jefe. Cada vez que se encontraba en una situación delicada, la panza del viejo hablaba por él.

—Bien —asintió el comandante—. A partir de hoy van a establecer vigilancia en las escuelas, el mismo sistema que se siguió con la compañía de seguros. Quiero que estén ahí a las horas de entrada y de salida, entre siete y ocho, y entre una y dos. Lolita tiene la lista, que les diga cómo van a quedar distribuidos. Una cosa importante: al llegar a las escuelas se presentan con los directores. Necesito que los vean, porque la Asociación de Padres de Familia se está poniendo muy brava. ¿Dudas?

Faltaba un asunto delicado. Rangel trató de apoyarse en Wong, pero el Chino fingió no advertirlo. Ni modo, pensó, el que está coordinando soy yo.

—Comandante…

—¿Sí?

—¿Hay que citar a Jack Williams?

El jefe le clavó la mirada:

—No estén chingando con eso… Ya hablé yo con él y no tiene nada que declarar.

—¿Y el tiempo que pasó en el baño, señor?

—Está cubierto, Rangel. No me enseñes a hacer mi trabajo.

En el silencio que siguió, un borbollón de ruidos gástricos surgió del asiento del jefe. Lolita aprovechó este momento para señalar la edición de *El Mercurio*, y el comandante recordó:

—Ah sí, hay otra cosa…

Una inserción pagada anunciaba que un donante anónimo ofrecía veinticinco mil dólares a quien ayudase a aprehender al asesino.

—Son veinticinco mil dólares, el cabrón que lo agarre se va a hinchar de plata —agregó.

—Veinticinco mil dólares… —comentó Tiroloco.

—Es una buena lana —susurró Wong.

—Ahora sí, no hay excusa. Lárguense a la calle y hagan todo en el marco de la ley. ¿Algo más?

—¿Nos podrían ayudar con vales de gasolina? —preguntó Wong, que tenía un ocho cilindros.

—No hay presupuesto… Tú, Rangel, ¿no vas a agregar nada?

—No.

—Se lo guarda para sí —se burló el Travolta.

—Como Serpico —remató Cruz Treviño.

—¿Qué hora tienes? —Se dirigió a Lolita.

—Cuarto para las siete.

Y apagando el cigarro, dio las instrucciones del día:

—A partir de ahora vamos a establecer guardias de cuarenta y ocho horas por doce de descanso: comienzan Jarquiel y Salim —señaló al Profe y al Beduino—. Los demás aprovechen que el terreno está fresco para seguir indagando. Jarquiel y Salim, visiten a nuestros conocidos del hospital psiquiátrico. —El comandante se refería a quienes habían cometido delitos sexuales—. Hablen con las doctoras, los vigilantes, las enfermeras. Averigüen si alguien fue dado de alta o si se están robando medicinas controladas: cualquier cosa que pueda conducir en dirección de un demente. Cuando terminen vean a la doctora Gasca y le piden que elabore un perfil del asesino. Cruz y Zozaya, revisen las coartadas de los comerciantes de la zona, desde los joyeros de la plaza hasta los vendedores ambulantes. Empiecen en un perímetro chico, no más de dos cuadras y lo van extendiendo. Me interesa todo: rasperos, paleteros, carteros, quiero que entrevisten hasta a los vendedores de biblias. Que los apoyen Mena y José. —Es decir, Gordolobo y Tiroloco—. Taboada y Rangel, investigan denuncias; y tú, Wong, me vas a hacer una lista de la clientela habitual del bar León. Lo que averigües lo confrontas con la lista de Jarquiel, y con esto terminamos.

Cruz Treviño levantó la mano, mientras Rangel y Taboada intercambiaban miradas:

—Señor, ¿quién va a estar a cargo de la investigación?

El jefe no pudo ocultar su mal genio:

—El responsable en delitos sexuales, ¿quién más? Píquenle, los quiero a las tres en la oficina. Lolita…

—¿Sí, señor?

—Si siguen ahí los reporteros, hazlos pasar. En cuanto a ustedes, eso fue todo. Y ya: meando y caminando, quiero oír resultados.

6

Con el anuncio de la recompensa, todo el mundo corrió a buscar sospechosos. Todos excepto Rangel, que estaba decepcionado de las pesquisas y no sabía qué pensar.

Se estacionó junto a un puesto de tacos de barbacoa, disimulado entre una nube de clientes. Mientras estuvo allí, frente a la escuela de los jesuitas, advirtió que la Asociación de Padres de Familia se había organizado para supervisar la entrada de los alumnos al Instituto Cultural de Paracuán. Media docena de adultos con camisas fosforescentes amarillas detenían el tráfico y ayudaban a los niños a cruzar la avenida. Al examinar una pickup azul metálico reconoció al señor Guillén, un comerciante que se había vuelto muy popular por su idea de un «crédito humanitario». Rangel le había comprado un tocadiscos, en cómodos pagos mensuales. El señor Guillén se detuvo, bajó a sus siete hijos del coche y los vio cruzar la avenida. Al saludar a un conocido, el señor Guillén se alzó la chamarra y mostró una pistola enfundada en el cinturón:

—Quiobo Guillén, ¿estás cazando?

—Por precaución. Más le vale que no aparezca, porque hago justicia yo mismo.

—Ay, papá —lo reprendió su hija Paloma, en el momento de despedirse.

Ah, caray, se dijo, habrá que hacer una campaña de desarme, ni modo que anden tantos tipos blindados por la ciudad.

En la media hora que duró su vigilancia no ocurrió nada anormal. Tan sólo un camión de Refrescos de Cola, que venía muy deprisa, estuvo a punto de arrollar a los encargados de detener el tránsito. Los padres de familia lo abordaron con tanta cortesía como fue posible, lo obligaron a detenerse y una vez que la columna de alumnos hubo cruzado la calle, lo dejaron ir entre mentadas de madre. Pinches choferes, pensó, me los voy a chingar. Pensó que sería imposible vigilar a todas las alumnas que llegaran sin acompañantes, pero la ciudad entera se había solidarizado con ellas. Cuando una niña viajaba sola, los autobuses o los taxis de sitio se detenían frente a la puerta del edificio, sin importar que detuvieran el tráfico, y bajaban su valiosa carga con cuidado. Una combi amarilla se estacionó frente a la escuela, a un metro de Vicente, y bajó a una veintena de niñas chiquitas, la mayoría de las cuales cargaba una lonchera metálica. Rangel siguió con la vista a una niñita de ojos muy grandes, que debió peinarse ella sola porque traía un chongo más alto que el otro, pero eso sí: muy alisado con gel. Otro niño de unos cinco años se ajustaba los pantalones a la altura de las axilas, al estilo de Pedro Armendáriz, y demostraba a sus compañeros que podía hurgar en el bolsillo trasero por arriba de un hombro. Cuando sonaba el timbre de las ocho en punto todavía llegaron corriendo unos cuantos alumnos, y un caribe anaranjado consiguió colarse cuando cerraban las puertas. El conductor, el doctor Solares Téllez, un conocido pediatra, de bigote poblado, hizo bajar a sus tres hijos: Ándenle, no sé por qué les gusta llegar tarde, córranle, que los reportan. Los jesuitas llamaron a cerrar filas frente a los salones, comenzaba otro día de disciplina espartana. Ya se iba a marchar cuando notó que entre las cortinas del segundo piso una sombra lo enfocaba con una cámara de video. Ah, chingado, me están grabando, se dijo, y bajó del auto para investigar. Al levantar su placa en dirección a la ventana, la cámara de video apuntó a otra parte y una mano lo saludó. Falsa alarma, se dijo, debe ser un profesor.

A las ocho en punto comprendió que el cansancio de la noche empezaba a pesarle, y antes de ir al trabajo le pareció conveniente ir a desayunar. Se dirigió al restaurante del judío, a dos cuadras de la comandancia. Antes de entrar, justo en la puerta del Klein's, había un expendio de periódicos donde se entretuvo mirando un ejemplar de *Notitas musicales*, que tenía a Rigo Tovar en la portada. El encabezado decía: «Gira triunfal del cantante y Las Jaibas del Valle». A juzgar por la portada, en los últimos meses el vocalista se había dejado el cabello largo y usaba camisas de colores eléctricos.

—¡Hey, hey, hey! ¡Oiga!

Quien gritaba era el dueño del Klein's, don Isaac en persona. Rangel giró a tiempo para ver la silueta de un hombre que doblaba la esquina. Debido al desvelo, el agente tardó en reaccionar.

—¿Lo robó?

—No, qué me iba a robar, si ya había pagado. Pero tenía prisa el compa, hasta su cambio dejó.

El viejo le mostró un billete de veinte pesos, y se lo guardó en el bolsillo.

Qué extraño, pensó Vicente, ese cuate salió disparado. Sobre la mesa que ocupó el individuo había un ejemplar de *El Mercurio*, con las fotos que le tomó la Chilanga. Chingado, pensó, y se quedó meditando… En el instante en que el dueño levantaba una silla, le cayó el veinte. Momento, se dijo, ¿por qué salió corriendo este individuo? ¿Me estaría sacando la vuelta? Y se paró a investigar.

Cuando se asomó a la esquina, dos camiones urbanos partían en direcciones opuestas. Quien haya sido, corrió con suerte. A lo mejor tenía antecedentes penales.

A esa hora en el Klein's no había nadie, salvo el gerente y el mesero. Este último dejó un fuerte olor a desinfectante de pino cuando pasó el trapeador.

—Lo vi en *El Mercurio* —le dijo, pero Rangel no tenía ganas de hablar.

Le trajeron unos chilaquiles rojos, que ni siquiera tocó: la imagen de la niña muerta lo seguía perturbando. Chingado, se dijo, cuántos problemas me está trayendo este pinche caso, me cae que de haber sabido no me entrometo. En menos de doce horas se había peleado con el Travolta y el Chaneque, le habían tomado mil fotos y le volvió el escozor en las manos.

Mientras le servían un Refresco de Cola, Rangel tuvo que reconocer que estaba muy extrañado, el comandante jamás había actuado de esa manera: hasta se puso nervioso cuando le sugerí que citaran al Junior. Además, no se explicaba cómo pudo poner al Travolta a cargo de la investigación. Pinche jefe, pensó, de seguro ya lo compraron. Si quiere que nos hagamos tontos, allá él, pero yo voy a investigar otras cosas… El robo a la compañía eléctrica, por ejemplo. Durante los cuatro años que llevaba en el puerto, Rangel conocía los rumores que corrían en torno a Jack Williams y le hubiera gustado citarlo a declarar. Como todo niño mimado, Williams acostumbraba maltratar a la gente y tenía un ego infinito; eso sin contar sus excesos. Decían que cada mes organizaba bacanales privadas, que tenía orgías en su casa de campo, que circulaba de todo, desde morfina hasta cafiaspirinas, que se metía todo tipo de drogas.

Al tocar la botella sintió un dolor quemante en las manos. Pensó en ponerse la crema, aprovechando que no había nadie a la vista. ¿Cremas?, hubiera dicho su tío. ¿Te estás poniendo cremas? Pinche sobrino, ya te volviste marica. Pero Rangel sacó la medicina de su pantalón y se la aplicó de todas maneras. El remedio funcionó tan bien que tomó una nueva dosis y se la esparció en la palma de las manos… Disfrutó el efecto benéfico de la crema, mientras el dueño del Klein's encendía los ventiladores y una brisa fresca inundaba el local. Uy, se dijo, si pudiera dormir un ratito… Pero había que regresar al trabajo, si quería cobrar ese viernes. Ojalá no me encuentre al Travolta. El simple hecho de pensar en ello le provocó un nuevo ataque de comezón, y consideró la posibilidad de untarse más crema, pero el doctor había advertido que no se excediera, No abuse de ella, le dijo, o será peor el remedio que la enfermedad. Estaba por aplicarse una tercera capa de medicina cuando creyó ver una aparición.

Allá, en la entrada, detectó los ojos azules de la Chilanga, su blusa entreabierta, y sus pechos plenos, turgentes, que se dirigían hacia él. Rangel imaginó muchas cosas mientras la mujer entraba: se imaginó que estaba con ella, abrazado en la playa, como en aquella película de Burt Lancaster, *De aquí a la eternidad*, o peinada de trenzas, como más tarde lo haría Bo Derek en *10, la mujer perfecta*; y de repente se puso nervioso, pues la muchacha no sólo le sostenía la mirada, sino que venía caminando hacia él.

—¿Señor Rangel?… —Se veía confundida—. ¿Usted hizo la cita conmigo?

—¿Perdón? —se extrañó Vicente.

—Ah… ¿entonces usted no…? —La muchacha se mordió la lengua y después preguntó—: ¿Vio sus fotos? —Era evidente que cambiaba de tema.

Rangel meneó la cabeza:

—Sí, ya las vi. Me van a despedir por su culpa.

—¡Cómo! ¡Pero si salió muy bien! Hasta las reprodujeron en el D.F.

—Pues por eso mismo. Tenemos prohibido hablar con la prensa.

La fotógrafa sonreía, y Rangel la examinó en silencio. Le pareció, pero no podría asegurarlo, que aunque las palabras eran hostiles, por debajo de ellas se establecía un hilo de simpatía: una corriente casi tangible, que flotaba en el aire. El detective y la chica hubieran seguido intercambiando miradas durante varios minutos, pero otra persona interrumpió la corriente.

—¿Qué te pasa, maestro? Te hicimos famoso, saliste en *Proceso*.

Y Rangel reparó en que a espaldas de ella se encontraba el Jackson Five, que lo examinaba con sorna. ¿Y éste?, pensó, ¿de dónde salió? Al ver su gesto de extrañamiento, la Chilanga los presentó: El señor Vicente Rangel, le presento a un colega: John Guerrero. Mucho gusto, teniente, dice Mariana que usted es el único elemento honrado en esa comandancia. Ah, dijo Rangel, así que usted es el Johnny Guerrero… Y retiró su mano. De Chihuahua, ¿verdad? Sí, de Chihuahua, así es. La chica no previó la tormenta: ¿Dónde está su ética profesional, por qué nos está ventaneando? ¿Cómo quiere que detengamos al asesino si usted da a conocer las pesquisas? La gente tiene derecho a la información, sonrió el periodista, y Rangel replicó: Claro que sí, cuando la información no perjudica a la sociedad, Eso es un argumento fachista, añadió el Johnny. Para nada, dijo Rangel, para nada: ya los quisiera ver en mi lugar; cada vez que publican algo disminuyen nuestras posibilidades de capturar al asesino. Pues *I'm sorry*, dijo el reportero, pero en lugar de enojarse debería colaborar con nosotros; dice Mariana que usted es el único elemento honrado de toda la comandancia, ¿qué le pareció salir en *Proceso*? Aquí Mariana fue la que hizo el conecte.

Aunque no era un hombre informado, Rangel sabía que *Proceso* era uno de los pocos medios, o quizá el único, que criticaba la corrupción en México en los años setenta. Ese momento de duda lo aprovechó el periodista para preguntar ¿Nos permite?, y se sentaron con él.

Rangel pensó en retirarse, pero en eso vio que la muchacha le sonreía por segunda vez en su vida. Tenía bonita sonrisa, piel doradita y bronceada; además, cosa que no se esperaba, la muchacha se apoyaba contra la mesa y sus pechos se marcaban de manera rotunda, el escote a punto de reventar. Estaba concentrado en estos nobles pensamientos cuando lo interrumpió el señor Klein.

—¿Qué van a ordenar?

La Chilanga apenas miró la carta.

—Se me antoja un cóctel de frutas, o ¿qué horas son? Podemos comer ahora mismo. ¿No tiene soya, espinaca, germen de trigo?

—No, señorita. Aquí hay frijoles, carne y tortilla. La especialidad son chilaquiles con cecina.

—¿Tiene algo que no lleve carne? ¿Una ensalada?

—Tengo salpicón de pescado, si usted quiere.

—¿Es el mismo del mes pasado? Qué resistente era ese pescado, oiga, hasta parece que lo mataron a balazos —dijo el Johnny—, con razón no se quiere descomponer.

—Entonces, ¿no hay ensaladas?

—Que no. —E Isaac Klein se retiró muy molesto.

El Johnny regañó a la muchacha:

—¿Qué onda, maestra? Tienes aquí un mes y todavía no te ubicas. No sé cuáles serán las palabras más importantes de esta tribu, pero nadie les puede tocar la comida. Critícales lo que quieras: el gobierno, el clima, los baches, la falta de cines, la playa con chapopote, la fealdad de la ciudad, ¡ah! Pero eso sí: no se te ocurra criticar lo que comen. En este puerto desairar un plato de pozole, una porción de zacahuil, aunque sea el enésimo que te ofrezcan, una jaiba a la Frank o una carne asada puede crear una catástrofe. Yo he sabido de familias que no se dirigen la palabra por culpa de una enchilada. Aquí se toleran todas las desgracias locales: gobierno, clima, zancudos; pero uno llega a la mesa y lo que quiere es comida rica, sustanciosa, suficiente, y si se puede, en gran cantidad. Los sabores fuertes y la ración generosa. ¡Cómo no se iba a enojar el gerente si le pediste ensalada de alfalfa! Lo insultaste en el centro de su persona, en su manera de entender el mundo. ¿Verdad, teniente?

¡Qué tipo tan mamón!, pensaba Vicente, y no respondió. Amparado en sus lentes oscuros, prefería admirar a la chica.

—Mira, Johnny —lo interrumpió la Chilanga—, ahí están los de ¡*Alarma*!

Los hombres giraron a tiempo para ver pasar una vagoneta con el logotipo del semanario más insidioso del país. Órale, dijo Rangel. ¡*Alarma* en esta ciudad!

—¿Sabías que pagan a sus testigos? —preguntó el Johnny—. Para que la gente se anime a contar sus tragedias le dan cien dólares por dato en firme. Qué pasó, cuándo, cómo, dónde. Y detalles.

—¿Cien dólares por dato? —La muchacha se inclinó sobre la mesa.

—Tienen con qué. Venden un millón a la semana. —Y se dirigió al detective—. ¿Cómo ve? Ándele jefe, hágale un bien a la sociedad y colabore con la prensa objetiva. Aproveche que mi colega es sobrina de Julio Scherer y publica en *Proceso*.

—¡Óyeme, no! ¿Qué estás insinuando? A mí me publican por los méritos de mis fotos, no por influencias familiares. —Los ojos le centelleaban.

En esto Rangel sintió que una rodilla se apoyaba contra la suya, y al tratar de ver a la chava notó que ésta también lo miraba. Ah, caray, ¿lo estará haciendo a propósito? El Johnny trató de sacarle conversación, pero Rangel respondió con monosílabos, sin dejar de mirar a la chica, cuya sonrisa se ampliaba y se ampliaba. La situación empezaba a mejorar cuando el periodista, extrañado, se puso de pie:

—Ya vámonos, Mariana, éste no es. Te dejaron plantada.

Entonces comprendió todo. No mames, pensó, vinieron a ver al informante.

—¿Con quién estaban citados? —les preguntó.

—No podemos decirle, es parte del secreto profesional —respondió el Johnny.

—¿Tú no lo sabes? —le preguntó a la muchacha, pero antes de que pudiera insistir, el periodista estalló:

—Lo siento mucho, pero un reportero no revela sus fuentes.

Y no hubo manera de sacarlos de ahí. Como Vicente se le quedara viendo a la muchacha, ésta comentó:

—Maestro, comprende: queremos hacer un periodismo de denuncia, que produzca conciencia social, ¿no viste las fotos de Vietnam, de My Lai? La foto es un arma de lucha social.

Dijo que formaba parte del Grupo de Reporteros Disidentes Revolucionarios «Vamos Cuba», que Macluhan p'acá y p'allá, que la foto tiene una función social, hay que concientizar a la gente, que conozcan la miseria del pueblo y la explotación capitalista, ¡De los cuales usted es el brazo armado!, agregó el Johnny. No mame, se burló Rangel, no soy la Dirección Federal de Seguridad, y le hubiera gustado aclararle a la chava que él trabajaba de policía mientras se encontraba a sí mismo, que ese empleo era un trabajo temporal, que no lo tomaba en serio, pero en lugar de decir todo esto, Rangel repitió «No mame», en dirección del Johnny, y se retiró muy molesto.

En el momento de salir, miró a la muchacha con gran decepción: Pinche vieja, yo te iba a llevar a la playa.

7

Lo primero que hizo fue ir en busca del principal sospechoso. En esa colonia todas las calles tenían nombres de árboles: Pino, Olivo, Cedro, Roble; la siguiente, de piedras preciosas: Lapizlázuli, Amatista, Topacio, Diamante; y la tercera, de flores: Rosas, Lirios, Jacintos. Rangel, que vivía en el kilómetro seis de la carretera a Paracuán, atravesó todas éstas hasta topar con un muro y entonces subió por la calle de Azahar.

Había una mansión que ocupaba la cuadra más larga y mejor ubicada de la colonia Buenavista. Eso es lujo, pensó, a un costado del campo de golf y la laguna; además puede entrar y salir sin que lo vean los vecinos: hay dos entradas para el coche, una en cada lado de la mansión. Se estacionó bajo un frondoso aguacate sin tener una idea muy clara de qué esperaba encontrar, y se concentró en leer la revista *Proceso*. En la alta barda blanca un mozo borraba una pinta reciente, que rezaba en color escarlata: «Agarren al Chacal». El mozo lo examinó de reojo, y cuando terminó, cargó sus enseres y entró por una reja lateral. Al minuto se abrió la puerta y un güero altísimo, vestido de traje y corbata, lo vino a increpar.

—Buenos días, ¿me permite su identificación?

Hombre, dijo Rangel, éste es un guarura con clase. El tipo era extranjero, hinchado de músculos y su corte de pelo recordaba a los soldados del ejército americano.

—¿Qué?

—Su tarjeta de conducir. Identifíquese.

—¿Por qué?

—Usted está en propiedad privada.

Rangel miró hacia la barda.

—Que yo sepa, la calle es de todos.

—No aquí. Muéstreme su identificación. —Tenía un fuerte acento texano.

—¿De dónde eres?

—No te interesa.

—Ah… ¿americano? ¿Por qué no me muestras tú tus papeles? ¿Tienes tu forma F3 o estás trabajando ilegal?

El gringo lo miró con rencor:

—Mira: no quiero pelear. Es mejor que circules. *Have a nice day.*

Vicente escupió por la ventana. Pinche pendejo, como si la ley fueras tú. Antes de doblar en la esquina vio que el guarura apuntaba sus placas, así que le tocó cinco veces la bocina.

Desde que murió el teniente Rivera, Rangel no mantenía una relación amistosa con ninguno de sus compañeros de la oficina: él iba, hacía lo suyo y sólo hablaba lo indispensable con los colegas. Pero ese martes, al momento de checar tarjeta, se veía tan cansado que el Chicote le preguntó: Y usted, Rangel, ¿con quién trabaja? Le voy a recomendar un ayudante, para que tenga madrina, así puede rendir más. No mames, Chicote, hoy por la mañana el jefe corrió a Chávez de la junta, dijo que no quería gente ajena en esta oficina. Sí, pero nadie se va a enterar; además, a usted le hace falta, se ve bastante fregado, ¿cuánto hace que no duerme bien? ¡Por lo menos dos días!

Rangel replicó que no necesitaba a nadie, pero el recomendado llegó de todas maneras. Media hora después, el Chicote le avisó que lo estaban buscando en la planta baja. Para su sorpresa, resultó ser el cuarentón de camisa a cuadros y lentes de botella, aquel que estaba en la jefatura un día antes, cuando lo llamaron del bar León. Se presentó como Jorge Romero: Me dicen el Ciego, porque soy de confianza: nada vi, nada sé; si quiere que le metamos unos toques a un sospechoso, estoy preparado, ya lo he hecho antes, con Chávez. ¿Qué? ¿Ayudaste a Chávez a interrogar a un sospechoso? Sí. ¿Y eres especialista en dar toques? Pues sí, dijo el Ciego. Pero Rangel tuvo la impresión de que sólo quería impresionarlo. Se nota que le urge el empleo, está dispuesto a todo este tipo, para mí que me miente, pues el Chaneque jamás ha necesitado ayuda para interrogar a nadie, yo lo conozco al cabrón.

Rangel le explicó que no buscaba ayudantes. En el fondo seguía creyendo que su período como policía era un trabajo transitorio, mientras se encontraba a sí mismo. Además, sus últimos resabios de autoestima le gritaban que iría camino de la corrupción total si contrataba a un madrina. El hombre de lentes de botella quedó decepcionado por la negativa, y durante las horas siguientes se lo encontró en la planta baja, ayudando al Chicote con el trapeador, buscando chambitas, trayendo encargos para los policías. A las diez y media, cuando bajó por sus apuntes, se encontró con que su Chevy Nova, acostumbrado a estar recubierto de una capa de polvo, había recobrado su color blanco original. En eso oyó una voz a su espalda: Servido señor, y vio al Ciego, trapo en mano, limpiando otros coches. Chingado, dijo Rangel, y le dio cinco pesos. Muchas gracias, patrón, y ya sabe: aquí estamos para lo que se ofrezca. Rangel fingió no oírlo y arrancó de inmediato. Ni modo, pensó, si me porto amable después no me lo quito de encima. Por lo pronto ya me sacó cinco pesos.

El resto de la mañana habló con maestros de escuela, vecinos, celadores, señoras de edad avanzada. Desde que *El Mercurio* publicó el anuncio de la recompensa los agentes no se daban abasto. En cuanto colgaban una llamada entraba otra, y se pasaron todo el día escuchando el testimonio real o inventado de personas que querían denunciar a un vecino, a un pariente, a un empleado e incluso a su propio patrón. A Rangel le tocó contestarle a una histérica, que juraba haber visto a un ser gigantesco, mitad hombre, mitad lobo, que corría por la noche y acechaba los muelles y el mercado: Los naguales, el problema son los naguales, el día que los agarren a todos desaparece el Chacal; pero Rangel no estaba allí para dar terapia. Dijo: Hasta luego, señora, y colgó. Naguales, se dijo, esto es lo único que faltaba, pinche gente ignorante, ya ni la chingan, me cae. Desde chico había oído que todos tenemos un doble, o nagual, en un cerro, y que ese doble toma la forma de un animal. Lo que le ocurra al nagual le ocurre a su dueño. Algunos de sus compañeros se jactaban de que su nagual era un águila o un ocelote, y se decía del gobernador del estado que, gracias a la complicidad de una bruja, tenía varios naguales al mismo tiempo. Pinches mentiras, pensó, la gente no tiene nada que hacer. ¿Cuál será mi nagual?

—¿Alguien ha visto al señor Taboada?

Lolita tenía esperando en la línea al presidente municipal, el mismísimo señor Torres Sabinas.

—Yo lo vi —dijo Romero—. Estaba entrando al jardín de rosas.

Qué extraño, pensó, ¿qué tiene que hacer el Travolta en el restaurante más caro de la ciudad? ¿Y para qué va a reunirse con Torres Sabinas?

—¿Ya se vio?

El Chicote le ofrecía la edición vespertina de *El Mercurio*, pero como lo vio tan ceñudo prefirió retirarse.

Por si la edición matutina no hubiera bastado para irritarlo, el ejemplar de la tarde reciclaba las fotos que le tomó la Chilanga. Chingado, se dijo, pinche vieja traidora, con esto me acabó de amolar. Cuando se hubo fumado el último de sus cigarros, Rangel estrujó la cajetilla y la tiró por la ventana:

—¿Otro paquete?

Era el Ciego, a la caza de unas monedas. Rangel suspiró:

—Raleigh… O no, mejor Faros. —Y le extendió un billete de baja denominación.

Chingado, ya van diez pesos. Se dijo a sí mismo que Romero debía estar muy necesitado para soportar esas humillaciones. De acuerdo al Chicote, tenía mujer y tres hijos. Pero ni madres, se dijo Rangel, nomás esto y ya, si soy amable con él luego no me lo quito de encima.

Tomó el ejemplar de *El Mercurio* y buscó algo con que distraerse, pero no encontró la columna de McCormick. Chingado, se dijo, ¿para qué le doy vueltas? Recordó la figura de Julia Concepción González. Cada vez que repasaba el informe tenía la sensación de que estaba olvidando un dato importante, pero no acertaba con qué.

En busca de inspiración, se puso de pie y caminó hasta el

pasillo. Una vez allí examinó el viejo librero, que no contenía gran cosa: un código civil, un atlas de carreteras, un ejemplar de *Archipiélago Gulag* —que quién sabe cómo llegó allí—, otro de *Tiburón*, un número de *National Geographic*, donde fotografiaron el puerto; seis folletos del Sindicato de Petroleros, y un *Tratado de criminología* del doctor Quiroz Cuarón. El doctor Quiroz fue el gran maestro de su tío, una gran eminencia a nivel internacional. Atrapó y estudió a muchos de los criminales más buscados del mundo, y sabía muy bien cómo funcionaba la mente de un asesino. Dio cursos en Scotland Yard… Su fama era tal que incluso Alfred Hitchcock lo contrató como asesor mientras filmaba *Psicosis*. Si viviera mi tío, se dijo, me hubiera puesto en contacto con él.

Rangel estaba en estas profundas reflexiones cuando entró el individuo más inestable de la comandancia: Luis Calatrava, alias el Brujo. Éste era el policía que vigilaba la vieja garita a la salida del puerto… pero a duras penas pasaba por policía. Melenudo y barbón, con las ropas raídas, sólo utilizaba uniforme cuando tenía que presentarse en las oficinas. El comandante se había cansado de sugerirle que se cortara el cabello, pero el muchacho no obedecía.

—¿Qué onda, Rangel? Ya no te he visto. —Y se paró a saludarlo.

Desde que lo comisionaron a ese empleo infame, el Brujo vivía en la misma garita, y pasaba el día entero sentado, mirando los coches. Pocas veces se le veía en la ciudad. De la garita a la comandancia se harían unos cuarenta minutos, pero el Brujo prefería ir a cobrar de improviso, cada mes o mes y medio, cuando se le acumulaban las quincenas. En su aburrido trabajo no había mucho que hacer, ni dónde gastarse el dinero. Desde que Rangel tenía memoria, el Brujo se la pa-

saba escuchando la radio, leyendo y examinando a los viajeros. Una vez cada veinticuatro horas elegía una víctima, a la
que le marcaba el alto y le decomisaba el periódico, para saber qué ocurría en el planeta. Rangel recordaba la primera
vez que se lo encontró, precisamente cuando llegaba a Paracuán a pedir empleo. El greñudo le marcó el alto y señaló *La
Noticia*: ¿No me regalas tu diario, carnal? Aquí no hay nada
que hacer. Rangel le regaló el periódico y no volvió a verlo
hasta que, con el tiempo, resultaron colegas.

En teoría, la presencia del Brujo debía disuadir a narcos y
contrabandistas. Por encontrarse entre tres estados, tan cerca
del mar y del río, la ruta de Paracuán era un punto ideal para
transportar materiales prohibidos. En la realidad, casi siempre
pasaban los mismos rancheros inofensivos, y no había mucho
que hacer. Al Brujo lo comisionaron allí por gruñón e intra-
table, en una especie de castigo que no parecía terminar. Calatrava no tenía coche, pero le bastaba pedir aventón hasta el
muelle, y una vez allí tomar un autobús hasta el centro de la
ciudad; sin embargo prefería vivir exiliado —decía estudiar
física— y no visitar la ciudad. Con tal de no verlo, el comandante aceptó que Lolita le tomara los informes por teléfono. Desde que Rangel se fue a vivir a la casa frente al río,
era inevitable toparse con Calatrava al menos una vez cada
día. El Chicote decía que Calatrava vivía de lo que pescaba en
el río: jaibas, camarones e incluso robalos. Todo eso sin salir
de la oficina, con unos hilos de pesca que colgaba en los ba-
rrotes de la ventana.

—¿Qué? —le preguntaba el greñudo—. ¿Cuándo echa-
mos unas cervezas?

—Un día de éstos —le decía Vicente, y lo dejaba pasar.
Una noche en que Vicente estaba de buenas y no tenía

otra cosa que hacer, compró un *six pack* en la gasolinera del Negro, y se lo fue a dejar al vecino.

—No bebo solo —le dijo—. Hágame el honor.

Se acabaron el *six pack* de Tecates y liquidaron una botella de aguardiente dudoso, que el Brujo compraba por litro. Al día siguiente Rangel tuvo una de las peores crudas de su vida. No repitió la experiencia en meses, pero la noche de conversación le ayudó a mantener buenas relaciones con el Brujo, que de vez en cuando le dejaba mensajes en la jefatura: «Parece que están metiendo droga en una camioneta verde, placas 332 TBLB» o «Sospecho que el propietario de una Ram Blanca es proxeneta, placas 470 XEX». A veces el Brujo le encargaba que le comprara alcohol, jabón o pasta de dientes; en una ocasión Rangel debió prestarle dinero.

—Ah, chingado, ¿qué tanto apuntas allí?

—Llevo un registro.

El Brujo llevaba un diario extrañísimo, en una libreta de tapas verdes, donde Rangel lo había visto escribiendo. Ese martes, cuando se encontraron en la comandancia, el Brujo le recordó que era la hora de comer.

—¿Qué onda, Rangel? ¿No vienes por una cerveza?

—Ya quisiera, cabrón. Tengo mucho trabajo.

—Entonces, ¿qué? ¿Cuándo caes?

—No, pues otro día de éstos.

—¿El viernes?

—Puede ser, yo te busco.

En eso estaban cuando Lolita llegó a interrumpirlos.

—Señor Rangel, le llama la señora Hernández.

—¿Quién es?

—La mamá de la niña desaparecida, la del colegio Froebel…

—No, ni madres —dijo Rangel—. Dile que se ponga en contacto con el agente Taboada, él está a cargo.

—Ya le dije, pero insiste en hablar con usted.

—Dile a Wong que conteste.

Lolita regresó al minuto.

—Dice que ahorita no puede.

Y volteó al escritorio del fondo, donde el chino lo insultaba con el dedo de en medio: Pinche Rangel, ¿qué crees que soy pendejo, o qué? Esa labor es del gordo, buey.

El reloj marcaba las diez en punto. Rangel se dijo que si la señora seguía llamando iba a tener un día muy pesado.

A la una en punto un vendedor de guayaberas entró a la comandancia. Cruz Treviño le compró una, el Tiroloco le compró otra, y antes de irse, el vendedor dejó dos más sobre el escritorio del Travolta.

—¿Y usted no quiere una, mi estimado?

—No, gracias.

—Se puede pagar en abonos.

—En otra ocasión.

—No es una camisa, sino una forma de subrayar su adhesión al presidente.

Desde que Echavarreta las puso de moda, todo funcionario las usaba. Eso, y la fotografía del presidente en el despacho, como si Echavarreta fuera un santo milagroso, capaz de librarlos de todo mal. En eso estaban cuando Lolita se asomó al pasillo. Como no simpatizaba con la muchacha, el vendedor se despidió con un gesto de la mano y salió de allí cargando sus cosas.

—Ah, ¿aquí estaba? Le marqué a su extensión pero no

contestaron. Por una línea lo busca la señora Hernández. Es la cuarta vez este día.

Qué chinga, pensó, esta dama no entiende.

—Dile que estoy de permiso, que regreso mañana.

La muchacha asintió con resentimiento y agregó en voz alta, para que todos pudieran oírla:

—Y por la otra lo llama el licenciado Barbosa.

Le pareció que todos los presentes, Wong, el Profe, el Beduino, levantaban la vista al oír ese nombre. Ah, cabrón, don Agustín Barbosa era el presidente municipal de Ciudad Madera, uno de los primeros alcaldes de la oposición. Eran los tiempos en que ir en contra de la voluntad oficial era casi imposible, y Barbosa, que gracias a su buena fama como abogado y empresario independiente le había ganado las elecciones al partido oficial, no era bien visto por el comandante. Rangel lo había visto dos veces, siempre en compañía de su tío, y sus relaciones eran cordiales. Qué extraño, pensó, ¿para qué me andará buscando Barbosa? Y como la mujer esperaba respuesta, agregó:

—Gracias, Lolita. Pásame la llamada a mi escritorio.

El Beduino meneó la cabeza, reprobando su acción. Un minuto después Lolita lo enlazaba con la presidencia municipal de Ciudad Madera.

—Don Agustín ya salió —dijo su secretario—. Dijo que lo alcanzara en su restaurante. Es muy importante.

Bueno, se dijo, vamos a visitar el Excelsior.

8

Tomó la calle Juárez hasta la avenida Hidalgo y esperó en el
eterno semáforo del crucero. Había un letrero espectacular de
Refrescos de Cola, que Rangel procuró no mirar, y otro más
del Sindicato de Petroleros. Este último consistía en una imagen de la refinería, con una frase del líder del sindicato: «La
honradez en primer lugar». Cuando los coches que venían
de Las Lomas hubieron cruzado la calle, el semáforo activó la
vuelta a la izquierda y un camión repartidor de refrescos, que
venía en sentido contrario, por poco chocó contra él. Mientras veía el logotipo de Refrescos de Cola a escasos centímetros de su rostro, Rangel se dijo que esos conductores hacían
lo que querían, como si la calle fuera suya y que un día iban
a provocar un accidente mortal. Hay que hacer algo, pensó.
Luego el semáforo se puso en verde y el agente arrancó en dirección de su objetivo.

Pasó junto a las oficinas del Sindicato de Petroleros y se estacionó frente al restaurante Excelsior. Al bajar del auto vio unas
jaibas cruzando la calle. Era común verlas hurgando en los ba-
sureros, pues el mar se encontraba no lejos de allí. Rangel ca-

minó sobre el manto de arena que recubría el asfalto y entró al restaurante.

El aire acondicionado le lastimó la garganta. Chingado, se dijo, ¿por qué lo ponen tan fuerte? Además del frío, una de las cosas que caracterizaban al Excelsior era la decoración interior. De las paredes colgaban objetos extravagantes y detrás de la barra un aficionado intentó pintar las palmeras de la playa, las grúas de alijadores, el cerro del Nagual y su bosque de pinos; unos maizales endebles, un pastizal y unas vacas. Rangel no habría reparado en el dibujo de no ser porque en el centro del bosque relumbraban los ojos de un tigre.

Lo sorprendió la voz de la mesera:

—Buenas tardes, ¿una persona?

Deslumbrado por la luz exterior, por más esfuerzos que hizo no pudo verla:

—No… vengo a hablar con don Agustín Barbosa.

—¿En calidad de qué?

—De presidente.

—Pero ya no es hora…

—Él me mandó llamar.

—Siéntese, ahorita viene.

Rangel se instaló en una mesa apartada, bajo un gigantesco pez espada disecado de manera impecable. Había un timón de barco tras la barra y una fila de jaibas, también disecadas, con las pinzas en ristre. Mientras esperaba hojeó un ejemplar de *La Noticia*. De paso por la región, el líder del Sindicato Nacional de Profesores, Arturo Rojo López, aprovechó la situación para criticar a Daniel Torres Sabinas y a don Agustín Barbosa: «No hay seguridad para los niños». Don Agustín salió a recibirlo con la camisa arremangada:

—Quiobo Rangel, gracias por venir. ¿Ya te están aten-
diendo? —Y llamó a la mesera, sin esperar la respuesta—:
¿Qué quieres beber? ¿Un vodka, un whisky? Natalia, tráenos
una botella de las que llegaron ayer.

La mesera, una trigueña alta y de melena revuelta, sonrió y se fue bamboleando. Las curvas se le marcaban en la fal-
dita ajustada, y Rangel, que llevaba muchos meses de soledad involuntaria, no pudo dejar de apreciar el cuerpo de la
chava.

—Está guapa, ¿verdad? —comentó el alcalde vecino—.
Más me tardo en encontrar una anfitriona que estos cabrones
en embarazarlas. —Y señaló a los comensales—. Ya voy a poner una agencia matrimonial.

—¿Cómo va el presupuesto?

—Mal.

—¿Y el respeto a las instituciones?

—Igual, como puedes ver. El gobernador no me envía recursos y lo que me dan no me alcanza. Pero a darle, no hay
de otra.

Rangel sonrió con la mitad de la cara. Don Agustín había
sido presidente municipal por el PRI, un presidente honrado, según se dice, proveniente del sector empresarial, pero a
los dos meses de estar en el puesto fue cesado por caprichos
del gobernador. Tres años más tarde, don Agustín se postuló
como candidato al mismo puesto, pero representando a la izquierda. Ganó de forma impecable, gracias a la labor que realizó. Y como no pertenecía al partido oficial, cada período
tardaban en autorizarle el presupuesto. Siempre tenía que in-
geniárselas para obtener el dinero, e incluso colaborar con sus
propios recursos. Desde antes de entrar a la política, don
Agustín tenía dos gasolineras, un hotel y el restaurante Ex-

celsior, que administraba en su tiempo libre, como si fuera su juguete preferido. Una anécdota suya se había hecho famosa por esos días: dos representantes del consulado gringo fueron a hablar con él en sus oficinas de la presidencia municipal. Resolvieron el asunto que les preocupaba y al final le preguntaron al asistente de don Agustín cuál era el mejor lugar para comer. El asistente les recomendó el Excelsior y se dejaron caer. Como ese día faltaban meseros, el mismo don Agustín tuvo que andar entre las mesas, recogiendo platos y tomando órdenes. Ellos lo veían y se codeaban, hasta que el más viejo le preguntó: Oiga, ¿que no es usted el presidente municipal de Madera? Sí, les dijo, pero nada más por las mañanas. El gobernador no me envía presupuesto y lo que me dan no me alcanza, así que tengo que dobletear.

Al inclinarse a servir los tragos, el largo cuello de la muchacha quedó a la vista de Rangel. La luz natural resaltaba sus vellitos dorados.

—Gracias, Natalia, eso fue todo. Y tú, Rangel, no te me distraigas —bromeó.

—Usted dirá.

—Leí en *El Mercurio* que estás retomando la investigación de las niñas. Tu tío estaría orgulloso de ti, ya era hora de que desplazaras a Taboada…

—No lo estoy desplazando. Ayer tuve que investigar porque yo estaba de guardia.

—¿Cómo? ¡N'ombre, Rangel, no digas eso! Tú sabes tan bien como yo que estás más capacitado que el gordo. Además, mientras él esté a cargo el asunto no va avanzar. Tu tío siempre opinó que tú ibas a sucederlo. Decía que tienes un olfato natural para resolver estas cosas.

—No estoy tan seguro. —Y se rascó las manos.

—¿Le sirvo? —lo interrumpió la muchacha.

—¿No se te antoja un robalo a la plancha? Tenemos unos filetes de este vuelo. —E indicó un grosor considerable.

—Tengo que volver a la oficina…

—Mejor quédate. ¡Natalia! Tómale la orden al señor.

Rangel dijo que no, pero podía tomar una cerveza, y la chica sonrió. Carajo, pensó Rangel, tiene ojos verdes, como mi ex novia…

—Veinticinco mil dólares, ¿cómo ves? Van a darle veinticinco mil dólares al que capture al Chacal. Con eso cualquiera puede empezar otra vez donde se le antoje… Podría comprar una casa aquí en Madera, o en Estados Unidos, ¿a ti no te gustaría venirte a vivir a Madera?

—¿Por qué me pregunta?

—Porque conozco unas casas, de interés social, espaciosas y cómodas, que van a empezar a venderse a los que colaboran con mi administración… Con todo respeto, Rangel, mi gente opina que tú lo vas a agarrar. Pero hay una cosa en la que no has pensado: una vez que lo hayas detenido, ¿cómo lo vas a entregar?

Rangel se recargó en la silla. ¿Adónde quería ir ese tipo?

—Quiero hacer un trato contigo. Cuando encuentres al culpable, porque todo mundo está convencido de que tú lo vas a agarrar, no se lo lleves al comandante García. Me lo traes a mí y al sargento Fernández.

Rangel sonrió con toda la cara:

—Mire, don Agustín: primero, no estoy buscando al culpable, yo me encargo de contrabando y secuestros, no de homicidios, y segundo, ¿qué ganaría con entregarlo aquí, en Madera?

El rostro del señor Barbosa se iluminó con una sonrisa:

216

—Que aquí sí lo vamos a juzgar. Corre el rumor de que tu jefe está protegiendo a alguien muy gordo. —Y Agustín señaló la botella de Refrescos de Cola, que comenzaba a sudar—. La niña que encontraron en el bar León era originaria de Madera, aunque radicaba en Paracuán. Anoche fui a ver a los padres y estuve con éllos hasta la una de la madrugada. Me piden que yo también intervenga, pues dicen que le llevaron una denuncia a tu jefe y éste les dio la espalda. Detener a esa persona sería un triunfo para la oposición. El secuestro ocurrió en Madera, pero el crimen se realizó en Paracuán —continuó el presidente— y eso me complica las cosas. Como te podrás imaginar, no tengo acceso a las huellas dactilares, por ejemplo, y tu jefe se negó a enviarme una copia del proceso, con el pretexto de evitar fugas de información. ¿Tú crees? El viejo me está cerrando las puertas, y yo sé que el gobernador le da órdenes. Si me entregas al culpable a mí, te quedas con la recompensa, íntegra, y subes de nivel, porque en el momento en que renuncies con el viejo, te contrato y te subo el sueldo. Nos hace falta un subjefe de policía.

Rangel se quedó pensativo. Por la rivalidad que había entre los dos alcaldes, a don Agustín Barbosa le convenía resolver el crimen antes que el comandante García, de ahí el interés de su oferta. Vicente no era un traidor pero, por otra parte, ya estaba harto de soportar al Travolta. Puta madre, ¿qué habría aconsejado mi tío? Desde el final de la barra, junto a la caja registradora, la chava miraba a Rangel con curiosidad. Por un instante imaginó la vida que podría llevar en Ciudad Madera una persona como él, viviendo con una mujer como ésa y con veinticinco mil dólares en su cuenta bancaria. Se vio vestido con camisas nuevas, de cuello largo, entreabiertas hasta la cintura, bebiendo en ese local, oyendo canciones de Elton John y abrazando a la chava… El sueño rosáceo se desvaneció al imaginar a sus antiguos compañeros tomando represalias en su contra. Le hubiera gustado saber qué habría aconsejado su tío.

9

Que te quede clara una cosa: mientras estés en este negocio no vas a tener amigos. Así como lo oyes: ninguno. Todo el que se te acerque te va a pedir algo o te va a querer explotar. Tú desconfía por principio. Amigos, amigos, lo que se dice «amigos», un policía no tiene cuando se encuentra en funciones. Un policía sólo tiene enemigos. Todos los tienen, el chiste es aprender a evitarlos.

Nunca le digas a nadie dónde vives, nunca abras la puerta de un porrazo, no sea que te fogoneen; si vas a comer a una fondita busca ubicarte donde no te sorprendan (las puertas, domina las puertas), y si tienes que estar junto a una ventana cierra la cortina o baja la luz, no vaya a ser que te disparen desde fuera.

Nunca bebas demasiado, no tomes drogas; no entres a un sitio oscuro desarmado, no tengas tratos con gente del medio (del medio criminal, quiero decir, pero tampoco te recomiendo que hagas tratos con colegas, no vaya a ser que un día se cansen de tu existencia y te quieran liquidar); y como dirían los santeros, pon un vaso de agua junto a tu cama todas las noches y rézale a san Judas Mártir, no sea que tu alma, cuando tenga sed, vaya a buscar de beber y no regrese.

Una vez, hace varios años, Rangel y su tío llegaban de hacer una detención cuando Lolita los llamó aparte:

—Teniente, lo vino a buscar un señor. Era un caballero muy elegante, de unos ochenta años. Le dejó un libro.

Al tío se le iluminó el semblante.

—Mira nada más, qué buena noticia.

Don Miguel sonrió ampliamente y le mostró el libro a Rangel. Era un ejemplar de *El tesoro de Sierra Madre*, dedicado «A mi buen amigo, don Miguel Rivera». Y lo firmaba una «T», así, solita, como si fuera una cruz.

—¿Un señor como de ochenta años, chamarra de piel y sombrero de paja?

—Sí, dijo que se hospeda en el lugar de siempre.

El viejo asintió y fue a llamar por teléfono. Veinte minutos después le preguntó a su sobrino:

—¿Cómo andas de chamba?

—Regular.

—Deja lo que estés haciendo y alcánzame en el bar del hotel Inglaterra a las dos de la tarde.

A la hora en punto, Rangel se reunió con su tío en una de las mesas centrales. Lo acompañaba una persona de pelo entrecano, que le daba la espalda. Había un sombrero pajizo en la silla contigua. Cuando su tío lo vio, le chistó y le dijo:

—Vicente, te presento al señor Traven Torsvan, escritor.

Comieron en un restaurante de la ribera, unos camarones gigantes, cócteles de ostión, pulpo y ceviche, tortillas de queso, delgaditas, y la especialidad de la casa: jaibas a la Frank (pulpa de jaiba guisada con queso y un magnífico aceite de oliva). En el transcurso de la comida, el señor Torsvan sacó un ejemplar de *El barco de la muerte* y se lo dedicó a Rangel.

—¿No ves al mesero?

—No.

—Nos tiene muy abandonados. Si lo ves, hazle una seña.

Pero el mesero no se veía.

—¿Por dónde vives?

—Del otro lado del río. Cerca del muelle.

—¿Por la hacienda de los Williams?

—Exactamente a un costado, en la casa del capataz.

—¿Y sabes lo que se dice de esa casa? Te lo voy a contar, mientras nos traen las bebidas. Como tú sabes, los Williams llegaron de Alemania huyendo de la Primera Guerra Mundial. Se establecieron a lo largo de la costa y su hacienda más grande empezaba aquí, en Paracuán, y terminaba en el cerro del Nagual: hasta donde alcanza la vista. El hijo mayor, que era un haragán, bebedor y mujeriego, se fue a vivir a Haití. Cuando murió el papá, él regresó a administrar las haciendas. Lo hizo durante un mes, y de pronto sus empleados empezaron a morir. Un animal se los estaba comiendo en el bosque. Los acechaba. Era tan fuerte que podía cargar a un tipo entre sus fauces y comérselo sobre un árbol, sin que nadie pudiera impedirlo. Las balas no le hacían nada, ni aunque el rifle estuviera bendito. Uno de los pocos que sobrevivieron al tigre hizo correr la opinión que éste se parecía al joven señor Williams, y tenía los mismos ojos que él. A partir de entonces nadie quiso acercarse a la granja. Concluyeron que los muertos habían sido los sirvientes más próximos al señor Williams, en las últimas semanas. Unos decían que era el fantasma del viejo, que su hijo lo había embrujado y lo tenía vagando como alma en pena. Otros creían que era el hijo en persona; en todo caso, el animal se los iba a comer uno a uno. Trataron de matarlo con balas de punta de plata, pero ningún tirador acertó; el tigre siempre era más rápido que ellos. Los que decidieron irse a otro lado se toparon con que había grandes rejas, y vigilantes, que les impidieron huir: habían firmado un contrato, tenían que trabajar en la granja hasta finales de año.

Descubrieron que el animal atacaba con regularidad, una vez cada treinta días. Atacaba una vez, y descansaba durante tres semanas. Cuando se cometía el asesinato mensual, algunos suspiraban tranquilamente: tenían otras tres semanas de vida.

Al quinto mes, le tocó el turno a la familia más humilde. El señor Williams fue a visitarlos y pidió que uno de ellos se metiera a lo más profundo del bosque, a vigilar la cosecha. El hermano mayor se excusó, porque tenía cuatro hijos; el segundo hermano también, porque su mujer esperaba gemelos, y el tercero, que se decía muy valiente, se acobardó y se echó a llorar. Entonces el más joven de la familia pidió que le permitieran ir a él. Se llamaba Jacinto y tenía quince años; era un muchacho querido por todos. Me parece estupendo, dijo el señor Williams, y se retiró.

Cuando supo esto, la sobrina del señor Williams, que fue compañera de juegos de Jacinto, fue a ver al muchacho y le dio un paquete, con una recomendación. El joven no dudaba de la sinceridad de la muchacha, pero se preguntó: ¿y si los otros recibieron el mismo consejo? A diferencia de sus amigos, no llevó ningún rifle a la selva, sólo unos pollos y el famoso paquete. Al caer la noche encendió una hoguera y se dedicó a preparar una cena exquisita. Cuando estaba tan oscuro que no se podía ver más allá de la hoguera, oyó que muy cerca de allí alguien había pisado unas ramitas. Se puso de pie, tocando la imagen de la virgen María. Y llegó el tigre. En efecto, era un animal monstruoso, gigantesco, de más de dos metros. Tenía garras en lugar de manos, y uñas del tamaño de cuchillos. Su cola era tan gruesa como la trompa de un elefante. Sus bigotes, de tipo prusiano. La cabellera rubia, con manchas negras. Y sonreía, con la lengua saliendo entre los dientes. El animal de ojos verdes se acercó y preguntó: Buenas noches, ¿me puedo sentar?

Pase, dijo Jacinto, siéntese usted.

Huele muy bien lo que estás cocinando. ¿Qué es?

Pollo con coles hervidas.

Ah... Chucrut. Y esas botellas que estás enfriando, ¿qué son?

Vino del Rhin.

¡Vino del Rhin, de Alemania! Hace mucho tiempo que no como chucrut, y que no bebo vino del Rhin. Y es mi platillo preferido. ¿No me vas a invitar?

Sí, señor. Todo esto es suyo.

Bueno, le dijo, pero ni creas que te voy a perdonar la vida. Me como el chucrut y los cinco pollos y después te voy a cenar a ti.

Como usted diga, señor.

Jacinto se apresuró en servirle bebida. Al dar el primer mordisco, dijo que algo le había lastimado, quizá había una piedra en la comida. Debió ser un hueso del pollo, dijo Jacinto, y el animal se volvió a servir, relamiéndose los bigotes. Se acabó el primer pollo y pidió que le sirviera el segundo. Luego se comió el tercero y el cuarto. La quinta ración se la comió directamente en la olla, usando la lengua y las garras. Mientras todo esto ocurría, Jacinto le sirvió la primera, luego la segunda y al final la tercera botella de vino. A medida que bebía, el animal se fue poniendo más alegre, y rugía entre un bocado y otro. Cuando Jacinto le sirvió la segunda botella, hablaba solo y cantaba en alemán. A la tercera le arañó un brazo. Cuando se acabó el último pollo, arrojó la olla y gritó: Ya estuvo bueno de botanas, llegó la hora de cenar. El animal se puso de pie y al dar el primer paso en dirección de Jacinto resbaló y se cayó. Jacinto aprovechó que el animal estaba tan borracho y salió huyendo de allí.

A todos les extrañó que Jacinto volviera. Y más les extrañó que el joven señor Williams se enfermara ese día. Primero dijeron: Amaneció con dolor de cabeza. Y luego: Está enfermo, cenó algo que le hizo mal. El capataz, otro alemán, fue a preguntarle si se había encontrado con un animal, o con algo parecido. Jacinto dijo que no. ¿Estás seguro de que no viste nada? Seguro, dijo Jacinto.

El segundo día el capataz fue a preguntar si no había visto algún tigre, o algo parecido. ¿Y no viste si ese animal se hizo daño con algo? No, dijo Jacinto, yo nada vi.

El tercer día el señor se murió. El médico que lo revisó dijo que en el interior de su cuerpo tenía cinco balas de plata. Una por cada pollo, dijo Jacinto, bien ocultas en el interior.

A partir de entonces los trabajadores no tuvieron nuevos problemas. Jacinto se casó con la sobrina del viejo, y fundaron una compañía de refrescos de cola. Por eso todos los Williams son morenos de ojo claro.

Ah, concluyó el señor Torsvan, por fin llega el mesero. ¿Qué vas a pedir?

Bebieron una botella de whisky, luego café, y su tío sugirió:

—¿Por qué no nos llevas a visitar tu mansión, Vicente? Desde ahí se ve el muelle, y además no queda lejos de aquí.

Compraron una botella de coñac y el señor Torsvan repartió tres puros. Como los viejos querían ver los barcos, Rangel los instaló en las mecedoras de la terraza, para que platicaran a gusto. La brisa que venía del río espantaba los moscos y ahuyentaba el calor.

El sol descendía a paso lento, iluminando ese lado del río. Don Miguel Rivera estaba contento:

—En los años veinte aquí se podían ver jabalíes y venados que bajaban al río. ¿Te acuerdas? —le preguntó al alemán—. Tú vivías por aquí.

—Sí —contestó éste.

—Había que espantarlos a patadas.

Ah, qué mi tío, se dijo Vicente, jamás lo había visto tan alegre, se nota que le dio gusto encontrar a su cuate.

Una media hora después, don Miguel Rivera se sirvió la última copa y confesó:

—Sobrino, estoy pensando retirarme.

—Ah, caray, ¿y por qué?

—Ya va siendo la hora.

—¡N'ombre, qué dice!

—Espérate, deja hablar. Como te iba diciendo, ya tengo cuarenta años en esto, y el otro día lo comencé a meditar.

Se refería a un suceso reciente. Ocho días antes, mientras perseguían a un ladrón en los muelles, Rangel advirtió que a su tío le faltaba el aliento, así que estacionó la patrulla y tuvo que dejar huir al sospechoso. Me lleva, fue el comentario del viejo. Ya lo tenías al cabrón. No se preocupe, tío, primero es su salud. Y fueron a ver a la doctora Ridaura.

—Son cuarenta años. Además, no te lo había dicho, pero hay un asesino siguiendo mis pasos.

—¡Cómo! —gritó—. Haberlo dicho, tío; usted nomás diga quién es y voy a buscarlo.

—Le dicen «el asesino silencioso». Y cuando ese asesino te busca no conviene arriesgarse.

—No, usted no se apure, tío: ahorita lo buscamos y le ponemos en su madre. Además, si usted se retira, yo también. ¿Qué voy a hacer solo?

—Si te gusta, sigue. Yo creo que tienes madera, ¿cuánto llevas ya? ¿Un año?

—Año y medio.

—Ahí está. Cuando me retire te voy a heredar mi pistola, pa que te saque de apuros.

—Sí, pero no diga eso. Falta mucho para el retiro.

—Ya se verá.

—Los primeros que detuvo tu tío —dijo el señor Torsvan— fueron Caín y Abel.

—Mira, *skipper*, tú no digas nada, porque me llevas diez años de edad…

—Por eso debías tenerme respeto.

—A ver, si eres tan respetable, ¿por qué ya no escribes?

—Claro que estoy escribiendo. Acabo de terminar una novela para niños. Va a ser la historia de un leñador que se pierde en la jungla. Un encuentro con Dios, el diablo y la muerte.

—Puros cuentos de hadas, ¿por qué no escribes algo realista, algo más serio, más digno de ti? ¡Esa historia del leñador la has contado mil veces!

—¿Quieres una historia seria? Vicente, te voy a contar la historia de un policía que dejó ir a un indocumentado en los años treinta.

¿De qué hablan?, pensó Rangel.

—¿Sabes que tu tío sabía quién era B. Traven y no lo denunció? La prensa de todo el mundo pagaba por saber quién era el tal Traven. Tu tío, sabiéndolo, lo dejó ir. Cuando mucho tiempo después, el doctor Quiroz Cuarón descubrió la identidad de Traven, se ufanó de ser el mejor detective del mundo. Tuve que decirle: Usted no, doctor Quiroz. El primero fue don Miguel Rivera, en el puerto de Paracuán. Eso ocurrió hace más de treinta años.

—Más de cuarenta —dijo su tío.

—¿Quién está contando, tú o yo?

—Ah, no: si vas a contar eso de nuevo, me disculpas, que paso a retirarme. ¿Aquella hamaca resiste, Vicente?

—Sí, tío. Adelante.

El anciano se puso de pie.

—Con tu permiso, *skipper.* —Le puso una mano en el hombro—. Este agente se retira de la circulación.

—Ve a descansar, a tu edad lo tienes muy merecido.

El tío se carcajeó y palmeó a su amigo en el hombro, antes de irse a acostar.

Torsvan entonó unos versos en un idioma extranjero, y eso llamó la atención de Rangel:

—Oiga, señor, ¿usted de dónde es? ¿Alemán?

—¿Qué? ¿No me entiendes cuando hablo español? ¿Mi pronunciación es tan mala?

—Claro que no: su español es muy bueno.

—Entonces soy mexicano.

Y como viera que Rangel se extrañaba, explicó:

—Llegué a Tampico en mil novecientos veintinueve. Venía en el carguero *Alabama*, sin dinero y sin papeles. Me habían echado de tres países. Yo estaba en los Alpes, entre Bélgica,

Francia y Holanda. En ese entonces me estaban echando de Bélgica, así que me puse a considerar mis opciones. Si me iba para Holanda, la condena por viajar sin papeles era pasar seis meses encerrado, en una prisión infecta, compartiendo celda con un gran número de malvivientes, con mala comida y frío por las noches. Ésa era la pena en Holanda. En Bélgica eran ocho meses, pero además yo sabía que la policía belga me estaba esperando para golpearme, en caso de que volviera a traspasar sus fronteras. Si esperaba a que se fuera la escolta y regresaba a Bélgica, lo más seguro sería que me estuviesen esperando y antes de encerrarme seis meses a pan y agua me iban a torturar: los de la frontera eran unos infelices. Y si volvía a Francia, me aplicarían diez meses de cárcel, pero bien alimentado, con una comida decente y con cobija. Así que me fui a Francia. Después me expulsaron a España, de allí me fui a Portugal y luego a México, como ya te he contado. Viví entre Tampico y Paracuán, y después en Acapulco y en Chiapas.

»A tu tío lo conocí en el veintinueve. Ese año evitó que me deportaran. Alguien que quiso perjudicarme denunció mi presencia como ilegal. Cualquier agente se hubiera aprovechado de la situación, pero tu tío fue a interrogarme, comprendió mi caso y ya no me molestó. ¡Qué curioso! Sólo dos veces he contado esta parte de mi vida y en las dos estaba presente el teniente Rivera. Diría que se cierra un ciclo, ¿no te parece?

»Imagínate que estamos en mil novecientos veintiocho, poco antes de la Gran Depresión. Imagínate a un joven dramaturgo alemán: guapo, fuerte, inteligente, e imagínate a un actor. ¿Sabes quién es Peter Lorre?

—No.

—En realidad no importa, pero era uno de sus grandes

amigos. El dramaturgo se está volviendo muy popular. En ese momento de su vida están montando su tercer drama y la gente hace filas enormes para entrar a verlo. Le llueven las ofertas de los productores, tiene que quitarse de encima a las actrices, todo el mundo quiere trabajar con él. Su novia es una de las rubias más famosas del escenario. Se juraron amor eterno, él piensa escribirle un drama para que interprete el papel principal.

»Un día al final de la obra le dicen que un productor quiere verlo. Usualmente el dramaturgo no lo hubiera recibido, pues esos asuntos eran obligación de su representante, pero el dramaturgo estaba a punto de cumplir años y creyó que todo era una broma del dueño del teatro. Así que recibe al visitante en el camerino de su novia, y en lugar de un millonario ostentoso, con los que acostumbraba tratar, se encuentra a tres hombres vestidos con gran sencillez: no han boleado sus zapatos y hay quien tiene el saco parchado. Desde el principio de la conversación, el dramaturgo se comporta como si estuviera representando un papel, y ése fue su error: basta con que finjas que crees en algo para que ese algo se vuelva realidad. El dramaturgo les dijo, con un tono exagerado: ¿En qué puedo servirlos, caballeros? ¿El señor Torsvan, supongo? Efectivamente. Encantado, somos los señores Le Rouge, Le Jaune y Le Noir. ¿Le Rouge? Son falsos nombres, supongo. Supone usted bien. El dramaturgo está encantado con la broma aparente. El que parece el más despierto de los tres visitantes le dice: Nos dijeron que viniéramos a ver su obra y no nos ha decepcionado. La disfrutamos mucho, queremos hacerle una oferta. El dramaturgo agradece el elogio pero no sabe qué responder, ¿estos tipos desean contratarlo? ¿Y cómo le van a pagar? ¿Acaso ignoran cuánto cobra? Le preguntan si él piensa como el protagonista de la pieza y les explica que el autor siempre se identifica con sus personajes, pero que en esta obra en particular, en efecto, su preferido es el joven abogado idealista que defiende a los pobres. El dramaturgo advierte que se dan un codazo entre ellos y se animan a continuar. Le preguntan cosas muy inteligentes sobre el trasfondo de sus dramas, preguntas muy sinceras, formuladas a la manera de la gente sencilla. Cuando ya no puede estar más intrigado, les pregunta en qué consiste la oferta. En ese instante los visitantes se miran y uno de ellos mete su mano en el saco y le entrega un papel. Cuando él lo desenrolla advierte que es un volante impreso en tinta roja, con una hoz y un martillo. Eran miembros del partido comunista alemán, que entonces era clandestino. Defendían a obreros, organizaban grupos de resistencia, querían formar sindicatos, y por eso los perseguían para matarlos. Usted no se ha dado cuenta, pero sus piezas tienen que ver con nuestra lucha. Queremos encargarle una obra de teatro. Sí, añadió otro visitante, su nueva obra puede cambiar muchas vidas. ¿Cambiar vidas? El dramaturgo argumenta: Ése no es mi proyecto, yo busco otras cosas… Además, para escribir con tranquilidad un escritor requiere ciertas condiciones, que son elevadas. Creyó que con esto iba a amedrentarlos, pero uno de ellos, que usaba zapatos gastados, se adelantó y le ofreció un sobre. El dramaturgo lo abrió y examinó el contenido: Ja, se burló. Lo siento mucho, pero es muy poco, ¡esto me lo gasto en un fin de semana! Lo que para algunos es muy poco, para otros representa mucho trabajo, le dijeron. Treinta de nuestros socios más comprometidos estuvieron trabajando horas extra durante meses para reunir esta cantidad. La cifra representa el sudor y el desgaste de tres decenas de obreros. El dramaturgo tartamudeó. Alega que tiene comprometidas las siguientes dos obras, que no tiene tiempo para escribir por encargo, pero ellos insisten. Le dicen que esta obra va a ser importante, que va a cambiar muchas vidas, y está obligado a escribir. Para disipar sus dudas lo invitan a presenciar una sesión clandestina. ¿Cuándo? Ahora mismo. Él, que siempre estaba buscando nuevos temas, acepta asistir, y deja el sobre en el tocador de su novia, escondida tras diversas fotos de actores y botellas de maquillaje.

»Bueno, para no hacértela larga, como ustedes dicen, termina por aceptar. Lo que ve en las reuniones lo conmueve y le revela una parte del mundo que ignoraba hasta entonces. Historias inconcebibles en un país civilizado, injusticias inmensas, zonas de sufrimiento que se deberían conocer. Así que deja todo a un lado y se pone a trabajar en esa obra, decide ayudar a montarla e incluso se involucra en los ensayos. Una semana antes del estreno hay una reunión importante. El dramaturgo asiste con todos sus actores a la junta, pero son reprimidos por la policía. Muchos mueren a balazos. A él lo dan por muerto y lo echan a un camión con los demás cuerpos. Se salva de que lo rematen porque en cuanto el camión arranca consigue saltar.

»Cruza la frontera con Francia, es ilegal en cinco países de Europa. Finalmente consigue abordar un barco en Portugal y llega a Estados Unidos, pero no lo dejan entrar. Toma el carguero *Alabama* y desembarca en el golfo de México.

»Llega a un pueblo, Tampico: *What a town!* Luego se muda a Paracuán. Envía una carta a su novia bajo un falso nombre. Le cuenta lo que ha pasado y solicita su ayuda. Con el dinero que ganó en el barco renta un cuartito en los muelles y se dedica a esperar, sólo que el dinero se acaba deprisa. Tiene que hacer de todo, sobrevivir de manera ilegal. Se vuelve estibador en los muelles, cargador del mercado, obrero en los pozos de petróleo, ¡una vida muy dura! Vive en pensiones terribles, en petates llenos de pulgas, compartiendo la habitación con otras veinte personas. Cuando no hay trabajo pide limosna a los extranjeros. Llega a disputar con otros vagabundos por la colilla de un cigarro.

»Cada viernes va al correo, a ver si le ha llegado una carta. La respuesta es negativa durante meses. Una vez consigue un contrato para trabajar en el más remoto de los pozos petroleros. Hay que trabajar catorce horas bajo un sol implacable, en un lugar donde se oye a los tigres rugir por la noche. Está allí dos meses. Adelgaza diez kilos.

»Cuando regresa del pozo petrolero le dicen que le llegó un telegrama de Estados Unidos. El dramaturgo casi rompe el sobre de la emoción. La carta es de su novia, que ha conseguido salir del país y vive en Nueva York. No da ningún domicilio. Si estás vivo, le escribe, responde a este apartado postal. Una semana después ella le envía un giro por doscientos dólares (una fortuna para quien no tiene un centavo) y le pide que la espere en Tampico, en el hotel Inglaterra.

»Él va al peluquero, se compra un juego de ropa, vive en un hostal barato pero más digno de los que frecuentó, y una semana antes de que llegue su novia se muda al hotel acordado. El cuarto, color blanco, le parece gigantesco y vacío. Sabe que todo está bien, pero está muy ansioso. Por la calle le dicen: Eh, gringo, ¿así que vas a ver a tu novia?, debería pensar que todo está bien pero a medida que pasan los días se llena de dudas: ¿Por qué no me dijo que la alcanzara en la frontera? ¿Por qué no me dijo que la alcanzara en Nueva York? ¿Por qué no pudo dejar todo y venir a buscarme?

»Cuando llega por fin, el dramaturgo va a recibirla a los muelles. Se abrazan largamente y se van al hotel. Después de estar juntos, ella le dice que él no puede regresar a Alemania. Que oficialmente lo dan por muerto, pero que la policía lo aguarda para matarlo. Que leyeron su obra comunista, que saben que apoyó a la organización. Que te quede muy claro, le dice, que no puedes volver. Saben que estás vivo. Te están buscando para matarte.

»Él le dice que no importa, que lo mejor es que ella lo ha alcanzado y que por fin se van a reunir. Eh, Torsvan, explicó la muchacha, tengo que decirte algo, y se desprendió de sus brazos. Mientras él estaba en la cárcel en Francia ella conoció a un director de cine, un señor Lang, y se ha casado con él. Entiende, te dimos por muerto, yo estoy en la flor de la edad, era una gran oportunidad. No tenemos futuro juntos. Lo mejor es que te quedes en este país, y me olvides. Él no responde, pero sale al balcón a fumarse un cigarro, mientras mira los barcos que zarpan del muelle. Se queda a verlos largamente, aunque ella lo llama al interior. Se da cuenta de que los comunistas tenían razón y que su obra de teatro al menos cambió una vida: la suya. Entonces decide darle la vuelta a su vida. Al regresar le pregunta a su novia: ¿Y el dinero? ¿Pudiste retirar mis ahorros? Lo siento, Torsvan. Cancelaron tus cuentas, lo único que pude recuperar fue esto. ¿Quieres que te preste dinero? De ninguna manera. Entonces, toma. Y le entrega el sobre que abandonó en su camerino, el sobre de los tres comunistas. ¡Qué paradoja! Él, que gastaba esa cifra en un fin de semana, ahora está obligado a alargarlo.

»Cuando ella se va, él decide irse al campo. En total, vive un año con el dinero del sobre. Compra lo indispensable para cazar y sembrar y se va al campo, entre Tampico y Paracuán.

Le renta a un indio la mitad de su parcela. Vive en un jacal de madera, por donde caminan alacranes tan grandes como una mano extendida. Todas las mañanas saca un insecto diferente del interior de sus zapatos. Para ir por agua tiene que caminar tres kilómetros. En esas condiciones escribe una novela… En realidad, una biografía disfrazada, donde cuenta cómo escapó de Alemania. Luego escribe otra y otra más sobre sus experiencias en la selva. Llega un momento en que decide hacer algo con ellas, y las envía con seudónimo al que fuera su agente teatral. Sabe que está jugando con fuego, que eso le puede costar la vida, pero a pesar de todo firma con su apellido materno, que casi nadie conoce, y en lugar de nombre usa una letra, B. Al inventar esa firma razona de esta manera: hasta que me mataron viví el lado A de mi vida, ahora voy por el lado B.

»Su agente le responde una carta entusiasta, diciendo que los libros le gustan, pero que él se dedica a las cosas de teatro; el dramaturgo insiste: Me han hablado muy bien de usted, dicen que es gente honesta, el agente no promete nada pero acepta intentar.

»Año y medio después el escritor recibe otro telegrama. Han contratado su primera novela. Al año es un éxito en Europa. Vende cien mil ejemplares en Estados Unidos. Hay una oferta para llevar al cine la tercera, quieren que la dirija John Huston. Le llegan cerros de cartas, y el comentario más frecuente dice: Su novela ha cambiado mi vida. En ese momento el autor dice: Ya no entiendo nada, y se muda al Distrito Federal.

El señor Torsvan guardó silencio. Rangel aprovechó para preguntar:

—¿Usted cree que una persona como yo puede volver a encontrar su camino?

234

Como respuesta, el escritor sacó una vieja moneda dorada, acaso un marco alemán pesadito, que relumbraba en la tarde.

—¿Somos una persona o nos habita una multitud?

Y le entregó la moneda. Rangel le dio un nuevo trago a su bebida. ¡Era una tarde espléndida! ¡Y su tío se la estaba perdiendo!, así que decidió despertarlo.

—Tío —le dijo.

Pero no contestó.

Murió mientras estaba dormido, después de fumar un puro y beberse media botella entre amigos. Como no sabían qué hacer, llamaron a la doctora Ridaura, que llegó y le tomó el pulso, le colocó un espejo bajo la nariz, pero no se empañaba.

—El asesino silencioso —dijo, y como el policía no diera señales de entender nada, añadió—: Así le dicen a la hipertensión arterial. Mata de pronto, sin dejar huella. Un día estás muy sano y al siguiente, ¡pum! Créanme que lo siento mucho. Era buena persona.

Lo enterraron un viernes por la tarde. Estuvieron presentes el señor Torsvan, el presidente municipal de entonces, todos los colegas, del velador al comandante, y más allá, discretamente, dos docenas de habitantes de la colonia Coralillo.

Tres días más tarde, todavía taciturno, Rangel tuvo que ir al cuartucho donde habitaba su tío a recoger los efectos personales. Su ex esposa se quedó con la cuenta de banco, que debía repartir a los hijos, y Rangel recogió todo lo demás. Conservó una foto donde aparecía su tío en compañía del señor Torsvan y otras personas. Si Rangel hubiera tenido cierta cultura cinematográfica, habría sabido que esas personas eran Humphrey Bogart, John Huston y Gabriel Figueroa, y que la imagen fue tomada durante el rodaje de *El tesoro de Sierra Madre* en el puerto de Tampico... pero Rangel no era un tipo instruido.

Para su sorpresa, encontró cuatro discos: *15 éxitos* de Los Panchos, *Supersónico*, de Ray Conniff, las *Cuatro estaciones* de Vivaldi y *Somethin' Stupid*, de Frank Sinatra: su tío era un ecléctico. Apiló en silencio los trajes, las corbatas, las camisas blancas, los zapatos, las chamarras que debía tirar. Sólo conservó dos cosas: la Colt calibre treinta y ocho y la funda sobaquera.

10

El año que ocurrió lo del Chacal el departamento de policía cumplía cien años de vida, veintinueve de los cuales se desarrollaron bajo la dirección del comandante García. El primer caso de que se tiene memoria, en la segunda mitad del siglo XIX, fue el asesinato de un próspero ganadero, en su propia mansión. Como entonces no había cuerpo de policía, la presidencia municipal del puerto decidió contratar a dos notables cazadores, muy respetados en la ciudad, a fin de que encontraran al culpable: los señores Mariano Vela y Aurelio Santos, mejor conocidos como Vela y Santos. Les siguió Miguel Rivera a partir de los años treinta. Éste fue la materia gris de la oficina, el verdadero director del departamento durante cuatro largos decenios. El comandante García tenía más de político que de detective. Si bien no compartía los talentos de sus predecesores, sin duda nació para dirigir y resistir la presión. Si había conseguido mantenerse en el puesto había sido, en buena medida, por sus alianzas con los gobernadores y por su capacidad para identificar buenos agentes, los cuales terminaban por llevar todo el peso de las investigaciones. Fue el caso de Miguel Rivera y ahora era el caso de Wong, del Evangelista, del Travolta —que en realidad sólo funcionaba en combinación con el Chaneque—, y por supuesto, de Vicente Rangel.

Este último se encontraba dibujando espirales sobre una hoja blanca cuando una cajetilla de Faros cayó sobre su escritorio.

—Perdone la tardanza, pero tuve que ir hasta la avenida. ¿Se le ofrece algo más?

No había nadie a la vista. El resto de los colegas habían ido a comer, así que Rangel le indicó a Romero que guardara el cambio y le ofreció un cigarrillo.

—¿Que viste a Taboada comiendo?

—Sí, cómo no: estaba en el Jardín de rosas, hablando con el profesor Edelmiro.

—¿Con Edelmiro Morales?

—Sí.

—¿Estás seguro?

—¿Por qué me iba a equivocar?

El profesor Edelmiro era el líder del Sindicato de Profesores de toda la entidad.

—¿Quién más estaba con ellos? ¿Cruz?

—No, el señor Cruz no. Otras personas, que no conozco, y el señor Chávez.

—Sale —dijo Rangel—, tráeme un café.

Le extrañó que el Travolta se viera con el profesor Edelmiro. Le estuvo dando vueltas a la noticia durante varios minutos. Luego repasó sus apuntes del bar León, hasta que tuvo una primera sospecha. Uf, se dijo, antes de dar cualquier paso debo encontrar más indicios. Si quiero detener a ese tipo tengo que acercarme en espirales, no vaya a ser que tome represalias. Quiso prender un cigarro pero el encendedor se le resbaló: Chingado. Se le habían agrietado las manos y estaba perdiendo sensibilidad. Si siguen así, me van a sangrar.

A las cuatro y media vio subir al comandante García, que se dirigió a su oficina. Lolita entró taconeando tras él:

—Licenciado, lo llamaron de la presidencia municipal…

—Y cerraron la puerta.

Todavía preocupado por la posibilidad de que el sospechoso le pasara las quejas al jefe, Rangel se puso de pie y miró por la ventana, en dirección a los muelles. Veinte minutos después vio llegar al Travolta. El gordo estacionó la patrulla e hizo bajar a un hombre esposado, una persona que él conocía. No mames, se dijo, Taboada detuvo al Profeta. El Profeta era un vendedor de helados que, como todos los de su gremio, esperaba a sus clientes a la salida de las escuelas. Pinche gordo, ya sé qué pretendes hacer. Y se puso de pie. A partir de ese momento las cosas entre Rangel y el Travolta iban a terminar de estropearse.

En la radio de pilas del Chicote, un locutor dio el parte meteorológico: «Abríguense bien, mis amigos, si piensan salir. El tiempo es nublado, creciente, con posibilidades de lluvia por la noche. Ya saben ustedes cómo se pone la ciudad antes de una tormenta: llega la niebla, no se ve ni a cien metros, el clima se torna muy sofocante y hay que prender los ventiladores para poder respirar. Si tiene que conducir y su coche no tiene aire acondicionado, llévese un tanque de oxígeno… Está escuchando *La cotorra de su radio*, y los que llegan son Rigo Tovar y Las Jaibas del Valle». Chingado, se dijo, y cambió de estación.

Al pasar frente al despacho del jefe, el comandante lo llamó a su oficina:

—Rangel, ven un minuto.

Le mostró un papel rojizo. Era un volante impreso en papel revolución, con el logotipo de Refrescos de Cola.

—Salim se las encontró volando en la calle.

El titular decía: «Un asesino entre nosotros». Reproducían la foto del cadáver de Karla Cevallos, extraída de *El Mercurio*, y a un lado, una imagen de John Williams, Junior, con una copa en la mano, sonriendo en una reunión entre amigos. Para los autores del panfleto, no cabía duda de que el asesino era el joven Williams, e incluso lo llamaban «Jack el Destripador». La nota decía: El mismo día que asesinaron a la segunda niña con lujo de violencia se vio al señor Jack Williams, Junior, en el bar León. Los agentes lo dejaron salir y el comandante García no citó su nombre en la rueda de prensa. ¿Cómo se explica esto? El volante razonaba: Para que el asesino permanezca impune debe ser muy poderoso; Jack Williams es muy poderoso y estuvo en la escena del crimen, entonces él debe ser el culpable. Es de todos conocido, terminaba el impreso, que el Junior tiene costumbres exóticas y que la policía no actúa contra él. ¿Hasta cuándo van a proteger al Chacal? Para terminar, el volante concluía que no sería extraño que el Chacal disolviera a sus víctimas en la embotelladora de refrescos, y que más de uno había encontrado cuerpos extraños flotando en el interior de las botellas.

—¿Tienes algo que ver? —El jefe le clavó la vista durante una eternidad. Con esa vista se podían sacar radiografías, pero Rangel ni se inmutó—. Te estoy preguntando.

—Usted sabe que no.

Tuvo la certeza de que el jefe lo creía responsable. Eso me toca por andar preguntando si citaba a Jack Williams, y no replicó. Se limitó a mirar la autoridad con que su jefe hizo pedazos el papel rojizo y lo arrojó al cesto de basura.

—No te enredes en esto, Rangel.

Cuando volvía a su escritorio, el Travolta subía.

—Quiubo Taboada —le preguntó el Gordolobo—, ¿cómo te fue?

—A toda madre.

El Chicote y los agentes se voltearon a verlo.

—¿Lo agarraste?

Pero no contestó. Se sentó en su escritorio y estuvo escribiendo a máquina, con dos dedos, durante el tiempo que tardó en fumarse un cigarro. Entonces llamó por interfón al Chaneque y éste subió con el Profeta. El detenido tenía un ojo morado y la camisa desgarrada.

—Pinche Taboada: ¿éste es? —El Gordolobo estaba exultante.

—Ya confesó.

El frenesí de la recompensa se apoderó de todos, menos de Vicente Rangel. El Gordolobo le palmeó la espalda a Taboada, el Chicote lo felicitó en voz alta y de inmediato comentó que un oficial a punto de escribir un informe a lo mejor quería café negro. El Travolta asintió y le hicieron una seña al Ciego, que salió deprisa a conseguir las bebidas.

—¿Qué opinas? —le preguntó Wong, y le arrojó los papeles.

Rangel tomó el documento y leyó la primera página. Al ver esto, el Travolta se quejó con fastidio:

—¡Cómo hay metiches, chinga'o!

Y al ver que Vicente se ponía de pie, le clavó la vista. Rangel se dirigió a un archivero, de donde extrajo un cuaderno, y revisó una lista de nombres tachados. Al minuto levantó la vista y concluyó:

—Éste no es.

—¿Qué?

—Que éste no es. No puede ser.

El Travolta se acercó a su escritorio:

—¡Aaah, chingá! ¿Cómo reputas no?

Entretanto, el Chaneque había rodeado el escritorio de Rangel y metía la mano en el bolsillo del pantalón. Quienes trabajaban en los escritorios contiguos se levantaron discretamente. En otra ocasión, Rangel había visto cómo Chávez sacaba de ahí una manopla, y aunque se moría de ganas de pelearse con él, advirtió que lo mejor era evitar esa riña. Se encontraba en muy mala posición, encerrado entre el escritorio y la pared, con el gordo enfrente y el Chaneque detrás, así que adoptó un tono conciliador:

—Mira, Taboada, yo nomás te digo que te lo tomes con calma, pero éste no es.

—Demuéstralo.

Rangel notó de reojo que el comandante García había entrado en la habitación, a espaldas del Travolta, así que se envalentonó un poco y le mostró la lista de detenidos del mes pasado.

—¿Ésta es tu firma?

El gordo no contestó.

—Ésta es tu firma. Este vato estuvo durmiendo en los separos del trece al veintiuno. Tú mismo lo levantaste por borracho. No puede ser el asesino.

El Travolta temblaba del coraje. Cuando iba a añadir algo vio la mirada glacial que le dirigía el comandante:

—Taboada —dijo el jefe—, quiero hablar contigo.

Ora sí se lo chingaron, pensó. El Travolta salió sin mirar a Vicente y el resto de los colegas se afanó a conciencia en sus papeles. Sólo el Chaneque le dirigió una mirada llena de rencor, y Vicente decidió corresponderle:

—¿Qué pues? ¿Qué se te ofrece, cabrón?

Pero el Chaneque se limitó a clavarle la vista, y volvió a la entrada principal.

Cuando el Travolta salía de hablar con el comandante, el Ciego le ofreció los cafés, Aquí tiene, jefe, pero el gordo golpeó la bandeja y el líquido se vació en las ropas del madrina. Mientras Romero se secaba, el Chicote le dijo:

—No te lo tomes a mal, pinche Ciego; nomás son bromas, bromas que se acostumbran en la jefatura.

Rangel bajó a supervisar que liberaran al Profeta, y se topó con Wong:

—Estuvo bien lo que hiciste… Cruz y yo vamos a echar un trago al Cherokee, por si te quieres venir.

—Gracias, pero no creo que vaya. Tengo mucho que hacer.

Recibió denuncias telefónicas hasta las diez treinta de la noche. Llegó un momento en que toda la ciudad le parecía sospechosa, y pensaba en esto cuando llegó el diputado Tobías Wolffer. Buenas tardes, lo saludó el político. Rangel lo vio entrar al despacho del comandante García y descubrió que la mayoría de sus compañeros estaban a punto de salivar, pendientes del nuevo reparto. Para sorpresa de todos, el diputado de los trajes muy caros lo señaló a él, antes de retirarse, y el comandante lo llamó a su oficina. Cuando Rangel entró, el jefe le estaba dando la espalda.

—Aquí te dejó el diputado. Dijo que hiciste muy buen trabajo con su familia. Síguele por ahí, Vicente. No te distraigas con pendejadas.

243

Había un sobre abultado en el escritorio, un sobre con el logotipo del Sindicato de Profesores, del cual el diputado era asesor. El jefe le ofreció el paquete y Rangel se retiró sin decir nada más. Una vez en su puesto, vio que se trataba de una cantidad importante. Dejó la tercera parte en el sobre y el resto se lo guardó en los bolsillos. Le repugnaba el licenciado Wolffer, pero no había nada que hacer.

Cuando dieron las once en punto se dijo que no podía más. Como su guardia había terminado hacía horas, anunció que se iba y bajó en busca de su coche. Al pasar por la planta baja se topó con el Ciego, que iba saliendo del baño, con la camisa manchada. Le chistó y le arrojó el sobre.

—Por los cafés —le dijo, asegurándose de que nadie más los oyera, y salió antes de que el Ciego pudiera responderle. El madrina se quedó de pie, como un perro maltratado, que no terminaba de comprender.

En el estacionamiento estaba el Chicote, muy zalamero, que pretendía reclamar: Por qué había hecho eso, cómo era posible, por qué arruinar tantas horas de investigación de un compañero.

—¿Qué, pues, Chicote? —le preguntó—. ¿También estabas coludido? ¿Cuánto te iban a dar?

Y el Chicote se quedó pasmado, sin decir nada más. Mientras apretaba el contenido del sobre, el Ciego se le acercó y le dijo:

—Bromas, son bromas que se acostumbran en la jefatura.

11

Encendió la radio, donde sonaban unos timbales misteriosos. Era la voz de Rubén Blades: «Ruge la mar embravecida / rompe la ola desde el horizonte / brilla el verdeazul del gran Caribe / con la majestad que el sol inspira…». Desde que dejó de tocar y se dedicó a esto, la única diversión de Rangel era escuchar música, cierta música que le ayudaba a desconectarse de todo: Rubén Blades, Willie Colón, Ray Barreto, Benny Moré, la música disco, el soul, Aretha Franklin, dos canciones muy cursis de Marvin Gaye, el blues, Eric Clapton, los ritmos de Creedence, las armonías de los Beatles, pero nada de corridos ni de Rigo Tovar, aunque estuvieran de moda. Vivió sin tocadiscos desde aquel domingo infausto, en que decidió romperlo a patadas porque le recordaba a una persona, y no volvió a tener otro hasta que vio las ofertas en la tienda del señor Guillén, pero casi nunca lo usaba. Ahora su momento de esparcimiento cotidiano consistía en las canciones que escuchaba en el radio de su Chevy Nova, al entrar o salir de la oficina. Pero algo debía ir muy mal, razonó el policía, cuando hasta el refugio resultaba insoportable. Y es que la letra del panameño cobraba otra dimensión: «Es el tiburón que va buscando / es el tiburón que nunca duerme /

es el tiburón que va acechando / es el tiburón de mala suerte». No mames, pensó Rangel, me está afectando este caso.

Cualquier otra persona hubiera salido de trabajar y se hubiera dedicado a lo suyo, pero Rangel era un policía decente y sentía la obligación de detener al culpable. Contra lo que hubiese aconsejado su tío, se estaba obsesionando con el asunto de las niñas: Mira, sobrino, para que no te afecte el trabajo tienes que volverte resistente, formar callo; escucha lo que te digo y no estés pendejeando, que te quede muy claro que no hay que involucrarse en los casos, o pierdes la objetividad. Cuando te tomas el trabajo como si fuera un asunto personal se forma una zona ciega, que no alcanzas a ver, y eso se vuelve muy peligroso. Hay que trabajar desde fuera, como si fuera otro al que le suceden las cosas.

La niebla se está espesando, pensó Vicente, y hasta donde alcanzaba a ver, la calle estaba desierta. Parece un pueblo fantasma, se dijo, siempre que hay niebla es lo mismo, la gente corre a sus casas para huir del calor. Es lo que debería hacer yo mismo. Se encontraba agotado. Lo único que quería era tumbarse en la cama y dormir ocho horas… Deshacerse de las preocupaciones, olvidar el dolor de las manos, el pleito con el Travolta, la tensión que se acumuló. Pero a veces tomamos decisiones minúsculas que cambian nuestras vidas, sin siquiera advertirlo. Justo cuando decía Rubén Blades: «Y se traga al sol el horizonte / y el nervioso mar se va calmando / se oyen los arrullos de sirena / embobando al cielo con su canto», Rangel dobló a la derecha, buscando un escape.

Al llegar al cruce de Ejército y Aduana vio las estrambóticas luces neón del Cherokee Music Machine: un antro barato que iba de mal en peor. Dijo: Al carajo, y se estacionó. Tenía suficiente dinero para tomarse unos tragos, incluso para irse con una fichera, y al día siguiente aún podría desayunar a cuerpo de rey en el Klein's. Además, claro, hoy es martes y hay show. Todos los martes, a partir de las once, el Cherokee Music Machine convocaba a una buena cantidad de jineteras, y había un show donde bailaban en traje de baño. Rangel creía que no se iba a ir con ninguna, pero pensó que debía distraerse por unas horas, mandar de vacaciones al cerebro, olvidarse del caso.

Eran más de las once. Antes de apagar el motor escuchó otros versos de Rubén Blades: «Brillan las estrellas en la noche / la luna reposa entre el silencio / sólo el tiburón sigue acechando…». Apenas descendía de la nave cuando lo alcanzaron dos niños: «Se lo cuido, joven» y «¿Lo va a lavar, jefe?». Rangel meneó la cabeza, y se dirigió al local.

A la entrada del Cherokee estaban el Watusi y Juan Pachanga, cuidando la entrada principal. El Watusi era un negro de Jalapa que medía casi dos metros y había sido pescador. Juan Pachanga era el administrador, que siempre se encontraba bebido, a varios whiskies de altura sobre el nivel del mar. Por conocerlo de vista, lo dejaron pasar sin catearlo, como hubieran tenido que hacer. Seguro que el cansancio se me nota, pensó Rangel. En la cara portaba un letrero que sugería: «No me molesten».

Cruzó una cortina de cuentas y esperó un instante mientras se acostumbraba a las contradicciones del lugar. Aunque en el centro de la pista había una de esas pelotas de cristales que giraban sin parar, la música que sonaba era una salsa de Roberto Roena: «Tú loco-loco… y yo tranquilo». La decoración era el saldo del anterior propietario, el Freaky Villarreal, aficionado a la música disco, que quebró y tuvo que vender el negocio. El antro lo compró otra persona, y la música salsa desplazó a Village People.

El bar comenzaba a animarse. Cuatro ficheras bailaban en la pista y la matrona, Madame Kalalú, se encontraba entre los parroquianos, apoyada en la barra, con su eterno puro en la boca y un vestido rojo flotante. Tan pronto lo divisó le envió dos ficheras, que fueron a darle la bienvenida de rigor. En cuanto uno entraba en el Cherokee, una o más mujeres con poca ropa iban a hacerte unas caricias veloces y sugerentes, a fin de que el recién llegado las invitara a beber. Las que abrazaron al detective como un par de enredaderas quedaron muy decepcionadas, pues Rangel las despachó con un mal gesto y se encaminó a la barra a beber. Estaba por llegar a la barra cuando oyó que le hablaban:

—¡Jackie Chan!

Tardó en reconocer al carnicero de la colonia Coralillo, al negro que estuvo a punto de detener con su tío. No parecía guardarle rencores, y levantaba una copa a manera de saludo. Se encontraba en una mesa contigua, acompañado por otros dos tipos y tres ficheras. Al recordar en qué circunstancias lo había conocido, Rangel lo saludó con un discreto movimiento de cabeza y siguió su camino hacia la barra… no sería la última vez que se encontraran. Dos pasos antes de llegar oyó que gritaban su nombre, «¡Rangel!», y notó que el Evangelista le hacía señas desde una mesa cercana. Rangel se hizo a la idea de que su ansiada soledad no sería posible y se fue a sentar con los colegas.

Con el Evangelista estaban Wong y Cruz Treviño, que se consolaba con una fichera. Al centro de la mesa había una botella de Bacardi tamaño pata de elefante, vacía hasta la mitad. Como el Evangelista tenía ante sí un Refresco de Cola,

Rangel supuso que el resto estaría distribuido en el metro noventa y los ciento treinta kilos de Cruz Treviño, que ni siquiera lo había visto llegar. El Evangelista le tendió la mano y Rangel se la estrechó.

—¿Qué pasó mi Juan Uno Cuatro? —Cada vez que se veían, Rangel rebautizaba al Evangelista con una cita de la Biblia—. Yo creí que eras abstemio. ¿No te vas a condenar?

El Evangelista levantó su Refresco de Cola. Desde que se volvió testigo de Jehová no bebía gota de alcohol.

—Claro que no. Aquí nomás estoy cuidando a este pecador, para que no atente contra su cuerpo. —El Evangelista señaló a su socio, empeñado en darse a entender con la fichera.

—Quiobo.

Rangel saludó al gigante. La cabeza de éste vaciló hasta que sus ojos divisaron al músico y entonces le extendió una pesada mano, que se elevó con trabajos y finalmente se desplomó sobre la palma de Vicente. Entonces Cruz Treviño le apuntó con la otra y dijo un par de frases entre dientes. Rangel no le entendió nada. Aunque las relaciones con el gigante eran pasables, Rangel lo trataba con cierta distancia para no meterse en problemas. Al igual que el Travolta, Cruz Treviño tenía algo de adolescente problema, siempre a punto de estallar. Así era su carácter, se ponía verde de coraje a la menor contrariedad.

—¿Qué dice? —le preguntó al Evangelista—. No le entendí.

—Está emputado con su jefe —balbuceó la fichera, que se tambaleaba de borracha. Era una falsa pelirroja en un vestido verde con lentejuelas—: Dice que es un pinche cabrón.

El gigante asintió con un movimiento de cabeza.

—Quién sabe qué está pasando —gritó Wong. Había que gritar para hacerse oír en ese antro—. Dicen que va a venir la Dirección Federal de Seguridad.

Rangel sintió que un escalofrío le recorría la espalda: Ay, cabrón, la última vez que los agentes de la Dirección Federal de Seguridad visitaron el puerto fue en 1971, cuando la represión del movimiento estudiantil. Rangel no había llegado entonces, pero le contaron que su tío tuvo que usar todos sus recursos para evitar los abusos. Llamaron a declarar a un estudiante que presenció la masacre, y en cuanto estuvo sentado, uno de los agentes, que era tartamudo, se puso de pie y le dio un puñetazo en un ojo. No hay necesidad de pegarle, se interpuso el teniente Rivera, el joven vino por su propio pie. Finalmente lo soltaron, pero las cosas estuvieron muy tensas durante meses, y se creyó que iba a haber represalias.

—Sírvete un refresquito —lo interrumpió el protestante—, es lo único no alcohólico en este lugar.

Rangel seguía cavilando, y como no reaccionaba, el Evangelista tomó un vaso que parecía limpio, sirvió el líquido color petróleo y se lo ofreció a Rangel, pero antes de que el trago llegara a su destino, Cruz Treviño lo arrebató, vertió el contenido en el suelo de un revés y lo llenó hasta la mitad con el ron. Entonces se lo entregó al recién llegado con una brutalidad animal.

—No, compa, ¿qué te pasa?, el compañero no iba a beber, no quiere excesos —lo defendió el Evangelista, pero el gigante levantó un dedo y apuntó a Rangel: quería decir que era una orden—. Está bien, está bien —dijo el Evangelista y le susurró a Vicente—: Mejor dale por su lado, hoy anda de un genio…

En eso la canción terminó y oyeron un chillido que les

destrozó los tímpanos. Luego una voz comenzó a probar el equipo de sonido con el tradicional «Wueno… Ssssí… Wueno… Ssssí», y pegó con los dedos en el micrófono. Pronto se oyó un último chillido y el disc-jockey anunció a su «elegante clientela» que el Cherokee Music Machine se complacía en presentar su show de esa noche: un verdadero mano a mano entre las elegantes señoritas del Mulato Dancing Club, traídas de la hermana república de Chihuahua, «para entretenerlos con unas finas melodías». Entonces pusieron «El bodeguero» y la pista de baile se llenó de humo artificial. En la oscuridad, media docena de muchachas se afanaban por llegar a la pista sin ser pellizcadas.

—Están muy tiernitas —dijo la fichera, y como Rangel no respondiera, agregó—: Ya las vi, les hace falta más oficio. No saben menear la cintura, no muestran el pecho…

En cuanto las chavas salieron a la pista, el policía notó que había algo fuera de lugar. Eran seis muchachas presentables, que vestían atuendos ajustados. Había dos rubias de color artificial, dos morenas melenudas, una negra y una china. No parecían ficheras convencionales: la más grande tendría veinticinco años y la más gorda unos sesenta kilos bastante bien distribuidos. En cuanto a la ropa, parecía sacada de una película de Olivia Newton-John.

—Pecadoras —dijo el Evangelista.

Tal como anunció el locutor, las chicas se distribuyeron por la pista aerodinámica y empezaron una danza supersónica. Rangel pensó que la coreografía tenía demasiado coherencia para presentarse en un lugar como ése. No hicieron movimientos provocadores y, como ocurre cada vez que algo huele a cultura, la distinguida clientela del Cherokee empezó a bostezar. Pronto empezarían los insultos.

Una de las bailarinas levantó las manos y arqueó la espalda mientras caía de rodillas sobre la pista. Su gesto habría córrido mejor suerte de estar en un programa de la tele, no en ese piso cuadriculado, diseñado para bailar rolas de los Jackson Five. Hasta ese momento Rangel no entendió lo que pasaba: Es danza moderna, pensó, son bailarinas de danza moderna. A partir de allí se imaginó lo que seguiría: los insultos de los presentes, la humillación de las bailarinas y el abucheo general. Pobres, se dijo, así les va a ir.

Rangel tomó la copa que le ofreció el gigante, le añadió dos hielos y bebió la mitad. Depositó su antídoto contra el estrés sobre la mesa. Veamos, se dijo, el jefe no quiere molestar a Jack Williams. En lugar de asignarme el caso me ordena sentarme a recibir denuncias y asigna el caso al Travolta; después me reclama si tengo algo que ver con los pinches volantes, recibe al diputado Wolffer y me da una propina muy grande. Si su tío estuviese sentado ahí mismo, con su eterna camisa blanca y la funda sobaquera, habría soltado un bufido y se habría inclinado hacia él: Ah, cómo eres tonto, sobrino, hasta pareces recomendado; los hechos, revisa los hechos, ahí se encuentra todo para quien sepa pensar.

La salsa seguía sonando en las bocinas y una segunda muchacha avanzó un par de pasos, hasta reunirse con la anterior. Luego cayó de rodillas y alzó las manos.

—Pinches viejas, ¿qué fumaron? —gritó la fichera.

Cruz Treviño vació su trago de golpe y la pelirroja le preparó otra bebida. Rangel se preguntaba por qué el jefe se empeñaba en distraerlo. Le parecía impensable que el viejo protegiera al asesino, y no por una ética profesional, sino porque esas cosas siempre se saben, y el riesgo de que lo destituyeran aún estaba en el aire. Por ahí no va, concluyó. El comandante no era tonto y no se iba a arriesgar. En su opinión, el hecho sólo podía deberse a uno de dos motivos: o alguien muy poderoso le había ordenado que congelaran las investigaciones, o bien él mismo pensaba cobrar la recompensa. Esto es lo más seguro, concluyó.

A lo lejos distinguió una figura de camisa blanca y anteojos, que se esforzaba por sortear al Watusi y a Juan Pachanga. Ya valió, pensó Rangel, ahí viene este buey. Finalmente el personaje llegó hasta la pista, lo buscó con la mirada y fue a sentarse con él: se trataba del Ciego, el tipo que quería ser su madrina.

—Patrón, nada más le vine a agradecer por el sobre.

—No me digas patrón.

—«Sólo yo soy tu amo», dice el Señor... Eclesiastés tres veintitrés.

—Siéntate. Y tú, pinche fanático, vete a evangelizar a las colonias del norte.

—¿Quieres tomar? —dijo la fichera—. Aquí Cruz invita.

Rangel pensó en irse, pero en eso se oyó un golpeteo creciente en el techo. Caía una lluvia violenta, como si un ser de mil puños estuviera golpeando las láminas de metal de la azotea. Chingado, se dijo, ahora no me puedo ir.

—¿Cómo? —tuvo que gritarle al Ciego.

—Le pregunto que si le interesa cobrar la recompensa, señor Rangel. Son cuatro años de sueldo. Cuatro años. Imagínese todo lo que se puede comprar con ese dinero.

Pero no contestó.

A la izquierda de la fichera, Wong cabeceaba sobre la mesa.

Cuando las bailarinas pasaron a un lado, y ya animado por la bebida, Rangel pensó que estaban muy buenas, la mayoría tenía mejor cuerpo cuando no estaba haciendo payasadas de danza moderna… Será que ya estoy borracho, se dijo, pinche ron barato, ¿por qué estoy bebiendo esta cosa?

Una de las bailarinas que estaba en la barra se acercó a insinuarse y, como ya se le estaba pasando el coraje, se dio el lujo de jugar con ella. Rangel sacó a relucir su parte maldita y, aunque la veía muy apurada por echarse un trago, no la invitaba a sentarse.

—Ándale, invítame a una copita. Tengo que mantener a mi papá y a mis siete hermanitos.

—Ah, caray, ¿no son muchos? ¿Eres la hija de Blancanieves?

—¡Ándale! Si no me invitas me voy a tener que ir a esa mesa, con aquel compa que me está haciendo señas… Pero prefiero quedarme contigo…

Y la chava se inclinó hacia delante, rozando como por descuido el brazo de Vicente con sus pechos. Luego abrió los brazos y fingió que bailaba, agitando los hombros con frenesí. ¿Qué onda, mi rey? ¿Se hace o no se hace?

—Lo siento, no se hace. —Y se arrepintió en el instante mismo de despedirla.

Aunque la mayoría de las chavas estaban muy bien y tenían formas opulentas, a Rangel no le llamaron la atención la rubia, ni la china, ni la pelirroja. Sólo le interesó una chava delgada, de cabello negro y corto, que usaba trencitas y fumaba en la barra con unas amigas. Ay, buey, se dijo, ésa sí está muy guapa. La chica tenía una nariz recta y delgada, de piel blanca. Estaba admirando sus piernas cuando la chica advirtió que la observaban. Le lanzó una mirada atenta, como de gato que descubre un ratón, y Rangel bajó la vista. Pinche vieja, seguro que está calculando cuánto me puede sacar, aquí todas son putas, bastante putas, como la enredadera que tengo aquí al lado.

En cuanto las bailarinas llegaron a la barra, los presentes se acercaron a invitarlas. Un tipo muy gordo tomó de la mano a la pelirroja. Dos se disputaron a la china. En menos de diez minutos tres cabrones se fueron acercando, de uno en uno, y se llevaron a las que quedaban. Sólo la chica de trencitas, a un lado, rechazó a dos admiradores. Qué raro, pensó Rangel, estará cobrando muy caro. Entretanto, sus amigas seguían cotorreando, cruzando la pierna en la barra. Rangel se estaba sirviendo otro trago cuando notó que la chava de trencitas le clavaba la vista, ¿Será a mí?, y hasta miró para atrás pero no encontró a nadie. Qué tonto, se dijo, si estoy recargado en la columna. Rangel se puso rojo, por primera vez en mucho tiempo y la chava se echó a reír. Pinche vieja cabrona, me las va a pagar.

Rangel se sirvió otra copa y la chica de trencitas se acercó a la mesa.

—Oiga, ¿que no era usted el guitarrista de Rigo?

—¿Eh?

Rangel estaba pasmado.

—De Rigo Tovar. ¿Que no tocaba con él?

—No sé de quién me hablas.

—Usted era el guitarrista, el de Las Jaibas del Valle.

—No, me estás confundiendo.

—¡No invente! Dígame que fue usted.

—¿Para qué quieres saber?

—Es que yo era de su club de admiradoras.

—¿Ah, poco? ¿El guitarrista tenía un club de admiradoras?

Rangel se sintió halagado, pero no quería reconocer que se trataba de él:

—Sí, dicen que ese guitarrista era bueno.

—¡N'ombre! ¡Era buenísimo! Quién sabe por qué se retiró.

255

—Bueno, pues gracias. Al guitarrista le daría gusto saberlo.

La muchachita se sentó en la silla contigua, gentilmente empujada por la pelirroja:

—Entonces, ¿qué? ¿Es o no es?

Tenía unos ojos grandes y azules, que resaltaban su risa. Han de ser pupilentes, se dijo, aquí todo es falso. Se iba a zafar, pero la chava hizo como que se inclinaba hacia él. Ay, cabrón, se dijo Vicente. Por un momento la risa de la muchacha le recordó a otra persona. De pronto fue como si algo de la ausente, diluido y cambiado, reapareciese en el rostro de la bailarina. En vez de hacerle caso a la chava, que es lo que debió haber hecho, Rangel se acordó de otros días y otras noches, hacía más de seis años, cuando él aún era un músico y vivía con su chava, Yesenia, la del cabello negro rizado perfecto, su novia desde la prepa, la chava más guapa, famosa en el medio musical por su sonrisa de ángel.

Y pensó en otras tardes, con Yesenia a su lado, mientras él intentaba escribir los arreglos para el líder del grupo. Mira, Rigo, ¿qué te parece esta rola? La tonada está suave, carnal, ¿de qué trata? Es la historia de una sirena, o más bien de un buey encantado por una sirena. Aaaaah chingá-chingá, no me vas a decir que eres culto, Rangel, ¿hay sirenas en tu pueblo? No mames, Rigo, por eso no le llegas a todo el mundo, ¿nunca vas a arriesgar? En opinión de Vicente, Rigo se estaba volviendo terco y desdeñoso, si la idea de una canción no se le ocurría a él significaba que esa rola no valía la pena, se estaba volviendo una estrella y no aceptaba otros puntos de vista. Tengo que cuidarme, *brother*, muchos quieren acabar con mi carrera. Rangel insistió durante días, pero Rigo no cejaba; la rola estaba casi completa, sobre todo la música, hasta que una noche, al final de un concierto, Rigo y su primer grupo, Las Jaibas del

Valle, se fueron a un bar a terminar de emborracharse. En un extremo del local estaban Rigo, sus fans y su agente; en otro, Yesenia, el tecladista y Rangel, rascando la lira; de repente Rigo, que ya estaba bien tomado, alzó la cabeza hacia el fondo del antro, como si oteara señales de humo, y mientras sus fans se acababan la botella de vodka, él se paró despacito, con todo y su trago, y fue a donde estaba Vicente. ¿Qué onda, Chente? ¿Es tuya esta rola? Es la que te había contado, pinche Rigo, la de la sirena, estoy terminando la letra. Suena muy bien, pinche Vicente, a ver: ¿quién trae un cuaderno?

Compusieron por el resto de la noche. Rangel tocaba, Rigo meneaba la cabeza con reprobación o asintiendo, pero siempre con mucha autoridad, y entre los dos componían. Hubo un momento en que la canción terminó de enderezarse y Rigo estalló: Ahí está, ya estuvo, ya la tenemos; pero faltaba una línea: Pinche Vicente, no se nos da esa pinche línea, y Rangel, que ya estaba bastante inspirado, sugirió que volvieran a la idea original: No tiene chiste que tengan niños normales, Rigo; si van a procrear, mejor que tengan sirenas. A ver, a ver, ¿cómo está eso? Sí, mira: Donde dice: Tuvimos seis angelitos, tra la la tra la la, mejor que diga: Tuvimos un sirenito… ¡Pinche Vicente!, eso está muy bien, a ver: ¿qué más? Como fruto del amor. No mames, Vicente, eso está muy cursi, está de quinta. Huy, sí tú, ¿te crees muy fino? Ándale, ándale, no te detengas. Bueno: Tuvimos un sirenito. ¿Y qué más? Como al año de casados. Vas bien, Vicente, ¿y luego? Con la cara de angelito / Pero cola de pescado. Qué bruto, buey, ahora sí rompiste récord, pinche Vicente: ya tenemos un nuevo compositor. La euforia se le pasó tres días más tarde, pues al regresar de la gira por Montemorelos, abrió la puerta del departamento y la encontró enredada en los brazos del cantante, los *hot pants* tirados en un rincón de la sala. Pinches bueyes: tú, cabrón, ¿no que eras mi amigo? Vales madre. Y tú, pinche vieja, ¿no que muy fiel? ¿No que tú sí eras transparente, y la madre? ¡La manga, qué! Van a chingar a su madre los dos, no quiero saber nada del grupo, desde ahora me retiro de este medio, ya no me toquen esa canción.

Los ojos de esta chava le recordaban a Yesenia. Rangel, la única persona de este mundo que odiaba el principal éxito de Rigo Tovar, miró intensamente a la muchacha y le dijo:

—No, no soy yo.

Ella se llevó ambas manos al rostro y jaló sus mejillas hacia abajo, como quien se pone un bigote falso; entonces dio media vuelta y se fue. El Ciego lo miró boquiabierto.

—Estaba muy animada, ¿por qué la dejó ir, jefe?

—Porque me falta dinero.

Como si su propina corriera peligro, el Ciego apretó el sobre que llevaba en el pantalón y le dijo:

—Pero si ésa es de las que no cobran… Pero no importa, cuando agarremos al Chacal usted va a tener treinta de ésas.

Rangel lo hizo a un lado, pinche Bacardi de porquería, y durante el resto de la noche la frase del Ciego le siguió retumbando en la cabeza:

Son cuatro años de sueldo, jefe.

Cuatro años.

Imagine lo que puede hacer con lo que gana en cuatro años.

Puede comprar una casa.

Hasta se podría retirar.

Dos tragos después, cuando le preguntaron qué onda, Rangel alcanzó a murmurar:

—El comandante favorece al Travolta.

—Pinche buey —le dijo el Ciego—. Pues aunque no quiera el jefe, todo mundo dice que usted es el bueno y que usted lo puede agarrar. ¿Por qué no trabajamos juntos, señor? Dos cabezas piensan más que una.

Rangel se le quedó mirando y no dijo que no, pero tampoco que sí. Chingado, pensaba, qué situación tan compleja, y yo que quería descansar.

Celia Cruz cantó «El Berimbau» y Cruz Treviño se durmió sobre la mesa. Al ver que todos estaban cabeceando, Rangel le hizo una seña a la fan de trencitas: Ey, tú, ¿te tomas un trago? La chica aceptó y le sirvió una cuba tremenda, interminable, que se bebieron el resto de la noche. Chingado, ésta sí es una mujer comprensiva. Veía a la chavita y el vampiro en la etiqueta de ron, un trago y otra vez la muchacha; un nuevo trago y la chavita le fue pareciendo sensual, irresistible. La vista se le puso borrosa y lo siguiente que vio fue una vasta planicie de pasto, en algún lugar del campo; se estaba preguntando dónde se encontraba cuando de repente vio el perfil superior de una montaña, acaso el cerro del Nagual, y advirtió que en la cumbre flotaba un ovni anticuado, una de esas naves interplanetarias que los films en blanco y negro representaban como la unión de dos platos soperos. Entonces se dio cuenta de que estaba parado en la cima del cerro. Alrededor suyo había una multitud de periodistas, los que se encontró por la mañana, y seis cámaras de televisión. Un locutor dijo: Estamos presenciando el primer contacto entre un ser humano y la gente de Marte. El gran honor, esta graaaan distinción, recae en el señor Vicente Rangel, policía del puerto. Y hubo una salva de aplausos. Rangel, que estaba muy conmovido, vio cómo descendía la nave marciana. A juzgar por las dimensiones, comprendió que se trataba de la nave nodriza, que aterrizó y abrió sus compuertas. El Rey de los Marcianos bajó por el largo puente, acompañado de sus diez ministros y un tropel de secretarias. Éstas parecían sacadas de una película de ciencia ficción mexicana: lucían minifaldas plateadas, peinados altos, de los años sesenta, y nutridas pestañas postizas. Una de ellas, una rubia piernilarga bastante simpática, le colocó una medalla a Rangel y éste empezó a musitar: Gracias mil pero no lo merezco, hay personas más competentes que yo. Sin embargo, el Rey de los Marcianos le dio a entender que así lo habían decidido y que iban a concederle un deseo: Pide lo que quieras. ¿Lo que sea? Así es: lo que pidas te será concedido. De pronto el Rey de los Marcianos se parecía mucho a Chabuelo, un conductor de televisión, y Rangel creía estar en un programa de concursos. Y Rangel se preguntaba: ¿Qué pediré? ¿Un viaje a Hawaii con todos los gastos pagados? ¿Un coche nuevo, una lavadora, un tocadiscos? No ignoraba que se trataba de una oportunidad única, pero, antes de que pudiera impedirlo, lo presionó la parte profesional de su inconsciente: El asesino, pregunta quién es el asesino. Se acabó tu tiempo, dijo el marciano, vamos a ver qué hay tras la cortina número uno, el obsequio que el concursante NO eligió: ¡Guau!, gruñó la multitud: Una mansión millonaria, con carrazo a la puerta, y tres edecanes: rubia, pelirroja y morena, para lo que se pueda ofrecer; Rangel oyó aplausos, una salva de aplausos, y el conductor continuó: Vamos a la segunda cortina, ¿qué hay tras la segunda cortina? La guitarra de Jimmy Hendrix, la guitarra con que tocó Jimmy Hendrix, y junto a ella… ¡el secreto de la inmortalidad! El señor Vicente Rangel González acaba de rechazar el secreto de la vida eterna; pero no desesperen, aún hay una oportunidad de salvarse: ¿qué tenemos tras la cortina número tres, por favor? La última edecán corrió la cortina y se oyó al locutor: Un chango. Un espantoso chango.

Allí dentro, bajo una poderosa luz cenital, se encontraba un babuino sentado en un taburete. Ay, Dios, qué chango tan feo. El babuino era color gris oscuro y le dirigía una mirada terrible, casi humana. Cuando advirtió que Rangel lo miraba, el mono lo increpó: ¿Qué quieres? Y Ay, buey. Rangel se excusó muy asustado: No sé qué pasa, yo estoy aquí por el concurso. El babuino pareció molestarse: ¿Cuál concurso? ¡Ah, qué sobrino tan tonto! ¿Tío? ¿Es usted? Yo mero. ¿Y qué hace aquí? Trabajando, todavía soy un detective, pero ahora soy un agente encubierto, investigo los sueños, ¿y tú, a qué te dedicas, sobrino? Sigo dos muertes, un asesino de niñas. Un asesino de niñas… ¡no se puede creer! ¿Y tienes indicios? Poca cosa, no han servido de nada. Qué mal, dijo, qué mal. Así es esto de las gelatinas: unas malas y otras finas. Oiga, tío, ¿y si me ayuda? Nooo, lo siento mucho pero no puedo, ¿por qué voy a dejar mis asuntos por colaborar en los tuyos? Además, si no cobro no trabajo. Oiga, antes me ayudaba siempre. Sí, pero ya estás grandecito, y no obtengo ningún beneficio. Oiga, tío, con los años se ha vuelto muy interesado, sólo piensa en lo económico… ¿Quieres o no quieres resolver el caso? Sí, pues entonces calla y observa. El babuino descendió del taburete y se dirigió a una puerta posterior: Para empezar hay que salir de este edificio, no te retrases, y antes de que Rangel reaccionara, ordenó: Mira, ahí está el que buscas, y señaló a través de una ventana. En el patio estaba un individuo muy torvo, un hombre que cargaba un French Poodle. Alrededor de la cintura usaba una faja de piel, cargada de herramientas punzo cortantes, y cuando vio pasar a una niña se limitó a ofrecerle el French Poodle. No, pensó, que no lo acepte, pero era muy tarde. Rangel quiso impedir que la atacara, pero la puerta estaba cerrada con llave, y cuando volvió a asomarse ya no estaban. Se preguntó adónde habrían ido, y lo siguiente que vio fue una enorme cortina, una cortina amarilla, que se mecía por los golpes de viento. No se explicó por qué sentía tanto miedo, hasta que el viento alzó la cortina y vio los pies de la niña, sumergidos en un charco de sangre.

Se despertó pataleando, y durante un momento la cortina del sueño se confundió con la cortina real. Uf, abrió los ojos, menos mal que estoy en mi casa. Había un abanico de cielo, y todo estaba muy bien, salvo que él no tenía abanicos de cielo.

—Ah, cabrón, ¿dónde estoy? —dijo en voz alta.

—Estamos —le respondió una voz— en el Motel Costa Brava. ¿Qué ocurre contigo? —le reclamó la bailarina de trenzas—. Nomás entraste y comenzaste a roncar.

Mientras la imagen del cuarto cobraba mayor nitidez, el policía concluyó con asombro creciente: ¡El French Poodle! Las pelusas, pensó, hay que analizar las pelusas.

TRES

12

Cuando llamó a la doctora Ridaura ésta creyó que bromeaba:

—¿Está seguro?

Rangel le explicó que sí, y que era urgente realizar el examen. A la anciana no le gustó la idea de levantarse en la alta madrugada, pero por tratarse de él se comportó muy amable:

—Llámeme en media hora.

Antes de que expirara el plazo, fue la especialista quien lo llamó a la jefatura.

—Me tardé, pero ha valido la pena. Tiene usted razón en un cincuenta por ciento. Aquí tengo sus resultados, pero primero dígame cómo se le ocurrió eso.

—En otra ocasión —se excusó—, no tenemos tiempo.

—Bien, tengo que reconocerlo. Caí en el principio de «La carta robada», de Poe: cuando quieras ocultar algo, ponlo a la vista de todos. Ahí estaban, claro, pero como me provocaban alergia no las pude ver. ¿Se acuerda que yo estornudaba en la escena del crimen?

—¿Qué son?

—A eso voy. Yo estaba segura de que se nos había olvidado algo, no entiendo cómo no se me ocurrió, pero en fin: revisé el material que recogimos de las uñas y efectivamente encontré dos muestras de origen animal.

—Color blanco… —inquirió Rangel.

La doctora Ridaura estaba asombrada.

—¿Ya lo sabía? Pues sí, blanco grisáceo, en efecto. Y ¿quiere saber una cosa? También están presentes en las uñas de Karla Cevallos. Hasta ahí tiene usted razón. Pero se equivocó en una cosa: no son pelos de perro, es pelambre de borrego. Un borrego blanco, muy joven.

—¿Está segura?

—Como que me llamo Ridaura. Ese tipo atrae a las niñas con un borreguito.

—Muchas gracias, doctora. Y oiga: esto no lo vaya a comentar con nadie. Es muy importante.

—De acuerdo. Lo felicito Rangel, voy a estar muy pendiente de lo que ocurra.

Confirmó que nadie lo hubiera oído, pero su nerviosismo era injustificado. El Profe y el Beduino se habían ido a dormir a sus respectivos autos desde las cuatro y media, y el Chicote roncaba en la planta baja.

Bajó a servirse un café. Al oírlo trajinar el Chicote se despertó amodorrado:

—¿Va a querer más? Ahorita se lo hago.

—Bien cargado, cabrón.

—Ahorita va a estar… Si quiere duérmase —sugirió—. Si sale algo, yo lo despierto.

Sí, cómo no, pensó Rangel, si no puedes con tu alma. Mientras esperaba el café oyó llegar la nueva edición de *El Mercurio*, y salió a recogerla. Vamos a ver qué hay de nuevo, pensó. La primera plana le quitó el sueño:

«Arde la sierra de Ocampo».

«Causa inquietud en el puerto la sequía.»

Le molestaron dos titulares: «Sin rastros del Chacal» y «Obstaculizan la labor periodística». No mames, cabrón, ésta fue la Chilanga. La portada reproducía la foto del jefe, que prometía una intensa persecución y captura, y a un costado, lo contradecía el pronóstico del tiempo con cierta malicia: «Sólo vientos ligeros, y lluvias aisladas en la región». Y efectivamente, la imagen vía satélite mostraba una niebla terca, estacionada sobre la zona. Más adelante, el Johnny Guerrero escribía: «Nueva pifia de la policía: sigue el servicio secreto sin pistas del sádico asesino». Se dijo: Vamos a ver qué escribió este pendejo, y para su sorpresa, el Johnny relataba el asunto del Profeta. No mames, cabrón, esto es grave. El columnista contaba el fracaso de Taboada con pelos y señales, pero se cuidó de identificar a los agentes. «De acuerdo a nuestra fuente —concluyó—, un buen detective, que ha trabajado en el caso, se encuentra a punto de renunciar, debido a las presiones internas.» Rangel advirtió que palidecía. No mames, se dijo, ahora sí me van a chingar, pinche periodista pendejo, esto me va a hacer la vida imposible. Van a creer que la fuente soy yo, y que los estoy delatando. Chingado, se dijo, alguien me tiene entre miras. No quería pensar lo que iba a hacer el Travolta. Puta madre, se dijo, mientras esté en la oficina me encuentro en peligro.

Un gallo cantó en algún lugar del barrio y Rangel consideró la opción de trabajar con Barbosa. Chingado, ¿qué voy a hacer de mi vida? No tenía muchas opciones, ni siquiera terminó la carrera. En el momento más pesimista se imaginó teniendo que resistir la humillación e ir a pedirle trabajo a los Williams. Ni madres, pensó. Además, del servicio secreto sólo quedaba la federal de caminos, que no tenía muchas plazas en esa ciudad. Ni modo, pensó, voy a terminar en una pinche garita, igualito que el Brujo. Rumió la oferta de Barbosa, y concluyó que los colegas no le permitirían trabajar en la oposición, le harían la vida imposible Estuvo considerando sus pocas opciones, y concluyó que en caso de ser despedido no iba a solicitar su entrada a la policía federal. El sueldo era tan malo que tendría que terminar de corromperse.

Había sido una noche ajetreada y ya no podía más. Iba a amanecer en cuestión de minutos y tenía un fuerte dolor de cabeza. Por un instante pensó en volver a su casa, pero concluyó que no tenía tiempo, así que despejó el escritorio y trató de dormir.

Vicente pensó en su infancia y en su breve paso por la música profesional. El año que aprendió a tocar el bajo. Los Beatles. Pink Floyd. Clapton. Las primeras tocadas, las giras junto a Rigo Tovar. Pero como ocurría siempre que recordaba su vida dentro del grupo, terminaba por pensar en su primera novia y en la traición del vocalista. En ese momento la aguja de su memoria, acostumbrada a protegerlo del pasado, daba un salto sobre el *long play* de su vida, y lo siguiente que veía era el lugar donde se encontraba en el momento actual. Era policía. Perseguía a un asesino. No le gustaba su empleo pero no podía dejarlo: no sabía hacer nada más.

En eso pensaba ese día, miércoles 19 de abril, a las seis de la mañana, cuando el comandante García entró vestido con traje y corbata. Rangel apenas tuvo tiempo de ponerse de pie.

—¿Ha habido algo nuevo?

Vicente le expuso sus hallazgos. A medida que hablaba, el jefe lo miraba y asentía.

—Ya era hora. ¿Lo has difundido?

—Todavía no.

—Que se avise personalmente a los agentes. Esta información es muy buena, no puede quemarse en los diarios.

Creyó que iban a regañarlo, pero el comandante no parecía molesto. Cómo se nota que no ha leído *El Mercurio*.

—¿Y Taboada?

—No ha venido.

El único agente de guardia era él, explicó, los otros habían ido a dormir a los coches. No quería echarle tierra a sus colegas, pero al jefe había que decirle la verdad. El comandante García meneó la cabeza con disgusto y meditó la situación.

—Rangel, necesito tu apoyo: tráete un cuaderno para que tomes nota. Salimos en diez minutos.

—Sí, señor. ¿Adónde vamos?

—A una reunión. Tú manejas. —Y le arrojó las llaves de su patrulla particular.

Vicente abrió el cajón inferior de su escritorio y sacó un tarro de gel, un rastrillo, pasta de dientes y escarbó hasta alcanzar su desodorante Odorono. Cada movimiento prensil era una tortura, por culpa del maldito escozor. Cinco minutos después salía del baño peinado y con un rasurado aceptable.

Encendió el auto nuevo del comandante, siempre era un placer conducir esa patrulla, y se dirigió a la entrada. El comandante ya lo estaba esperando.

—¿Adónde, señor?

—Al palacio.

Se refería a la presidencia municipal. Iban con el señor Torres Sabinas.

Al pasar por el parque Hidalgo vio que empezaba a clarear. Las aves chillaban sobre los cipreses y una nube grande, anaranjada, se acercaba a la ciudad. Por un momento la niebla parecía disiparse.

269

En el semáforo de catedral tuvieron que esperar a que pasara el camión de la basura. Mientras esperaban que se despejara el camino, el viejo comentó:

—Me volvió a llamar Churruca… Quiere este asunto resuelto en dos días.

Pobre viejo, pensó. La posibilidad de que lo removieran era más fuerte que nunca, y, en un gesto de simpatía, se animó a preguntarle:

—Señor, ¿quiere que lo ayude a interrogar a Jack Williams?

El viejo le respondió con una mirada llena de sobreentendidos:

—No me presiones, Rangel, no me presiones.

Al doblar la avenida del Puerto, Rangel vio que el portero los esperaba de pie para abrirles la reja, y ya había seis coches allí.

Se estacionó junto a la vagoneta de Torres Sabinas, y subieron por la amplia escalera. En el segundo piso se toparon con seis guardaespaldas que se hicieron a un lado para dejarlos pasar: uno de ellos era el vigilante gringo que lo interpeló en la mansión de Bill Williams. Ah, chingá, ¿qué estará haciendo aquí?

Su jefe pasó a un costado de los guaruras, que lo saludaron con la frase habitual: «Mi comandante». Como de costumbre, él les regresó el saludo con un movimiento de cabeza.

En el salón de cabildo, un puñado de personas se instalaban en torno a una mesa rectangular. Al verlos llegar, el licenciado Daniel Torres Sabinas fue a recibirlos.

—¿Alguna novedad?

—Tenemos un indicio, pero no podemos anunciarlo en la rueda de prensa.

—¿Por qué?

—Ha habido demasiadas filtraciones. No podemos darnos el lujo de perder esta pista.

—Bueno, aquí entre nos, dime qué es. —Y se lo llevó aparte.

Rangel vio que el presidente asentía:

—Muy bien, muy bien —examinó a Rangel—; lástima que no lo pueda anunciar, los reporteros van a pensar que amanecimos con las manos vacías… Bueno —se dirigió al comandante—, procede como te dije.

Mientras el resto de las personas saludaba a su jefe, Rangel identificó a los convocados. Caray, pensó, esta junta va en serio. Además del alcalde de Paracuán y de su administrador, se encontraban el jefe de la policía municipal de Tampico, el director de la Policía Federal de Caminos del estado, el coordinador de los servicios de seguridad para el Sindicato de Petroleros, el director de inteligencia en la octava zona militar y un representante del gobierno federal. Al final de la mesa conversaban dos desconocidos: un hombre joven de camisa a cuadros y un calvo de aspecto espartano. Rangel consiguió recordar que el joven de camisa a cuadros era el presidente de la Asociación de Padres de Familia, el señor José Chow Pangtay. No tuvo tiempo de identificar al calvo, porque en ese momento la puerta que comunicaba ese salón con la oficina del presidente se abrió y Rangel creyó que estaba soñando.

El señor Bill Williams y el abogado Carrizo se instalaron al final de la mesa, a la diestra del presidente municipal. Todos se pusieron de pie para recibir a los recién llegados, que vestían de traje, pisacorbatas y mancuernillas. No es posible, se dijo. ¿Qué está haciendo aquí? Por haber estado de guardia en los últimas días, Rangel se habría enterado de cualquier detención, e incluso del rumor de un encarcelamiento, pero nada de eso había ocurrido. Supuso que las jornadas de dos días sin dormir le habían afectado el sentido de la realidad. La media hora siguiente tuvo que hacer grandes esfuerzos para mantenerse despierto… Todo lo percibía lejano, borroso, como a través de la niebla. Bebió dos tazas de café, una tras otra, pero el líquido sólo lo llenó de aprehensión.

El oscuro salón tenía cortinas de terciopelo y un paño verde sobre la mesa. Cuando todos tuvieron un café enfrente, el presidente ordenó a la secretaria que saliera. Y si les parece, les dijo, vamos a empezar, no voy a presentarlos porque ya se conocen. Se dirigió al millonario y su acompañante: Bill, Ricardo, gracias por venir. Luego hizo un resumen de la situación y sugirió que todos debían trabajar en equipo para solucionar la emergencia. Evitó comentar que un grupo de comerciantes texanos querían invertir en las fiestas de mayo una gran cantidad de dinero que se estaba esfumando por culpa del Chacal. Impartir justicia es una prioridad de mi gobierno, dijo, por eso están aquí Bill y el representante de la Asociación de Padres de Familia, para que colaboren en lo que aquí se decida. Luego recordó que en el puerto había siete escuelas, dos privadas y cinco federales. Las privadas ya pusieron vigilancia particular, dijo, pero nuestro problema son las públicas, que tienen más de tres mil alumnos. Tenemos a dos agentes vestidos de civil en cada una y, para tranquilizar a los padres, hay un elemento uniformado en la puerta principal, pero no es suficiente. Para empezar, las escuelas tienen muchas puertas de salida y a las horas de entrar o salir eso se vuelve un caos imposible de vigilar.

El señor Chow replicó que eso no era ningún argumento. La asociación estaba muy indignada, no comprendían cómo era posible que el asesino hubiera vuelto a atacar. El señor Torres Sabinas replicó que ya tenían una pista firme, y que el comandante confiaba en que podrían obtener resultados en los próximos días. El jefe enumeró los escasos indicios y al final se concentró en las colillas: Fuma cigarros Raleigh, y los muerde en el filtro. Rangel vio que al oír esto, el señor Williams se apoyaba sobre la mesa y escuchaba con atención. Consultamos a dos dentistas, continuó el comandante, y éstos opinan que la marca corresponde a un colmillo superior… Ésta es la primera pista en firme que tenemos; hay que manejar esto con muchas reservas: si el asesino se entera, corremos el riesgo de ponerlo en alerta.

—¿Podemos boletinar eso en el interior de las escuelas? —preguntó el señor Chow.

—Es preferible que no. Lo más conveniente es que lo digan a sus vigilantes en secreto, uno por uno, a fin de evitar filtraciones. Imagínese, con este elemento nuestros agentes estarán preparados y vigilarán con mayor atención las escuelas. Pero si esto llega a la prensa, perdemos una oportunidad dorada.

En este punto el calvo susurró algo al oído del señor Chow, el cual asintió y pidió la palabra.

—Señor, con todo respeto, eso es insuficiente. Los que tenemos hijas en edad escolar no podemos esperar a que el gobierno maneje de esta forma sus investigaciones. Queremos una investigación seria, hecha por gente profesional.

Propuso que se pidiera ayuda a Gobernación, pero el presidente no estuvo de acuerdo. La última vez que solicitaron la ayuda de la Dirección Federal de Seguridad, dijo, fue en los años sesenta. Se tardaron un mes en llegar y, cuando lo hicieron, complicaron un asunto que ya estaba resuelto y archivado, con las consecuencias que todos conocemos. Algunos miraron al director de la Federal de Caminos, que estaba sudando. Lo había pasado muy mal nueve años atrás. El calvo le pasó una nota al señor Chow y éste asintió. Cuando el presidente terminó de hablar, Chow comentó que la Asociación de Padres de Familia estaba muy indignada por lo que estaba pasando, y que el Sindicato de Profesores quería intervenir. Si el gobierno no reacciona, dijo, habrá una huelga general.

Para Daniel Torres Sabinas, la frase era una amenaza directa. El Sindicato de Profesores no sólo era de los más poderosos a nivel local, sino que el líder, el profesor Edelmiro Morales —con quien el Travolta se había reunido un día antes— era uno de sus enemigos personales. Durante su candidatura se le opuso férreamente, listo a movilizar a sus miles de afiliados, y sólo la intervención del gobernador consiguió detenerlo. Precisamente el lunes pasado, durante un acto oficial, Rojo López expresó su inconformidad con lo que estaba pasando en el puerto e insinuó que el poder de su sindicato se extendía a nivel nacional.

Visiblemente enojado, Torres Sabinas comentó que él había llegado allí apenas en enero, y se encontró con un servicio de policía con pocos elementos, mal pagados y sin preparación profesional. Uno de los peritos ni siquiera sabía hacer la prueba para encontrar restos de pólvora, la prueba esta, ¿cómo se llama…? Radizonato de sodio, apuntó el comandante. Ésa, comentó el licenciado, y tienen que pedirle al químico Orihuela que vaya él a realizarla. Por si fuera poco, agregó, desde que empezó esto me presionan los diarios. Cada semana el coronel Balseca y el señor Nader vienen a ofrecerme paquetes de anuncios: publicidad a cambio de no hablar del tema en sus periódicos, pero como no hay recursos ni quiero endeudarme, me lanzan ataques. Al igual que la Asociación de Padres de Familia, dijo con cierto rencor.

El señor Chow comentó que los periodistas siempre exageran lo que uno dice. El periodista ese... ¿Guerrero?, me entrevistó sobre la seguridad en las escuelas y puso palabras en mi boca...

Torres Sabinas hizo un gracejo y preguntó si inteligencia militar tenía indicios. El responsable negó: Sólo rumores sin fundamento; y más de uno miró en dirección del señor Williams.

El calvo pidió permiso de hablar. Torres lo presentó como el padre Fritz Tschanz, sacerdote jesuita. La Compañía de Jesús lo había hecho traer de Ciudad Juárez, donde era vicerrector de una escuela, para colaborar con la seguridad de los alumnos del Instituto Cultural de Paracuán. El jesuita resumió las medidas que el instituto adoptó. Como Rangel lo sospechaba, el jesuita reveló que desde el día de ayer, dos modernas videocámaras Beta, convenientemente ubicadas, filmaban a todo el que se aproximara a la entrada del instituto. Se sorprenderían de la cantidad de personas conocidas que pasan por allí... —miró a Bill Williams— y que no tienen hijos inscritos en el instituto. El comandante pidió una copia de las cintas y el jesuita prometió entregarla, para embarazo de los presentes. Luego reconoció que el amarillismo de los periódicos contribuía a aumentar el clima de inquietud, y propuso pedir al obispo que tranquilizara a la población, a fin de no aumentar el clima de inseguridad y pánico. La Compañía puede convencer a Su Excelencia, para que publique una carta abierta en todos los periódicos, donde critique los excesos informativos y haga un llamado a la calma.

—Hombre… —dijo el alcalde—, eso estaría muy bien…
Bill, ¿quieres agregar algo?

Como respuesta, el abogado del empresario, el licenciado
Carrizo, dijo que el Grupo Industrial Gamma, y el señor
Williams en particular, tenían motivos para estar disgustados
con el gobierno local, pero venían a hacer una propuesta.

—El Grupo Industrial Gamma desea hacer un donativo a
fin de encontrar al culpable cuanto antes. Donaremos otros
veinticinco mil dólares que, aunados a nuestra aportación anterior, suman cincuenta mil dólares de recompensa. Creemos
que esta segunda cifra es difícil de rehusar, y podrá atraer más
delaciones.

—Gracias, Bill. —Torres se dirigió al señor Williams—.
No me esperaba menos de ti.

—Sí —el empresario lo señaló con el dedo, enervado—,
pero a cambio te voy a pedir un favor.

El millonario era famoso por tomar decisiones drásticas durante sus ataques de furia, como despedir al más fiel de los empleados con suma facilidad, o amenazar a diputados en lugares
públicos. En el puerto se decía que le había ordenado al coronel Balseca, el dueño de *La Noticia*, que dejara de publicar esos
editoriales contra su hijo o le retiraba toda la publicidad.

—Te escucho.

—Quiero que dejen de perseguir a mi hijo. La noche del
lunes una vagoneta negra estuvo rondando la entrada principal de mi casa, y ayer un Chevy Nova se estacionó frente a mi
puerta. Aquí están las placas.

Rangel se dijo: Ya valió madre. Su despido parecía inmi-
nente. El director de seguridad de Pemex sonreía.

—¿Estaban siguiendo al señor Jack Williams? —preguntó el presidente—. ¿Puede explicarme por qué, comandante?

—Sí, señor. —El viejo ni se inmutó. Había visto desfilar a más de cinco presidentes desde que estaba en ese puesto—. La inocencia del señor Williams está fuera de duda, pero nos preocupa su seguridad. Como los rumores han aumentado, decidimos brindarle protección al licenciado Williams a fin de evitar cualquier ataque en su contra.

Rangel miró a su jefe con simpatía. El millonario estaba irritado, no se esperaba esto.

—Le agradezco, pero es suficiente con la seguridad privada que ya contraté. Mis guardaespaldas fueron entrenados en Tel Aviv.

—Ya no lo van a seguir —prometió el presidente, y se apresuró a continuar—. Por cierto, ¿quieres comentar lo que me dijiste en la oficina?

—Te dije que el único error de mi hijo fue hacerme caso. Si estuvo presente en el dichoso bar fue porque las hijas de un socio texano están de visita, y lo convencí de sacarlas a pasear. ¿Quedó claro?

—Asunto cerrado —comentó el presidente, y al advertir que el abogado de Williams miraba su reloj, agregó—: A partir de ahora, señores, necesitamos trabajar en equipo.

Entonces se concentraron en definir cuáles iban a ser los principales pasos a seguir en los próximos días. Le ordenarían a los directores de las escuelas que mientras pasaba la crisis utilizaran una sola puerta de salida para redoblar la vigilancia. Los maestros debían brindar un apoyo adicional en la vigilancia, y, si el gobernador autorizaba el presupuesto, añadirían otro elemento del servicio secreto por cada edificio, a fin de vigilar los alrededores de las escuelas. Las pesquisas irían más deprisa, se quejó el comandante, si tuviera mayor presupuesto.

Cuando los ánimos parecían serenarse, el calvo comentó algo al oído de Chow y éste insistió en que se requería una investigación completamente profesional, y Torres Sabinas preguntó qué entendía por eso.

—Podrían contratar asesores.

—Sí —le respondió el presidente—, pero ¿a quién?

Con una mirada, Rangel pidió la aprobación de su jefe y éste le indicó que podía hablar, así que opinó:

—¿Por qué no se invita al doctor Quiroz Cuarón?

Al oír este nombre, el jefe de seguridad de Pemex y el de inteligencia militar se miraron un segundo. El primero en reaccionar fue el jesuita:

—Hombre… El doctor Quiroz Cuarón… Un hombre con su trayectoria… Pues él sería ideal, pero ¿todavía vive?

El director de la policía de Tampico exclamó:

—¡El doctor Quiroz Cuarón! —Y se armó el alboroto—: Ah, chingá, ah, chingá, ¿a poco está vivo? Debe tener como noventa años. No creo que acepte, sería genial, el doctor Quiroz Cuarón es toda una institución.

—A ver, señores, que estamos contra el reloj. ¿Quién es ese doctor? —preguntó el presidente.

—El mejor detective que hay en el país. Uno de los mejores del mundo.

—La revista *Time* lo llamó «El Sherlock Holmes mexicano».

—Ah, chingá —dijo el representante del gobierno federal.

El jefe de inteligencia militar hizo un repaso:

—Identificó al asesino de León Trotski. Detuvo a Enrico Sampietro, que trabajaba para Al Capone; desarmó el nuevo brote de la Causa de la Fe. Y, sobre todo, estudió al Pelón Sobera y al estrangulador de Tacubaya. Es una leyenda.

—¿Y cuánto cobraría por sus servicios?

Inteligencia militar explicó:

—El doctor no cobra. Si el caso le interesa, acepta llevarlo y él mismo paga todos sus gastos. Eso le da independencia.

—Pues una persona como él sería ideal.

—Además, es de aquí —comentó el agente de Pemex.

—El doctor no nació en este puerto —interrumpió el comandante—. Se crió en Tampico, pero es de Jiménez, Chihuahua. De esta zona sólo tiene malos recuerdos.

—¿Usted lo conoce? —le preguntó el presidente.

—Una vez —asintió—. Una vez, allá por el año cuarenta… —Y Rangel dedujo que no existía buena relación entre el doctor y su jefe.

—La idea no está mal, pero hay que averiguar si está vivo.

—Que yo sepa, se retiró en el sesenta y ocho.

—¿Tiene manera de conseguir sus datos? —Torres Sabinas miraba a Vicente.

—Puede ser.

—Bueno, usted lo contacta. Infórmese cuánto cobra, y que venga cuanto antes.

Rangel observó al millonario. Se veía muy incómodo, como si la reunión hubiera tomado un rumbo que no le agradara.

Una vez en el coche, el comandante le dijo:

—¿Cuántos años tienes en esto? —le preguntó.

—Cuatro y medio, voy a cumplir cinco.

—Yo tengo treinta —dijo el anciano—. Si tu tío estuviera aquí te diría que para detener al culpable a veces no lo puedes hacer en línea recta. Hay que avanzar en espiral, con una estrategia. Encontrar los indicios. ¿Me entiendes?

—Sí, señor.

—¿Cuánto llevas·sin dormir?

—Como tres días.

—En la junta cabeceabas. Tómate la tarde y pasa a recogerme mañana a las siete.

—Gracias, señor.

—Y otra cosa: antes de irte, pídele a Lolita los datos del doctor. Lo invitas de mi parte y le ofreces hotel y boleto de avión.

Encontraron los datos en una vieja agenda amarilla, de papel quebradizo. Lo encontró por su nombre de pila: Alfonso Quiroz Cuarón, río Mixcoac 54, México D.F. No puedo creerlo, se dijo Vicente. Hacía años, cuando Vicente formaba parte de Las Jaibas del Valle, su centro de operaciones en el D.F. era una casa en río Mixcoac 27, un departamento discreto y muy amplio. Quién sabe, a lo mejor me topé con el doctor Quiroz en la calle y lo conozco de vista.

Lolita le preparó la llamada, pero el teléfono timbró sin fortuna. Volvió a intentarlo cinco minutos después y le contestó la voz de un hombre mayor.

—¿Sí?

—¿El doctor Quiroz Cuarón?

—Está equivocado. —Y colgaron.

El músico quedó muy extrañado y volvió a marcar.

—¿Hablo a casa del doctor Quiroz Cuarón?

—Aquí no vive. Está equivocado. —Y colgaron.

Iba a intentarlo de nuevo cuando el Chicote le recordó que el comandante esperaba la síntesis de la reunión. Vicente metió dos hojas blancas en la máquina de escribir y se dedicó a escribir las conclusiones de la junta durante los siguientes minutos. Engrapó el informe y lo entregó al Chicote, para que copiara y repartiera. A las nueve salió a desayunar gorditas en salsa verde, tomó un refresco —sin gas, de color transparente— y regresó a su escritorio.

Contestaron al tercer repiqueteo:

—¿El doctor Quiroz Cuarón?

Respondió una voz firme y acostumbrada a mandar:

—Diga. Soy yo.

13

En lugar de irse a su casa, Vicente se fue a tomar café en El Visir, el conocido café frente a la Plaza de Armas. Una idea lo obsesionó toda la mañana. Revisó discretamente su cartera y se aseguró de que tenía dinero suficiente para lo que se pudiera ofrecer. A las doce en punto se dirigió al centro histórico de la ciudad. Estuvo girando alrededor de *El Mercurio* hasta que al pasar por enésima vez frente a la entrada, reconoció a la fotógrafa en el momento de salir. Perfecto, se dijo, y avanzó hacia allá.

La Chilanga caminaba sin prisa por la avenida Central. Se veía muy extraña sin su eterna cámara al hombro, ni la mochila con los trebejos necesarios en su profesión. Iba tan concentrada que no parecía de este mundo. Rangel se acercó a vuelta de rueda:

—¿Quiere un aventón?

—Dice el Johnny que Fidel traicionó al Che Guevara, ¿tú crees? Dice que lo mandó a Sierra Maestra con la esperanza de que no regresara, y que, pudiéndolo hacer, no le envió suficientes refuerzos, porque no le convenía traerlo de vuelta. ¿Qué van a hacer los cubanos sin el Che, que era el león, el guerrero que siempre iba delante, a la cabeza de todos? Quién sabe si Fidel pueda reponerse, ¿tú crees que volverá a intentar lo de Bolivia?

Rangel encendió la radio. Quería poner algo de rock en inglés para animar a la chava, y hasta entonces se dio cuenta de que habían sustituido el programa del Freaky por uno de música tropical: «Con ustedes, el Benny Moré y después: ¡Chico Che y la crisis!». Ah, chingá, se dijo, no mames, ni me fijé a qué horas empeoró la programación.

—Oye, ¿y eres sobrina del señor Scherer?

—Son inventos del Johnny.

Un trueno anunció la tormenta y la muchacha inquirió:

—¿No hay rencores?

—Todo en orden.

—Está bien. —Y se bajó de la cama, meneando la cadera.

A Rangel no dejaba de parecerle extraño que todo se desarrollara con tanta facilidad. Si no estuviera tan lastimado por lo que le hizo Yesenia, se dijo que incluso podría casarse con una mujer como ésa.

A las seis de la tarde la chica dijo que tenía hambre y Vicente propuso ir a comer mariscos en la rivera. Mientras se duchaban con prisa, Vicente le preguntó si se verían esa noche.

—Intentaré —explicó la muchacha—, pero tengo que ver a una amiga.

—Me encantaría —insistió el detective.

El ferry los transportó de inmediato, y cruzaron la calle abrazados. Iban en dirección al Chevy Nova cuando se oyó un claxonazo insistente, y Vicente entendió que lo llamaban a él. Del otro lado de la avenida, una pickup blanca se le acercaba. Era el contador Práxedes. «Súbete», le dijo a la chava, y Rangel le tendió las llaves del Chevy Nova. La chica se subió sin pedir explicaciones y Rangel se acercó a saludar al contador por la ventanilla, con cierta precaución.

Según decía el mismo Práxedes, por su elevada estatura y sus antecedentes penales, siempre le estaban adjudicando los crímenes, pero era inocente. Rangel ignoraba a ciencia cierta cómo se ganaba la vida, pero sabía que rondaba los límites de la ley. Fue su tío quien los presentó unos años atrás. Parecía tener prisa.

—Quiobo.

—Quiobo cabrón. ¿Con quién te peleaste?

—Ah, chingá, ¿cómo que con quién me peleé?

—Ahí anda un cabrón en los muelles. Quería saber quién podía venadearte.

En la madre, pensó Rangel.

—¿Te preguntó a ti?

—Ey.

—Y no aceptaste, supongo.

—¿Tu qué crees?

—¿Quién era?

—No lo conozco.

—¡No mames, pinche Práxedes!

—Te juro que jamás lo había visto.

—¿No serían mis colegas?

—No, era un chaparrito. Yo creo que iba de parte de otro.

—¿Era el Chaneque?

—No, al Chaneque lo conozco. El que fue a verme tenía tipo indígena.

—¿Estás seguro?

—Ey.

Lo pensó un tiempo y concluyó:

—Sale.

—Pon doble chapa en tu puerta. Si siguen preguntando por ahí, alguien va a aceptar el encargo.

—Me avisas —le dijo, y se despidió dando dos golpes en la lámina de la camioneta. El contador se alejó de inmediato.

—¿Quién era? —preguntó. Se había acabado la diversión.

—Un conocido. ¿Adónde te llevo?

—Déjame en el centro. ¿Y si me despido temprano de mi amiga y quiero regresar a tu casa? ¿Cómo entro?

—Toma, tengo otro juego en la oficina. —Rangel le entregó sus llaves, y la chica sonrió con toda la cara.

Antes de volver a su casa se detuvo en la tienda de Parcero y pidió un paquete de calibre treinta y ocho. Es hora de sacar a pasear el armamento pesado. Después fue a la supertienda Modelo, donde compró comida para dos personas, una botella de whisky y un *six pack* de cervezas.

Cruzó la orilla en una lancha colectiva y se encerró a cal y canto. A pesar de la presión que padecía, el encuentro con la chava lo había tranquilizado. Pero entonces recordó la advertencia de Práxedes y cobró conciencia de su situación. Chingado, se dijo, a lo mejor tengo que cambiarme de casa. No tenía vecinos, ni a quién pedir auxilio, en caso de ser necesario, porque por el hecho de estar del otro lado del río no había líneas telefónicas; cualquiera podría forzar la puerta de la entrada, que se cerraba por dentro con un seguro simbólico y, por si eso fuera poco, las ventanas eran de tela de plástico, fáciles de perforar. Pensándolo bien, es un milagro que no me hayan asaltado hasta ahora. Debería mudarme a otro sitio, pero sería una lástima cambiar de casa. Le encantaba ese sitio. A un costado había un árbol de mangos de río, deliciosos, que lo despertaban al caer sobre el techo. La brisa que llegaba del río era en verdad refrescante y ahuyentaba a los moscos. Por otro lado, no podía dejar la comida fuera del refrigerador porque de inmediato lo asolaban las plagas. Una vez compró veneno en polvo para detener una plaga de hormigas arrieras que amenazaba con invadirlo. Otra mató a una tarántula tan grande como su mano. Ni modo, se dijo. Pronto tendría que considerar con más calma si había llegado el momento de cambiar de domicilio. Pero antes voy a agarrar a ese hijo de la chingada y lo voy a refundir en el bote.

El resto de la tarde engrasó y revisó la pistola del tío. Luego sacó la funda sobaquera y se la midió: no recordó que le quedara tan grande.

Por la noche, antes de acostarse, partió un melón en dos partes y dejó la mitad sobre el fregadero de la cocina, muy cerca de la ventana. Vicente se moría de cansancio, pero no consiguió dormir. Sería que el aviso de Práxedes lo puso nervioso, el hecho es que cada vez que lograba evadirse lo despertaban ruidos cercanos, que no conseguía identificar. Puta madre, ¿qué es eso? No era la caída de un mango de río, ni los borbotones del calentador de agua, era algo distinto y repetitivo, que tenía algo de suplicio chino: en cuanto lograba dormirse se producía el nuevo ruido, que no lograba ubicar, y en más de una ocasión creyó ver una figura de pie junto a su cama. La enésima vez que despertó, con los nervios rotos, salió a buscar el origen del ruido, furioso, con la veintidós en la mano. No estaba preparado para lo que encontró.

Junto a la ventana de la cocina había una familia de mapaches. Ah, cabrón. Dos grandes y cinco crías. El mayor, que había conseguido perforar la tela de plástico, había entrado a su casa, y tenía entre las manos —porque eran manos— la otra mitad del melón. Al ver a Rangel, emitió un simpático chillido, y las crías se agruparon tras la hembra. El detective reculó y se quedó a observar la maniobra. Una por una, las cinco crías se metieron al bosque, precedidas por la madre, y cuando comprendió que no iban a seguirlo, el padre se puso de pie y olfateó en dirección de Rangel. Me está agradeciendo, pensó. Luego arrastró la parte que le correspondía del melón, con una mano, como lo haría una persona, y desapareció en la maleza.

El policía se instaló en la terraza y bebió dos cervezas, una tras otra, con la luz apagada. A las once de la noche se soltó una brisa muy fresca. No me voy nunca, si quieren venir, que vengan, hijos de la chingada, aquí los voy a esperar.

CUATRO

14

El jueves 20 de marzo, a las siete de la mañana, Rangel estacionó el Chevy Nova frente a la casa del comandante. La mujer del jefe, doña Dolores Rosas de García, le pidió que aguardara en la sala, donde encontró la nueva edición de *El Mercurio*: «Ninguna pista de la niña Hernández. Se multiplican los falsos indicios», y añadía que, según rumores, un elemento muy valioso del cuerpo de policía de Paracuán, un detective que había aportado pruebas reveladoras en el caso del Chacal, estaba a punto de renunciar «porque entorpecían sus pesquisas». No sólo reseñaban la reunión del día anterior en el ayuntamiento, sino que desde la capital del estado el líder del Sindicato de Profesores aprovechaba para golpear al señor Barbosa: «Critica el profesor Edelmiro al gobierno de Madera». Puta madre, se dijo, ¿quién le contó esa reunión al Johnny Guerrero?, y, pobre Barbosa, lo traen entre ojos.

Luego, aprovechando que no había nadie en la sala, saltó hasta la página trece: «Causa revuelo conferencia sobre los ovnis. Hoy por la noche, en la ciudad de Searchlight, Nevada, el investigador Cormac McCormick leerá un avance de su nuevo libro: *La verdad sobre los ovnis*. Los editores del popular columnista aseguran que el libro, fruto de más de veinte años de trabajo, será el más importante en su campo, como lo demuestra el interés por los artículos de McCormick, y confirmaron que en el transcurso de la charla se harán importantes revelaciones».

—Ah, Rangel, pásale. —El jefe venía saliendo de la regadera, recién rasurado y oloroso a loción *after shave*—. Estoy contigo en un minuto.

—No seas descortés —oyó la voz de la señora.

Como respuesta, el comandante gruñó:

—¿Ya desayunaste?

—Sí, comandante.

—Ven a tomar un café.

—¿Lo toma con leche?

—Por favor —agradeció a la señora.

—Tú ya no te puedes ir sin desayunar —se refirió al comandante—, ya no tienes veinte años.

—Ajá.

Mientras el jefe untaba una rebanada de pan con mantequilla, el teléfono trepidó en la cocina. La señora contestó la llamada y se la pasó a su consorte:

—Churruca…

Aunque podía haber tomado la extensión que le ofrecía su mujer, el viejo prefirió responder en la sala.

Rangel y la señora Dolores lo observaron sin parpadear:

—¿Qué pasó, Juan José? Sí… Sí… Sí, el doctor viene al puerto, pero no fue idea suya, nosotros lo mandamos llamar. No, ¿por qué va a haber problemas? Es independiente, pero yo lo conozco bien, hace años fue mi maestro. No, imposible cancelarle: estoy a punto de ir por él al aeropuerto. ¿Eh? A ver, repite… —El viejo se llevó las dos manos al vientre. A medida que la conversación progresaba, su malestar empeoró.

Pronto se vio obligado a mecerse de atrás para delante con la barriga en las manos, como si acunara a un infante—. Dile que estoy a sus órdenes, uf… Como él ordene, uf… Muy bien… Afirmativo.

Luego de colgar, el viejo permaneció sentado unos segundos, sofocando la última punzada. En los últimos instantes, el rugido gástrico se había hecho oír tan fuerte como su voz.

—Mijo, ¿te sientes bien?

El viejo no contestó:

—Rangel, llévame a la jefatura. Me voy a la capital del estado, tengo audiencia en dos horas.

La señora insistió:

—No te vayas a ir manejando tú solo, acuérdate lo que dijo el gastroenterólogo. —Se refirió a Vicente—: ¿Usted no lo puede llevar?

—Claro que sí, como usted diga.

—No —dijo el jefe—, que me lleve Salim, tú vas a ir a recoger al doctor Quiroz Cuarón y te quedas a cargo de él. Le explicas que me llamaron… Lolita tiene los viáticos para el hotel y las comidas. Si hace falta algo, le dices a ella. Acuérdate que el doctor es muy delicado… Lo dejo bajo tu responsabilidad.

—A la orden, señor.

—Vámonos, antes de agarrar camino tengo que ir a la oficina por unos papeles.

—¿Sabes a qué horas regresas? —insistió la señora.

—Ni cuándo ni cómo.

El viejo cerró de un portazo. Ni siquiera probó su café.

Quince minutos después, el Beduino bajaba a saltos la escalera principal de la comandancia, listo para servir de chofer. Unos pasos más adelante, en el pasillo de la planta baja, el comandante preparaba su viaje a la capital del estado.

—Pinche Churruca, hijo de su madre… Me pudo avisar desde ayer… ¿No ha llegado Taboada?

—No, señor —respondió el Chicote.

—Ese gordo huevón, ¿qué se ha creído?

Cuando cruzaban la puerta de salida, la secretaria alcanzó al comandante y le dijo que tenía una llamada de su esposa: Dice que es una emergencia. El jefe regresó de mala gana y ordenó que le transmitieran la llamada al primer teléfono que encontró. Rangel vio que su jefe se ponía de peor humor, si es que eso era posible. Le gritaba al aparato: ¿Cómo? ¿Estás segura?, e instantes después: ¿Y tú qué le dijiste? Luego escuchó en silencio hasta que se despidió: Pues me parece una tontería. ¿Por qué se te ocurren esas cosas, mujer? Luego de colgar le preguntó a la secretaria:

—Ya llegó, ¿verdad?

—Lo está esperando en su oficina.

—Pues vaya a entretenerlo, Lolita. Ya sabe que nadie puede entrar si no estoy.

Mientras la secretaria subía, el comandante le indicó a Rangel que lo siguiera hasta el pasillo. Una vez allí le dijo:

—Rangel, además de lo que ya te encargué necesito que realices otra comisión igualmente importante, que requiere de total discreción.

Esto desconcertó a Vicente, pues si bien desde que se involucró en la investigación de las niñas el jefe le estaba dando señales de confianza, era evidente que prefería trabajar con el Travolta o Cruz Treviño.

—Es algo muy delicado.

Le explicó que su cuñado, que era el procurador general del estado, y desde la Navidad quería hacerle una auditoría, le estaba enviando a un elemento que fingía tener otra encomienda, pero que en realidad pretendía perjudicarlo. El elemento los había madrugado, porque antes de que pudieran impedirlo, mientras ellos se dirigían a la oficina a recoger los papeles, él se presentó en el domicilio particular del comandante y comenzó a investigar. Como la señora Dolores no sospechó nada, no sólo le dio información sobre ciertas actividades «que podrían malentenderse», sino que lo envió directamente a las oficinas. De inmediato Rangel pensó en los sobres que llegaban cada mes, de parte de políticos y empresarios agradecidos, y en las comisiones especiales que realizaba para aquéllos el comandante García. El jefe solicitó que tuviera al visitante ocupado todo el tiempo, de preferencia fuera de las oficinas.

—No podemos sobornarlo ni asustarlo, y sobre todo, no podemos maltratarlo por una razón: es mi sobrino. Como se trata de una comisión que requiere de tacto, quiero que tú te hagas cargo.

Puta, pensó Rangel, a ver cómo me organizo con dos visitantes.

—¡Ah, se me olvidaba! La coartada de nuestro contacto es que viene a escribir un reportaje. Tú síguele la corriente y haz todo lo que te pida excepto si contraviene mis indicaciones.

—Sí, señor.

—Vamos p'arriba. Te lo presento.

A medida que se acercaban a la oficina del comandante, Rangel advirtió que un joven estaba sentado en la orilla del escritorio, leyendo un cómic de portada psicodélica: *L'Incal,* de Moebius y Jodorowsky. ¿Ése era el elemento tan temido? Rangel le calculó dieciséis, a lo mucho, diecisiete años de edad.

El comandante los presentó: Rangel, éste es Rodrigo Montoya, mi sobrino. El chavo se levantó a saludarlo. Era un joven de pelo largo, lentes oscuros, sonrisa fácil y generosa, con un bigote que en realidad era la intención de un bigote, que le bajaba por las comisuras de la boca y se instalaba en las mejillas. Le ofreció la mano con un entusiasmo que no podía provenir de un ser humano normal. Hechas las presentaciones, el comandante se disculpó y los dejó solos. Puta, se dijo, ¿y ahora qué voy a hacer? Como si el asunto de las niñas no fuera suficiente, ahora estaba a cargo del doctor y tenía que lidiar con el joven: una piedra en el zapato. Le pidió al visitante que lo esperara un minuto, y sin pensarlo dos veces corrió a hablar con el Ciego, que estaba trapeando un pasillo:

—Romero, deja eso y ven a echarme una mano.

—Lo que usted diga, patrón.

15

Se suponía que llegaba en el primer vuelo, pero no se veía por ninguna parte. El doctor Quiroz Cuarón, el más famoso detective de América Latina, no podía ser ninguno de los sombrerudos de botas piteadas y pantalón de mezclilla, de los petroleros de lentes oscuros, o de los comerciantes de manga corta y tez bronceada que esperaban la entrega de su equipaje.

Desde que el doctor Quiroz Cuarón aceptó asesorarlos, la oficina del comandante García se había agitado con una actividad inusual. Avisaron a Torres Sabinas, a fin de que autorizara los gastos, y Lolita reservó un boleto de avión para el primer vuelo del jueves. El doctor llegaría alrededor de las ocho, había que ir por él a la vecina ciudad de Tampico, unos minutos al norte de Paracuán.

Cuando sólo quedaba media docena de viajeros en la zona de recepción, Vicente descubrió que un anciano tomaba un café, en la barra contigua. El anciano lo llamó con un gesto:

—¿Tú eres el sobrino del teniente Rivera?

Fui de los primeros, dijo, es muy extraño que no me vieras llegar. Usaba un traje azul cruzado, camisa blanca impecable y olía a loción a dos metros. Sólo portaba una pequeña valija de cuero y un baúl de madera, de tamaño mediano, con marcas de un viaje reciente por Portugal y Turquía.

—Cuidado con eso, contiene material muy delicado.

Tendría setenta años pero no los representaba. Rangel observó que no portaba pistola, y se preguntó si, como algunos funcionarios muy importantes, estaría acostumbrado a traer guardaespaldas. Llevaba un libro en la mano: *La mente criminal*, de un tal David Abrahamsen.

Al salir hacia el coche los golpeó una oleada de calor. Rangel presentó las excusas de su jefe, explicando por qué no pudo venir a recibirlo, y le agradeció que hubiese aceptado viajar. El doctor asintió: Pobre García, siempre a las órdenes de los polacos; y tan pronto se instaló en el interior de la patrulla, no volvió a hablar.

La ciudad parecía un gran espejismo. Hacía calor, y el aire que entró por las ventanillas no alcanzó a mitigarlo. Al tomar la avenida principal, a la altura del hotel Posada del Rey, rebasaron a una multitud considerable que esperaba el autobús. El detective les dedicó un fugaz vistazo por el espejo retrovisor: cargaban pancartas. Al llegar a la Beneficencia española, se toparon con otro grupo más grande. Han de ser priístas, pensó, será otra marcha en favor del presidente Echavarreta.

Cuando pasaron frente a la escuela normal vieron una tercera multitud, que se organizaba para marchar, con altoparlante y letreros. No alcanzó a oír qué decían, y bajó por la empinada calle, al final de la cual se veía el río Pánico, y su zona de carga y descarga.

Entraron por la puerta trasera, y subieron al segundo piso, donde el doctor se instaló en la oficina del comandante.

—Para empezar —dijo el especialista—, me gustaría leer el informe.

Lolita le entregó una fotocopia. En cuanto Rangel se aseguró de que la secretaria atendería al visitante, corrió a ver qué estaba haciendo el sobrino de su jefe. Lo encontró vigilado por Romero, leyendo el *Tratado de criminología* del doctor Quiroz Cuarón, en un sillón junto a la cafetera.

—¿Qué onda, Vicente? ¿A qué horas va a empezar la conferencia?

—Yo te aviso, no te muevas de ahí.

—No te preocupes, aquí tengo todo lo que necesito.

Con tal de que no insistiera en ir al aeropuerto, le había prometido invitarlo a las juntas con el doctor.

—Muy bien —dijo el sobrino—, mientras tanto me voy a ir preparando, pienso leer sus obras completas.

Cuando se daba la media vuelta, Rangel arrugó la nariz. Por un momento, sólo por un momento, había jurado que alrededor del chavo flotaba un olor dulzón, que ya había percibido en investigaciones anteriores, un olor a tabaco… o a *Cannabis indica*. Pero no, no es posible, se dijo, es el sobrino del jefe… y estamos en la jefatura…

—Aquí te espero —dijo el muchacho, y se concentró en la lectura.

Al regresar, el maletín y el baúl de Quiroz Cuarón estaban a un costado de la mesa pero el especialista no se veía por ningún lado.

—¿Y el doctor?

La secretaria señaló hacia la puerta del final del pasillo: fue a buscar al perito.

Para tener más de setenta años era bastante hiperactivo. Mientras Rangel fue a saludar al sobrino, el doctor había subrayado las primeras páginas de las fotocopias. Rangel se apresuró a revisarlas. El doctor había hecho anotaciones con un lápiz de color. De primera impresión, las inscripciones parecían dibujar un esquema, o mejor dicho, el dibujo de una ecuación. A veces tachaba un renglón con una equis, a veces palomeaba una frase, marcaba el símbolo de la raíz cuadrada. De repente dibujaba un círculo alrededor de una palabra, extraía de ella una flecha que llegaba al calce y entonces escribía una variedad de grafías indescifrables, entre los cuales Rangel sólo pudo reconocer los signos de interrogación. Había dibujado a mano un mapa de las principales avenidas de la ciudad, donde señaló con un plumón las dos escuelas y los sitios donde encontraron a los dos cuerpos. No pierde el tiempo, se dijo, y fue a buscarlo a la oficina de Ramírez.

En cuanto entró ahí, la nariz se le llenó con el olor a alberca que emanaba de los productos químicos. El diminuto tamaño del cubículo, tres por cinco metros, indicaba la falta de interés del comandante por el estudio de las evidencias. Ramírez se movía con gran nerviosismo, mientras reunía los elementos solicitados por el doctor. Este último preguntó si podía examinar el material recogido alrededor de los cuerpos, y el muchacho le extendió una bolsa de plástico, sellada con cinta scotch.

—¿Que tan grande fue el perímetro que estudiaron?

—De dos, a lo mucho tres metros, doctor.

El anciano vació el contenido sobre una hoja blanca y comenzó a disgregarlo con unas pincillas. Había zacate, colillas de cigarros, bolas de chicle, envolturas de paletas de hielo, bolsas con restos de fritangas, y otros paquetes de las golosinas que se venden afuera de las escuelas. Durante unos minutos, el médico trabajó en silencio. Al levantar la vista reconoció a Rangel:

—Esto es un verdadero caos. Tenemos que darnos prisa, no dispongo de mucho tiempo. Dos días, a lo mucho. No puedo estar más.

Antes de que pudieran responderle, un rumor creciente les llegó desde la calle. Rangel se asomó por la ventana y descubrió una multitud violenta, con letreros y pancartas.

—¿Qué pasa?

—Es una manifestación, doctor. Según las pancartas, debe estar organizada por el Sindicato de Profesores.

Según *El Mercurio*, eran dos mil personas, que exigían justicia expedita. Pedían la destitución del comandante García y del presidente municipal de Madera: «Están coludidos con el culpable», alegaban. Desde el segundo piso, Rangel observó los distintos letreros infamantes que hacían referencia a Barbosa y al comandante García.

El doctor meneó la cabeza.

—Ya comenzó lo de siempre. Rangel, llévame a ver los escenarios del crimen.

Lo condujo al Colegio Angloamericano, donde estudiaba Karla Cevallos. Dieron una vuelta a la cuadra, a fin de que el doctor pudiera examinar las entradas, sin bajar del vehículo, y después quiso visitar El Palmar. Al momento de acercarse a la laguna advirtieron que dos grupos de adolescentes se disponían a esquiar. Rangel le preguntó si quería examinar el islote, y el doctor aceptó. En el club de regatas les asignaron una lancha y un conductor. Una vez que se acercaron a la isleta, el doctor saltó con una agilidad inesperada para su edad, y un cuervo muy grande apareció entre los juncos. El viejo lo ahuyentó con una pedrada y meneó la cabeza. En cuanto pudo, Rangel atravesó el cerco policiaco, que habían marcado con cuatro ramas, y respondió como pudo a las preguntas del doctor. Éste pidió detalles muy precisos sobre las condiciones en que encontraron ese cadáver, y Rangel respondió de manera aceptable, gracias a que estudió el informe del Travolta.

—¿Aquí qué encontraron?

Cuando ocurrió lo del islote, explicó el policía, lo único que encontraron fue la huella de un zapato en el lodazal. El doctor recalcó que los restos de las dos víctimas hubiesen aparecido en sendas bolsas de basura. Preguntó si las dos niñas eran del mismo nivel social y Rangel le explicó que la primera iba a una escuela privada, era de clase media, mientras que la segunda era hija de obreros de Pemex. El especialista comentó que el islote no era el lugar ideal para ocultar un cadáver.

—Está muy cerca de donde rentan las lanchas… El asesino corrió el riesgo de ser descubierto, porque circula demasiada gente por aquí. Me imagino que ya habrán entrevistado al vigilante del club, pero hay que ampliar el perímetro a lo largo de toda la margen de la laguna, interrogar a los pescadores uno por uno; lo más probable es que no haya rentado la lancha en el club deportivo, sino que se haya embarcado lejos de aquí… Pero, en ese caso, ¿por qué venir a dejar el paquete donde corría más riesgos de ser descubierto?

Enseguida fueron a la escuela federal número cinco y el viejo pidió que le dieran la vuelta a la cuadra, sin apearse del auto. Después se dirigieron al bar León, donde Rangel se estacionó de manera que pudiera mostrarle el cruce de callejones, donde por fuerza el asesino tuvo que entrar para abandonar a la niña, pero el doctor no quiso bajarse del auto.

—Conozco el lugar, no es necesario. —Tomó nota en su minúsculo cuaderno y le dijo—: Bueno, he terminado por hoy.

Cuando fue a dejarlo al hotel, el doctor preguntó:

—¿Puedes llevarme a Tampico? Tengo que hacer dos visitas.

Fueron a la antigua estación del ferrocarril, y el doctor se bajó.

—Una costumbre extraña —explicó.

Caminaron hasta las viejas oficinas del gerente y el doctor observó el interior a través de un cristal empolvado. Había un herrumbroso escritorio de metal y una silla tirada en el suelo. Desde que cerraron esa parada de trenes, la basura y las telarañas se habían apropiado del lugar. Rangel no ignoraba que la visita era muy importante para el doctor Quiroz Cuarón. Corría la leyenda de que en esa oficina mataron a su padre, sesenta años atrás. Uno de sus subalternos discutió con él y le disparó por la espalda. El doctor tenía catorce años cuando esto ocurrió. Un tío pasó a buscar al joven a la escuela y le explicó que habían atacado a su padre. El doctor comentó que jamás había podido olvidar la impresión que le causó su visita al primer escenario del crimen, el hecho de ver el escritorio de su padre manchado de sangre, y los papeles revueltos.

—Me acuerdo como si fuera ayer. Fue un día nublado, y antes de que mi tío fuera a recogerme a la escuela presentí que algo iba mal. Imagínate: llegas a la oficina de tu padre, y de repente no está. Allí se empezó a definir mi carrera.

Al decir esto, el doctor apartó con el pie la rama de un árbol, y la pateó hacia la calle. A Rangel ese gesto le hizo pensar en un jardinero acostumbrado a desbrozar con terquedad el mismo territorio.

—Ahora, al cementerio de Paracuán. Vamos a ver a tu tío.

Se detuvieron frente a la lápida gris, que comenzaba a llenarse de hiedra. Chingado, se dijo Rangel, cómo se ve que lo tengo olvidado, debería venir más seguido.

La inscripción era simple:

MIGUEL RIVERA GONZÁLEZ
1900–1975
DETECTIVE.
TUS PARIENTES Y AMIGOS TE RECUERDAN

La viuda insistió en empotrar una foto en blanco y negro, que representaba a su tío, de saco y corbata, apoyado con una bota sobre el guardafangos de un Ford.

—¡Mira nada más! —exclamó el viejo—. Estaba seguro de que jamás volvería a ver a tu tío, y aquí me lo vengo a encontrar, tal como yo lo recuerdo…

La foto debía ser de los años cincuenta. La imagen lo mostraba delgado, pero con su expresión afable.

—Entonces, ¿qué, Miguel? ¿Nos vas a ayudar a resolver este caso?

El doctor no lo advirtió, pero un golpe de viento agitaba la hiedra. Un instante después el doctor preguntó:

—¿Todavía existe el bar del hotel Inglaterra?

16

Miraban la laguna de Paracuán, la inmensa laguna al final de la cual se veía el horizonte y el cerro del Nagual. Desde ahí se podía divisar El Palmar, la zona donde encontraron a la primera niña, pero no estaban hablando de eso. Del bar provenían los acordes de un órgano melódico, donde un músico interpretaba un tema de Julio Iglesias: Me va, me va, me va... De vez en cuando les llegaba un tenue olor a desinfectante, y el viento espantaba a los moscos. Tres gringas entraban y salían de la piscina, divertidas. Entretanto, el doctor terminó su pescado a la veracruzana, ordenó sus cubiertos y buscó con la vista al mesero, que no se veía por ahí.

—La casa de mis padres quedaba frente al faro de Tampico y las escolleras. ¿Tú por dónde vives, Vicente?

—Acá, en Paracuán. Del otro lado del río.

—¿A qué altura?

—Por el paso del ferry.

—¿Por la vieja hacienda?

—Junto a la hacienda —asintió—, en lo que fue la casa del capataz.

—Sabes lo que se cuenta de la hacienda, ¿verdad? Se necesita valor para vivir allí.

—Yo no creo en esas cosas.

Una carcajada de las muchachas hizo estremecerse a Rangel. Cuando se hubieron callado, el doctor preguntó:

—No se ve al mesero por ninguna parte. ¿Puedes pedirme un coñac?

El agente fue a la palapa y volvió con el trago. Rangel avisó que iba a hacer una llamada, y el especialista asintió. Poco después cabeceaba.

Lo despertó el ruido de un estruendoso clavado. Alguien empapó a las muchachas, qué falta de consideración. El doctor vio la silueta difusa del bañista, buceando en el fondo de la alberca. Qué barbaridad, caviló, cuánto ha aguantado debajo del agua. Como si lo hubiera oído, el hombre sacó la cabeza y comenzó a respirar. El detective se dijo que el gordo se movía con gran agilidad para su volumen, y al decir esto, un relámpago lo iluminó: A ese tipo yo lo conozco. Quiso ponerse de pie, pero sentía pesantez en el cuerpo: Debe ser el coñac, pero yo lo conozco, ¿qué hace aquí, en el Golfo de México?

Desde el lugar donde estaba sentado, el doctor vio al bañista cruzar una mancha de luz reflejada en la alberca. Se dijo que iba a esperar a que éste saliera para confirmar su impresión, y lo miró desplazarse de un lado al otro, de un lado al otro, como una gran rana. El repetido movimiento del bañista tenía algo de tranquilizador, y el doctor volvió a recostarse. Pronto evocó una tarde lejana, muchos años atrás, cuando tenía cinco años y jugaba en la laguna de Paracuán. Sus padres nadaban mientras él jugaba en la orilla, en uno de sus juguetes preferidos, que tenía decenios de no recordar. Mi bicicleta azul, se dijo, ya no me acordaba de ella, la visita a este puerto reactivó mi memoria. Veía de reojo a sus padres flotando en el agua, su padre abrazando a su madre, que sonreía con timidez. Estaba pensando cuánto le gustaría oír la voz de su madre cuando una de las tres gringas soltó un grito agudo y el doctor se removió en el asiento. Temió que la angustia de siempre estuviese a punto de llegar. A últimas fechas, tan pronto lograba dormir soñaba con un tipo vestido de negro, que parecía reírse de él, un tipo que jamás había visto en su vida. Se dijo a sí mismo que los sueños son un rompecabezas con la pregunta: ¿Que tan cerca estoy de la muerte?, y se dijo que debería meditar esa idea.

Una mano rechoncha salió de la alberca y se apoyó en la escalera. Luego la otra, y un hombre muy gordo emergió. Se preguntaba quién era, pero por más que hacía memoria no lograba ubicarlo, la misma pesantez que le impedía levantarse también le prohibía recordar. El hombre se calzó las chancletas, se enredó en una bata blanca y se cubrió el cuello con una toallita. De pronto las chicas dejaron de oírse y el hombre avanzó hacia el doctor. A causa del resplandor que provenía de la alberca, el viejo no podía estar seguro de que se tratara de la misma persona, pero se parecía mucho. En eso estaba cuando el hombre, rojo como un camarón, se inclinó a saludarlo: ¿El doctor Quiroz Cuarón? ¡Qué gran sorpresa! El gusto es mío, ¡cuánto tiempo! Reconoció el rostro del director de cine, pero el nombre se resistía a aparecer: ¿Cuándo fue la última vez? ¿Once, doce años? Un poco más, Doctor, nos vimos en el cincuenta y nueve, a través de mi agente. ¿Y su mujer, sir Alfred? Se encuentra bien, descansa en la habitación.

Los dos hombres guardaron silencio, hasta que el bañista aclaró: Quería decirle una cosa, doctor: lamento mucho lo que ocurrió entre nosotros. Escuche, sir Alfred... No, permítame: cuando usted criticó el guión de *Psicosis* me enfadé mucho, porque el informe llegó a manos de mis productores, por un error de mi agente, y pensaron cancelar el proyecto; pero usted tenía razón cuando dijo que la historia no resiste un análisis lógico, que no es verosímil. Y fue por eso que lo reescribí, con mejores resultados, me permito creer… Lamento mucho… No diga eso, doctor, el malentendido lo provocó mi agente, ya sabe qué entrometidos son los agentes, le ruego que no se preocupe. Por cierto, nunca supe si vio ese film. Sí, lo vi en el D.F. ¿Y le parece que es un film verosímil? El doctor se rió y le dijo: Sir Alfred, dígale a sus detractores que si a usted le importara la verosimilitud, estaría haciendo documentales. El bañista sonrió. ¿Y usted, doctor? ¿A qué se refiere, sir Alfred? No entiendo… Usted, ¿cómo va a atrapar a este asesino? ¿No está muy viejo para hacer esto?

—¿Señor?

El doctor se removió en el asiento. Vicente se inclinaba hacia él:

—Son las cinco y media, hay que ponerse en camino.

17

El jueves por la tarde, a petición de don Daniel Torres Sabinas, la junta transcurrió en el salón de actos de la presidencia municipal. Torres Sabinas presentó al especialista y lo dejó en compañía de los agentes, pues no podía quedarse a la reunión. Vicente, que estaba junto a la puerta, confirmó que la mayoría de sus colegas se encontraba presente. No sólo asistió la policía de Paracuán, sino una docena de elementos que provenían de Tampico y Ciudad Madera, dispuestos a cooperar en la investigación. El Travolta y Cruz Treviño secreteaban, el sobrino del comandante García lo saludó con simpatía. A punto de iniciar la conferencia, Rangel notó que una de las secretarias de Torres Sabinas lo llamaba con un gesto perentorio.

—¿Usted es Vicente Rangel? —preguntó la muchacha.

—Sí.

—Tiene una llamada. Por aquí, por favor.

Lo condujo hacia las oficinas grandes, cerca de la entrada principal. Cuando tomaba el pasillo se encontró con el Profe, que avanzaba con expresión taciturna. Al distinguir a Rangel lo llamó aparte, y le dijo en voz baja:

—Se echaron a Calatrava. Lo mataron de un tiro en el cuello.

—¡Cómo! —Rangel se detuvo—. ¿Estás seguro?

El Profe asintió:

—Lo ultimaron en la garita. Ya fue la ambulancia por él.

Vicente se llevó las manos a la cabeza y se agarró los cabellos.

—Señor —lo interrumpió la secretaria—, su llamada es de larga distancia… Es muy urgente.

Subió al primer piso, donde lo esperaba una nueva sorpresa: quien llamaba era el comandante García, desde la capital del estado.

—¿Rangel? Qué bueno que te encuentro.

Sería el efecto de la distancia, pero la voz del comandante le sonó vieja y cansada. El comandante hablaba para saludar al doctor, pero no quiso interrumpir la conferencia, y ya estaba enterado de la suerte del Brujo.

—Me avisó Lolita, hace unos minutos. Wong se hace a cargo.

—Señor, solicito permiso para intervenir en el caso…

—No te distraigas. —El viejo fue categórico—. Wong ya está viendo eso; tú ocúpate del doctor y de las niñas.

—Taboada está con él…

—Rangel: es una orden, ¿se entiende?

—Sí, señor.

—¿Al doctor no se le ofrece nada?

—No, todo está en orden.

—Acuérdate que es muy delicado, si algo le disgusta o le da desconfianza, se va a ir dando un portazo. ¿Mi sobrino no ha dado problemas?

—No mucho. —Éste seguía bajo la vigilancia del Ciego—. Se acaba de meter a la conferencia.

—No, sácalo de allí, ¡no sabes de lo que es capaz! Sácalo ahora mismo.

—Como usted diga.

Se despidieron y Rangel realizó otra llamada, esta vez a *El Mercurio*, donde pidió la sala de redacción y preguntó por Mariana. Saludó brevemente a la muchacha, y cuando colgó, Rangel advirtió que Cruz Treviño había seguido la charla:

—¿Qué se te ofrece, Treviño?

Su colega lo miró con desprecio:

—Ya supimos que andas platicando con Barbosa. ¿Te vas a ir a Ciudad Madera, buey?

—Estás absolutamente pendejo.

Rangel empujó a su colega y volvió a la sala. Cruz Treviño lo seguía a dos pasos.

De regreso en la sala de la conferencia llamó con un gesto al Ciego.

—Te encargo al doctor —le ordenó—. Regreso en media hora. Quédate con la patrulla, dame las llaves de mi coche.

Y salió en busca del Chevy Nova.

Llegar a la garita le tomó unos minutos. Al estacionarse advirtió que Wong ya se encontraba en el puesto del Brujo.

—¿Qué onda, Rangel? ¿Que te vas con Barbosa?

Pero Rangel iba de malas y no contestó.

—¿Qué has encontrado?

Wong, que no ignoraba la amistad entre Vicente y Calatrava, lo puso al tanto de la situación.

—Mira. —Le mostró los huecos en la fachada de la garita—. Nueve impactos, y Calatrava ni siquiera desenfundó.

—¿Una ametralladora?

—Tiene que ser, yo diría que una Uzi. Otras dos balas se impactaron en el interior de la garita. El cuerpo estaba tirado allá adentro, pero era visible desde la carretera.

Era imposible no advertir el rastro de sangre.

—Lo reportó un chofer que iba a la refinería, todo está en regla.

Puta madre, pensó, pobre cabrón, a lo mejor se paró a pedir el periódico a un conductor, y éste tenía antecedentes criminales. Quizá lo reconoció, el conductor se sintió en peligro y se descontó a Calatrava.

—Mira, aquí tienes otra…

Wong señaló un pedazo de metal en el suelo.

—El agresor ni siquiera se bajó del auto. Lo llamó o Calatrava se acercó, el tipo sacó el arma y le dio. De primera impresión, conté siete impactos entre la pierna izquierda y el brazo, como que hubiese intentado cubrirse. Una le perforó el cuello.

—¿Cómo es una Uzi?

—Pequeña y ligera. Son israelíes. Algunas no ocupan más espacio que una plancha.

Con ayuda de Vicente, el oficial consiguió abrir un armario.

—Quiobo —dijo Wong—, con razón no tenía tele.

Sostenía un pedazo de periódico repleto de mariguana. Rangel no comentó nada, y siguió con la vista el reguero de sangre.

—Se lo chingaron ahí. —Wong señaló la carretera—. El agresor escapó, Calatrava se arrastró hasta el escritorio y descolgó el teléfono, pero no pudo hablar, tenía un tiro en el cuello, y se quedó aquí tirado. Pobre cabrón. Ahora sí corrió a reunirse con el infinito.

—Sí —dijo Rangel—. Pobre cabrón.

Cuando hay un corte en la yugular, la única manera de detener la hemorragia es estrangulando al enfermo.

—¿Qué viste? —dijo Wong.

—Es que no regresó a rematarlo —comentó Vicente.

Mientras Wong examinaba los efectos personales del difunto, Rangel alzó una edición de *El Mercurio* del lunes pasado y encontró un cuaderno de tapas verdes: el diario de Calatrava. La portada decía: «Misterios sin resolver» y el interior se dividía en dos columnas. En la primera leyó una serie de apuntes al estilo de: «Cada luna nueva se ven flotar luces verdes en dirección de los cerros», «Una paloma que pierde a un hijo regresa todos los días al mismo lugar, durante cuatro meses». «La actividad de los gatos aumenta por la madrugada», y sueños contados de manera muy reflexiva: «Soñé que mi padre estaba triste y pesaroso. En el sueño mi padre era como un niño chiquito al cual había que consolar. Cuando uno consuela en sueños a alguien que ha disminuido de tamaño, en realidad, ¿a quién consuela? ¿A esa parte de nuestra conciencia que teme desaparecer? La identidad tiene que ver con una ola, donde a veces unas crestas se levantan, luego se sumergen y después desaparecen». Un apunte le llamó la atención: «Hay veces en que uno sueña con monstruos o enanos deformes que se resisten a abandonar una habitación o un vehículo en movimiento, y aún regresan furiosos cuando ya los hemos expulsado. Son el anuncio de que el dolor, lo que queda de un gran dolor, o los restos de una terca enfermedad pronto serán destruidos y olvidados».

Puros poemas, se dijo Rangel, esta información es inútil, no sé qué carajos está haciendo aquí, ni modo que incluya esto en mi informe. Por fortuna, había una segunda columna, que no se andaba por las ramas, donde encontró lo que esperaba. Como bien sabía, el Brujo tomaba nota de la hora y el día en que ciertos vehículos sospechosos circularon por la garita: «Martes 30 de marzo, 23 horas: Volkswagen Brazilia blanco, posibilidad de contrabando de aparatos eléctricos, placas XEX 726». «Miércoles 31, catorce horas: Renault 12 Routier amarillo, XEX 153, el propietario pasa por aquí en dirección a Madera». La última anotación correspondía al martes pasado, el día en que murió la niña del bar León. Con cierta aprehensión, Rangel leyó lo siguiente: «Martes 18 de marzo, once treinta. Otra vez la camioneta negra». Ay, cabrón, Rangel lo meditó un instante y se lanzó con premura sobre las páginas anteriores. La camioneta negra volvía a aparecer en dos fechas: 15 de enero y 17 de febrero. «Placas oficiales», había escrito el difunto. Rangel pensó en esto y todo tuvo sentido: la extraña disposición de los cuerpos, las coincidencias oscuras, la muerte del Brujo. Ah, cabrón, razonó: pelusilla blanca, cuchillo de monte, indicios de que el sujeto pasó por aquí los días de las muertes; el Brujo descubrió al asesino y se lo chingaron. Está más claro que el agua.

Rangel cerró el diario cuando escuchó los pasos de Wong.

—¿Nos vamos? —preguntó Wong—. Hay que cerrar esto con llave.

Al pasar por la avenida del Puerto vio la primaria federal número cinco y decidió detenerse. En los últimos meses le habían añadido dos pisos y una nueva fachada, con el diseño ultramoderno de los años setenta. Como no queriendo, bajó la velocidad hasta estacionarse a un costado, sobre la calle de grava, frente a la casa del director. Momento, le dijo la voz de su tío, momento, sobrino. Antes de actuar piensa con la cabezota: el Travolta se va a enojar, se te va a poner al brinco si sabe lo que estás haciendo. ¿Qué te he enseñado durante todos estos años? Prudencia, sobrino, como si no tuvieras nada que hacer. Y al ver que Vicente no se arredraba, agregó: Nomás te digo que si bajas por esa puerta ya no te podrás echar para atrás. ¿Estás seguro de que somos parientes? ¡Ah, qué sobrino tan tonto! A lo mejor te adoptaron, me cae.

Bueno, se dijo Vicente, ya estamos aquí. Bajó dando un portazo y tocó con autoridad. Un rostro femenino asomó por la ventana.

—¿Quién?

—Policía, señora. Usted me mandó llamar.

—¿El señor Vicente Rangel?

Extrañado de que todavía lo esperaran a él en concreto, Vicente asintió.

Le abrió una mujer delgada, de belleza impactante. Tenía el cabello corto, muy negro y la nariz más recta que Rangel había visto en su vida. Le calculó unos treinta años. La señora Hernández parecía una estatua. Cuando Rangel llegó, estaba tomando tila en el sillón de la sala. En la mesa estaba extendido un ejemplar de *La Noticia*, con una breve entrevista que le habían hecho: «Conserva esperanzas la madre de una menor desaparecida» y «Se niega a creer que su hija fue asesinada. Prefiere la hipótesis de un secuestro». Iba a cumplir tres meses sin saber de su hija.

Por las ventanas del fondo, un grupo de niños disfrutaba del recreo. La mayoría de los niños jugaban fútbol, las niñas saltaban la cuerda.

—Mi marido es el director de esta escuela —le explicó la mujer—. Le suplico que no se entere de esta conversación… No estuvo de acuerdo con que me entrevistaran los diarios.

—Yo tampoco los hubiera llamado. Me parece un error.

—¿Qué podía hacer? —se dijo—. El agente que me atendió jamás volvió a reportarse.

—¿Quién era?

—El señor Joaquín Taboada.

Ah, sí, recordó: por eso lo regañaron en la junta, pinche gordo irresponsable.

—A sus órdenes, señora, ¿para qué me mandó llamar?

—Tenga.

Le entregó media docena de fotos, donde Lucía Hernández Campillo jugaba, aplaudía o cumplía años. En la última de ellas, una foto enmarcada, la niña vestía el uniforme escolar. El fleco le caía sobre los ojos inmensos y sonreía con candor. Primero de primaria, grupo 1 A. Tenía los rasgos de su madre.

—¿Usted cree que esté viva?

En su experiencia, Rangel sabía que al desaparecer un menor, después de las primeras setenta y dos horas, las posibilidades de encontrarlo con vida disminuían radicalmente; pero no tuvo corazón para explicarle eso.

—¿Existe la posibilidad de que se oculte en casa de amigas o de familiares?

—Imposible. Lucía es una niña muy obediente. Además, tiene siete años, todavía depende de mí en muchos aspectos.

—¿Ya revisó en los hospitales? ¿El de Paracuán, el de Tampico, el de Ciudad Madera? —Y como viera que la señora asentía, agregó—: ¿Ya fue a la morgue?

—Incluso fui a ver a la niña del Palmar, pensando que podía ser mi hija… Lo que le hicieron fue horrible. —Y perdió la vista por la ventana.

Era evidente que callaba algo. Si no la presiono, me voy a ir con las manos vacías.

—Señora —le dijo—, no tengo mucho tiempo. Tengo que investigar otras denuncias…

—Creo que la secuestraron.

—¿Sospecha de alguien en particular?

La señora asintió y bebió un sorbo de tila. Rangel advirtió que le temblaban las manos.

—Hace cuatro meses, cuando empezaron a reconstruir la escuela, mi marido me presentó a los patrocinadores y a los arquitectos. Eran gente muy poderosa. Dos días después uno de ellos vino a esta casa, aprovechando que no estaba mi marido… —Tragó saliva—. El muy infeliz pretendía que me fuera con él a su rancho… Tomé ese jarrón y lo amenacé con golpearlo si no se iba, pero no sirvió de nada. Toda la semana me estuvo acechando. Se estacionaba aquí afuera, traía guardaespaldas, siempre traía un guardaespaldas, y venían a tocar a la puerta. Como yo no les abría, empezó a dejarme cartas obscenas. Esto siguió hasta que me asomé por la ventana y amenacé con contarle a mi esposo. Entonces me dijo que se iba a vengar y mi hija desapareció la semana siguiente.

—¿Tiene pruebas? Es una acusación muy grave…

Le extendió un papel membretado.

—Es la última carta que me escribió. Las demás las tiré.

Rangel examinó el papel:

—Esto es una fotocopia.

—Le suplico que la lea.

En cuanto terminó de leerla sintió que la garganta se le secaba, la lengua se le pegaba al paladar. Ay, cabrón, necesito agua, un vaso de agua. Aún así encontró fuerzas para decir:

—La carta habla por sí sola. Dígame una cosa —dijo Vicente—, ¿alguien más sabe de esto?

—El agente Taboada. Hace un mes se lo dije y no ha hecho nada al respecto. Él se quedó con el original de la carta.

—¿Joaquín Taboada?

Rangel sintió que se le doblaban las piernas. Estaba en el mayor dilema moral de su carrera. A partir de ahora, tenía que pensar dos veces antes de dar cada paso.

Antes de encender el coche meditó lo que dijo la señora Dorotea. El Travolta, ¿quién lo fuera a pensar? Por el espejo retrovisor, las tres llamas gigantes de la refinería de petróleos parecían brillar más que nunca.

Cuando Rangel regresó, se topó con una actividad inusitada. Cruz Treviño y sus colegas lo miraron con desconfianza:

—¿Y el doctor?

—Se fue.

—¿Perdón?

—Terminó la charla y se fue sin avisar a nadie.

—Pinche cabrón —añadió el Evangelista.

Rangel se dijo: Es muy extraño, y decidió ir a buscarlo al hotel.

Le abrió el sobrino del comandante, desnudo. Había una pelirroja en la cama. ¿Y el doctor? Pues aquí estaba pero ya no está, Sí, me doy cuenta, pero ¿qué pasó, adónde se fue? No sabría decirlo, es muy complicado… ¿Y tú cómo llegaste aquí? No estoy seguro… Puta, dijo Rangel, ya valió madre.

En recepción le dijeron que el doctor pagó su cuenta y se fue. ¿Cómo que lo dejaron pagar? ¡Si era invitado del ayuntamiento! Pues sí, pero él insistió. Rangel salió a la calle y le dio un puntapié a las llantas del Chevy. En un momento se descompusieron las cosas. Y apenas era el principio.

18

TESTIMONIO DE RODRIGO MONTOYA, EL AGENTE ENCUBIERTO

Claro que conozco Paracuán, porque allí empezó el mayor episodio criminal de mi carrera. Fue cuando ayudaba a mi tío, antes de que encontrara mi destino y me disparara al infinito.

Yo a la sazón tenía veintidós años… o puede que menos, puede que un poco menos porque entonces todavía me buscaba a mí mismo, quién iba a decir que me encontraría por culpa de mi tío. Él era el jefe de la policía de Paracuán, un puerto tropical que tenía problemas con el contrabando y los narcos. Como diría Juan Gabriel: «Pero ¿qué necesidad?». La primera vez que supe de estas broncas fue en una cena de Navidad. A mi tío nunca le latieron las ondas familiares, pero su esposa, que es hermana de mi mamá, lo comprometió y tuvo que pasar las vacaciones con nosotros. Ahí nos tienes hechos bola, todos los parientes reunidos. Yo no pensaba bajar a cenar porque siempre me dan hueva esas cosas, sobre todo porque querían que me pusiera traje y corbata, así que me encerré en mi habitación. No está de más aclarar que yo ya no vivía con mi papá, sino en el Distrito Federal, y nomás regresaba a verlos en Navidad y Semana Santa. Esa noche pensaba hacerme el dormido desde temprano, pero como mi presencia fue requerida en la cena, le di el jalón a la Clandestina, una pipa especial que no deja rastro en el ambiente, luego me puse un par de gotitas en los ojos y bajé listo para aguantar a mis jefes. Yo iba particularmente sensible, ya te podrás imaginar, así que fui y me senté en el tapete de la sala, dispuesto a escuchar todo el rollo.

Mi papá, aprovechando que mi tío ya había agarrado uno de esos cuetes platicadores y expansivos, le pidió que le contara cómo había estado lo de la mafia china, una balacera que ocurrió en el puerto, tan brava que hasta salió en los noticieros, y ¡zas!, mi tío se tiró un rollo de los que jamás se echaría sobrio. Aunque su esposa y sus hijos intentaban callarlo, a él le dio por contar que habían tenido que reprimir como a doscientos orientales. Y el cabrón lo contó como si fuera una gracia, como si dijera cuántas hormigas había pisado, muerto de risa. Todo empezó porque dos agentes que patrullaban la laguna del Carpintero habían detenido a un anciano muy respetado entre la comunidad oriental. Con la fama que tenían entonces los patrulleros, no sería raro que lo hubieran detenido porque les cayó gordo, o porque se negó a darles mordida; pero claro, esto no lo dijo mi tío, que no había bebido tanto. El problema fue que este viejito resultó ser el honorable profesor de artes marciales del Instituto Kong, un venerable anciano que conocía de nombre a todos los chinos del puerto, de manera que buena parte de la comunidad oriental hizo una manifestación gigantesca afuera de la jefatura, desde las siete de la mañana hasta el mediodía, y como no lo soltaban, el ambiente se fue espesando más y más, porque mi tío había ordenado que los estuvieran chingando hasta que se fueran. Pero dos policías que pasaban por ahí se dedicaron a echarle los perros a una chinita. Sus piropos fueron subiendo de tono, y el novio salió a defenderla. Contra lo que recomendaban los viejos, el novio retó al policía a agarrarse a golpes, ahí, frente a todo el mundo. Como el agente lo vio flaquito, dijo que cómo no y se quitó la camisa: craso error, porque el flaquito le metió una madriza de campeonato. Le rompió la boca de dos patadas y, cada vez que el agente se intentó parar, el chinito lo sentó con un golpe distinto, ni siquiera sudó cuando el agente pretendió pegarle con el cinturón. Lo malo es que entretanto el compañero del municipal pidió refuerzos a la comandancia. En cuestión de minutos todos los agentes disponibles de la zona habían cerrado la avenida por ambos lados y se bajaron con prepotencia, escopeta en mano o con la escuadra reglamentaria fajada por el frente del pantalón. Quisieron agarrar al chavito, pero la comunidad les hizo una valla, y como no los dejaban pasar, se armó una carnicería en mitad de la calle, mientras los orientales se iban replegando hacia la entrada de la jefatura. Al principio los más viejos llamaban al orden, pero al ver que los polis no tenían código de honor, y que estaban pegándole a los chavitos con las macanas, también los viejos se metieron a la gresca. El resultado fue que los policías lanzaron granadas de humo y, amparados en el desmadre, empezaron a disparar. Los chinos ya no sabían ni por dónde les llovía tanto plomo, y corrieron hacia las oficinas, así que comenzaron a entrar por la puerta y las ventanas. Ya sabes cómo son los polis, que siempre están esperando una oportunidad para disparar, así que imagínate, en cuanto vieron la corredera pensaron lo peor y ¡pum! Reaccionaron con la lógica de primero dispara, después averiguas. Yo estaba clavado en lo que contaba mi tío, entre otras cosas porque no me podía despegar. Todo lo que contó me lo imaginé clarísimo, como si en lugar de que la cosa ocurriera allá, en el puerto, los chinos estuvieran entrando a mi casa por las ventanas, con unos machetes de ninja, estilo Bruce Lee. El jalón que le di a la pipa fue noqueador. La verdad, mi tío no es muy buen conversador —y menos ebrio—, pero esa noche él era el único que podía contar lo que pasó en sus oficinas y ahí nos tienes escuchando… Hasta que mi papá le dijo a mi tío: «¿Ah, sí? Pues en tus declaraciones dijiste otra cosa», y mi tío se demudó, hasta se le cortó la borrachera.

En cuanto a mí, yo nomás dije: Órale, y empecé a maquinar: Ya sé de qué voy a hacer mi trabajo final en la Ibero. Mientras estábamos partiendo el pavo yo pensaba en cómo encontrar mi lugar en el mundo, sobre todo en el nuevo periodismo, que había descubierto en un viaje reciente a Nueva York, y me acordé de una conferencia que dio el maestro Monsiváis en un congreso en la Ibero, sobre la necesidad de que los comunicólogos nos pusiéramos las pilas, y entonces me cayó el veinte. Había mucho movimiento en la mesa, las copas iban y venían con vino tinto o whisky, pero yo estaba quieto, quieto, porque vi la verdad. En cada rebanada de pavo que cortaba mi mamá, se desvanecían ciertas sombras que habían estorbado mi crecimiento como persona, cada rebanada que ella le quitaba al pavo era como un obstáculo más que le quitaba a mi camino y, de repente, vi mi futuro con tanta claridad que me asusté. Esa noche decidí que sería un agente encubierto al servicio del nuevo periodismo. Iba a escribir un libro sobre Paracuán. Así que a la semana siguiente, cuando terminaron las vacaciones, en lugar de irme para el D.F., a seguir estudiando, me fui para el puerto, a buscar mi tema de investigación. Llegué en el primer autobús matutino, tomé un taxi a casa de mi tía y la saludé: Qué onda, tía. Ya llegué, ¿que no te avisó mi mamá? Por supuesto, nadie la había llamado, pero eso era parte del plan. En cuestión de minutos la convencí de que en la cena de Año Nuevo habíamos tratado el tema, y que su esposo había dado el sí. Mi tía puso cara de que iba a regañar a su esposo por no contarle nada, luego fue a la salita y llamó por teléfono a la oficina. Su marido aún no llegaba, así que mientras hacíamos tiempo ella me preparó el desayuno, huevos revueltos, jugo de naranja y café. Yo aproveché para que me pusiera al corriente de lo que había pasado en el puerto en los últimos días, y ella me contó que su esposo estaba muy preocupado por un problema de narcotráfico que acababa de trascender. Para variar, mi tía se quejó de los periódicos, de la manera que tenían los periodistas de tergiversar todo, especialmente el Johnny Guerrero. Claro, pensé, lo que necesitan es leer a Tom Wolfe… El teléfono de la comandancia sonaba ocupado y, para no perder el tiempo, mi tía opinó que fuera a buscar a mi tío a la oficina. Así que salí de esa casa con mi peculiar manera de caminar, despreocupada pero estable, ecuánime, sin problemas, y agarré un taxi para el centro de la ciudad.

¿Tú conoces la comandancia de Paracuán? Es ese viejo edificio blanco, como de dos pisos solamente, que está en el cuadro principal… Pues hasta ahí llegué en cuestión de minutos. Yo era un agente muy eficaz, tenía gran capacidad para orientarme, podían dejarme en el centro del Kalahari, yo siempre iba a encontrar mi camino.

La secre me dijo que el comandante estaba a punto de salir a la capital del estado, pero que lo iba a tratar de alcanzar, y que por ser su sobrino podía esperarlo en la oficina. Como no había mucho que ver, y en vista de que la mayoría de los cajones estaban cerrados con llave, me puse a espiar por la ventana. Sólo que de repente me sentí muy inquieto, desubicado, incómodo, como si la oficina de mi tío contuviera malas vibras, o como si el lugar estuviera atravesado por corrientes de energía muy oscura. Exactamente como ocurre en *El exorcista*, cuando Max Von Sydow entra por primera vez a casa de la niña. Quién sabe qué ondas pasaban por ahí, pero los agentes ya parecían acostumbrados y ni siquiera lo notaban. Pero yo sí. Y cada vez que algún agente se asomaba buscando a su jefe, me echaban unas miradas muy gruesas, como si yo fuera un sospechoso o no les gustara mi aspecto. Como nunca he podido aguantar la presión, esperé a que el campo estuviera despejado y le di un jalón a la pipa. Necesitaba contar con todos mis aliados, no sabía a qué me iba a enfrentar. Nosotros, los hombres de conocimiento, debemos tener la mente abierta, la sensibilidad despierta, el cuerpo listo para reaccionar.

Como nadie llegaba, abrí mi mochila y me puse a leer un cómic de Moebius. Estaba clavadísimo en uno de sus personajes, el Cabeza de Perro, cuando mi tío llegó con uno de sus detectives. Era Rangel, el más cabrón del servicio secreto. La primera impresión que tuve es que el personaje se había salido de la historieta, y que Rangel también tenía cabeza y rasgos de perro: afilados, rabiosos, bravíos... Pero un superagente al servicio del nuevo periodismo no puede dejarse llevar por sus impresiones. Le dije: ¡Mucho gusto, cámara!, y le estreché la mano.

Rangel tenía fama de ser el mejor elemento de mi tío, un pinche sabueso. Era un policía decente, honesto, bragado, y por eso no se llevaba bien con los demás. En cuanto entró,

Rangel olfateó el ambiente y frunció la nariz. Yo dije: Ya me cachó. Pensé que iba a preguntarme qué estaba fumando, pero en ese momento mi tío me explicó que llegaba en muy mal momento, porque el gobernador les había puesto un ultimátum: tenían que detener en cuarenta y ocho horas a un asesino y, por si fuera poco, él tenía que ir a una junta en la capital del estado. Ay, cabrón, medité, ¿un asesino? Eso podría ser una estupenda idea para mi trabajo final en la universidad, el tema de mi libro. Un demente que mató a tres niñas, explicó mi tío. Me vinieron a la mente *M, el asesino de Düsseldorf*, y por supuesto, *Psicosis*, de Hitchcock.

Yo, que fui muy joven para ir a Woodstock, y muy chavo para ir a Avándaro, me dije. Se separaron los Beatles, se piró Janis Joplin, mataron al Che, desapareció Bob Marley, la única utopía que me queda es el nuevo periodismo. Y en eso me voy a concentrar.

Lo convencí de que me permitiera quedarme, y puso a Rangel a mi disposición, para que fuera mi escolta. Lo malo es que me mandaron a pelar y a rasurar. Sí, cuate, así como lo oyes. Yo llevaba pantalones acampanados, camisa abierta hasta medio pecho, colguijes, patilla y peinado afro. Rangel y un agente al que le decían el Ciego me dijeron que si quería pasar desapercibido debería cambiar mi apariencia. Estás en la policía secreta, chingado, no en el circo de los Hermanos Atayde. Yo le tenía harto apego a mi *look* y la idea no me causó gracia. Sin embargo, no perdía de vista que yo era un agente al servicio del nuevo periodismo, así que me fui con un peluquero y chas, chas, les di el largo adiós.

Mientras esto ocurría, el Ciego me estuvo toreando. En cuanto terminé de peluquearme, le dije: Quisiera una Colt Cobra calibre treinta y ocho, o de ser posible, una Magnum tres cincuenta y siete. ¿O qué, no me van a dar un arma? El policía no respondió. Era buena onda, pero bastante solemne.

Entonces me miré en un espejo: rasurado, peluqueado, sin los colguijes del cuello, parecía otra persona. Y me pregunté si el puerto estaba preparado para un detective como un servidor.

Desde el principio mostré una facilidad pasmosa para hacer ese trabajo. Encontré relaciones entre conceptos que los demás ignoraban. Si hubiera seguido en el puerto, y, sobre todo, después de la charla del doctor Quiroz Cuarón, la criminología hubiera evolucionado millones de años en cuestión de minutos. Hubiera desarrollado un método para detectar a los asesinos antes de que quisieran matar a su objetivo, como ocurre en ese film de Von Trier, *El elemento del crimen*.

El caso es que cuando estaba empezando mi misión vi que Rangel tenía intenciones de irse. El Ciego insistió en que fuera a dar un paseo, con él, pero ¿Qué onda, adónde va, Vicente?, le pregunté, y me dijo que iba al aeropuerto, a recoger a un especialista, que venía a dar un curso para los agentes, ¿Y yo? ¿Puedo ir? No, hombre, no tiene caso que vayas, te vas a aburrir. ¿De qué trata el curso? De criminología, con el doctor Quiroz Cuarón. ¿El doctor Quiroz Cuarón? ¿El gran detective? Oye, le dije, si de eso estoy pidiendo mi limosna. El doctor Cuarón era una eminencia a nivel internacional. La revista *Life* se refería a él como «el Sherlock Holmes mexicano», porque realizó cientos de aprehensiones asombrosas, a partir de los años cuarenta: asesinos de miedo, como el loco Higinio Sobera de la Flor, que mataba por capricho, eligiendo sus víctimas al azar, o Gregorio Cárdenas, el estrangulador de Tacubaya. También capturó al Shelly Hernández, el estafador más buscado de Venezuela, verdadero hombre camaleón, y a Enrico Sampietro, un falsificador asombroso, que trabajaba para Al Capone y decidió establecerse en México. Sampietro era capaz de falsificarse a sí mismo. Lo buscaban la Interpool, el FBI, entre muchas otras policías, y el único que consiguió capturarlo fue el doctor Quiroz Cuarón. Por si esto fuera poco, el doctor también tuvo el honor de esclarecer la verdadera identidad de Jacques Mornard, el asesino de León Trotski. ¿Que si quiero verlo? A huevo, le dije, a huevo que voy.

Bueno, el Ciego se rascó la cabeza, te permitiremos entrar a la conferencia, pero te vas a estar en silencio, si no te regreso a tu planeta. Chale, le dije, pero acepté. Yo era un agente impecable.

Aunque me consideraba más preparado que cualquiera para sacarle provecho a ese curso, sobre todo en mi calidad de agente encubierto al servicio del nuevo periodismo, estaba dispuesto a quedarme callado, y entré. Apenas me había sentado cuando Rangel se asomó y me mandó llamar. Dijo que no podía entrar a la reunión, porque los agentes se molestarían con mi presencia. Me explicó que ninguno de los policías había terminado la escuela secundaria, y que se sentirían cohibidos si un joven como yo, con una cultura apabullante y una alta preparación, empezaba a hacer preguntas inteligentes y muy elaboradas. Si quieres conocer al doctor, luego te lo presento. Por lo pronto quería que me fuera con el Ciego a hacer un recorrido por la parte turística de los muelles, y que lo ayudara a buscar a un sospechoso de vender droga, pero como ese viaje yo ya lo había hecho en sentido contrario, precisamente para encontrar con qué llenar mi pipa, me negué: corría el riesgo de que uno de los conectes me saludara, o aún peor: que creyese que lo traicionaba. Además, el que me impidiera entrar al curso atentaba contra mis derechos humanos más fundamentales. Claro que un súper agente como yo no iba a dejarse engatusar con esas pequeñeces, así que le dije que sí y le pedí al Ciego que me esperara en la calle, pero en cuanto pude regresé sobre mis pasos y entré a la conferencia. Claro, antes le di no uno, sino dos jalones a mi pipa, por lo que se pudiera ofrecer.

Escuchar el discurso del doctor Quiroz Cuarón en esas condiciones fue una gran experiencia. Al principio, por razones obvias, me costó trabajo captar el contenido a nivel sintáctico, pero hice algo mejor: aprovechando el impulso de la pipa, conseguí meterme entre las palabras del doctor, en el espacio que él dejaba entre palabra y palabra, y ponerme a bucear en el significado. Yo percibía al detective como a un anciano músico oriental que viniese a deleitarnos con un laúd. Cada vez que el doctor hablaba yo percibía sus palabras como el rasgueo de una cuerda. Esos sonidos se entrelazaban y se movían por el aire, como figuras de humo, llenaban la habitación. En ese terreno buceaba mi sensibilidad, literalmente se sumergió aquí y allá, a fin de encontrar asociaciones ocultas. Era un buen discurso: fino, fluido, con la consistencia del agua.

Para empezar, el detective dibujó una ecuación incomprensible en la pizarra: Señores, nos dijo, ustedes saben que para resolver un asesinato hay que esclarecer los siete puntos de oro de la ecuación criminal: qué ocurrió, dónde, cuándo, cómo, quién, por qué y con qué instrumentos. Pero en el caso de las dos niñas estamos frente a un crimen sin motivación aparente, del que no ha habido testigos ni pistas, y que pasado un tiempo se repitió con la misma violencia, en un nuevo individuo. Yo había leído en alguna revista que el doctor pensaba desarrollar una fórmula para estudiar a los asesinos en serie, y de ser posible, aprehenderlos: una ecuación matemática. Así que tomé nota de ella.

Tuve que hacer un gran esfuerzo, pero durante un buen rato sólo percibía ideas incompletas: «Nos enfrentamos a un ser que vive en las fronteras de la demencia y la cordura… Aunque borró sus huellas de manera impecable, el descuartizamiento tenía un claro sentido ofensivo, y procedió de manera irracional…» «Por muy bien que haya logrado esconderse, todo asesino deja evidencias sutiles, casi invisibles, que pueden conducir hasta él. Hasta el asesino más impecable comete errores inconscientes que lo delatan, pequeños descuidos que revelan su identidad, esto se conoce como "la firma" del asesino y es la primera variable de mi ecuación…» «Imaginen un ser solitario, que lleva una vida en apariencia normal. Suele ser silencioso y rehuir la mirada. Prefiere apartarse del mundo y evita hablar de sí mismo, porque ¿qué puede contar? ¿Que tiene fantasías donde tortura a sus conocidos, a fin de vengarse de ellos?…» «Vive solo o con algún pariente que se ocupa de las cosas prácticas…» «Si acaso, sólo estudió secundaria. Nunca ha tenido ningún tipo de relación de pareja, y es un frustrado sexual.» «No soporta que lo humillen… Generalmente tiene una lesión en el lóbulo frontal, que es donde radican los sentimientos morales, así como nuestra capacidad para reconocer a los otros como individuos. Esa lesión pudo recibirla al nacer o durante la infancia, de manera que nunca en su vida ha podido ver a sus víctimas como personas, sino como muñecos animados, de los cuales puede disponer a su antojo.» «Los sicópatas como el que estamos buscando comienzan por fantasear, luego cometen actos de sadismo con animales y finalmente proceden a agredir a las personas. Al atacar no sienten lástima ni piedad. Para el asesino, sus víctimas son menos que humanas, no tienen derecho a vivir. Mientras ataca se cree dueño del cuerpo del otro. Antes de asesinar suele sentir una gran ansiedad. Mata para evitar ese malestar. Después se relaja, mejora su humor e incluso puede dormir sin remordimientos…» «Para resolver estos casos hay que ponerse en el lugar del culpable y razonar como él. Hay que pensar como el asesino, ésta es la vía más certera, pero es el camino más arriesgado. Por desgracia no todos pueden con él…».

Cuando me di cuenta, el rostro del doctor estaba a un palmo de mi frente. Tuve que realizar un esfuerzo supremo para entender sus preguntas, esas frases que llegaban desde un lugar tan remoto, produciendo una especie de eco:

—Vamos a ver, señor…

—Montoya…

—Señor Montoya, muy bien. Dígame, ¿qué tienen en común estos rostros?

Hizo una pausa y mostró fotografías de las niñas, Karla Cevallos y Julia Concepción González, tomadas de frente, en sus respectivos salones; una estaba vestida como niña rica, la otra tenía el modesto uniforme de una escuela pública.

—¿Qué ven aquí? A primera vista no hay ninguna relación entre ellas: viven en dos zonas diferentes de la ciudad.

Entonces tomó las fotos de las dos niñas y cubrió el fondo, de manera que sólo se vieran los rostros. Luego cubrió el uniforme, y las trenzas de la niña González. El resultado era turbador: se parecían, las dos niñas se parecían.

—Impresionante —dijo la doctora Ridaura, que estaba presente.

—Hay una lógica en todo esto. Este sujeto elige a sus víctimas. El Estrangulador de Tacubaya actuaba de la misma manera. Elige niñas que aparentan alrededor de diez años, de no más de un metro de altura, tez blanca, cabello negro, nariz recta y trencitas. Es la clase de víctima que prefiere. Cuando asesina, cree que vuelve a matar a la misma persona. Quiere castigarlas, en su extraña manera de razonar. Las atrae con engaños, como ya hemos visto, y las mata con un cuchillo dentado.

Yo asentí: Órale, y le hice una seña con el pulgar levantado, era todo un experto.

Entonces el doctor miró su reloj y enarboló las fotos:

«Cuando ocurre un homicidio así, nos afecta a todos. La sociedad clama por una justicia expedita. Una justicia así debe estar respaldada por una investigación responsable y científica. Señores, vayan a cumplir con su deber».

Cuando terminó la sesión, el madrina me hizo una seña y me acerqué a él. Me dijo: Rangel tuvo que salir, nos encargó llevar al doctor a donde él quiera. Órale, dije, ¡eso está poca madre! Acompañar a uno de los mejores detectives del mundo es un gran privilegio. El Ciego condujo hacia las colonias más ricas de la ciudad, y pasó frente a una mansión que ocupaba la cuadra más larga, una mansión de paredes muy blancas. ¿Qué hacemos aquí?, preguntó el doctor. Pensé que le interesaría saber dónde vive el sospechoso principal, dijo el Ciego. Mire, contestó el detective, no he pedido nada y sólo quiero volver a mi hotel. Era evidente que no soportaba platicar con el Ciego, que olía a leguas a aficionado.

Así que fuimos a llevar al viejito, y al volver el Ciego estaba tan enojado que preferí quedarme en silencio. No dije nada, porque la situación era incómoda, y cuando me di cuenta, el Ciego había regresado a la casa del principal sospechoso.

Había muchos autos estacionados en las cuadras más próximas. Parece que hay fiesta, dijo, y muy vigilada. Había dos guardaespaldas en la entrada. Imagínate, comentó, mientras la gente se muere de miedo, el tipo allá adentro, dando una fiesta. ¿Cómo se llama?, le dije. ¿Quién, el sospechoso? Williams, John Williams, algunos le dicen «Jack». Mientras el Ciego conducía, me dije: Williams, John Williams, ese nombre me suena. Oye, Romero, le pregunté, ¿este John Williams es un chavo alto, judío, como de veinte años? Porque yo lo conozco. ¿Te cae? Romero me miró, impactado por la noticia, y le expliqué que el verano pasado había conocido a Jack en un internado de Nueva York, pero los dos nos salimos y nos fuimos de reventón. Nos pusimos una peda de tres días, pero quién sabe si se acuerde de mí, fueron días muy agitados, no sé si me entiendes.

En ese momento nuestra patrulla se detuvo frente a la puerta principal. ¿Qué pasa, Romero, por qué te detienes? No tengo idea, dijo el Ciego, el motor se apagó. Pues préndelo, buey. Lo estoy intentando, dijo, pero el motor no responde. Un guardaespaldas altísimo nos miraba con recelo. Se codeó con sus colegas y éstos nos clavaron la vista, observando, observando, a ver qué pasaba. Al minuto se dejaron venir, acompañados por un gringo de dos metros, que parecía militar. Puf, dijo el Ciego, ya valió madre, primero nos van a golpear y luego nos van a reportar con el comandante, ¿qué le voy a decir a Rangel? La situación me estaba poniendo nervioso. Me hubiera gustado darle un jalón a mi pipa, pero los guardaespaldas ya venían en camino. Entonces me recliné en el asiento, y elaboré un plan con total claridad.

Cuando el vigilante se asomó por la ventana, le dije: Buenas noches, vengo a la fiesta. ¿Cuál es su nombre? Rodrigo Montoya. Voy a checarlo en la lista. No voy a estar, expliqué, voy regresando de viaje, dígale a Jack que caí de improviso. Espere, dijo, y sacó un walkie-talkie.

El vigilante recibió la respuesta al cabo de unos minutos, me examinó de nuevo y dijo que podía entrar. Ni modo maestro, le dije a Romero, después te platico cómo me fue. El Ciego, que no podía creer en mi suerte, me agarró del brazo y me dijo: Fíjate si el cabrón es diestro o es zurdo, y sobre todo, el arma, busca el arma homicida; que no se te olvide: tiene que ser un cuchillo dentado; si lo encuentras nos vamos a medias. Me quedaba muy claro que iba en misión especial, había que ser muy rudo para ir a meterse a las fauces del tigre, pero no hay problema, me dije, soy un guerrero, yo puedo con esto. En el momento en que me bajaba, el auto arrancó. Qué coincidencia, dijo el Ciego, no es una coincidencia, le dije, es una señal cósmica, ya estoy acostumbrado. El peso de la investigación caía en mis espaldas.

Había un pachangón de los que hacen leyenda. Jack se acercó a saludar. ¡Qué onda, Rodrigo! ¿Qué andas haciendo en el puerto? Vine de vacaciones, le dije, no iba a revelar mi misión así como así. Y bebimos varios whiskies, en recuerdo de nuestras vacaciones en Nueva York.

Jack me preguntó qué había estado haciendo en los últimos meses, y le conté de la carrera en la Ibero, de los cine-clubs que visitaba, las películas de Fellini, Antonioni, de cómo había evolucionado mi visión de las cosas. Oye, insistió, lo que hace falta en este pueblo es una persona como tú, con tu experiencia y tu conocimiento del arte, ¿por qué no te quedas a trabajar? Mi papá quiere invertir en un proyecto cultural, quiere fundar una especie de museo y centro de exposiciones, yo creo que para evadir los impuestos, ¿me entiendes?, y estaría muy bien que tú fueras el director. Total, que insistió en que aceptara. Me dije que podía quedarme en Paracuán; de todas maneras, nunca me interesaron los negocios de mi padre y, en cambio, dirigir un centro cultural a los veinte años, eso sí era una chamba agradable. Aunque, claro, un guerrero como yo no podía sucumbir así como así a las tentaciones. Por un momento pensé que Jack comprendía mis verdaderos motivos para colarme en su fiesta y quería sobornarme, pero conmigo no iba a poder, yo iba a identificar al culpable.

Desde donde estábamos se podía ver la cocina, y le dije: Ahorita regreso. Pensaba buscar el cuchillo dentado, pero Jack me agarró por un brazo: Ven, te voy a presentar a unas niñas, y me arrastró a la fiesta propiamente dicha.

En este mundo imperfecto lo que no se rompe, se corrompe. Cuando Carlos Castaneda determinó cuáles eran los enemigos para un hombre de conocimiento le faltó mencionar al alcohol y a las mujeres. Jack me presentó a tres chavas, ¿De dónde son?, les dije. De California, dijo la rubia; Ella es Carolina, de Iowa, y esta es Claudette, dijo Jack, viene de Canadá. Las tres estaban buenísimas.

La mansión tenía dos edificios visibles, la más grande era la mansión principal, y la pequeña, la casa de huéspedes. Entre ellos había un inmenso jardín y en el centro del jardín habían instalado una pista de baile, con luces y todo. Las chavas y los invitados se concentraban alrededor de las bebidas y se dedicaban a platicar. Los responsables de poner los discos eran ni más ni menos que el legendario Freaky Villarreal y René Sánchez Galindo, dos grandes expertos. Tocaron soul, blues, disco, y el rollo se estaba poniendo animado. A Jack le daban ganas de bailar pero no se animaba, en el fondo era un timidón, ¿Sabes bailar esto?, me preguntó. Clarín, le dije, es retefácil: apuntas con la mano hacia abajo, luego hacia arriba, hacia el infinito, y mueves la cadera, carnal, ¿qué te ocurre? ¿los tipos rudos no bailan? Y el Jack se echó a llorar, porque lo había cortado su chava, la güerita más guapa del puerto. Dicen que yo soy el Chacal, ese pinche rumor me está afectando la vida. Yo era un agente impecable, pero también tenía sentimientos, y opiné que era muy mala onda que lo cortaran de pronto: No se vale, cortar así como así.

Entonces tuve una revelación, una verdadera visión que me llegó de golpe: esa raza se iba a morir sin haber vivido, la vida se los iba a chingar como mi familia al pavo de Navidad, rebanada por rebanada, y se iban a extinguir sin averiguar por qué o para qué habían venido a la vida, bastaba con ver cómo estaban parados, viendo la pista vacía, y entonces me entró una tristeza infinita.

En eso tocaron «Bring it on home», pero nadie se animaba a bailar, la raza estaba prendida, meneando los pies, había incluso quien se movía en el asiento, pero no se animaban; luego pusieron «I can't leave you alone», de George McRae, y me di cuenta de que mi misión en la Tierra era algo más peligrosa que escribir una tesis, me dije: Es una misión arriesgada, pero alguien tiene que hacerlo, se necesita ser un guerrero para resolver este asunto.

Me paré en el centro de la pista y me puse a bailar de manera ritual, no sé si me entiendas. Me gritaron: Qué te pasa buey, estás haciendo el ridículo, pero yo me dije Ni madres, y bailé concentrado en la rola, les puse la muestra. Bailé como si fuera la última noche de mi vida en la Tierra, como si hubiera tenido que darle la vuelta al país para averiguar lo del pavo, bailé con todas mis ganas, ¿y de pronto qué crees? La raza se fue parando, y bailaron conmigo; no una ni dos ni tres chavas, toda la raza se paró de golpe, y me acompañaron, bailamos como debieron haber bailado los hombres primitivos en las cavernas de Altamira; las chavas se paraban enfrente de mí, una por una, luego se iban y dejaban su sitio a las otras; yo las miraba conmovido, con lágrimas en los ojos, sin perder mi paso de música disco, la mano abajo y la mano arriba, apuntando al infinito, «Can't leave you ¡No! Can't leave you alone, Can't leave you ¡No!, Can't leave you alone».

Y en eso, ¿qué crees? La chava más hermosa de la fiesta se va parando delante de mí, aquella pelirroja soberbia, cabrón, verdaderamente soberbia, la pelirroja que vino de Canadá; le calculé unos diecisiete años sin estar muy seguro; la chava llegó y me sonrió como nadie me había sonreído hasta entonces, la música se atenuó un poquitín, lo suficiente para preguntarle ¿Qué onda, tú, de dónde saliste? Y le brillaban los ojos. Me acerqué, fue una intuición, *brother*, la primera intuición de mi vida, y me acerqué.

En eso estábamos cuando al Freaky se le ocurrió poner calmaditas, y todo mundo abucheó. La raza se dispersó y la chava me indicó que la siguiera. Como ya te había dicho, había habitaciones de huéspedes, y hacia allá me llevó. Me dio un beso largo y salivoso, abrazados tras de la puerta, y entró a una habitación. Uta, ¿qué hacer?, me dije. Sabía que estaba obligado a investigar el caso, que tenía una misión importante, pero ¿qué podía hacer? Intenté resistirme con todas mis fuerzas, incluso me agarré del marco de la puerta, pero ella me seguía llamando y yo repetía: No, no debo, soy un guerrero, no un simple títere de mis deseos, en mi cuerpo el que manda es el cerebro, no la cintura. Entonces ella hizo algo que no pude prever: empezó a quitarse la ropa, sin dejar de mirarme, y caminó en dirección a la cama.

Desde mi punto de observación la vi caminar de espaldas, mientras se recogía la melena. Al llegar a la orilla volteó, tenía unos pechos riquísimos, y sonreía. Entonces cerré la puerta y corrí las cortinas. Mientras me quitaba la ropa, comprendí que no iba a ser yo quien resolviera ese caso, pues ya mi conciencia se sumergía en el nirvana, y mi identidad y mi nombre se disolvían en el infinito. Ése fue el final del agente encubierto_____

19

MEMORIAS DEL DOCTOR QUIROZ CUARÓN, DETECTIVE

Tomábamos café cuando sonó el teléfono. Mi hermana Consuelo contestó la llamada y colgó: Era otro caso, me dijo, querían tu ayuda en otro caso, pero tú necesitas descansar, recuerda lo que dijo el doctor. Y era cierto, el cardiólogo dijo que necesitaba tomar vacaciones, de preferencia al nivel del mar. En cuanto Consuelo se despidió me pregunté si habría llegado el momento de retirarme, y la luz del atardecer parecía confirmar mis temores. Sería una lástima detenerme ahora, me dije, al ritmo que llevo pronto reuniría material para terminar este libro, y para eso necesito más casos. Me decía esto cuando me asomé a la calle, y ¡oh, sorpresa!, ahí estaba el hombre de negro, como empecé a llamarlo esos días.

De todos los tipos que me han seguido, éste es el menos discreto. ¡Y vaya que me han vigilado! Me ha seguido la mafia china, los rusos, los alemanes, los checos, la policía de Batista, cierta facción de la CIA, aquel francés de la navaja, y tres decenas de compatriotas: es parte del oficio. Algo habré hecho, pensé, algo habré hecho para que este muchacho se encuentre allá afuera. Repasé de memoria los casos que estaba llevando: el fraude bancario, la falsificación de estampillas, la desaparición de un empresario, pero ninguno me pareció tan importante como para justificar al vigilante allá afuera.

Podría ser el gobierno, me dije. Desde que renuncié, el presidente me sigue de cerca. Cuando a él o a sus allegados le interesa el asunto que traigo entre manos, uno o más agentes de la Dirección Federal de Seguridad se turnan para seguirme, agentes que a veces incluso eduqué yo mismo. De entre todos, el más fácil de descubrir ha sido este joven tozudo, que puede aguardar horas frente a mi casa. Mira hacia dentro, sin disimular su interés, esperando el momento en que yo salga a la calle. Pues se jodió, me dije, va a empezar a llover y no pienso salir de mi casa.

Miraba hacia el exterior cuando sonó otra llamada. Una voz que me resultó conocida se identificó como policía de Paracuán, Tamaulipas: Vicente Rangel, a sus órdenes. La voz me recordaba a alguien y no sabía a quién. Paracuán, Tamaulipas, comenté, ¿todavía trabaja ahí Miguel Rivera? Era mi tío, dijo el joven, era mi tío, pero dejó de existir. ¡Cómo es posible! ¿Cuándo murió? El joven dijo: Hace tres años. Es una pena, comenté, a Miguel Rivera yo lo aprecié mucho. Sí, se le echa de menos, me dijo ese joven, ahora nos vendría muy bien su experiencia, y entonces comprendí que la voz del joven me sonó familiar porque tenía la misma voz que Miguel: una voz firme, amistosa. Créame que en verdad lo lamento, le dije, su tío era estupenda persona… ¿en qué le puedo servir? Contra lo que yo esperaba, el sobrino de Miguel Rivera no sólo había heredado la voz amable de su tío, sino también la vocación, y había leído mis libros. Me llamaba de parte del presidente municipal de Paracuán. Éste quería que ayudara a sus agentes en el curso de una investigación. Rangel resumió el caso: dos niñas muertas con lujo de violencia, siempre con el mismo sistema, dos crímenes sin testigos ni indicios. No guarde esperanzas, le dije, cuando ocurre un crimen perfecto la única manera de encontrar al culpable es que ocurra una delación. Busque a otra persona porque yo estoy jubilado. ¡Es importante!, me dijo. Sé que es importante pero a mi edad uno no puede hacer cierto tipo de esfuerzos. Rangel insistió y le dije: Mire, voy a pensarlo, vuelva a llamar en una hora.

Dos voces confluían en mi cerebro: una me decía: No hagas esto, Alfonso, tienes que descansar, y la otra insistía: Estás obligado, caramba, hazlo por Miguel Rivera, tu amigo, el que te ayudó tanto a ti. Un asesino de niñas, pensé, por lo que oí, el caso recuerda lo que ocurrió en la ciudad de México con Gregorio Cárdenas, el estrangulador de mujeres. Es decir, que lo del puerto sería un caso difícil de resolver. Aunque, por otro lado, bien dirigido sin duda haría avanzar a la ciencia del crimen… incluso podría probar el sistema que propongo en el libro, la ecuación criminal. ¿Por qué no?, me dije, conozco el puerto y podría detener al culpable. Si todo va bien, contribuiré en algo y podría confirmar mis teorías; además, Consuelo no me podría reclamar nada: no hago más que seguir los consejos del médico, voy a viajar a la playa. Poco a poco el razonamiento se impuso, de manera que cuando volvió a llamar el agente acepté y preparé mis maletas para viajar esa tarde. Sólo impuse una condición, como he hecho desde que me jubilé: que investigaría por mi cuenta, de manera independiente, y que seguiría así hasta las últimas consecuencias, sin importarme qué intereses pudiera afectar. Rangel aceptó y me puse en camino.

Repasé los apuntes del libro en proceso, *La ecuación criminal*, sin duda mi trabajo más importante desde que escribí el *Tratado de criminología*; guardé tres camisas y salí a la calle por la puerta trasera, a fin de escapar al vigía. Tendré más de setenta años pero todavía consigo esquivar a mis guardianes si me lo propongo. Con el paso de los años he desarrollado una técnica infalible.

El vuelo transcurrió sin novedades, pero al llegar a la comandancia, Rangel me dejó en manos de un tipo sospechoso, que no debía andar en buenos términos con la ley: a leguas se podía olfatear que tenía antecedentes penales. ¿El doctor Quiroz Cuarón? Lo reconocí por la foto al final de su libro, será un honor trabajar con el Sherlock Holmes mexicano. Yo repliqué: Sherlock Holmes era una falacia, un mero invento literario, no un policía de verdad; nunca he visto a nadie resolver un caso como Sherlock Holmes, sin trabajo científico. En cuanto pude llamé aparte a Rangel y le dije: ¿Es tu madrina? ¿Perdón? ¿Es tu madrina? Él suspiró: Sí, es mi ayudante, así que le dije: No te conviene tener ayudantes como éste, crean más problemas de los que resuelven; tu tío nunca tuvo ayudantes, siempre trabajó solo o en equipo, con otros policías como él. ¡Qué más quisiera!, comentó el muchacho, pero así como están las cosas, no puedo confiar en mis colegas. Al menos sé que este sujeto me brinda apoyo por dinero.

Me dije que si Vicente no podía confiar en sus propios colegas, las cosas estaban peor de lo que pensé. Rangel requería ayuda, pero no estaba seguro de poder apoyarlo. Hace años que el crimen se me volvió transparente… Entre criminales y detectives ocurren pocas historias, y yo he visto tantas veces cada una de ellas, en todas sus variantes, que puedo reconocerlas de inmediato; supongo que son las ventajas que da la experiencia. Con sólo mirar una situación puedo predecir el final de la misma, por eso es tan difícil conservar la esperanza...

Para mí todo empezó a corromperse en tiempos del presidente Miguel Alemán. Los funcionarios buscaban su solo provecho, había fraude tras fraude, y los idealistas que empezamos a trabajar en la época de Lázaro Cárdenas, la gente como yo, que buscaba justicia, se las veía negras para hacer su trabajo. ¡Cuánto me costó detener al falsificador de Tampico! ¡E identificar al asesino de Trotski! Para mí, todo empezó a corromperse con Alemán, empeoró en el sexenio de López Mateos y terminó de pudrirse cuando llegó Echavarreta. Del crimen con cuchillo pasamos a las pistolas, de ahí a las ametralladoras, a los secuestros y a las masacres. Recuerdo cuando renuncié: Mire, le dije al señor presidente, aquí no tengo nada que hacer, me voy y me llevo a mi equipo. Nos fuimos en bloque: Carrillo, Segovia, Lobo, un servidor. No se podía seguir ahí.

Por eso, al oír a Vicente, pensé en regresar de inmediato a mi casa, pero a fin de cuentas era el sobrino de Miguel Rivera, y solicitaba mi ayuda: un idealista en un mar de corruptos. Y si acepté la encomienda fue en recuerdo de su tío, una persona intachable.

Estudié toda la evidencia que tenían. Aunque estaba cansado, examiné una por una todas las circunstancias y visité los escenarios del crimen. Era verdad, no había ningún dato en firme, apenas una o dos conjeturas. Mientras comía con Vicente se me ocurrió probar mi ecuación. Le pregunté al muchacho quiénes, en su opinión, de entre todos los poderosos del puerto, reunían ciertas características que podrían predisponerlos al crimen sexual. Quiénes frecuentaban ciertos sitios, quiénes eran famosos por ciertos excesos, quiénes de entre ellos tenían antecedentes de un crimen sexual con menores. De vez en cuando Rangel mencionaba una opción interesante, y la apuntaba en mi lista. Mientras yo apuntaba esos datos Vicente se desesperaba, no entendía mi sistema. Estaba trastornado por la suerte de las pequeñas y quería hacer algo expedito. Vicente era buena persona, pero si intentaba explicarle mi teoría de la ecuación criminal perderíamos un tiempo precioso, y comenzaba a sentirme cansado, así que le dije: Mira, Vicente, voy a revisar los datos y más tarde te daré mi conclusión; ahora sólo quiero descansar. Pensaba examinar las opciones a la luz del sistema que yo mismo inventé.

Se puso de pie para hacer unas llamadas y me dijo: A veces no sé por qué estamos en esto, si todo va en contra. Ánimo, dije, a veces el acto aislado de un individuo puede cambiar a la sociedad. Esto le dije, y no he cesado de arrepentirme... El entusiasmo puede provocar espejismos.

El resto de la tarde me recriminé haber sido tan parco. Fui a dar la charla, y me di cuenta de que Rangel se ausentaba. Debí aconsejarlo, me dije, después de todo es el sobrino de Miguel Rivera. Incluso redacté una larga lista de consejos que pensaba darle, prácticamente no descansé, enumerando consejos, pero al terminar la conferencia, contra lo que yo esperaba, el que pasó a recogerme fue el madrina. ¿Y Vicente?, le pregunté. Vicente tuvo que salir, me explicó, fue a investigar la muerte de un colega. Qué extraño, me dije, esto es muy extraño. Doctor, me dijo el madrina, ¿qué hacemos ahora?

Le pedí que me regresara al hotel, tenía que pensar. Entonces saqué mi cuaderno y empecé a cotejar los datos concretos del crimen en la forma abstracta de mi ecuación. Lo tenía todo dispuesto, pero me faltaban nombres, perfiles.

Subí a mi cuarto y traté de dormir. Media hora después sonó el teléfono y el Ciego me preguntó si podía bajar a verlo en el bar: Surgió nueva evidencia, doctor. Tuve que descender, aunque me molestaba tratar con el Ciego. Nos sentamos en una mesa alejada y no lo dejé hablar hasta que se hubo ido el cantinero: ¿Y bien, cuál es la evidencia?, le pregunté. Quería comentarle algo, no se lo dije en presencia de Rangel porque a él no le gustan los rumores. ¿Y bien? Bebí a sorbitos mi caipirinha, mientras el Ciego contaba la parte oscura del puerto, historias en las que figuraban algunos de los hombres más poderosos de Paracuán: ningún dato en firme. A las dos miré mi reloj y me despedí. ¡Intolerable!, me dije, cuántas cosas turbias en una ciudad tan pequeña. Lo que me contó el Ciego me puso de malas, como siempre ocurre cuando estoy a punto de resolver un caso. Entré a mi habitación y sentí que algo raro estaba ocurriendo.

Cuando miraba las estrías de la puerta, éstas comenzaron a temblar y a agitarse, como si un ejército de hormigas las desplazara poco a poco. Vi puntos azules cintilando frente a mis ojos y pensé: Me envenenaron, había veneno en esa bebida. Trastabillé hasta mi cama, donde abrí mi maleta, y saqué el botiquín del que no me separo. Bebí un antídoto como si fuera agua y me dediqué a esperar. Tardé una eternidad en recuperar el aliento: Puf, me dije, si el veneno hubiese hecho efecto allá abajo, no hubiera alcanzado a subir.

Me encontraba molido. Debía llamar a una ambulancia pero no tenía las fuerzas necesarias, así que me quedé tumbado en la cama y me dediqué a pensar: el asunto es más complicado de lo que parece, alguien no quiere que siga en el caso y me está enviando mensajes muy claros. Por más que hice memoria no pude recordar el momento en que el Ciego tocaba mi vaso, así que me dije: El veneno provino del barman. O quizá estaban confabulados, me dije, no puedo confiar en ningún habitante de esta ciudad.

Saqué mi pistola cuarenta y cinco y me dispuse a esperar: el primero que abra la puerta se va a llevar una sorpresa.

Las ventanas estaban abiertas, y daban al patio interior, cosa nada recomendable en términos de seguridad. Debía levantarme y cerrarlas, pero estaba extenuado. Mientras conseguía reponerme, seguí cavilando, tumbado boca arriba en la cama, y los nombres de los sospechosos comenzaron a desfilar por mi mente. De un lado, los nombres de los sospechosos que había comentado el madrina de Rangel, y del otro, la ecuación que diseñé para identificar asesinos. Las variantes se enfrentaron unas a otras, y de repente, antes de que siquiera terminara el proceso, supe quién era el asesino, estaba más claro que el agua. La intuición, que nunca me falla en estos casos, deslizó el nombre de una persona que el Ciego mencionó de pasada, sin ser consciente de que estaba relacionada con el caso. Vaya, me dije, la ecuación sí funciona. Entre los sospechosos sólo hay una persona que pudo matar a esas niñas y permanecer impune. Más claro ni el agua. Vaya, me dije, con la edad la memoria declina pero el sistema va mejorando. Tengo que publicar ese libro, mi ecuación funciona.

En ese instante conseguí sentarme en la cama. Tenía que ver a un médico pronto, pero me dije, iluso de mí, que la crisis había terminado. Me estaba poniendo de pie para cerrar las cortinas cuando advertí que, vigilándome desde el patio interior, se encontraba el hombre de negro. ¡No es posible!, me dije, no era posible pero allí estaba, mirando en dirección de mi cuarto. Ignoro cómo dieron conmigo, me dije, pero la investigación está en riesgo. Nunca ha sido bueno estar cerca de la Dirección Federal de Seguridad.

Bajé a la calle pistola en mano, dentro del saco, y detuve un taxi: Lléveme al aeropuerto, le dije, llévame al aeropuerto de inmediato. Pensaba llamar a Rangel desde el D.F., organizar la conclusión desde allá; convocar a la prensa independiente, pero debía darme prisa y ser más raudo que ellos.

Apenas alcancé el primer avión de la mañana. Con todo y maletas pedí otro taxi a Balderas y subí los tres pisos jadeando. Entré a la Secretaría de Gobernación y llegué a la oficina principal. El doctor Quiroz Cuarón en persona, dijo el asistente personal del secretario, un jovenzuelo impertinente y taimado, que sonreía sin razón; es un honor recibir su visita. Gracias, le dije, pero el tiempo corre, debo hablar con Gutiérrez. Está de viaje, arguyó, salió al golfo de México. ¿Al golfo? Precisamente vengo de allá… Ahora nos cuenta, doctor, pero antes, y sacó un documento, el secretario quiere que usted firme este testimonio, un simple testimonio a favor del presidente en el caso del 2 de octubre. Qué impertinente, pensé, el documento ya lo conocía y ya me había negado a firmarlo. No vengo a eso, le dije. Vengo a denunciar la injusticia, lo que pretenden hacer es un crimen, si no se detienen voy a denunciarlos con el señor presidente. Doctor, dijo sin perder la sonrisa, es inútil que insista, el presidente no va a recibirlo. No pierda su tiempo, y comprendí que hablaba en serio. Mire, le dije, dígale al presidente que no cuente conmigo, nunca voy a firmar ese texto. Eso le dije y me fui dando un portazo. Había roto definitivamente con el gobierno.

Cuando llegué a mi casa sentí que iba a estallar. Llamé y

llamé pero nadie contestó en presidencia. La última secretaria que me atendió, una mujer despectiva y grosera, hizo un comentario tan burlón que colgué con violencia. Pocas veces me había sentido tan irritado como esa mañana. Hacía calor, estaba sudando. Debo descansar, me dije, estoy exaltado, como si el calor del golfo hubiera viajado conmigo. Cuando pretendí quitarme los zapatos vi que el brazo izquierdo me temblaba. Uf, me dije, esta vez me excedí. Respiré hondo, pero demasiado tarde, pronto el malestar se hizo intolerable y me acosté a descansar. No sentía el brazo hasta la altura del hombro y supe que estaba en peligro, había convocado otro infarto. De repente, ¡pum!, me alcanzó el pecho. El dolor aumentaba minuto a minuto, era como parir, no podía superarlo, hasta que me dije: Basta ya, Alfonso; a lo largo de tu vida has superado pruebas mayores, no te dejes vencer; soporta el dolor. Eso me dije, sólo que en lugar de resistirme aflojé el cuerpo, como si el dolor fuera un río y yo nadara en el centro, pero perdí el sentido cuando flotaba en su cauce.

Desperté a la mañana siguiente. El sol entraba por la ventana y las cosas eran de un realismo increíble. Consuelo, llamé a mi hermana, estoy exhausto, y le conté lo que había ocurrido. Pero estaba tan cansado que no podría asegurar si en efecto la llamé por teléfono o sólo imaginé que lo hacía. El resto del día no pasó nada. No tenía fuerzas para moverme. Por fortuna había una botella de agua en la cabecera de mi cama, y eso me permitió sobrevivir. Al día siguiente vinieron a verme mi hermana y sus hijos, pero estaba tan cansado que no pude pararme a abrir. Les grité: Usen su llave. Hace tiempo les di una copia, y consiguieron entrar. En cuanto me vieron opinaron que había que llamar al doctor. No, hombre, les dije, no estoy tan mal, sólo necesito descanso, pero no me escucharon. Consuelo se quedó a acompañarme y dormí como un lirón. Hubo un momento en que mi hermana se paró y me dijo: Alfonso, te quiero mucho, y me enojé contigo cuando te fuiste a ese puerto, pero entiendo que tenías que hacerlo, la vocación es más fuerte que uno. Consuelo, le dije, yo también te quiero y eres mi hermana… no hay nada que disculpar, al contrario, siempre fuiste muy amable conmigo… pero ahora son las doce de la noche y estoy muy cansado. Quisiera dormir.

A la mañana siguiente desperté antes que ella y mis sobrinos. Me sentía como nuevo, incluso me abroché los zapatos sin sentir que me faltaba la respiración. Descanso, me dije, necesitaba descanso. De hoy en adelante voy a hacerlo cada fin de semana.

Quise sorprender a todos y salir a recoger el periódico, así que me dirigí a la puerta y la abrí. Qué raro, me dije, el diario no se veía. Pensé en ir a comprarlo yo mismo a la esquina, y me dirigía hacia allá, pero entonces vi que el quiosco no estaba en su sitio. Y no sólo eso: no había una sola persona en la calle. La ciudad más poblada del mundo, de golpe se encontraba vacía. ¿Dónde están todos?, me dije, ¿habrá otra manifestación? ¿O será muy temprano? En cuanto al quiosco, con seguridad lo habrán cambiado de lugar, ¡cuántas cosas ocurrieron en dos días! Esto me dije y me dirigí a la avenida Insurgentes, donde hay otro quiosco. Sólo que al doblar en la esquina vi al mismo muchacho de siempre: el hombre de negro. Esto es demasiado, me dije, esto ya es demasiado, y fui y lo encaré.

Mire, le dije, estoy harto de que me siga, ¿por qué hace esto? Y no respondió. ¿Para quién trabaja?, insistí. El joven se quedó en silencio y se quitó los lentes oscuros. Visto de cerca era muy joven, ya sabe, de cabello largo, como esos cantantes de Liverpool. ¿Por qué me sigue?, insistí. Entonces el joven sonrió y me dijo: Porque usted está muerto, doctor. ¿Cómo? ¿Yo, muerto? ¿A qué se refiere? Y me mostró el certificado de defunción: «El día tal a tales horas dejó de existir el doctor Alfonso Quiroz Cuarón, en su casa de río Mixcoac 54...». Usted murió en su cama, al regresar de ese puerto. ¿Está seguro? Seguro, lo estoy vigilando desde hace unos días, pero usted sigue siendo muy hábil, y no podía detenerlo, incluso vivió tres veces sus últimos días. Por un momento pensé que era una trampa de Echavarreta y la Dirección Federal de Seguridad, pero la calma del joven parecía irrefutable. Entonces, ¿qué hago aquí? Supongo que quería resolver ese caso, lo he visto muy atareado. Ah, sí, le dije, lo de las niñas, casi lo olvido. Con la edad ocurre, no tiene importancia. De pronto tomé conciencia del ridículo que estaba haciendo —yo, una de las mentes más brillantes de mi generación—, y se me doblaron las piernas. Me siento mal, le dije, creo que tengo otro ataque. El joven me tomó por el brazo y me dijo: Las estrellas, doctor, vea las estrellas. Aunque hacía un día precioso pude ver las estrellas como jamás en mi vida; vi las constelaciones y los planetas: Mercurio, Venus, Marte, y de pronto cedieron todos mis males. ¿Ya pasó? Así es, le dije, fue sencillo; después de todo, fue muy sencillo, me siento mucho mejor. Él me veía y sonreía, en realidad estaba vestido de blanco. Yo intuí que debía quedarme callado, pero le dije: Hay una cosa que me preocupa, tiene que ver con el caso. Ya no hay tiempo, doctor: es hora de irse. Es una lástima, le dije, lo tenía todo resuelto... ¿Usted, al menos, no quiere conocer mi versión? Dos minutos, deme dos minutos y sabrá la verdad. Y le conté todo el caso, exponiendo el sistema que había desarrollado a lo largo de los años, el método infalible de la ecuación criminal. Cuando terminé, el muchacho opinó: Impresionante, me dijo, un poco como Sherlock Holmes.

Sherlock Holmes era una falacia, le dije, una falacia muy grande. Troné como siempre lo hago al oír ese nombre, aunque esa vez lo hice sin mucho convencimiento, como si se hubiera abierto un hoyo muy grande en mi frase y se le hubiera salido el rencor. Y entonces vi que el misterio, el verdadero misterio, iba a empezar para mí.

20

De vuelta en la comandancia, tomó la edición vespertina de
El Mercurio: «Desaparece el columnista Cormac McCormick.
En medio de circunstancias misteriosas, bla bla bla, la noche
del martes desapareció el reconocido investigador del FBI
Cormac McCormick. El autor de *Todo sobre los ovnis*, la famosa columna reproducida en más de ciento cincuenta periódicos de la Unión Americana, venía de Mojave, California, y
se dirigía a Searchlight, Nevada, donde daría una conferencia sobre los UFO's (Unidentified Flying Objects, por sus si-
glas en inglés). El vehículo del escritor se encontró abandonado en la carretera que cruza el Valle de la Muerte, al este de
Arizona. Antes de desaparecer, el investigador pasó el fin
de semana en un hotel de Las Vegas, donde ganó una suma
considerable, que se localizó intacta en el interior del automóvil. No hay huellas de robo o de violencia, ni rastros de
sangre; pero alrededor del vehículo se encontró una curiosa
huella circular, de un metro de ancho y veinte de diámetro,
a lo largo de la cual el pasto apareció carbonizado. Los detectives a cargo, agentes Ryan, Johnson y Johnson, se encuentran desconcertados…».

Pensó que las cosas no podían estar peores. Entonces el

timbre volvió a sonar y vio cómo la secretaria tomaba la llamada y, con un gesto de espanto, se cubría la boca con la mano.

—¿Señor Rangel?

—¿Qué pasó?

—Acaban de encontrar otras dos niñas, por las vías del ferrocarril.

José Torres amaba a sus tres hijas. Sobre todo, a la menor, Daniela. Le había puesto ese nombre por una actriz de ojos verdes, que salía en las telenovelas. Los ojos de su niña eran cafés, pero para agradar a la madre todos decían que se le veían verdes, como si el nombre de la actriz ejerciera un efecto benéfico sobre ella. Desde que emitieron la primera telenovela en el país, la popularidad de las actrices se medía por el número de niñas que eran bautizadas con sus nombres.

Había amanecido triste y no quería ir a la escuela, por un sueño que tuvo, pero sus padres la vistieron y la pusieron en camino. Como vivían en una colonia sin luz eléctrica ni calle asfaltada, la niña tenía que atravesar un pequeño bosque de mangos y aguacates para llegar a la escuela pública número siete.

Estaba muy chiquita, pensó su papá. Se veía lindísima con el cabello mojado y peinado, acabada de bañar. Siempre quiso una lonchera metálica, como las de sus compañeras, pero José Torres nunca se la pudo comprar: Lo siento, mija, antes diga que tenemos para comer, y le entregaba el desayuno envuelto en una bolsa de plástico.

La niña se despidió con un gesto de la mano, y fue la última vez que la vio.

El hallazgo se debió a un grupo de boy scouts: Augusto Cruz, Jesús Cárdenas, Carlos Sierra y Martín Solares. Ninguno tenía más de siete años. Lo primero que saltó a la vista en su declaración caótica es que no tenían nada qué hacer ahí, pues el grupo siete, al cual pertenecían, quedaba en el otro extremo de la ciudad. Todo empezó porque intentaron ir a ver el film *El exorcista*, en los Cinemas del Bosque, pero —nunca antes se habían hecho la pinta— tomaron el autobús en dirección equivocada y cuando descendieron los agarró un aguacero, así que se refugiaron en la construcción abandonada. Luego uno de ellos quiso explorar la parte alta y realizó el hallazgo: Nunca se me va a olvidar.

La dirección correspondía a una construcción abandonada, a las afueras de la ciudad. El carro del Evangelista estaba en la calle, y a un costado había una ambulancia. Rangel saltó la barrera que prohibía el acceso y entró en el lugar del crimen. El Tiroloco intentó detenerlo:

—Espérate, buey, no puedes pasar.

—¿Por qué? —Y trató de avanzar a empujones, pero el colega se interpuso.

—Así lo ordenó el comandante. Taboada está a cargo.

—Me cago en Taboada.

Y empujó a su colega. Por la poca resistencia que opuso Cruz Treviño, tuvo la impresión que el gigantón en realidad deseaba que Rangel se hiciera cargo del caso, y la obligación no recayera en él. Pinches colegas, todos están esperando que los releven, y ahí va de pendejo un servidor.

Se encaminó al primer piso, y de inmediato lo golpeó el mal olor, como si hubiera entrado a la caverna de un tigre. ¡Puta!, se dijo, éste es el lugar, qué duda cabe. Las piernas se le doblaban cuando dejó atrás las escaleras y avanzó por el pasillo irrespirable, apestoso, que lo obligaba a toser. El Evangelista salió de una habitación a toda prisa, cubriéndose la nariz con un pañuelo y no se detuvo hasta que llegó a la ventana. Entonces comenzó a vomitar.

—¡Ora cabrón! —le gritaron desde abajo.

Rangel deseó profundamente que otra persona cumpliera en su lugar esa diligencia, pero estaba solo de nuevo, por lo que, tomando valor, se cubrió la boca con su pañuelo y cruzó una puerta que parecía irreal.

El escenario era tan impactante que mientras estuvo ahí no pudo pensar. Se limitó a percibir la locura que había detrás de eso, a imaginar qué tipo de individuo podía actuar de esa manera. Sus manos ya ni siquiera sudaban, se le estaban cuarteando literalmente, pero entonces no lo advirtió. Se dio cuenta de que sudaba frío cuando la doctora Ridaura entró a la habitación.

—Ah, por fin llega usted. Si creyó que eso fue todo, venga, venga aquí, le voy a mostrar algo más.

La anciana regresó al pasillo y abrió una, luego otra y otra puerta, con desesperación:

—Vea.

En cada una de las habitaciones había huellas de sangre en el piso. Mi madre, dijo Rangel. El edificio tenía un estacionamiento interior y así pudo entrar y salir sin ser visto. Claro, pensó, cerdo infeliz, aquí las mató a todas. Estoy en el cubil del asesino.

La doctora estornudó y se sonó con rabia.

—Y eso no es nada, ¿sabe qué es lo más raro, Vicente? Que esta niña, la que está tendida en el suelo, tiene dos meses de muerta. Hay evidencias de que el loco regresó y la atacó varias veces.

—¿Dos meses?

—Por lo menos. Vea: estado de putrefacción avanzada, fauna cadavérica; la piel que se desprende como un guante. Es terrible, no entiendo cómo es posible que no la hayan encontrado antes. Por lo que más quiera, hay que detener a ese tipo, y aplicarle todo el rigor de la ley.

La doctora levantó las ropas con un alambre de metal. El zumbido de las moscas era insoportable, y Rangel no pudo más. Y fue entonces cuando, Las ropas, se dijo, las ropas, Vicente supo descifrar la extraña disposición de los cuerpos.

En las tres bolsas de plástico que habían examinado hasta la fecha, el asesino cubría los restos de las niñas con los jirones de la ropa escolar. Primero metía a las niñas en las bolsas, después agregaba el uniforme. ¿Era que quería cubrirlas? Exactamente, pensó, la manera de cubrirlas es su tarjeta de visita, como decía el doctor Cuarón. Puta madre, por ahí va, ¿qué interés tiene en cubrirlas? Y se dijo a sí mismo: Para indicarnos quién es. Con horror, con estupefacción inmensa, Rangel observó la primera capa de ropa, una camisa blanca manchada de sangre. La extendió con unas pinzas, y su asombro fue infinito cuando reconoció que, forzando la vista, la forma de esas manchas recordaba tres letras de molde.

Fue a su auto, tomó el expediente de las dos niñas y revisó las fotos en blanco y negro. En el frente de las dos camisas reconoció trazos semejantes. Tres letras, cabrón, estaba muy claro. No fue difícil, pues eran las iniciales de una de las agrupaciones políticas más poderosas del país, particularmente poderosa en esa zona. Cigarros mordidos por un lado, pelusilla blanca de borrego, cuchillo de monte, tres letras... Puta madre, pensó, está más claro que el agua. Miró *El Mercurio* de reojo y la piel de los brazos se le enchinó al advertir que ese día publicaban la foto del culpable, entre los aplausos del pueblo, casi en el sitio de honor, en un acto público.

Puta madre, pensó, puta madre, esto ya va a reventar. Había que tomar en serio a la señora Hernández. Mientras se llevaba ambas manos a la frente, consideró la posibilidad de asociarse con Wong y el Profe, pero pinches bueyes, si no me apoyaron antes, menos lo van a hacer ahora. Repasó uno por uno al resto de sus compañeros y concluyó que tenía motivos para desconfiar de todos, así como todos desconfiaban de él. Desde que corría el rumor de su renuncia, tenían más razones para acercarse a Taboada que para colaborar con Vicente. Puta, se dijo, ¿qué voy a hacer?

Cuando el gordo llegó, se extrañó de encontrarlo estacionado:

—¿Y tú, qué haces aquí? ¿Que no te vas con Barbosa, pinche cerdo?

Para sorpresa de todos, Rangel se dirigió hacia él, dispuesto a romperle el hocico, y lo hizo con tanto aplomo que incluso el Travolta se echó para atrás. Ora sí, pinche gordo, ya se le iba a echar encima cuando Wong y el Beduino consiguieron pararlo. Ahorita no, cabrón, aquí no. Un poco más calmado, sin la expresión de susto que le había surgido, el Travolta bravuconeó como era habitual:

—Vas a ver, pendejo.

357

—Cuando quieras, buey.

Y se dio la media vuelta, despacito, dándole chance al gordo de que intentara alcanzarlo, pero no lo intentó. Pinche Taboada pendejo.

Se fue de allí rechinando llanta. Si hubiera podido habría renunciado en ese pinche momento. Que el gordo se atascara con toda esa violencia, que se metiera a fondo en el lodo, como cerdo que era. Para mí ya fue suficiente.

No consiguió calmarse hasta que llegó a la avenida, pero al subir por el boulevard de Tres Colonias no le quedaban dudas de lo que debía hacer.

Elaboró su plan en dos minutos, luego de tomar la decisión. Necesitaba un ser desesperado que aceptara ayudarlo. Y como no podía confiar en nadie, llamó al único investigador que tenía ese perfil.

21

TESTIMONIO DE JORGE ROMERO,
ALIAS EL CIEGO

Para variar, me dio las denuncias más cabronas: me mandó a la Coralillo. Ya sabe lo que dicen de esa colonia: la única vez que entró un policía lo destazaron en vivo y en directo. Le pregunté: ¿Y por qué no va usted? Está muy lejos, además usted tiene coche y yo no. ¿Quieres o no quieres ser de la secreta? Sí. Pues llégale, nomás no te tardes. Y ahí voy.

Yo tenía una falsa credencial de reportero y, dependiendo de cómo viera la situación, pensaba identificarme o no como policía. Traía la charola falsa en un bolsillo y en el otro cargaba una grabadora en miniatura, que me prestó mi cuñado, a fin de ser más convincente. Cuando iba llegando a la colonia me acordé que ahí asaltaban por un reloj o por unos anteojos y mejor la guardé en un bolsillo. En eso el chofer dio media vuelta en la glorieta, en lugar de entrar a la colonia. Quiubo, quiubo, ¿qué pasó, por qué te detienes aquí? Es que tenemos órdenes del sindicato, hoy están muy alebrestados por las niñas muertas, una era de aquí. ¿Y ora qué hago? Lo siento, no es mi problema.

Una vez que entrara no tendría dónde esconderme. Ahorita ya se ha calmado un poco, pero usted no se imagina lo que era la colonia Coralillo en los años setenta. Ni pavimento existía, era un terregal adonde todo el mundo iba a tirar el cascajo. No tenían agua potable ni luz, ya no se diga alcantarillado. El río estaba tan sucio que hasta veías burros muertos flotando. Había paludismo, difteria, poliomielitis… El gobierno no entraba nunca, y si entraba, era para realizar una detención. El año en que yo fui, una turba acababa de linchar a un policía de Ciudad Madera. Éste entró persiguiendo a unos ladrones y salió en ambulancia, con las costillas rotas. Por eso yo estaba temblando. Pero lo único que se me ocurrió fue avanzar en línea recta, no pasar dos veces por un mismo lugar y encomendarme a la Virgen María.

Y ahí fui, mentando madres. La casa de la primera denunciante quedaba junto a la farmacia La Perla. Una vieja casa de madera carcomida. En el frente había como veinte niños que se peleaban por una bicicleta de rueditas. Un flaco le pegaba a uno de ellos cuando yo me acerqué.

—A ver, niños. —Excepto el que tenía el turno de la bicicleta, todos dejaron de jugar—. ¿Está la señora Mariscal?

—¿Pa qué la quiere? —preguntó un flaquito de camisa a rayas. Los otros me rodearon con curiosidad.

—Ella me citó aquí. Soy reportero de *El Mercurio*.

—¿De *El Mercurio*? —preguntó el flaco—. Mi mamá no habló con ningún reportero. Ella le habló a la policía y por eso mi papá la mandó al hospital.

Tuve que tragar saliva. Los niños se pusieron a gritar que yo era un tira, y que había que avisarle al papá de Juan, por suerte no había adultos a la vista. Estaba buscando un argumento para interrumpirlos cuando di un paso hacia atrás y fastidié una rueda de la bicicleta. El Flaco gritó: ¡Pinche tira! ¡No lo dejen salir!, y se me echaron encima. Me agarraron a patadas, a pedradas, a golpes, lo que pudo cada quién. El Flaco me abrazó de las piernas mientras los otros se colgaban de mis manos. Yo todavía estaba pensando: Ah, qué niños tan simpáticos, y quise zafarme sin hacer ruido, pero uno de ellos me lanzó una pedrada que me dio en el ojo izquierdo. Hasta ahí llegó la simpatía, entonces sí me encabroné y comencé a repartir coscorrones. Tomen niños culeros, güegüenches, mamones. Poco a poco me fueron soltando, pero el Flaco estaba muy bien agarrado de mis pantalones y no se soltaba, lo traía ahí colgando, y cuando bajé la vista le vi la negra intención de morderme el estómago, así que le di un bofetón muy sonoro. Todos voltearon a verlo y cuando el niño se supo el centro de la atención, típico, empezó a llorar. En medio de un chillido gritó:

—Orita vas a ver, buey. Voy por la pistola de mi papá.

¿Pistola? ¡En la madre!, pensé, y corrí a refugiarme al tendajón de la esquina. Como los niños me pisaban los talones saqué el único billete que llevaba y grité sobre el mostrador:

—¡Cóbrese! —Y vacié en mis manos un frasco lleno de dulces y chicles, justo cuando el primer chiquillo comenzaba a gritar:

—¡Aquí está!

Los demás me rodearon como pirañas, pero yo me acerqué muy contrito, a ofrecerles los dulces. El regalo atrapó su atención y cesaron los gritos. Eso no impidió que uno murmurara «Pinche tira» y que otro me embarrara lodo en la camisa. Pero en cuanto el primero arrebató un dulce, los demás se abalanzaron también.

—¿Y esto lo manda mi mamá? —preguntó el flaco de camisa a rayas.

—Sí, cómo no —aseguré.

Entonces el infeliz mostró la calaña de la que estaba hecho.

—Pues mi mamá siempre nos compra chaparritas.

Una caja de chaparritas después, los niños por fin guardaban silencio. Comenzaba a respirar tranquilo cuando el Flaco llegó cargando una bolsa de plástico. Parecía muy extrañado por la convivencia.

—¿Qué jais? —le preguntó al de rayas.

—Nada, aquí este ñero nos disparó las chaparritas. —Habló con medio pastelillo en la boca.

—¿Y tú, amigo, no quieres nada? —lo atajé.

El Flaco me miró con desconfianza hasta que el de camisa rayada lo animó:

—Ándale, pide unas papitas.

Todavía rejego, el Flaco me miraba en silencio, pero no resistió al ver el festín general.

—Bueno —dijo—. Yo quiero unas papas. —Y antes de que yo las ordenara, agregó—: Pero de las más grandes, con salsa y cacahuates.

El tendero dijo:

—Ya no le alcanza. Y me debe diez pesos de las chaparritas.

Tuve que empeñar la grabadora por dos bolsas de papas y una caja de chaparritas de uva. El Flaco, que era una verdadera ave de rapiña, todavía musitaba:

—Hay que ir por el Chucho y el Negro y el Avestruz, y que los invite este chota.

Nomás por no dejar, llamé aparte al Flaco —tan aparte

como podía, es decir, acompañado por otros dos niños—, y le pregunté:

—Oye, mano, ¿para qué nos habló tu mamá?

Respondió con la boca llena:

—Noooo, es que ella cree que el Chacal es mi tío Abundis.

—¿Tu tío Abundis? —Le ofrecí mi último chicle—. ¿Abundio Mariscal?

—Sí. —Se guardó el chicle—. Por eso le pegó mi papá: que por qué había denunciado a mi tío ante la tira. Le pegó tan duro que la mandó al hospital.

—¿Ah, sí?

—Sí. Yo hubiera hecho lo mismo. —Era un niño muy rudo.

A Abundio Mariscal yo lo conocía. Era un pájaro de cuentas que tenía una refaccionaria de piezas robadas. Era de Tamuín, pero le decían el Sinaloa porque le faltaba un brazo. De ninguna manera podría ser el Chacal, porque según el forense había que ser ambidextro para causar las heridas.

—Sale —asentí.

—Yo voy a querer otra chaparrita —dijo uno de los escoltas.

—Cómo no —prometí—, nomás voy al banco.

Y comencé a alejarme, pero el Flaco me amenazó:

—No te nos pierdas, cuico. Te vamos a vigilar.

Allí los dejé, concentrados en su festín macabro.

De las siguientes tres casas no saqué nada: un adolescente fantasioso, que quería entrar a la policía; una mujer golpeada por su pareja y una anciana que había sacado sus propias conclusiones de la vida: que se las contara a sus nietos. Había prometido ver a la señora Dorotea Hernández, la mamá de una de las víctimas, pero ya estaba hasta la madre y me quería ir a descansar. Ya me iba a ir, pero dije: Bueno, ya estoy aquí, y si no voy, esta vieja es capaz de acusarme en la comandancia, además fue lo único que me encargó especialmente Rangel.

Por esas fechas la señora Dorotea Hernández apareció en los periódicos, hablando mal de la policía, y diciendo que no sabíamos hacer el trabajo. Era una señora especialmente latosa. Ya nos tenía hartos a todos con sus declaraciones a los diarios y, sobre todo, por haber encabezado la manifestación. Su hija había desaparecido desde el 15 de enero, pero no la atendieron y traspapelaron el asunto. Si le hubieran hecho caso, se habría evitado todo lo que ocurrió. A lo mejor yo seguiría trabajando en la secreta… Pero no fue así. Desde que apareció la segunda niña, la señora hablaba a diario a la oficina y ya ni le tomaban la llamada. Rangel me había encargado que le preguntara si sabía dónde estaba el rancho del señor fulano. Y ahí voy. Cada minuto que pasaba yo estaba más inquieto, porque al salir de la última entrevista la misma gente que realizó las denuncias podía correr la voz de que por allí andaba un tira. Además, al momento de salir de cada casa invariablemente me encontraba al grupo del Flaco, éste en la bicicleta de rueditas. Cuando salía de ver a la anciana, vi que el niño me estaba esperando bajo un árbol de mango, como un presagio siniestro. Entonces corrió a verme y me presentó a una turba de futuros pandilleros, que desconfiaban de mí.

—¿Nos invita? —preguntó.

—No, mano —le dije—, ya estoy sin un quinto, hasta me voy a tener que regresar a pie. —Y era cierto, pero no lo convencí.

—¿Cómo que ya no traes lana?

—¿Estás sordo, qué no entiendes? —Y se lo dije tan de mal modo que sus amigos se burlaron de él.

Entonces el muchacho se enojó de verdad:

—¡Ah, pinche tira! Pues ahorita vas a ver.

Yo lo mandé al cuerno mentalmente y me fui a casa de la señora Dorotea, allá al final del mercado, junto a la escuela federal número cinco. La mayoría de los pandilleros se desbalagaron, pero el Flaco me siguió a distancia, pedaleando en la bicicleta, con dos guaruras detrás. Había quedado muy mal con sus amigos, que se fueron sin papitas.

—Ya no te voy a contar nada —me gritó.

Pero no me detuve. Si podía llegar al mercado sin problemas ya estaría a salvo, o al menos eso creía. La idea era evitar la calle del muelle, que era de las más transitadas.

Pues ahí voy, con el Flaco repelando a mis espaldas. En cuanto divisé el mercado respiré hondo y me metí corriendo. Los perdí a la altura de la dulcería Danny. Me costó trabajo salir porque era quincena y el mercado estaba hasta la madre, lleno de señoras que iban a hacer el mandado, además de los trasvestidos, prostitutas, cargadores y clientes de siempre. Salí por una puerta lateral y no vi trazas de los niños. Llegué a casa de la señora Dorotea al mediodía, bajo un sol durísimo, y, en cuanto la vi, supe: Por aquí va. Le hice una entrevista implacable, hasta que de pronto confesó. Ay, cabrón, me dije, éste es. Pero hubiera preferido que no lo fuera, porque se trataba de un tipo muy pesado. Como la impresión fue tanta que me quedé callado, ella palideció:

—¿Hice mal?

—Sí —le dije—. Debió decirlo antes.

Y se echó a llorar. Yo ya estaba más allá del bien y del mal, le ordené que no contara a nadie lo que me dijo, a ver si todavía podía ayudarla. Pero a nadie, le insistí. En ese momento yo estaba pensando nada más en la recompensa: no lo podía creer, había descubierto una aguja en un pajar, un trébol de cuatro hojas. En dos patadas el dinero sería mío, a lo mucho en veinticuatro horas. Yo ya ni podía oír lo que me decía la señora, había entrado en otra dimensión donde una voz me decía: «La recompensa, cabrón, ve por la recompensa». La señora no sabía cómo llegar al rancho de este individuo, pero me dio los datos de alguien que podía indicarme el camino.

Cuando salí a la calle, tómala, me estaba esperando el Flaco con su papá. Éste era un negro tronadísimo, con cara de golpeador. Y estaba muy enojado.

—¡Tira! —me gritó—. ¡Pinche tira!

Yo hice como que le hablaban a otro, y meneé la cabeza, como si no se refiriera a mí, y me fui por la calle que sube a la plaza. Oí la voz del niño, diciendo: «Ése es, papá, ése es», y sentí los pasos de su papá, que venía tras de mí. «¡Agente!», me gritaba, pero yo hice como que me hablaba la Virgen y no me volví. Pensé: pinche Rangel, maldito el día en que acepté venir sin pistola, debió prestarme la suya. Nomás falta que me maten justo ahora que di con el asesino. Entonces el Negro gritó: «No tienes nada de hombre, nomás te metes con niños», y lo oí escupir. Advertí que el Negro le daba instrucciones a dos personas, que salieron disparadas en dirección del mercado, y sentí que el sudor me corría por la espalda. Pensé: «Ay, Dios, éstos van a cerrar la calle, me van a matar como a una rata», y aceleré el paso. El pasaje estaba en una pendiente empinada y creí que me iba a desmayar. El Negro seguía gritando, pero yo no volteaba. Entonces noté que la gente se iba abriendo a mi paso, como si yo estuviera en peligro. Concluí que me estaba apuntando con un arma. Seguro le dieron una pistola. Como vi que un grupo de sujetos esperaban al final de la calle, torcí en dirección de la aduana. Al pasar frente a las tortas de la barda, los pasos del Negro sonaban muy cerca de mí, o a lo mejor eran los míos. Me estaba desmayando del susto, y llegué a la estación del tren. En eso vi que los chavos volvieron: «Negro, Negro, aquí tienes», y ya no me cupo la duda. Me dije: «Chin. Ora sí le dieron un arma». Doblé a la izquierda, por una calle que se veía más concurrida, pero no me sirvió de nada, porque la gente saltaba a un lado si yo me acercaba. Algunos hasta me veían como se ve a un condenado a muerte que ignora su destino; y me dije: Ay, Dios, me van a ejecutar. Y no quería voltear, pues pensé que el Negro no se atrevería a dispararme por la espalda… O a lo mejor sí, pues estaba en la Coralillo, donde nadie quiere a los policías. Entonces sentí clarito que una multitud se había formado a mis espaldas, listos para ver-me morir, como si asistieran al circo romano, y en eso un tipo que venía en sentido contrario se agachó cuando yo lle-gaba junto a él, como para esquivar algo y sentí el primer impacto en la espalda, duro y macizo, que me cimbró por completo. Me acuerdo que pensé: ¡Ay, cabrón! Esto fue todo. Sentí la espalda mojada y chorreando: Ay, Dios, ay, Dios, ya me dieron, me faltaba aire y moqueaba, pero no dejé de avan-zar: ¡Santa Madre de Dios! ¡Madre del Divino Verbo! ¡Ayú-dame a salir de este trance!, al llegar a la cima se me salieron las lágrimas, y recibí el segundo impacto, pum, y fue cuando dije: Ave María Purísima, ¡hasta aquí llegué! Pero le ocurría algo muy raro a la gente, porque en lugar de gritar o espan-tarse se estaba riendo de mí. Las piernas ya de a tiro se me do-blaban cuando sentí que una cosa blanda y jugosa me escu-rría por el cuello. Mi mano volvió manchada de una pulpa amarilla: una papaya. Pensé: El Negro me aventó una papa-ya. «¡Agente! —me gritó—. A ver cuándo vuelve a venir.» La gente se rió hasta que quiso, y yo dejé de moquear. Subí por la calle Héroes de Nacozari, me limpié la pulpa discretamente y no me detuve hasta que vi el edificio de la comandancia. Ahí respiré. Estaba golpeado, humillado, sucio y había perdido la grabadora. Pero estaba vivo y sabía quién era el criminal.

22

Se citaron en el Tiberius Bar, a las seis de la tarde. El madrina había pedido tequila, enchiladas, pan y un queso fresco. Tan pronto llegó, Vicente le preguntó: ¿Encontraste lo que te pedí? Como respuesta, el Ciego le entregó el sobre del diputado Wolffer, el sobre con el soborno, que tenía un logotipo oficial.

—Tuvo suerte. Estuve a punto de tirarlo.

—¿Y fuiste a ver à la señora Hernández?

El Ciego le mostró la carta con las amenazas:

—Éste es —le dijo. Y como viera que los ojos le brillaban, lo detuvo—: Pero antes hay que negociar mi porcentaje.

Le contó su entrevista con la señora Hernández. Estaba tan eufórico que no mencionó el ataque en el mercado. En cuanto terminó, Rangel notó que le sudaban las manos.

—¿Tienes el mapa?

Por la tarde le encargó que comprara un mapa de carreteras del estado.

—Aquí está, lo que no entiendo es por qué una persona tan influyente está escondida allá, en el fin del mundo.

—¿Por qué crees? —dijo Rangel, señalando una vereda en el mapa—. La ubicación es excelente, si se siente amenazado por la justicia puede cruzar a pie la frontera con Texas, lejos de la ley mexicana. Todo está calculado, por eso hay que caerle de madrugada, antes de que se nos vaya a pelar para allá. ¿Averiguaste cómo llegar?

—Pues sí, siguiendo esta carretera.

—No mames, Romero, ésa es zona de narcos, no quiero tener problemas con nadie. Imagínate que atravesemos un plantío de amapola o que te apunten con una cuerno de chivo. Búscate a alguien que conozca bien ese rumbo. ¿O qué? ¿No quieres cobrar la mitad?

El Ciego comentó que la señora Hernández le dio los datos de una persona que trabajó en un rancho cercano.

—Ve a consultarlo, pero aguas, cabrón. Cuidado con lo que dices o todo se va a la chingada.

Examinaron el mapa de carreteras. El Ciego hizo cálculos y comentó que el objetivo estaba a por lo menos seis horas del puerto.

—Manejo yo de ida y usted de vuelta. Nos lo traemos y a dividir la recompensa. —Luego inquirió—: ¿Alguna vez se metió con alguien tan pesado?

—¿Te estás rajando?

—No, nomás quiero saber si no estaremos apuntando muy alto.

—Si te quieres echar para atrás, todavía estás a tiempo.

—Ni madres —dijo el Ciego—, ni madres.

Le dio las llaves del Chevy Nova: Ponlo guapo para el viaje. Entretanto él, que no había dormido nada, se iría a descansar unas horas. ¿Lo llevo, jefe? No, me voy yo solo, tú clávate en lo que te ordené. Oye, Romero, ¿en serio le meterías unos toques a un sospechoso? El Ciego pareció meditarlo: Pues sí… siempre y cuando mi mujer no trabaje ese día. Ah, caray, ¿qué tiene que ver tu mujer en todo esto? Después le cuento, si no me apuro no cobro. Sale, pero ya sabes: no hables con nadie.

El Ciego Romero salió de allí a las nueve en punto. Tuvo que ir a buscar a un mecánico a su domicilio, lo obligó a abrir el taller y a revisar el Chevy Nova. El mecánico puso a tiempo el motor, lo llenó de aceite, le ajustó las bandas y lo preparó para que desarrollara más velocidad. El Ciego fue a ponerle gasolina una hora después, confirmó que las llantas estaban calibradas para carretera, y se subió al coche, pero antes de recoger a su socio fue al Flamingos, el único restaurant que estaba abierto sobre la avenida. A esas horas la ciudad estaba desierta y los focos del alumbrado público la teñían con una luz amarillenta. Los únicos parroquianos eran choferes de ruta, traileros y periodistas que salían de trabajar. Entre ellos, el Johnny, que estaba muy efusivo y cenaba con una secretaria del diario. Romero fue directo hacia él y lo llamó a señas. Se encontraron en el baño de hombres.

—¿Qué me cuentas? —dijo el Johnny—. ¿Por qué tan misterioso?

—Te tengo algo muy, pero muy bueno pinche Johnny, pero me tienes que doblar el porcentaje.

—¿Como qué?

—Ya tenemos al Chacal.

El reportero lo miró con sorna.

—Llegaste tarde, mi estimado. Ya identifiqué al que hizo la detención y hasta lo entrevisté.

El Ciego se puso pálido y sintió que se le resecaba la boca:

—¿Quién fue?

—¿Cómo que quién? Tu amigo, el gordo.

—¿El Travolta? No puede ser, ese buey se está meando fuera de la bacinica. Acuérdate de lo que le pasó con el Profeta.

—Ya te digo: el culpable está preso, confeso y pasado mañana le leen la sentencia. Lo siento, mi estimado, y me tengo que ir porque me está esperando mi amiga.

—Espera, cabrón… Según el gordo, ¿quién es el Chacal?

—Un testigo de Jehová, que es repartidor de dulces. Trabaja con el señor Juan Alviso. Ahorita lo tienen incomunicado en un separo, porque pasado mañana viene el gobernador y no quieren dar la noticia hasta entonces.

—¿Un tal René Luz de Dios López?

—Sí, ése es.

El madrina suspiró con alivio. Entonces le explicó al Johnny que René Luz de Dios no podía ser el culpable, entre otros motivos porque se encontraba fuera de la ciudad cuando ocurrió el primer asesinato, tenía testigos que lo exoneraban del segundo, y era muy evidente que el Travolta llevaba días buscando un chivo expiatorio.

—A ver, a ver, ¿cómo está eso? —preguntó mientras se enjabonaba las manos.

—Mañana te doy la exclusiva. Y yo en tu lugar mejor tiraba esa entrevista.

Johnny Guerrero se carcajeó:

—Pinche Romero. Si lo que me dices es cierto, a ti es al que van a tirar… pero allá por la curva a Texas, en calidad de cadáver.

Se refería a una sección casi abandonada de la carretera, donde ciertos criminales iban a deshacerse de sus rivales. Como el lugar estaba lleno de coyotes y había escasa circulación, los cuerpos se volvían irreconocibles antes de ser encontrados.

Salió sacudiendo las manos. El Ciego comprendió que la

relación con el Johnny había terminado. Pero no importa, pensó, la recompensa bastará para alejarme y comenzar en otro lugar. Soñaba con establecerse en Guadalajara.

—Okey —alcanzó a gritarle—, me voy a ir con la competencia.

Y salió de malas. No vio cuando el usuario del último baño activó la palanca de agua, se puso de pie y salió de allí con un humor de los mil demonios, a través de una puerta que siempre estuvo entreabierta. Era el Travolta en persona.

A la misma hora, Rangel pasaba a *El Mercurio* a buscar a su chava. Preguntó por ella en la entrada y ésta salió un minuto después. Sonreía, se había relamido el cabello y llevaba una banda en el pelo. Media hora después estaban entrando a la casa.

—Si quieres ir a recoger algo, ahora es cuando. Después no sé si vamos a poder regresar.

—¿Así, de plano? Me puedo ir con lo que traigo puesto, por mí no hay problema… Lo pensaba por Johnny. Cuando vea que no vuelvo se va a enfermar del coraje. ¿Este lugar al que vas queda cerca de la frontera?

—Sí.

—Ten mucho cuidado. Dicen que allí pasan cosas muy raras, que hay una base de extraterrestres. Ten, llévate esto. Es mi talismán de mobdolita.

Era una piedra ancha y plana como un pisapapeles, colgada de una tira de cuero. La piedra resbaló y cayó en dirección de Rangel.

—Mira, se quiere ir contigo —celebró la muchacha—. Le caíste bien.

A cambio, Rangel le obsequió el marco alemán del señor Torsvan. La muchacha lo examinó con cuidado, y le dijo a Vicente que no debería separarse de él en ese momento.

Cuando estuvo dormida, Rangel salió a la terraza y miró las nubes rojas del cielo, que parecían advertirle: Carajo, ésta puede ser la última vez que te encuentres aquí. Entre los árboles llegaba el rumor del río Pánico, y el pitido del transbordador. Más allá, del otro lado de la corriente, se encontraba la garita de Luis Carlos Calatrava, muerto por un arma extranjera. Se dijo que era muy extraño pensar que ya no lo vería nunca, y se resistía a creer que hubiera muerto el Brujo, un aliado impecable. Me quedo solo, chingado. Estuvo pensando en ello hasta advertir que se quedaba dormido, y se acomodó en la tumbona, desoyendo los consejos de Práxedes. Corro peligro, pensó, debería meterme a la casa. Tuvo la intención de hacerlo, pero se sintió cada vez más pesado y se quedó dormido en el preciso instante en que pretendió levantarse.

CINCO MINUTOS NEGROS

23

Percibió movimiento junto al bote de basura, pero pensó que serían los mapaches. La presencia de su tío, sentado en algún lugar de la terraza, fue quien lo puso en alerta: Cuidado, cabrón, si no te fijas no puedo ayudarte. Había una presencia allí afuera, y se dijo que debía investigar. El ruido cobró nitidez y recordó la advertencia de Práxedes: No te distraigas, Rangel, pon doble chapa a tu puerta. Pero había dormido tan poco en las últimas noches que no conseguía despertar por completo… Sólo salió del sopor cuando oyó el ruido que hacían al caer los botes de basura. ¿Qué onda, cabrón, qué pasa? Hizo un esfuerzo monumental para ponerse de pie y dirigirse a la puerta. Al momento de bajar los escalones, hundió los pies en un repugnante cenagal. Qué asco, pensó, cómo tienen este territorio. Estaba sacando los pies del lodo cuando vio las huellas de un animal de uña larga, sin duda un jaguar. Ay, cabrón. Razonó que no era posible, hacía años que no se veía un jaguar en esa zona, pero lo contradijo el sonido del maizal en movimiento. No mames, pensó, creo que vi algo, y comprendió que el depredador lo había estado acechando. No puede ser, se dijo, no puede ser. Se acercó tan silencioso como pudo, y alcanzó a ver los cuartos traseros de un animal que se adentraba en el sembradío. Ay, cabrón, pensó, un jaguar de dos metros. Como agente de seguridad pública su obligación era ir a agarrarlo, pero él no era cazador, era policía. Un ronroneo preocupante le indicó que no había tiempo de dudar. Escudriñó más allá del basurero, en el momento en que una ráfaga amarilla se deslizaba a su izquierda. La piel se le erizó al percibir al felino en toda su inmensidad. Puta, se dijo, ¿qué estoy haciendo?, y al tocarse el cinto descubrió que había olvidado la pistola. Qué pendejo, pensó, la dejé en la hamaca. Una respiración violenta le indicó que el animal venía de regreso. Revisó el suelo pero no encontró nada con qué defenderse. Como si hubiera percibido su ventaja, el animal ronroneó de gusto, y los crujidos del maizal se oyeron cada vez más cercanos. Puta madre, pensó, puta madre. Corrió instintivamente hacia la hacienda abandonada, era lo único que podía hacer, correr así, de lado, sin girar por completo, para evitar que lo atacara por la espalda. Entró al patio central del edificio y se metió en la primera habitación que encontró abierta. Por desgracia era una habitación vacía, de puertitas endebles, que no cerró por completo. Cuando entornaba la primera de ellas vio la piel del jaguar a través de las rendijas, y comprendió que estaba atrapado. Entonces supo que el carnicero lo condujo ahí para comérselo a gusto. Estaba jugando conmigo, pensó, como todo el mundo, y trató de impedir que entrara, pero el animal se paró en dos patas y se apoyó sobre la puerta, haciendo un ruidito sarcástico. Trató de balancear el peso aunque sabía que era inútil, porque el jaguar era más fuerte que él. El peso lo fue venciendo sin que pudiera impedirlo, hasta que se venció la puerta y cayeron al suelo. Cuando las garras se instalaban en sus hombros y el hocico se acercaba hacia su rostro le pareció que el animal sonreía. Con asombro vio que tenía grandes y puntiagudos colmillos pero sus labios y la forma de la boca eran humanos. Lo oyó decir: «Por eso nos dicen animales de garra, por la manera como dejamos a nuestras víctimas». Y eso fue todo.

Despertó cuando estaba a punto de caerse de la cama, con las piernas enredadas en la manta. Tenía ambas manos levantadas, como si hubiera luchado contra un enemigo invisible. Ah, cabrón, ni me acuerdo a qué horas me vine para acá, ¿que no me había dormido allá afuera? Tanteó la parte opuesta de la cama, y agradeció que la muchacha se hubiera quedado a dormir.

—¿Mmm? ¿Qué pasó?

Rangel trató de pararse sin hacer ruido, pero la muchacha alcanzó a comentar:

—La mobdolita, llévate la mobdolita.

Así que tomó el mineral que le ofrecía la muchacha y la guardó en su camisa. Ella se acurrucó de nuevo y volvió a dormir.

Miró el reloj: eran las dos y media, si no se apuraba no iba a llegar. Se echó agua en el rostro y antes de ponerse el rompevientos se fajó la veintidós en la cintura. Ya para salir recordó la pesadilla, así que fue al mueble de la sala y sacó la Colt calibre treinta y ocho y la funda sobaquera.

Desde que murió su tío no había tenido ocasión de utilizarla. Sólo la desenfundaba cada mes, para limpiarla y aceitarla, pero no la guardaba con el cargador puesto, a fin de evitar que el resorte se aflojara, pero esa noche le parecía oír la voz de su tío: Vas a necesitar artillería pesada, sobrino, estos sujetos son muy traicioneros. Le colocó cinco balas, comprobó que llevaba cartuchos de repuesto y se colocó encima la chamarra. La tensión le había provocado fuertes dolores en el cuello. Por la fuerza de la costumbre, estuvo a punto de dejar la puerta abierta, pero recordó la advertencia de Práxedes y regresó a cerrar con llave. Era mejor para la chava.

Caminó por los maizales de la orilla, menos exuberantes que los maizales de su sueño. Había pasado tantas veces por ahí que ni siquiera percibió el ruido de los grillos, ni evitó el lodo negruzco y pegajoso del camino. Era una noche fría, en que la niebla lo rodeaba todo, y al sentir el fresco de la noche pensó que le dolería la garganta. Chingado, se dijo, ya bajó la neblina.

Tomó el sendero lodoso que llevaba hasta el borde del río y atravesó la niebla espesa, que se pegaba a la piel. Al no encontrar el ferry supuso que estaría en la otra orilla, y no había nadie de guardia en el muelle, puras lanchitas vacías. Ni modo, se dijo; y fue a patear la puerta del jacal. Un pescador cincuentón salió en camiseta y calzones: ¿Otra vez?, preguntó, ¿pues qué horas son? Rangel no respondió nada, y el pescador agregó: Qué le vamos a hacer, la ley es la ley, déjeme ir por mis chanclas.

Cuando iban a mitad del río se cruzaron con el ferry, que venía de regreso. A qué hora vuelves, cabrón, y hubo que hacerse a un lado para que no los tumbara la fuerza del oleaje. La lancha se balanceó a tal punto que Rangel, menos habituado a esos vaivenes, apenas pudo mantenerse en el asiento de madera. En una de las sacudidas estuvo a punto de salir volando, pues la proa se levantó de tal forma que casi lo despidió por los aires. Cuando cayó sobre las tablas descubrió que el pescador, perfectamente agarrado al motor, lo miraba con aire divertido. El Lobina me odia, pensó, si por él fuera ya estaría ahogado en el fondo del río.

Ya para llegar a la orilla consiguió leer el letrero en la margen opuesta: «Bienvenidos a Paracuán, hogar del Sindicato de Petroleros». Como lo esperaba, su ayudante no había llegado y Rangel utilizó el tiempo de espera para tallarse los ojos.

Una mariposa negra, de esas que la gente relaciona con premoniciones y anuncios de muerte, cayó volando a sus pies. Rangel sintió una opresión en el pecho, pues quiso ver la hora y su reloj se había quedado sin pilas. Ay, buey, se dijo, ¿y si no vuelvo? ¿Y si me matan? ¿Quién le va a abrir a la muchacha? El mundo le parecía siniestro y en todo veía presagios oscuros.

Se preguntaba por qué no llegaba el madrina. Había que viajar a oscuras, si querían sorprenderlos; lo que iban a hacer lo tenían decidido y estaban al tanto de las consecuencias. En cuanto a mí corresponde, se dijo, la decisión fue tomada y no me voy a echar para atrás. En su ansiedad deambulaba de un lado a otro del muelle, envuelto en la humedad de la niebla, y comenzaba a sudar. Pronto le ardió la garganta.

Tenía la foto del sospechoso en el bolsillo derecho del pantalón, pero no quería examinarla. Desde que la arrancó del periódico, la imagen no había dejado de intrigarlo. La primera vez que la vio sintió un escalofrío en la espalda. Era como si alguien, con una visión de conjunto de su vida, le estuviera dando una clave, que él no sabía interpretar: «Toma esta foto. ¿A quién te recuerda?».

Al cruzarse de brazos sintió la cacha de la pistola y se preguntó cómo sería la persona que estaba a punto de detener. ¿Un asesino calculador e indiferente, como los que describió el especialista, o un loco salvaje, un inadaptado encerrado en sí mismo? ¿Será peligroso llevarlo en la parte trasera del coche? Ay, cabrón, se dijo, eso no lo había pensado, mis esposas las tiene Tiroloco, ¿con qué lo voy a amarrar? No creo que pueda encerrarlo en el cofre.

La canción de Rubén Blades «Tiburón» le llegó desde una lancha lejana. El ferry sonó la sirena, oculto en el interior de las tinieblas, y la luz de un coche apuntó en dirección del agente. Era el madrina, que no tardó en ubicarlo.

—¿Ya estuvo?

—Está todo listo, patrón: gasolina, motor, aceite, agua, frenos, aire y café.

En el momento de subir al auto sintió una extraña aprehensión por la muchacha y buscó su casa, pero se la había tragado la niebla.

TESTIMONIO DE SIDRONIO GARZA,
CAPORAL

Me acuerdo como si fuera ayer. El Ciego me preguntó cómo llegar y le dije: Junto a ese rancho trabajé toda mi vida, cómo no me voy a acordar. A ver, apunta: De San Juan Río Muerto, le dije, te vas por la carretera ciento ochenta hacia Victoria. Ahorita está imposible viajar por Aldama, porque a la altura de Siluma se desbordó el río Colorado y cerraron el paso, así que en la encrucijada de Estación Manuel tienes que agarrar para González. Cuando hayan cruzado el Arroyo del Cojo y el Cerro del Nagual verán un camino de terracería que lleva a Gómez Farías: tómenlo, porque los otros están cerrados. Cuando divisen el letrero que dice Ciudad Victoria, se van todo derecho por ahí y en el siguiente cruce se dirigen a San Fernando. No te vayas a ir por la carretera vieja, porque te meterías a la parte inundada. Esta carretera que te digo cruza el río Purificación, que es un afluente del río Colorado, y pasa junto a la presa Padilla; desde ahí hasta San Fernando no hay dificultad. Y a partir de aquí, ojo: como veinte minutos después de San Fernando agarras para Matamoros y si ves un letrero que dice Valle Verde, ni se te ocurra entrar: no me preguntes. En lugar de eso tomas la brecha que va para

Arroyo del Tigre y doblas a los quince minutos, donde veas un letrero que dice Paso Culebrón; a partir de ahí todo se complica, está lleno de curvas. Vas a ver un camino para las garitas pero no lo tomes, te sigues derecho y pasas Las Ánimas, La Venada, El Refugio, Ojos de Miel y te vas por ahí derecho hasta una ranchería que se llama La Gloria. Una vez ahí, en la mera punta de Paso Culebrón vas a encontrar un camino de terracería con una valla de mangos. Hay un tractor oxidado, que se está cayendo a pedazos, y como a diez metros está el rancho que buscan. Tienes que pasar dos rejas antes de llegar a la casa. Cuidado con los vigilantes: el Chuy y don Cipriano. No te descuides con el Chuy, le gusta pasarse de rosca, siempre anda con la escopeta, y vigila a Cipriano, que es un cabrón. Lo mejor es que no lleguen de noche, porque si de día la gente tiene prohibido el paso, de noche quién sabe cómo vayan a reaccionar. ¿Y qué se les perdió ahí, si puede saberse? ¿Que no saben quién es el dueño? Está bien, está bien: nomás pregunto.

24

Pagaron en la caseta de Carreteras y Puentes Federales, y un letrero les dio la despedida en nombre de la ciudad: «Hasta luego, amigos turistas».

Dejaron atrás la zona de las loncherías: construcciones con techo de palma, rodeadas de tráilers y camiones de redilas, donde sólo los choferes se bajaban a cenar. Vieron un motel de paso que en lugar de puertas exhibía insuficientes cortinillas de plástico, a través de las cuales era posible ver docenas de cuerpos haciendo el amor, a la vista de todos; poco después los primeros jacales, platanares dispuestos en línea, expendios de cerveza clausurados, casas a oscuras, sin luz exterior; una gasolinera abandonada antes de terminar de construirla, un restaurante donde no se paraba nadie, salvo un viejo y una adolescente que aguardaba de pie, aburrida, apoyada en el marco de la puerta...

Tanques de plástico para almacenar el agua, naranjales ocultos por plantas parásitas, crecidas al extremo de rodear el árbol por completo, y sobre ellos, palmeras ululantes, verdaderos gigantes majestuosos...

Un zopilote de cuello rojo y plumas negras, aplastado a la orilla del camino; un tendajón con dos perros bravos, que disputaban los restos de un becerro atropellado...

Un triste arroyo lleno de hojas y troncos caídos, una fila de sauces llorones con las ramas cubiertas de musgo…

Una mina de grava abandonada: un territorio lunar sin plantas ni árboles; un bulldozer con la pala encajada en el suelo, y al costado dos grúas, dos camiones de volteo, inertes, apagados, esperando…

Dos anuncios de Refrescos de Cola y al tercero Romero chasqueó la lengua y abrió el termo que guardaba en el maletero. Bebió con verdadera ansiedad.

Un letrero anunciaba la próxima encrucijada: Matamoros a la derecha, Valle Verde a la izquierda. Vieron el cementerio al borde del camino, una profusión de cruces pequeñas, pintadas de colores pastel, y más adelante, el letrero de Paso Culebrón. La carretera se transformó en un camino de terracería, y no tardaron en ver la señal de Arroyo del Tigre, y los ojos de agua.

Los sorprendió una gruesa capa de niebla que apareció de repente. Poco después, la defensa del auto chocó con el principio de la colina, y la niebla adquirió un espesor considerable. Atravesaron tres rejas consecutivas, de madera y alambre de púas, que Romero se bajó a empujar. No las cerró, por si no había tiempo para abrirlas al regreso.

Al llegar a la cumbre vieron el tocón que indicaba el nombre de los dueños. Aquí es, dijo Vicente, y le quitó el seguro a la Colt. A su vez, el madrina sacó una escuadra automática y la colocó entre sus piernas: iban a vuelta de rueda.

—Parece que estamos a cuarenta grados —dijo el Ciego, y Rangel asintió.

La niebla se despejaba por segundos y les permitía ver el camino, como una tela blancuzca que ondeara sobre ellos. Vieron un caballo pastando y Romero atenuó las luces del auto. Rangel tardó en distinguir las casitas de ocote, en el otro extremo de la elevación.

—¡Puta! —dijo el madrina—. Ya valió madre.

Desde lo alto de la meseta, tres perros los recibían a ladridos. No habían contado con eso.

—¿Y ahora qué hacemos? —preguntó el Ciego.

—Improvisar. No queda otra.

Romero encendió las luces y dirigió el auto hacia el rancho, escoltado por los tres animales. El único árbol visible tenía colgada una llanta a manera de columpio. Detrás de él, dos jacales, y un tipo con una pequeña escopeta salió corriendo del primero.

—'Pérate, 'pérate.

El Ciego no lo había visto, y apenas consiguió frenar. La sombra tomó posición de tiro tras el árbol. Al mismo tiempo, un hombre robusto asomó desde el segundo jacal. El tipo de la escopeta deslumbró al madrina con una linterna, y éste perdió la calma:

—¡Apague eso!

—¿Qué quieren? —gritó la voz.

Romero no podía distinguir nada. A un costado, los gruñidos de los perros aumentaron:

—¡Apaga esa lámpara, hijo de tu madre!

Y antes de que el madrina cometiera un error, Rangel intervino:

—¡Policía!

Durante varios segundos sólo oyeron el ruido abrumador de las cigarras. La luz de la linterna se reflejaba en los anteojos del madrina.

Rangel notó que el hombre que esperaba en la puerta de la choza, iluminado por la luz de los faros, hablaba con alguien en el interior del jacal. Tras las ramas de ocote que constituían la pared, el agente vio la figura de una niña o una mujer que se acercaba al hombre, en cuclillas, y le entregaba un arma. El tipo de la linterna insistió:

—¿Qué quieren?

El Ciego iba a levantar la pistola, pero Rangel le detuvo la mano. No quería morir venadeado:

—Vengo a hablar con don Cipriano.

Entonces el hombre de la escopeta apuntó la linterna hacia el suelo. Rangel logró distinguir a un joven de unos treinta años, de bigote y patillas en forma de chuleta, que les apuntaba con una ametralladora pequeña. Por las prisas, el guardián sólo se había puesto las botas y el pantalón.

Rangel reconoció el arma, y sabía que si se agarraban a tiros él y su socio no tendrían oportunidad.

—Guarda eso, Chuy —dijo Vicente—. Nos manda tu patrón.

A juzgar por su silencio, el ranchero dudaba. Entonces el cuarentón les gritó sin moverse:

—¿Qué buscan?

Y Rangel contestó:

—Venimos por el encargo.

El sujeto que permanecía en el jacal hizo una seña al muchacho, y preguntó para ganar tiempo:

—¿Qué dice este hombre, Chuy?

—No le entiendo. Sepa la madre.

El hombre de la choza se encaminó directamente hacia ellos. Rangel vio cómo ocultaba la pistola en la espalda. Caminó hasta que estuvo del lado derecho del automóvil y se detuvo en cuanto el detective quiso bajar:

—A ver, muéstreme un papel, o algo.

Mientras levantaba el cuerpo para sacar la cartera, Rangel mantuvo una mano sobre la Colt. Pero el viejo no intentó nada y leyó el documento con cierta dificultad:

—Vicente-Rangel-González, del servicio secreto… ¿Por qué no vino el patrón?

—Pregúntele usted.

—¿Y no le dio un papel, o algo?

—Les mandó esto, una bonificación.

Rangel le entregó el sobre que le dio el diputado Wolffer, con el logotipo gubernamental y el resto del soborno. Don Cipriano contó y se guardó el paquete en un bolsillo, y entretanto el segundo hombre seguía apuntando a Romero.

—A ver —bromeó Vicente—, dígale aquí a la dama que guarde el juguete. La veo muy inquieta.

Rangel pensó que el de la ametralladora se le iba a ir encima, pero se limitó a resoplar y escupir en la hierba.

—¿Se llevan la troca? —preguntó el viejo.

—¿Cómo?

—Que si se van a regresar en esta nave, o si se van a llevar la troca del patrón. —Don Cipriano le señaló una camioneta negra, estacionada detrás de la casa.

Rangel encendió las luces altas y distinguió un logotipo oficial: las mismas tres letras que vio sobre el cuerpo de las niñas.

—No estaría nada mal que Chuy nos venga siguiendo —explicó Vicente—. El apoyo siempre se agradece. Tenemos que estar en el aeropuerto en unas horas, porque al patrón le urge mover al encargo. ¿Qué pues?

—Sí, cómo no —dijo Cipriano—, na más una cosa: ¿por qué vinieron ustedes?

Y el Ciego comentó:

—Para librarlo de todo mal. —Y palmeó de manera ostentosa la pistola.

El ranchero no parecía convencido, pero dio su brazo a torcer:

—A ver, Chuy: encamina aquí al cuñado.

Rangel bajó del auto con tranquilidad, como si le diera pereza realizar el trabajo. De inmediato los perros se le fueron a las piernas, pero los detuvo el grito de Cipriano. Pinches coyotes, pensó. Tenían la pelambre erizada, a causa del lodo.

—¿Y por qué tan temprano?

—Tiene que tomar un avión, hasta Matamoros. Ni modo, lo vamos a despertar.

—Nunca duerme, ¿verdad, Chuy?

—¿Está aquí en la casa?

—No, ahorita lo llevan a donde está. Pero su pareja se queda aquí.

—¿Por qué?

—¿Para qué lo necesita? ¿Es su mujer?

Romero gruñó por lo bajo, pero no respondió a los insultos. Chuy se acomodó la ametralladora bajo el hombro y Rangel comentó:

—¿Es una Uzi?

—¿Tú qué crees?

—Esa arma es para uso exclusivo del ejército.

—¿Qué, me la vas a quitar? Adivina quién me la dio.

Don Cipriano intervino:

—Hay que ir por él a caballo. —Y señaló la alambrada, donde pastaban dos animales.

Se acercaron a dos yeguas oscuras, que resoplaron al verlos llegar. Chuy trepó a su caballo de un salto y Rangel lo imitó.

—Píquele —dijo el ranchero.

La yegua intentó salir a trote y tumbarlo, pero el detective se afianzó como pudo. En cuanto tuvo oportunidad, se fajó la pistola por delante del pantalón: No puedo confiar en el Chuy, este buey me da mala espina.

Cuando cruzó la alambrada, vio el corral donde dormían los borregos. Claro, se dijo, este cabrón tomaba a los animales del rancho de su hermano, y con eso atraía a las niñas. De aquí los tomó.

Cabalgaron hasta que la loma desembocó en un riachuelo y atravesaron un bosque de tamarindos. Una vez en el claro, los sorprendieron unos dedos completamente incendiarios, que surcaban el cielo. La vegetación se tupió, y Rangel oyó el grito de un ave. Entonces el Chuy apaciguó su caballo y llegaron a un claro más grande.

Había una casa hecha de material, y alrededor tres jacales. La casa de material fue construida donde empezaba la selva. En caso de encontrarse en peligro, se dijo, basta con salir por la puerta trasera.

—¿Está en la casa?

—No —dijo el Chuy—, por acá.

Se apearon frente a un jacal más pequeño y miserable que los otros. El ruido que venía de la selva se detuvo un instante y después prosiguió.

Las paredes estaban hechas de ramas de ocote, y hace diez días o diez años, los huecos entre una y otra estuvieron cubiertos de arcilla. Ahora, incluso la selva podía verse sin dificultad a través de las ramas. En el interior rechinaba una hamaca.

Sin perder de vista al ranchero, Rangel se acercó. El corazón le batía con tanta fuerza que creyó que iba a darle un ataque cardiaco.

—¡Señor Morales! —gritó.

—Mucho cuidado, amigo —lo reprendió el Chuy—, no le hable en ese tono, ¿que no sabe quién es?

Rangel pensó que eran muchas consideraciones con el hombre que había matado a tantas niñas, así que descendió del caballo y caminó hacia el interior de la choza, ante el horror del ranchero. Al instante cesó el rechinido. A medida que se acercaba, el zumbido de un grupo de moscas le aconsejó precaución: Chingue su madre, ¿qué es esto? Pronto reconoció el mismo olor del edificio abandonado. Ni modo, dijo Rangel, ya estaba de Dios. Levantó la tela ondulante que velaba la entrada y penetró al interior del jacal.

Tuvo que parpadear para que sus ojos se acostumbraran a la ausencia de luz. Tres latas vacías de Refresco de Cola condujeron su vista en dirección de la hamaca, donde había un bulto enredado en la frazada. Rangel le dijo que había venido a buscarlo y el hombre descendió de la red.

Era el vivo retrato de su hermano: un hombrecillo rubio y delgado, de no más de sesenta kilos de peso, cabello lacio y grasoso. Cuando estuvo lo suficientemente cerca, Rangel preguntó:

—¿Clemente Morales?

El hombre asintió.

—¿Usted mató a las niñas? —le dijo en voz baja.

Su interlocutor suspiró, como si le quitaran un peso de encima:

—Yo fui…

—¿Cómo se llamaba la primera?

—Lucía Hernández Campillo.

—¿Dónde las ultimó?

—En una escuela, allá por las vías del tren.

—Cállese y vámonos. No diga nada. No tiene derecho a hablar.

Y eso fue todo.

Una vez en el rancho, treparon al sospechoso en el Chevy Nova y se despidieron de Cipriano:

—Vámonos, Chuy, no te retrases, nos tienes que escoltar.

El ranchero subió a la camioneta negra y siguió al Chevy Nova hasta la primera puerta de madera. Una vez allí el Chevy se detuvo a fin de que Rangel bajara a orinar.

—Pinche buey —dijo el Chuy—, ¿no que traías mucha prisa? —Y se bajó a cerrar la puerta de madera.

Cuando regresaba al automóvil se encontró con que Vicente le apuntaba a los riñones con la Colt calibre treinta y ocho.

—¿Qué pedo, qué pedo?

—¿Cuál es tu nombre completo?

—Jesús Nicodemo.

—Jesús Nicodemo, no vayas a oponer resistencia. Estás detenido por la muerte de Luis Carlos Calatrava.

Le amarró las manos con un cable, por la espalda, y lo metió a la parte trasera del Chevy.

Momentos después, en el interior del jacal, don Cipriano dejó de contar el dinero y aguzó el oído:

—¿Qué pasa? —preguntó la mujer, que podría ser su hija.

—¡Cállate!

El ruido de un motor se perdía en la vereda. El hombre escuchó muy atento, y cuando el sonido se perdía a lo lejos, el hombre salió a la colina. En cuanto distinguió la camioneta estacionada, le tronó los dedos a la mujer:

—¡María! Tráeme las botas.

—¿Adónde vas?

—A la gasolinera, a llamar al patrón.

—¿Por qué, pues?

—¡Se llevaron al Chuy y dejaron la troca!

25

¿Éste es el Chacal?, pensó Rangel, ¿el asesino de las niñas?
A primera vista, el hombre no mataba una mosca. Era un
hombre delgado, rubio, ojiazul, inexpresivo como una pared.
Quien lo viera en la calle no daba un peso por él. Se llamaba
Clemente y trabajaba para su hermano, el profesor Edelmiro.
Le encargaban supervisar las obras del sindicato. Mientras el
hermano mayor dirigía a los profesores de todo el estado y
construía escuelas, el gemelo se dedicaba a matar a las alumnas.

El año pasado el profesor Edelmiro había construido
cuatro escuelas para acrecentar su poder. Los edificios eran
imprácticos, en el estilo de la peor arquitectura de los setenta, con luz y ventilación inadecuadas, diseñados por capricho y contra toda lógica, sin salidas de emergencia. El profesor Edelmiro tenía una estrategia: cuando terminaban de
construirlas reparaban en que no había presupuesto para
sostenerlas, lo cual no era grave, porque ya le habían pagado
a la constructora. Algunas cerraron a los pocos meses. Por la
ciudad aún pueden verse lo que resta de ellas.

Lo había denunciado la madre de la niña Hernández. Que
mientras ampliaban la escuela federal a espaldas de su casa, el
asesino vio a la señora y se obsesionó con ella. Que cuando

su marido salía, el señor intentó seducirla. Que como ella se negó siempre, el hombre prometió que iba a vengarse en donde más le doliera. Ocho días después desapareció su hija, y no lo denunció por temor: sabía que el profesor Edelmiro era muy poderoso.

El día de su detención, el Chacal viajaba en silencio. A ratos cerraba los ojos, a ratos miraba el piso de la patrulla. Una vez bostezó: tenía un colmillo desviado. El Chuy, por su parte, clavaba la vista en el paisaje. No te distraigas, Romero. Aunque estén esposados, le dijo, se puede esperar cualquier cosa de dos elementos como éstos. Por eso Romero les apuntaba con la escuadra y no les quitaba la vista de encima, sobre todo al Chacal. Si le hubieran concedido un deseo, el Ciego hubiera querido saber lo que pensaba ese tipo. Viajaba tan tranquilo que se diría que todo le ocurría a otra persona. Hubo un momento en que al Ciego le pareció que sonreía, así que le apuntó y le dijo: ¿De qué te ríes? El Chacal, turbado, se quedó viendo hacia el frente del vehículo. Rangel comentó: No lo presiones, no vaya a ser que se ponga nervioso. Si intenta cualquier cosa, dijo el Ciego, le pongo una madriza y lo echo a la cajuela.

No fue necesario. El tipo iba tranquilo-tranquilo en la parte de atrás.

Hicieron planes cada quien por su lado. Nos va a tocar un chingo de lana, comentó el Ciego, incluso después de dividir la recompensa entre dos. Con su parte, Rangel se iba a ir del estado y empezaría en otra parte. Quizá en la ciudad de México, quizá en la frontera… Quizá le pediría trabajo al doctor Quiroz Cuarón, si es que aún podía contactarlo. Por su lado, después de pagar seis meses de renta atrasada, el Ciego compraría un regalo para su esposa y sus niñas; llevaría a su mujer a Acapulco, de vacaciones, y podría abrir un negocio, quizá una lonchería.

—Oye, Romero —dijo Vicente—, ¿qué tiene que ver tu mujer con los toques eléctricos que le das a los sospechosos?

—Ah —dijo el Ciego—, es que cuando mi vieja no va a trabajar la mando a pasear, agarro su plancha, conecto el cable a la corriente y, zas, con eso cualquiera confiesa. Siento al sospechoso bajo la regadera, en calzones, y le paso la punta del cable por las rodillas mojadas. Le digo: ¿te gusta la corriente de ciento diez? Porque también tengo de doscientos veinte…

—Puta madre. —Vicente meneó la cabeza—. Nomás dime una cosa: ¿esto va a salir en los periódicos?

—¿Por qué lo pregunta?

—Porque el oreja eres tú, Romero. Tú fuiste al Klein's el lunes pasado. Tenías cita con los periodistas, pensabas cobrarles, y saliste huyendo cuando me viste llegar.

El madrina permaneció en silencio, mirando hacia el frente.

—Júreme que no le va a decir a los colegas, o tomarían represalias… De algo tenía que vivir, en la comandancia no sacaba nada, a pesar de las chingas.

Rangel encendió la radio y notó que ponían ese disco de Pink Floyd, hecho con ruidos como el tictac de un reloj y el grito de una mujer asustada: «Dark side of the moon». Por asociación de ideas recordó al alemán que le obsequió la moneda. Se dijo que pronto él, que empezó siendo músico y después policía, podría ir en busca del lado B de su vida.

A un costado de la carretera, el madrina reparó en un letrero espectacular, que anunciaba una concesionaria de autos de lujo: «Hay un Ford en su futuro». Romero extrajo una pluma de la guantera y apuntó los datos en un papel: Teléfono 31539.

—¿Para qué lo quieres?

—Nunca se sabe…

Sólo se detuvieron a la altura de Estación González, para recargar gasolina. Al pagar en la caja registradora Rangel vio la portada del diario, y la sonrisa se le cortó:

«Preso por tráfico y consumo de estupefacientes».

Era una foto de don Agustín Barbosa, el presidente municipal de Ciudad Madera.

Chingada madre, pensó, chingada madre. Y le mostró el diario a Romero.

—Puf —suspiró éste—, ¿qué vamos a hacer con estos cabrones? Ni modo que lo llevemos de vuelta. ¿Qué hacemos?

Rangel lo pensó un instante y le dijo:

—Lo único que nos queda —dijo—, lo único que nos queda es tratar de entregarlo al comandante García. Hay que correr ese riesgo.

Lo llamaron desde un teléfono de monedas, aunque eran las tres de la mañana. Respondió la señora Dolores: Mi marido aún no regresa de la capital, debe llegar en cualquier momento. Vicente explicó que tenían al Chacal, preso y confeso. La señora preguntó quién era y Rangel resumió sus investigaciones: la prueba del cigarro y las pelusas, la denuncia, las manchas en la camisa de las niñas; las circunstancias en que fue a recogerlo y la confesión espontánea. La señora asintió.

—Vaya a entregarlo a la comandancia. Yo le digo a mi marido que los alcance allá.

26

Lo encerraron a las tres, y a las tres y cinco lo soltaron. El Ciego seguía hablando pero Rangel ya no lo escuchaba. Había visto algo por el espejo retrovisor y sintió que se encendía su señal de alarma. Romero captó la inquietud de Vicente: ¿Qué onda, Rangel?, ¿qué viste? Fíjate en el coche negro. ¿Eh? El Grand Marquís negro. ¿Quieres que te lo señale con el dedo? Contra todas las recomendaciones de seguridad, incluso contra todas las sugerencias del sentido común, el madrina volteó hacia la parte posterior del auto. ¡Qué pendejo eres! ¿Qué crees que estás haciendo, Romero? ¡Disimula, animal!, pero el madrina mantuvo la misma posición: 'Pérame, 'pérame; y siguió analizando la situación. ¿Son placas oficiales? No alcanzo a ver. Entonces siéntate, buey. Acelera, le dijo el madrina, vamos a ver si nos sigue. Sólo esto me faltaba, pensó el Rangel, que Romero me dé ordenes. Se pasó el semáforo en rojo, provocando que una picup se enfrenara de golpe, y tomó la calle que conducía a la jefatura. Ya iba a regañar al madrina cuando éste le dijo, mirando hacia atrás: También se pasó el alto, no hay duda de que nos viene siguiendo. ¿Los conoces?, le preguntó Rangel. En mi vida los he visto. Rangel sacó la Colt y la colocó entre sus piernas.

Romero comentó: No hay problema, ya llegamos a la jefatura, no se van a atrever a atacar con toda esa vigilancia.

Se estacionaron en la entrada de la comandancia. El Grand Marquís se acerco y se detuvo dos metros antes. Ojo, exclamó Rangel, ponte atento, Romero, puede pasar cualquier cosa. Un limosnero ya iba en camino hacia ellos pero el madrina le hizo un gesto terminante de que se alejara. El mendigo comprendió que ahí iba a pasar algo y se detuvo con un pie en el aire, dio media vuelta y regresó por donde había venido, aumentando la velocidad. Cuando se perdió de vista, Rangel marcó las luces preventivas y puso el coche en primera, por si tuvieran que salir disparados. Pero el coche negro no se movió: tenía el motor encendido.

Esto no me gusta ni tantito, dijo el madrina. ¿Qué onda, qué quieren? ¿Los conoces?, le preguntó al Chuy, pero éste meneó la cabeza. Al verlo por el retrovisor, Rangel notó que el Chacal estaba temblando.

Los agentes no se movían. Miraban el coche y no se movían. El Grand Marquís negro seguía con el motor encendido, incluso se oía el rugido del radiador. Rangel examinó la entrada principal, no había un solo policía a la vista, ni siquiera el Chicote dormitaba en su puesto. ¿Dónde estarán? Reparó en que una luciérnaga roja se encendía en el interior del Grand Marquís de vidrios oscuros y pensó: Está fumando, quien quiera que sea, está fumando.

Un Caribe anaranjado, dos puertas, cargado de maletas, se estacionó atrás del Grand Marquís y la patrulla y les empezó a pitar. Era una familia: un señor, su mujer y sus hijos. Debían dirigirse a la central de autobuses. Como los coches bloqueaban la calle, el hombre les tocó el claxon. Entonces el Grand Marquís se orilló unos centímetros y encendió la luz preventiva, dos lucecitas amarillas, muy elegantes, que salían de los faros y luego, con muy mal gusto, se desplazaban de un lado a otro de la defensa. El conductor del Caribe perdió la paciencia y rebasó a los dos autos. Cuando pasaba a un costado de la patrulla gritó: ¡Cómo son burros!, y siguió su camino.

Notó movimiento en la planta baja. Entonces se estacionó a unos metros de la puerta y le dijo al madrina:

—Órale socio, ve a entregar a estos bueyes.

—¿Y tú?

—Yo te cubro.

—¿Y si no vuelves? ¿Me puedo quedar con tu parte?

Rangel sonrió —había algo de suicida en esa sonrisa— y respondió:

—Te la regalo.

Entonces el madrina tomó su pistola escuadra y apuntó al asiento de atrás. Los dos detenidos abrieron los ojos.

—Miren —les dijo—: al primero que se pase de verga le vacío el cargador. —Pero no fue necesario, los detenidos se morían de miedo y bajaron con docilidad.

—Avancen, avancen —los espoleó.

Una vez en la entrada tuvo que patear la puerta para que fueran a abrirle. Lo recibió un tipo alto, trabadísimo, que no había visto jamás. Vestía un traje negro y corbata.

—Ah, chingá, ¿y el Chicote?

—Está de vacaciones.

Eso le dio mala espina.

—¿Para qué lo busca?

—Soy agente especial —le informó—. Aquí traigo un detenido.

—¿Qué hizo, o qué?

—Es el Chacal.

—Ah… ¿El que mató a las niñas?

—Sí, el Chacal.

—No me diga…

El hombre hizo una señal con la mano y se le sumaron dos gorilas, que debieron estar a sus espaldas.

—Gutiérrez, ya llegó el Chacal, ¿cómo ves?

—Qué bueno. Hay que felicitar a este hombre. Pásele, pásele. Déjelo por ahí.

—¿Y ustedes quiénes son?

—El señor Fernández, el señor Gutiérrez, el señor Barrios.

—El Chacal, ¡qué buena noticia! ¿Y le costó mucho trabajo encontrarlo? —preguntó otro.

—Oigan, ¿qué chingados se creen? —les dijo Romero—, hay que empezar el procedimiento, ¿por qué no le avisan al comandante?

Y se carcajearon:

—El comandante ya no trabaja aquí. Ahora los jefes somos nosotros.

Gutiérrez tomó a los presos de un brazo y los encaminó hacia la puerta.

—¡Oye, cabrón! ¿Qué te crees? —le dijo Romero.

Tranquilo, insistieron ellos. El Ciego buscó, pero no vio ningún rostro conocido en la jefatura. Entonces se lanzó al escritorio, quiso hablar por teléfono, pero le cortaron la línea: A ver, pendejos, ¿qué chingados les pasa? ¡Éste es el Chacal! ¡Deténganlo, que se pela! El Ciego creyó que se volvía loco: ¿No van a hacer nada? Yo no pienso moverme, Fernández, ¿y tú? No, pues menos. Para entonces el tercer hombre condujo al Chuy y a el Chacal a la puerta, señaló el Grand Marquís negro, y los prisioneros salieron de la jefatura. El Ciego pensó: Estos hijos de la chingada son capaces de dejarlo huir para agarrarlo ellos, y así cobrar la recompensa. Los colegas de Paracuán ya le habían hecho esto una vez, como novatada. Así que caminó en dirección del Chacal, pero el agente Gutiérrez lo jaló por el brazo: Mira, colega, éstas son mis instrucciones, si no te gustan reclámale al jefe. ¿Al jefe? ¿Quién es el jefe, si se puede saber? Y en ese momento, vio al Travolta, bajando las escaleras, muy quitado de la pena.

—Oye, Joaquín, ¿qué está pasando?

El Travolta se sacó del bolsillo uno de los puros del comandante:

—Pasó que te confundiste, pendejo, y hay que dejar libre al señor.

—Ni madres —le dijo el Ciego—, acaba de confesar y tenemos las pruebas, está más claro que el agua.

—Mira, Romero —perforó con una aguja la base del puro—, si sabes lo que te conviene, pélate ahorita, antes de que me ponga de malas. Las cosas están cambiando y ya no necesitamos a gente como tú.

Uno de los tres gorilas le ofreció fuego, y Romero pudo ver su charola: DFS, Dirección Federal de Seguridad. Entonces comprendió todo, y se puso a sudar.

El líder del Sindicato de Profesores había pedido ayuda al presidente Echavarreta, por eso estaban ahí los de la Dirección Federal. Por eso había hecho declaraciones contra don Agustín Barbosa en los últimos días: sabiendo que Barbosa pretendía culpar a su hermano, decidió deponerlo, lo cual implicaba que el presidente estaba de acuerdo. Claro, pensó, por eso no querían contratar al doctor Quiroz Cuarón, y regañaron al comandante García cuando lo invitó a investigar… La cosa era tan grande que no la vio… Estuvo tan concentrado en cobrar los cincuenta mil dólares que no pudo ver lo más evidente.

En eso recibió un empujón por detrás: eran el Gordolobo y el Chicote. Mientras el primero lo distraía, el segundo le quitaba la escuadra. Puta madre, pensó.

—Quiobo Romero, ¿cuánto te pagaban por nota?

—Pinche cabrón traicionero. ¿Quién lo fuera a decir? Lamebotas.

Bueno, se dijo, hay que saber reconocer cuándo se va la fortuna, hace diez minutos era millonario, ahora sólo me queda escapar. Así que les dijo: Con permiso, ahorita regreso. ¿Adónde vas? Aquí, a la esquina. Espera, a estas horas salir es muy peligroso, no nos dejes con el Jesús en la boca. Tenemos que hablar, agregó el Gordolobo. Romero, que estaba sudando, avanzó hacia la entrada y vio de reojo que los colegas venían tras sus pasos. Antes de que pudiera jalar la perilla, el Chicote extendió un brazo para detenerlo: Momento, momento; te están hablando tus colegas, cabrón. Pinche Chicote, imploró, déjame ir. El Chicote lo conocía de hacía años, por él había entrado a ese empleo, pero no lo soltó. ¿Qué te pasa, Chicote, qué traes, por qué no me sueltas? ¿Qué te pasa a ti? ¿Qué fue lo que hiciste? Mira, Romero, yo nomás sigo instrucciones, no sé cómo ande tu conciencia. Notó que no había vigilantes en la puerta del estacionamiento, así que corrió para allá. Iba a mitad del camino cuando una voz le gritó: ¡Romero!, pero no se detuvo. Estaba abriendo la puerta trasera cuando una mano pesada lo agarró de los hombros y le hizo dar media vuelta. Era el Travolta, que venía con Gutiérrez: Te estoy hablando, cabrón. Para entonces los otros agentes lo estaban rodeando. Mientras Taboada lo agarraba por el cinturón, Gutiérrez se paró a sus espaldas.

Alzó las manos para apaciguarlos, pero cuando vio sonreír a Gutiérrez supo que no habría fuerza humana capaz de salvarlo. Trató de enconchar el cuerpo y esquivar los golpes, pero el puñetazo del gordo lo tiró al suelo y comenzaron a lloverle las patadas.

Lo encerraron en el cuarto de concreto y lo golpearon entre cuatro. A ver quién te defiende, delator, esto le pasa a los pajaritos cantores: se quedan sin lengua. Un golpe le llegó de lado, a la altura de la sien, y lo último que vio fue un relámpago negro, que se iba expandiendo… No supo cuántos minutos duró. Lo siguiente que sintió es que estaba tirado en el piso, y que le metían un metal en la boca. Le tumbaron los dientes a cachazos, los últimos se los arrancaron con pinzas. Recobró la conciencia porque sintió que le picaban un ojo: No, los ojos no; Ya, cállate, mujer, eran los de la Dirección Federal. Le dicen el Ciego, ¿verdad? Pero yo veo que tiene dos ojos, compadre, ¿y usted? Yo también. Pero le dicen el Ciego, vamos a darles motivo. Y le sacaron el ojo izquierdo. No pudo evitarlo, porque le habían amarrado las manos con un alambre.

Despertó porque alguien gritaba: ¡Es un atropello! ¡Detengan eso! Y vio que entraba el presidente municipal.

El licenciado Daniel Torres Sabinas lo vio tumbado en el piso, y se horrorizó con la sangre. Dos sombras razonaban con él.

—Piense las cosas: el señor presidente le manda decir que sería una lástima desaprovechar el presupuesto —dijo una voz—. Y cancelar las fiestas de junio… ¿Sabe que aprobaron dos millones y medio de dólares para que organice su carnaval? Imagínese toda la inversión que se esfuma, el desempleo que podría combatir, sus planes de modernizar este puerto, ¿va a permitir que otra persona se lleve esa lana? ¿Se va a ir, justo cuando le acaban de autorizar el presupuesto? Hágalo por la ciudad, licenciado, el presidente sabrá agradecerle. El que gobierna para uno gobierna para todos.

—¿Y este hombre?

—No se preocupe. Nosotros nos encargamos.

Torres Sabinas miró por última vez a Romero. Luego giró en dirección de las sombras y dio a entender que aceptaba.

Hijo de su putísima madre, pensó el madrina. Pactaron todos: pactó el gobierno, pactó el presidente, pactaron sobre el cuerpo de las niñas. Como ocurre en todo el mundo, la ciudad creció alrededor de las tumbas.

Oyó que decían: Ahí está la curva a Texas, detrás de esa loma, y se iban riendo de él: Oye, Romero, se te acabó el aventón. Los agentes de la Dirección Federal olían a alcohol, el que estaba más cerca bebía directamente de la botella. ¿Quieres tu ojo?, le preguntó otro. Aquí va, y lo arrojó al agua: Ahorita vas a ir a buscarlo, cabrón, con medio kilo de plomo, para que te ayude a bucear. Ponte de pie, hijo de puta. Cuando cruzaban el puente se dijo: Si no es ahora no es nunca, hasta luego chavos, gracias por el aventón. Saltó con el coche en movimiento, y cayó en el asfalto de mala manera. La camioneta se detuvo, dando un enfrenón, pero para entonces el Ciego saltaba hacia el río. Se despeñó por la cuesta de la loma y cayó en la corriente, que lo arrastró de inmediato. Sintió que le zumbaban las balas, al menos uno de los agentes le vació todo el cargador.

Lo sacaron unos pescadores, allá donde el río desemboca en la laguna. Tenía astillados los huesos del rostro, y un fémur roto. El curandero que lo atendió dijo que la quijada nunca soldaría del todo, y que tendría mucha suerte si lograba vivir. Pero eso no es nada en comparación con lo que le hicieron a Vicente Rangel. Así paga la ciudad a sus habitantes honrados.

27

Vicente vigilaba el Grand Marquís cuando dos tipos lo saludaron a señas. Venían del estacionamiento de la jefatura y los dos vestían traje y corbata.

—¿Vicente Rangel González?

—Sí.

El más alto apagó su cigarro.

—Miguel Miyazaki, de la Dirección Federal de Seguridad. Lo estábamos esperando, vamos a dar una vuelta.

—Tengo que rendir cuentas.

—¿Por el detenido? No se preocupe, allá lo reciben. Usted se viene con nosotros. ¿O qué, no tiene ganas de platicar?

—No-no-no l-l-l-le saque. —El segundo agente era tartamudo.

Rangel les ofreció las llaves:

—No, maneja tú, nosotros no conocemos el puerto. Vamos al muelle. Dicen que vives en una casa muy chida, ¿no? Llévanos a conocerla.

Miyazaki se sentó a su diestra y el tartamudo en el asiento de atrás. Mientras Vicente conducía, el hombre que viajaba a su diestra advirtió el bulto de la treinta y ocho.

—¿Me permites? —extendió una mano.

Rangel caviló por un instante, pero terminó por entregar el arma al individuo.

Ah, qué sobrino, casi oyó la voz de su tío, ni las armas ni las mujeres se prestan.

Miyazaki comprobó que el cañón contenía seis cartuchos y en cuanto la hubo cerrado apuntó con ella a la sien de Rangel. Vicente lo miró de reojo, y el hombre terminó por bajar la pistola.

—Mira, Manuel: una Colt calibre treinta y ocho, de las de antes. —Y se la entregó al tartamudo, que la examinó con verdadera fruición—. A Manuel le encantan las Colt.

—Era de mi tío.

—Era —replicó el tartamudo, desde el asiento de atrás. Miyazaki lo secundó con una risa burlona.

Cinco minutos después, cuando se acercaban al último semáforo, Miyazaki ordenó:

—Detente, no te pases el alto. No queremos hacer nada ilegal, ¿no?

Frenó bajo el letrero monumental de Refrescos de Cola. La mujer del anuncio parecía reírse de él, como cantando victoria. Desde ese punto de vista tenía largos y puntiagudos colmillos y sonreía en dirección del agente.

En el momento de llegar al muelle atardecía sobre el Pánico. Los últimos rayos del sol calentaban el lado opuesto del río.

—Párate allá —señalaron un baldío, y los tres descendieron.

Del otro lado llegaba el final de una humareda. Un vientecillo rabioso agitó los maizales de la orilla y Rangel comprendió.

Habían quemado su casa. De ella sólo quedaban unos troncos humeantes, sobre los cuales se esmeraban los bomberos. Más allá, sobre una patrulla, el Chaneque removía la arena con un palito. Y el Albino, siempre el Albino, rebobinando su rollo, se quedó congelado al reconocer a Rangel.

—¿Ésa era tu casa? Pues mira, mi amigo: no hay nada que hacer.

El otro agente hizo ademán de calentar los brazos. Había dejado de tartamudear:

—Una tragedia, ¿no? Un pinche tragedión loco. El servicio forense ya vino por ella.

Rangel tomó al tartamudo por las solapas y le dio un cabezazo en el rostro. Esto era lo que esperaba el agente, que desenfundó la treinta y ocho y disparó, pero el arma estaba atascada.

Es natural, dijo el teniente Miguel Rivera, es natural, esa arma ya no dispara, se descompuso hace veinte años.

Antes de que pudiera reaccionar, Miyazaki le apuntaba a la sien:

—Quieto, Rangel, no la hagas más difícil.

En el momento de cruzar la rivera sintió un objeto duro en el asiento, y descubrió el marco alemán del señor Torsvan. La muchacha debió deslizarlo en su pantalón en algún momento de la noche. Cuando iba a la mitad del puente se preguntó: ¿Cuántos lados, cabrón, cuántos lados?, y arrojó la moneda al fondo del río. Luego apretó el volante fuerte, fuerte, con su mano, que empezaba a sangrar…

TERCERA PARTE

LA ESPIRAL

1

La primera mañana del mes Joaquín Taboada se despertó antes que de costumbre. Había soñado que su predecesor en el puesto, el comandante García, estaba parado a los pies de su cama. El problema era que el comandante García había muerto veinte años atrás.

Desde que reconoció a su antiguo jefe, Taboada intentó evitar el encuentro. Fingió mirar a otro lado, se dio vuelta en la cama, pero no consiguió detenerlo. El viejo, que tenía algo de oráculo griego, le apuntó con su pesada mano negruzca:

—Se acaba tu hora, se acaba. Te van a hacer a ti lo que tú me hiciste a mí.

En el tiempo que le llevó sosegarse tuvo la impresión de que una parte de la ansiedad que lo atenazaba en el sueño también le estaba mordiendo una pierna en la vida real. Como pudo confirmar, el origen del incesante gruñido era un French Poodle rencoroso y ladino, que insistía en dormir sobre la cama.

Cuando logró controlar su ritmo cardiaco intentó despertar a Zuleima, la mujer con el busto operado, pero ésta no reaccionaba. Zuleima se había pintado las uñas de verde fosforescente, y dormía junto a un frasco de Valium. El detective alzó y soltó uno de los largos brazos de la fichera, el cual cayó como un fardo. Esta cabrona, se dijo, ya se volvió a recetar. Sus parejas seguían un ciclo: del prostíbulo o del *table dance* a su cama, donde terminaban por aficionarse a dormir, y de ahí en dirección a la calle. Tenía razón mi padre, se dijo, las prostitutas terminan por amargarte la vida.

Taboada pateó a la mascota y se dirigió a orinar en el baño. La imagen que habitaba el espejo multiplicó su inquietud. Se le caían los cachetes, perdía cabello de manera preocupante y su barriga se desbordaba sobre el resorte de los calzones. Estoy jodido, pensó. Desde que cumplió cincuenta años todo iba de mal en peor. Se dijo que lo mejor sería vestirse e ir al trabajo, desayunar ahora mismo. Eso es, se dijo, échate algo en la panza. Por desgracia, el refrigerador no contenía más que una botella de leche agria y restos de una pizza acartonada. Tengo que hablar con Zuleima, apuntó, si continúa como ahora la mando al carajo.

Las notas de una cumbia que sonaba en la calle lo convencieron de que era mejor despertarse, así que metió una taza de agua en el microondas, para hacerse un café. Mientras el aparato iniciaba la cuenta regresiva, repasó los jirones del sueño. El origen de su ansiedad no era la imagen del comandante. No, eso ya está superado, un tipo como yo no va a preocuparse por esas cosas, que se vaya al infierno, que es donde debe pudrirse; no, no es eso, es otra cosa, pero ¿qué? Durante años soñó con caracoles, caracoles nauseabundos, que ascendían por las palmas de sus manos. Pero hasta los caracoles se desvanecieron paulatinamente, y luego entró en negocios con Norris Torres, se hizo cercano de un gobernador. Desde entonces, nada, se sentía inmunizado: el poder parcial transforma parcialmente y el poder total corrompe en definitiva. Así que, sin ningún remordimiento hacia el pasado, durante los siguientes segundos se dedicó a examinar sus visiones nocturnas. Sonaba la alarma del microondas cuando concluyó que una de las sombras que acompañaban al jefe era Vicente Rangel.

2

Hay un momento en la vida de todo hombre en que éste comienza a petrificarse. En el caso del comandante Taboada, esa tendencia empezó veinticinco años atrás, cuando aceptó hacerse cargo del cuerpo de policía de Paracuán. Recordó una tarde del 78, cuando todavía le decían «el Travolta». Regresaba a escribir el informe de un día desangelado, cuando Cruz Treviño lo detuvo en la entrada principal. Parecía que lo estaba esperando:

—¿Ya sabes lo que está pasando en Madera? —le preguntó—. Se van a chingar a Barbosa. Lo renunciaron.

—Que a toda madre —contestó Taboada—, por mí que se lo chinguen, pinche buey comunista, no sé cómo lo dejaron ganar la presidencia municipal.

—Pérate, pérate, no es nomás eso —le señaló Cruz—. También tenemos una inspección…

—Ah, cabrón… ¿El comandante sabía?

—El jefe no ha regresado, sigue en la capital.

—¿Y qué está haciendo allá?

—Lo mismo te iba a preguntar, buey. ¿Qué? ¿No estás tranquilo con tu conciencia?

En eso los interrumpió el Chicote:

—Señor Taboada, lo están buscando allá arriba.

La comandancia parecía de cabeza. Había cinco tipos hurgando en los papeles del comandante García, y Lolita estaba con ellos, entregando carpetas. Un tipo altísimo intentó prohibirle el paso y el Travolta lo empujó. Al notar la gresca, el resto de los agentes desenfundaron. Lolita apenas tuvo tiempo de interrumpir:

—Él es, él es el señor Taboada.

—Quietos, quietos —ordenó un negro de traje y corbata, que se veía con más autoridad que los otros.

—Ah... el señor Joaquín Taboada... —Se le acercó un cincuentón de doble papada, que usaba lentes oscuros—. Con usted queremos hablar.

—¿Dónde está el licenciado García?

El gordo meneó la cabeza y sonrió:

—El licenciado Pedro García González tiene problemas en la capital del estado. Por eso el señor presidente nos pidió que viniéramos a examinar sus cuentas y a hacer un balance. Si hay que saldar, saldamos; si hay una cuenta abierta, la cerramos y ya.

—¿Usted quién es?

La placa decía DFS: Dirección Federal de Seguridad, la policía personal del presidente Echavarreta. Y arriba, en itálicas, José Carlos Durazo, director general. Taboada había oído hablar de él durante años... Durazo, el horror de los separos. El brazo fuerte... Una de las personas más violentas del país.

—Mucho gusto.

Durazo le pasó una mano sobre los hombros, como si fueran viejos compañeros:

—Ven, vamos a caminar. Caminar es bueno para las piernas, ¿o no? ¿Cuántos años tienes, colega?

—Veintinueve.

—Veintinueve años... Eres muy joven, muy joven... Si me aclaras unas dudas vas a ser joven y, además, muy afortunado.

El Travolta no sabía qué estaba pasando. Olfateaba, eso sí, que el gordo debía ser muy poderoso, como indicaba la sumisión de los ayudantes.

—Dime, Javier...

—Joaquín.

—Dime, Joaquín, ¿tú te crees capacitado para dirigir este puesto?

—¿Y el comandante? —alcanzó a balbucear.

—No, por ahí ni le muevas. El comandante acaba de entregar su renuncia y así está mejor, ¿verdad? Ya estaba muy grande, tenía sesenta y cinco años, y aquí lo que falta es un relevo generacional. ¿O no?

El impacto lo hizo detenerse, pero el agente Durazo lo tomó por el cuello y se internaron por el pasillo:

—Mira, Javier...

—Joaquín.

—Mira, Joaquín, gente más competente que tú y que yo quiere que te encargues de la comandancia. Es gente que está muy arriba... no sé si me entiendes.

Taboada se quedó boquiabierto. El negro, que los había seguido en silencio, dijo una frase en voz alta:

—A lo mejor tiene otros planes, licenciado.

—Claro, a lo mejor tiene otros planes... Pero la gente que me envía quiere que sea él quien haga ese favor y acepte. ¿Tú qué harías en su lugar, Moreno?

—Nooo, ni hablar, licenciado; yo aceptaría: favor con favor se paga.

—Así es: favor con favor se paga. ¿Tú qué opinas, Joaquín… o Javier, no importa? Hacer favores es bueno para la amistad, ¿o no?

Taboada tragó saliva antes de responder:

—Sí, licenciado.

—¡Eso es todo! Muy bien, muchacho, eres la persona que busco. Ahora vamos a hablar de cosas serias, quiero saber cómo está tu capacidad deductiva. Según tú, ¿quién es el asesino de las niñas?

Taboada reculó: Ah, se dijo, por eso están aquí éstos, ya comprendí todo… Se lo pensó un poco y contestó:

—Hasta hace unas horas yo estaba seguro de que era un chofer, de nombre René Luz de Dios…

—René Luz, bien. Tráeme a esa persona si tú crees que fue él.

—No, espérese…

—No, espérate tú. Si crees que fue él, ése nos sirve.

—Es que no hay indicios…

—Oh, pues, Javier… Mira, hermano, en este oficio uno tiene que aprender a confiar en su intuición y en su capacidad deductiva. ¿O no, Moreno?

—Sí, licenciado: favor con favor…

—Eso: favor con favor. Tráeme a René Luz y seguimos hablando, ¿me entiendes, hermano?

Para entonces, ya habían vuelto a la oficina del comandante. El licenciado palmeó la espalda de Taboada y liquidó esa parte de la conversación:

—¿Y qué? —se dirigió a Lolita—. ¿Aquí no hay nada de beber? Vayan por unas botellas y hielo, no se puede con este calor. Tenemos que brindar por el futuro del colega. La noche es larga y apenas va a comenzar.

En la borrachera se dedicaron a celebrar la suerte del Travolta, tan joven y tan afortunado, seguro iba a dar de qué hablar. Eso sí: cuando te hayan ascendido no te olvides de tus padrinos. No, ¿cómo cree?; Porque vamos a volver, colega, vamos a volver para que nos lleves a la playa con unas chamacas, ¿conoces chamacas, verdad? Sí, señor. Ah, muy bien, no se esperaba menos de ti. Cuando han liquidado la segunda botella, uno de los guardaespaldas le dice: Tú, yo, nosotros, somos esqueletos con carne, esqueletos con carne por encima, esqueletos en movimiento; y otro lo interrumpió: Ya estás borracho, Luján, necesitas algo que te levante. Tu hermana, necesita a tu hermana. Esqueletos con carne, insistía, y apuntaba a Taboada.

—Ya llegaron los colegas. —El negro cortó la conversación, tenía un walkie-talkie en la mano—. Barrios, Gutiérrez y Fernández lo están esperando en la entrada. Uno de ellos se bajó y está tocando en la puerta, con el objetivo. El otro espera en el auto.

—Bien —dijo el licenciado Durazo—, tú y tú, conduzcan al señor Clemente Morales a casa de su hermano para que descanse, le explican la situación y se quedan a cuidarlo hasta que llegue la gente del Sindicato. Al pendejo que lo detuvo se lo llevan a los separos. Joaquín, ¿tienes buenos separos, supongo? Me refiero a un lugar aislado, cómodo, de preferencia con agua corriente, donde no se escape el sonido… ¿Tienes un lugar así?

Taboada asintió:

—Está el cuarto de concreto, pero no se usa con frecuencia.

—Vamos para allá. Por fin ese cuarto va a servir de algo.

—¿Y el otro, señor? —preguntó el negro.

—¿Cuál otro?

—El que se quedó en el coche.

—Hazle como te expliqué.

Cuando entraron al cuarto de concreto, dos guardaespaldas sostenían al madrina. Éste tenía un ojo morado y sangraba de la nariz.

—Taboada —imploró—, por tu madre.

—Calladito, ¿eh?, calladito. —Uno de los guardaespaldas lo sacudió por el brazo—. Que te viene a visitar el licenciado.

El negro se plantó delante del madrina, tomó vuelo, como si se dispusiera a reventarle la panza de un golpe, pero antes de pegarle se detuvo y cedió el lugar a su jefe:

—Licenciado… Haga usted el favor…

Durazo se colocó la manopla de hierro, dio dos pasos al frente y, pum, dobló de un golpe a Romero. Entonces hizo una seña al negro y le pegaron por turnos: Durazo, Durazo, el negro, el negro, Durazo, otra vez el negro, Durazo… Cuando el licenciado comenzó a sudar se quitó la manopla e hizo un gesto a sus guardaespaldas:

—Ahora sí, compañeros. Denle a discreción. —Y se dirigió al Travolta—: Tú, ¿hasta dónde estás dispuesto a llegar?

Y le tendió la manopla de hierro.

Recordó la frase del colega: Somos esqueletos con carne.

Cuando Romero lo vio acercarse, se retorció entre los brazos de los ayudantes. Ya no, por favor, en el ojo no; pero el Travolta se fue contra él, y siguió golpeando con saña. ¿Te parece que es suficiente?, lo azuzó el licenciado. ¿Te parece que es suficiente, después de lo que nos hizo? Ése fue el primero de sus actos verdaderamente violentos en esta Tierra. Ahora, veinticinco años después, recuerda: Somos esqueletos con carne, esqueletos en movimiento. Y tiene muchas cosas que hacer.

3

El día se anunciaba difícil: los diputados estaban molestos, el procurador estaba molesto y el gobernador estaba furioso. El asunto del periodista le planteaba muchos problemas. Enlistó sus asuntos: el gober, el procu, los parientes del periodista, mi socio… Analizó cada uno de ellos, y al final decidió que debía empezar por lo más complicado.

Se comunicó al celular del agente Chávez. El teléfono sonó y sonó, pero jamás contestaron. Qué raro, se dijo, si nunca lo trae apagado. Luego de considerar sus opciones, marcó a casa del agente Cabrera, con igual resultado. Pinche Macetón, ¿dónde se mete? Entonces llamó a casa de su secretaria, aunque no daban las siete en punto. Era evidente que la había despertado, pues tardó en reaccionar. Le preguntó qué sabía del Chaneque:

—Nada, señor. La última vez que lo vi fue cuando habló con usted, ayer por la mañana.

—Ve a buscarlo a su casa y le dices que se reporte. Nos vemos en una hora en la oficina.

Quince minutos después, vestido y bañado, abría la puerta del auto. Tomó la nueva edición de *El Mercurio*, que el repartidor colocaba en su parabrisas, sólo para reparar que los parientes del muerto publicaron un desplegado en su contra… Lo que faltaba, pensó. Debieron ofrecerle muy buena lana al director de *El Mercurio* para que publicara esta carta.

Llegó a la comandancia a las siete treinta. Lo primero que hizo fue revisar las cajas del periodista. Descubrió un pequeño sobre color manila, con la factura de pago de un impuesto predial: kilómetro cincuenta, fraccionamiento Las Conchas. Supo que el terreno estaba alrededor de la playa y se preguntó en qué andaría el periodista. Al poco tiempo oyó unos pasos de anciano, que se arrastraban sobre el pasillo. Debía ser el Chicote, el viejo siempre era el primero en llegar.

—Buenos días. —Se asomó el anciano—. ¿Se le ofrece algo?

Tuvo una intuición, y mandó al viejo a comprar todos los diarios, incluso los del sur de Estados Unidos. Como lo sospechaba, los padres del señor Blanco pusieron una inserción en un periódico del D.F. y otro más en el principal diario del sur de Texas, donde reprobaban su actuación y exigían justicia expedita… Como si no tuviera otra cosa que hacer.

A las ocho en punto su secretaria llegó.

—¿Y Chávez?

—No lo encontré, comandante. Fui a buscarlo a su casa y no estaba. Tampoco estaba su coche.

—¿Cabrera tampoco ha llegado?

—No, señor, todavía no aparece.

—Cuando llegue cualquiera de los dos me lo mandas p'acá.

Unos minutos después, la chica le pasó una llamada del licenciado Campillo. Éste era el secretario particular del gobernador. Estaba seco y cortante:

—Prende la tele en el canal Setenta. Al rato hablamos.

Encendió el aparato de cable y buscó el canal indicado. En

efecto, un locutor de San Antonio, Texas, examinaba el estado de las cosas en el puerto. Condenaba las investigaciones en torno a la muerte del joven periodista Bernardo Blanco, para luego criticar la inadecuada forma como se realizaron las investigaciones. El locutor, un joven de bigote rubio, preguntaba con ironía si la policía local, que tendría negocios con el cártel de Paracuán, resolvería la situación. Tómala, se repitió, ¿de dónde sacaron eso? Pinches reporteros pendejos. Todo mundo esperaba grandes cosas de Bernardo Blanco. Puros problemas, se dijo, lo que trajo son puros problemas, como el que de seguro estaba llegando por el interfón.

—Licenciado, le llama el comandante Cruz Treviño...

—Dile que yo me reporto.

Desde que lo pusieron a cargo de la policía judicial, no guardaba buena relación con su colega. Nunca vio con buenos ojos que limitaran su competencia, y menos a favor de un subalterno. Paseó la vista por la vitrina donde guardaba las armas de grueso calibre y se detuvo en la pared del fondo, con sus trofeos: tres cabezas de venados y la testa del oso que cazó en la reserva ecológica. Hay que llevarlo a arreglar, se le está saliendo el relleno. Daban las ocho y cuarto cuando llegó el agente Camarena.

—¿Has visto a Chávez?

—No, señor. Desde ayer por la mañana.

Camarena era un joven muy chambeador, pero en opinión de Travolta le faltaba malicia y tacto para interrogar. Pronto tendría que hacer sus pininos.

—Localízame a Chávez.

Cuando Camarena salió, la secretaria le dijo:

—Licenciado, le volvieron a hablar de la capital del estado...

—¿Y por qué no me los pasaste?

—Porque usted me dijo. Si quiere lo vuelvo a comunicar.

El comandante meneó la cabeza y lamentó que se hubiera jubilado la vieja Lola, su anterior secretaria, que conocía a todos los criminales por nombre y apodo. A veces podía decir quién era el culpable antes de que los detectives lo salieran a buscar. Pero Lola se jubiló a finales de los ochenta.

Taboada suspiró profundamente y ordenó que lo comunicaran con el gobierno del estado:

—Dicen que el señor Campillo está en acuerdo, no puede tomar la llamada.

Ahora el que se niega es él, pinche suerte que tengo.

Volvió a examinar la factura del impuesto predial: kilómetro cincuenta, fraccionamiento Las Conchas. Estaba seguro que había oído hablar de esa zona, pero no recordaba en qué circunstancias. A las nueve en punto Sandrita tocó y entró a su despacho.

—Llamó la esposa del señor Cabrera. Dice que a su esposo lo atropellaron ayer por la noche, está inconsciente en el hospital del seguro social.

—Espérate, espérate. ¿Cuál Cabrera? ¿El Macetón?

—Sí, licenciado.

¿En qué andaba Cabrera? Y antes de que la muchacha se lo entregara, notó que cargaba un telegrama en las manos. El sobre venía de la agencia aduanal número cinco, pero antes de abrirlo ya sabía quién lo enviaba. Sólo una persona le enviaba telegramas, una persona impaciente. Leyó el contenido con preocupación. Ni madres, cabrón, aquí hay un malentendido, y pasó el texto por el triturador de papeles. Una ventaja, el triturador de papeles.

Echó un vistazo al fondo del salón y notó que el oso se

seguía desinflando. Valiendo madre, iba a tener que ir él en persona. El mediador para los asuntos de la aduana era Chávez, pero Chávez se encontraba extraviado.

—Niña, llama al restaurante de la aduana y haz una reservación a mi nombre.

Cinco minutos después, Sandrita le dijo:

—Señor, dicen que ya están completos por el día de hoy.

En la madre, pensó, jamás me habían dicho eso. El asunto se había salido de proporción, tenía que ir en persona. No podía pedir apoyo y no podía ir desprotegido, así que abrió la vitrina donde guardaba las armas y tomó la calibre tres cincuenta y siete.

4

El punto de encuentro para los asuntos de la aduana era el restaurante Mogambo, el sitio más fastuoso y caro en varias ciudades a la redonda.

Al momento de estacionarse, notó que una mujer aguardaba en la puerta. En lugar de los guaruras de siempre, una chica de medidas increíbles se encargaba de recibir a los comensales. Se decía que era sospechosa la falta de vigilancia cuando notó que en el local más próximo dos encargados lo miraban desde detrás del mostrador. En el estacionamiento dos pickups permanecían ociosas, un hombre en el interior de cada una. Taboada notó que todos (todos, todos) lo vigilaban. No sería extraño que en ese mismo instante le apuntaran con un arma de grueso calibre. ¿Adónde me vine a meter?, se dijo, este lugar está perfecto para una masacre. Contra su voluntad, dejó el arma en el coche, bajo el asiento, no fuera a ser que se pusieran violentos, y se dirigió a la entrada del restaurante. La anfitriona le dedicó una sonrisa:

—Buenas tardes, caballero, ¿tiene reservación?

—No vengo a comer. Quiero hablar con el señor Obregón.

—Permítame un minuto. ¿Cuál es su nombre?

Esta chava debe ser nueva, pensó, seguro viene de otra

ciudad. La chica fue y volvió acompañada de Vivar, el abogado del señor Obregón.

—No viene en buen momento, licenciado Taboada, el
jefe tiene una agenda apretada.

Y le señaló el interior del local.

Vivar medía casi dos metros de altura y vestía un traje azul
oscuro, que ondulaba al andar. Al cruzar el umbral distinguió
a lo lejos al señor Obregón, en el otro extremo del recinto,
frente a varios platos de cabrito. Junto a él, tres chicas des-
pampanantes, en vestidos escotadísimos, y un jovencito afe-
minado le festejaban los chistes. Taboada caminó hacia ellos,
pero el guardaespaldas le cerró el paso:

—Por aquí, por favor. Licenciado… por favor.

Vivar lo condujo hasta la mesa más alejada, en el otro extremo del salón. Uno de los guardaespaldas fumaba en la mesa
contigua, la mano bajo la mesa, como si sostuviera un cañón.
Así que ésta es la mesa de las visitas dudosas.

—Quiero hablar con el señor Obregón.

—El patrón no puede atenderlo, licenciado. Le ruego que
lo que le quiera decir se lo transmita a través de un servidor.
Estoy a sus órdenes.

Había que reconocer que Vivar era un tipo educado. No
en balde era el abogado del jefe del cártel de Paracuán.

—Me reclamó un asunto en el que no tuve nada que ver.
Quiero explicarle el malentendido y pedirle un favor.

—Permítame.

Vivar se inclinó hacia el señor Obregón y transmitió el
comentario, mientras los comensales fingían mirar a otro lado.
Qué ridículo, pensó, ¿desde cuándo debo tratar con mensa-
jeros?

—Señor, es el comandante Taboada.

—Ya sé quién es, dile que no esté chingando.

Vio que el intermediario se inclinaba hacia su patrón y susurraba. El señor Obregón se mostró muy molesto:

—Dile que dije yo que el Chincual es de mi gente, que para qué lo encerró. A ver cómo le hace pero lo quiero libre.

A juzgar por el tono, se había pasado la noche bebiendo. Comprendió que había elegido mal el momento, pero sería peor posponerlo.

Vivar se sentó frente a él por segunda vez. Antes de que pudiera traducir el mensaje, el comandante se le adelantó:

—Ya oí, no es necesario que lo repitas. Veré qué ocurrió, pero las investigaciones están muy avanzadas. En el mejor de los casos podríamos trasladarlo a la cárcel de la capital, donde ya sabes cuál es el sistema.

—Eso no le va a parecer suficiente, pero yo le comento. ¿Algo más, licenciado?

Taboada se tragó sus reproches, necesitaba saber una cosa:

—¿Bernardo Blanco estuvo en contacto con ustedes?

—No estará insinuando…

—De ninguna manera. Pero pensé que quizá alguien de la organización actuó por su cuenta… alguien que quisiera quedar bien con el señor Obregón…

Vivar chistó los dientes.

—Eso se lo puedo contestar yo: al señor Blanco no lo hemos visto desde hace un año. Desde el día de la entrevista no tuvimos otro contacto con él. Por si le interesa saberlo, el señor Obregón dijo anoche que si usted quiere encontrar responsables, que mire a su alrededor.

—¿Y eso qué significa?

—Usted sabrá.

Lo meditó por un instante y se puso de pie:

—Te agradezco tu ayuda. Di que lo lamento mucho y estoy en la mejor disposición…

—Sí, licenciado.

Vivar le estrechó la mano y lo condujo a la puerta. El señor Obregón, si bien lo miró de reojo, ni siquiera se despidió. La relación se estaba cayendo a pedazos.

Cuando tomaba la avenida de regreso a la oficina vio la carretera blanca, que acababan de construir. Recordó la factura que encontró por la mañana, entre los efectos personales del periodista, y se dijo que no estaría mal asomarse al fraccionamiento Las Conchas.

5

Utilizó la carretera flamante, y pasó a un costado de la laguna. Un letrero marcó la desviación que le interesaba: «Grupo Enlace. Constructores». Al acercarse a un alambre de púas descubrió que una construcción destacaba sobre las dunas. Estacionó el coche y continuó a pie. Treinta metros más adelante, frente a la construcción, sobre la arena, ardía una fogata pequeña, como las que hacen los albañiles para calentar su comida. Junto a ella habían amarrado a un pastor alemán, que aún no lo había detectado: Qué buena suerte, el viento sopla a mi favor.

Un cerro de ladrillos y otro de blocs de cemento se apilaban sobre las dunas. El comandante Taboada se agazapó tras estos materiales a fin de observar a un hombre que avanzaba en dirección de la fogata, encorvado, envuelto en un sarape terroso. Al principio pensó que era un niño quien lo llevaba de la mano, pero al instante pudo comprobar que lo que tomó por un niño era en realidad un enano. El hombre encorvado alzó la vista y mostró los dientes delanteros, como harían ciertos miopes para enfocar. A ese cabrón yo lo conozco, se dijo, y se le erizaron los cabellos de la nuca. Pero si es Jorge Romero… ¿Qué está haciendo aquí? ¿Será el velador del edificio?

Frente a la fogata había una alfombra de cervezas pisoteadas. El enano sentó a Romero sobre un tocón y platicaron, mientras calentaba tortillas. Poco después, una niña llegó con un bote de comida y empezó a distribuirla en cuatro platos de plástico. Romero gritó una frase ininteligible hacia su derecha y un segundo enano salió de la construcción. Al ver el contenido del plato, los hombrecitos saltaron de gusto. La niña terminó de servir y los enanos se lanzaron sobre los alimentos, como si llevaran muchos días sin comer.

En eso, el viento debió cambiar de dirección, porque el pastor alemán ladró hacia donde él se escondía. Uno de los enanos escaló con dificultades el cerro de blocs, y al llegar a la cumbre descubrió al policía. Al verlo dio un salto y lo señaló con la mano. El otro enano también saltaba en el piso y, acto seguido, Romero alzó una escopeta que le pasó la muchacha. Por reflejo, Taboada se llevó la mano al cinturón, en busca de la tres cincuenta y siete, y eso multiplicó la agitación de los enanos. Apenas alcanzó a ver que el Ciego levantaba el cañón, pues el escopetazo destrozó un costal de cemento. En la madre, pensó. No tenía caso ponerse a disparar si no tenía cómo cubrirse, y si quisiera volver al auto debería correr al menos diez metros, al descubierto. Puta, se dijo, no hay dónde esconderse. Desde su posición en las dunas, Taboada los vio gesticular y acercarse, los enanos corrían en dirección hacia él. Un segundo escopetazo, cada vez más cercano, lo obligó a saltar hacia el suelo. Mierda, se dijo, ¿cómo puede tener tan buena puntería? Sus ojos, cabrón. Los enanos son sus ojos. Cuando intentaba huir se fue de bruces y, mierda, cayó sobre un charco de lodo. En cuanto pudo, comenzó a rodar por la pendiente y siguió así hasta que dejó de oír los ladridos.

6

No podía volver a su oficina en esas condiciones, así que fue a su casa a bañarse. Mientras se quitaba la ropa, completamente enlodado, se le ocurrió llamar a Camarena:

—Averíguame de quién es el grupo Enlace. A quién pertenece. Y búscame al Gordolobo y al Beduino. Diles que me alcancen en mi casa.

Espero diez minutos, que le parecieron eternos, y como no le llamaban volvió a comunicarse a la oficina. Le contestó la muchacha:

—¿Tú sabes de quién es el grupo Enlace?

—Sí, señor. El grupo Enlace es del hermano del gobernador. Ahí trabaja mi cuñada.

Pinche muchacha, se dijo, hasta que sirve de algo.

—Ya voy para allá.

—Licenciado —dijo la chica—, lo acaba de llamar el señor Campillo. Dice que el gobernador lo citó a las ocho en la capital del estado.

Taboada suspiró profundamente, y se derrumbó sobre su cama. Así comienzan estas cosas, se dijo: un día te llama el gobernador y asunto arreglado. A la calle pinche perro, gracias por tus servicios. Ayudó a gobernadores, presidentes municipales, secretarios de Estado, e incluso a líderes de sindicatos, pero de pronto dejó de ser necesario. Qué mamada, pensó. Hace tiempo que el gobernador pretendía poner a alguien de su confianza en el puerto, alguien que pudiera cubrir sus negocios. Como estaban las cosas, podía luchar y ganar tiempo, mantenerse en activo, pero no podía perder de vista que al gobernador le quedaban cuatro años de mandato… También podía negociar un retiro agradable, una retribución a cambio de tantos años de fidelidad al gobierno.

—Gracias —le dijo—, habla y diles que voy en camino.

¿Voy en camino?, se preguntó, ¡ni madres! Recordó un detalle básico: él ya había visto una situación semejante, mucho tiempo antes, cuando corrieron al comandante García. No iba a permitir que le hicieran lo mismo, así que tomó el celular y marcó a su oficina.

—¿Licenciado?

—¿Alguien ha entrado en mi despacho?

—Mmm… Nomás Camarena, señor, cuando yo venía de comer.

¿Camarena? Eso no se lo esperaba.

—¿Y se llevó algo?

—No, le pregunté qué quería y dijo que lo buscaba a usted.

—Pero ¿traía algo en la mano?

—Unos papeles.

Entonces comprende: los terrenos comprados, el grupo Enlace, el asesinato del periodista, todo está conectado.

—¿Señor?

—Cierra mi oficina con llave. ¿Está ahí el Beduino? Pásamelo.

—Dígame, licenciado, aquí estamos listos para lo que se ofrezca…

434

—Al siguiente que pretenda entrar a mi oficina lo arrestas, sea quien sea, sobre todo Camarena. ¿Me entiendes? Que no entre nadie, ya voy para allá. Que nadie toque mi archivo. Ahí te encargo, ya voy en camino.

7

Llegó a la capital del estado a las once en punto, luego de pisar el acelerador a fondo durante más de dos horas. Tres veces le llamó el procurador por teléfono y tres veces estuvo a punto de volcarse, tratando de responder.

Las luces del palacio de gobierno seguían encendidas. Aquí se trabaja de noche, pensó, lo más importante ocurre de noche. Jamás había estado tan intrigado en su vida.

—El señor procurador lo recibe en un momento.

Lo instalaron en un salón amplísimo, sin ningún ocupante. Putísima madre, caviló, puede ser cualquier cosa, no confiaba en el nuevo procurador. Al caminar de un lado a otro, terminó por encontrar un ejemplar nuevecito del *South Texas Herald*, como si lo estuviera esperando. La muerte del periodista y la inserción del señor Blanco lo miraban en la portada. Descubrió que sentía no un dolor, pero una sensación nueva en el pecho, como si respirara navajas. Debe ser el aire acondicionado, se dijo. Llevo tres horas manejando bajo el rayo del sol, y aquí el aire está que congela, no es bueno cambiar de clima de un segundo a otro; con que descanse un rato estaré como nuevo.

Como si lo hubiera oído, la chica volvió a asomarse.

—Por favor.

Lo esperaban sentados tras una amplia mesa redonda: el procurador, el gobernador, y el comandante de la policía judicial de Ciudad Victoria. Puta madre, se dijo, el cabrón de Sigüenza, pinche cabrón malparido.

—Señor gobernador…

—Pase, comandante.

Le ofrecieron tres manos frías, la del gobernador casi inerte, como si no quisiera tocarlo. Luego, el silencio. Lo examinaban como se examina a un mentiroso, o a un sujeto inestable, del que puede esperarse cualquier cosa. Era evidente que se habían puesto de acuerdo, y Sigüenza sonreía.

—¿Cómo va lo de Bernardo Blanco?

—Bien —respiró—, bien, estamos siguiendo otra línea de investigación y espero tener resultados.

—No me explico cómo permitiste eso. Está dañando la imagen de mi administración. ¿Viste el canal Setenta?

—Sí, señor.

—Muy malo. ¿Y sigues una línea distinta?

—Así es.

—¿Al interior de la policía?

Taboada sintió un navajazo. ¿Cómo sabe eso?

—Pues en efecto: lo estoy examinando todo, no puedo descartar nada…

Y antes de que pudiera continuar:

—Tenemos entendido —dijo el procurador—, que usted ejerce desde el setenta y siete, ¿es correcto?

—Así es —asintió.

Ni un vaso de agua, se dijo, ni un vaso de agua me ofrecen para pasar el mal rato.

—Tengo entendido que llegó allí por recomendación directa de la Dirección Federal de Seguridad, ¿es correcto?

—Sí, señor.

—¿Puede explicarnos por qué?

—Por mi trayectoria.

—Y su desempeño en un caso. En concreto, por la captura del Chacal, René Luz de Dios López.

El comandante asintió.

—René Luz de Dios López, el que se encuentra preso en la cárcel de Paracuán. Estamos hablando del mismo proceso, ¿es así?

El procurador extendió una vieja edición de *El Mercurio*. No requirió ver las fotos para reconocer a la niña Karla Cevallos.

—Sí, licenciado. —No cabía en sí de asombro.

—Y el culpable está preso, no hay ningún elemento para sospechar que pudo cometerse un error. ¿Es correcto?

Su corazón palpitaba.

—Así es, señor.

—¿Conserva las pruebas?

—No, señor —reculó—. Se instruyó el proceso y todo se descargó ante el juez.

—Bien —dijo el procu—. Tengo entendido que las guardó con usted durante más tiempo del conveniente, y que por fin se deshizo de ellas. ¿Podría explicarnos por qué?

¿Cómo sabía eso?, se dijo. Sólo los muy cercanos tenían acceso a su archivo personal.

Se apoyó con los dos codos sobre la mesa. Trataba de ser convincente.

—Por salud mental. No se puede vivir teniendo ese expediente a la mano, no sé si me entiende. —Y forzó una sonrisa, que no respondieron.

—Entonces, no queda ninguna duda de que el culpable está preso, ¿es así?

—Ninguna.

—Bien. Entonces, ¿podría explicar esto?

Desplegó ante él media docena de fotos en blanco y negro. Poco a poco comprendió que se trataba de una niña destrozada.

—Mira —señaló Sigüenza—: el cuerpo disperso, arriba su uniforme escolar, con tres iniciales. Igual que el Chacal, ¿no? Es el mismo sistema.

Taboada no entendía nada. Miró al procurador, que lo miraba sin pestañear:

—La recogieron hoy por la mañana, en las orillas de esta ciudad. La ultimaron con el mismo sistema que empleó, según usted dice, René Luz de Dios López, hace veinte años... Pero René Luz de Dios está preso, cosa que pudimos comprobar hace horas, lo cual crea una laguna, o una gran contradicción. ¿Y bien, comandante? ¿Cómo explica este asunto?

Ah, concluyó, así que es eso. Con su manera tortuosa de razonar, con la intuición que lo había mantenido en el puesto, Taboada comprendió que sólo una persona podía saber todo eso, la persona más próxima a Bernardo Blanco. Es decir, el padre Fritz Tschanz.

—¿Comandante? ¿Se siente bien?

La estaba pasando muy mal, pero peor le iba a Fritz.

8

DECLARACIÓN DE FRITZ TSCHANZ, S.J.

Tardé en reconocerlo, pero era el Macetón en persona.

—Usted sabía —me reclamó—. ¿Por qué no me dijo?

Estábamos en mi cubículo, alrededor de las once. A esa hora la escuela se encontraba vacía y lo único que se oía de vez en cuando era el ruido que hacen los tráilers al frenar con motor. Cabrera me sorprendió cuando juntaba las cosas de Bernardo, así que intenté sobrellevar la situación.

—En primer lugar, por orden expresa del obispo. Segundo, por ética profesional. Y tercero, porque no hiciste las preguntas correctas. Los Padres de la Iglesia concluyeron que no estás obligado a decir la verdad si ésta pone en peligro tu vida. Y como venías de parte de Taboada…

Cabrera se sentó en mi sillón. Usaba un saco negro, bastante magullado, y sostenía una bolsa de pan. A causa del cuello ortopédico, recordaba un robot, o un refrigerador animado. Para no perderme de vista tenía que girar todo el cuerpo, cosa que aproveché para ponerme a resguardo, y cerrar los cajones.

—Oí lo del choque. ¿Saben quién fue?

—El hijo del Cochiloco —explicó.

—Uf… El Cochiloco es muy peligroso. ¿Por qué te metiste con él?

El Macetón gruñó y se acomodó en el asiento, que crujió con su peso.

—¿Y ahora qué vas a hacer, Macetón? Todo el mundo te andaba buscando: el procurador, tus colegas, y ahora, la gente del Cochiloco. ¿No te parece imprudente venir aquí? ¿Sabes lo que te haría el Cochiloco si te encuentra en la calle?

—Tomé precauciones. —Y me mostró la escopeta que guardaba en la bolsa del pan.

—No la utilices. ¿Por qué no te vas por una temporada, hasta que se tranquilicen las cosas? Es lo más prudente que puedes hacer.

—¿Y quién las va a resolver? ¿El Travolta?

—El Travolta, como tú lo llamas, anoche entregó su renuncia. Tuvo una junta con el procurador y el gobernador del estado.

El Macetón intentó abrir la boca, pero se lo impidió el cuello ortopédico. Un rictus de dolor relampagueó en su rostro, y luego volvió a arremeter:

—Padre, no tengo tiempo, así que voy a ir al grano. Usted fue la fuente del periodista, ¿verdad?

Ahí, lo reconozco, me sorprendió. ¿Cómo supo que el informante fui yo? Sabía que Cabrera me observaba a través de sus lentes oscuros, y sentí que los oídos me zumbaban.

—¿Cómo supiste?

Mi ex alumno se revolvió en el sillón.

—Sólo usted podía conocer todos los puntos de vista: trabaja con los presos y los policías, y ha estado aquí desde los años setenta.

Vaya, me dije, el Macetón Cabrera resolvió el caso, quién me lo iba a decir.

—¿El asesino era un tal Clemente Morales?

—Así es. Su hermano era el líder del Sindicato de Profesores de Paracuán. Encubrió al asesino, a fin de hacer carrera a nivel nacional.

—¿Y dónde está el asesino? ¿Lo mandaron a Estados Unidos?

—No fue necesario. No te imaginas el poder que tenía ese hombre. El asesino podría vivir en la misma ciudad en que cometió todos sus crímenes… Incluso podría radicar a pocas cuadras de alguna de las víctimas.

Entonces me quité los lentes y me di masaje en los ojos. Jamás me sentí tan cansado.

—La última vez que lo vi fue en el hospital psiquiátrico. Poco después que inventaran al chivo expiatorio, su hermano lo envió a consulta conmigo, a ver si podía ayudarlo, y en la primera terapia supe que el culpable era él. El tal Clemente. Le pedí que se dibujara a sí mismo, y se dibujó con los miembros dispersos, separados del tronco: esquizofrenia total. Dibuja a una mujer, y dibujó un sexo. Dibuja a una niña, y dibujó cuatro cuerpos. La primera vez mató a la hija de la pobre mujer que lo había rechazado, y a partir de entonces algo se le botó. Siguió asesinando niñas, una por mes, durante cuatro meses, siempre en una escuela abandonada, donde nadie se iba a parar. Luego se las llevaba y esparcía sus restos por la ciudad. Al final de la primera sesión su hermano desconfió de mí y se lo llevó de este puerto. Recibí amenazas, y golpearon al padre Manolo por confundirlo conmigo. Si continúa vivo, tendrá ochenta años. ¿Algo más? —Me limpié los anteojos.

Me mostró una hoja arrancada, que decía «Vicente Rangel», y «Xilitlán, kilómetro treinta». No me gustaba el rumbo que tomaban las cosas.

—En lugar de molestar a los ciudadanos decentes deberías resolver la muerte de Bernardo Blanco. ¿No te parece?

Mi respuesta lo molestó. Le vi la intención de ponerse de pie, quizá zarandearme, pero se lo impidió el cuello ortopédico, así que se limitó a gruñir en su asiento:

—Usted sabe que todas las muertes están conectadas. Bernardo Blanco y las niñas, el asunto del Chacal.

—Vamos a resolver esto de una vez. ¿En qué año estudiaste conmigo?

—En el setenta.

Me tomó un minuto encontrarlo: Cabrera Rubiales, Ramón. Para mi sorpresa, le puse nueve de calificación final. ¿Nueve, me dije, el Macetón tuvo nueve? ¿Cómo es posible que le haya puesto nueve y no lo recuerde? Y entonces me vino a la mente. Claro, el Macetón siempre fue muy discreto, le decían el hombre invisible. ¿Vas a pelear con un hombre invisible…? Fritz, me dije, estás acabado: hay que saber retirarse. Nueve, ¿quién iba a decirlo?

Abrí el juego de ajedrez de mala manera y esparcí las piezas sobre el escritorio. Entre peones y obispos se enroscaba un juego de llaves, que el Macetón miró con curiosidad.

—Toma —le dije—, Bernardo me las dio hace meses, cuando empezaron a seguirlo… Dudo que el Chaneque haya dejado una pista, pero con un poco de suerte, ahí encontrarás lo que buscas.

En lugar de agradecer, me apuntó con un dedo:

—Hay muertos. —Giró todo el cuerpo—. Si está implicado, volveré por usted.

En eso algo llamó mi atención en la calle y vi que dos sujetos miraban en mi dirección.

—¿Vienes en una pickup negra?

—No.

—Pues hay una ahí afuera, y dos personas están mirando hacia acá. Te sugiero que salgas por la puerta trasera. Tras la cancha de fútbol, donde comienza el bosque de pinos, encontrarás un camino empedrado, que conduce a la colonia del Bosque. Yo no pienso moverme de aquí. No tengo nada de que arrepentirme.

En eso un golpe de viento azotó la ventana, que me apresuré a cerrar, y le di la espalda a Cabrera.

—Se va a venir el mal tiempo, tienes que irte. Ya estuviste mucho en el mismo lugar.

Cuando me di vuelta, el Macetón se había ido.

9

Abrió la escopeta y comprobó que estaba cargada. En el momento de salir oyó que un motor se encendía. Una pickup negra, estacionada en el lado opuesto de la calle, se movía en su dirección. A ese auto ya lo había visto antes: estaba afuera del hospital en el momento en que salió y acechaba la oficina de Fritz cuando fue por las llaves. ¡Puta madre!, pensó, el padre tiene razón, me andan siguiendo.

Un viento muy fuerte llegó desde el final de la calle. Era el anuncio de que la tormenta, lo peor de la tormenta, estaba por empezar. Bueno, pensó, esto lo decide todo. Cuando doblaba en la esquina, la tromba había empezado a caer. Su camisa y el saco estaban completamente húmedos.

Abordó un autobús urbano en la avenida Universidad. Cada vez que volteaba, la pickup seguía allí. Cuando el autobús llegó a la colonia Flamboyanes, se apeó entre el grupo de gente y cruzó la avenida. La pickup tuvo que detenerse en el semáforo, cosa que aprovechó para doblar en la esquina y cojear hasta llegar a la casa. Al momento de sacar el llavero le temblaban las manos. Puta madre, pensó, reputa madre, pero la llave no funcionaba, y la pickup se venía acercando, lo supo por el ruido inconfundible del escape. Cuando la camioneta doblaba en la esquina consiguió introducirse. El Macetón esperó un tiempo prudente, se asomó por la ventana y vio que la pickup se alejaba a vuelta de rueda.

En cuanto aseguró la puerta a conciencia subió a buscar un abrigo, pues estaba temblando de miedo o de frío. Como pudo observar, Bernardo había instalado su estudio en la habitación principal. Un escritorio grande y sencillo, un pizarrón de corcho ocupado por un mapa del puerto, un libro con fotos de los años setenta, otro con carteles de films; pero no había ni rastro de sus papeles y su reporte. Se habían llevado todo, la computadora incluida. Al acercarse notó que, donde debió estar el ordenador, una capa de polvo delineaba la forma del disco duro a la perfección. Un ruido lejano le llamó la atención, y miró por la ventana. Como habían derrumbado los árboles, apreció la laguna desde una perspectiva inusual.

Al este había una larga fila de camionetas estacionadas: gente que bebía sin bajarse del auto; la cultura del estéreo a todo volumen, alcohol y cervezas. Los más inquietos daban vueltas en círculo, revisando qué coche tenía cada quién, con qué chava andaba, qué rines traía. Al oeste, donde termina la laguna, había una carretera inmensa, que se empataba con el horizonte. Una carretera recta, sin comienzo ni fin, de la cual podía apreciarse un tramo enorme, sin más interrupción que un grupo de palmeras y huizaches. El Macetón miró cómo la recorrían dos tráilers y advirtió que un tercero, estacionado a un costado del camino, se resistía a avanzar. Este tercer tráiler tenía el capó levantado y el conductor examinaba el motor. Pensó: El trailer está como yo, igual de varado. Estuvo ahí hasta que se dio cuenta de que tenía la boca reseca y bajó por un vaso de agua.

Había pocos libros en la sala, pero retrataban a Bernardo

de cuerpo completo: crónicas de historia reciente, procesos de escándalos políticos, manuales de autoayuda y superación personal; de vez en cuando un thriller de abogados.

Junto al tocadiscos descubrió un pequeño álbum con fotos antiguas. En una aparecía Bernardo en compañía de su novia texana; pero predominaban las fotos donde el joven se encontraba a solas. Con un gesto de compasión, Cabrera extrajo el retrato de la bella muchacha, el retrato que recogió en la estación de autobuses, y lo colocó junto a una de las fotos del joven.

Estaba en eso cuando el teléfono sonó de manera insistente. Sin saber por qué, el Macetón contestó. Una voz desconocida le dijo: «Te vas a morir», y colgaron.

Lo siguiente que hizo fue llamar a la central de autobuses y preguntar a qué hora salía el siguiente camión al D.F.

—A las diez de la noche, pero ya no quedan lugares.

—¿Y el próximo?

—Mañana, a las siete de la mañana.

O sea que tendría que quedarse esa noche, y fue a mirar la laguna. El tráiler seguía detenido.

El viento rugió toda la noche. Hacia las once y media la ventana gimió como si alguien quisiera entrar por allí, pero se levantó a examinarla, y si hubo alguien no vio ni su sombra. Iba a ser una noche muy larga, se dijo; ojalá hubiera café.

Llamó al departamento de su chava, pero no la encontró. Llamó a una compañera del trabajo, pero su chava no había ido al trabajo. Entonces comenzó a preocuparse. Puta, se dijo, que no se la hayan llevado. El Cochiloco era capaz de raptarla y desquitarse con ella.

Posó su escopeta en el suelo y se tumbó sobre el sillón de la sala. Empezó a dormir en el mismo instante en que se acostó. Un rato después abrió los ojos y temió que fueran más de las siete. Carajo, pensó, voy a perder el camión, tengo que levantarme, pero no lo consiguió. Hacía un tiempo delicioso y el sillón invitaba a seguir descansando.

Minutos después tuvo la impresión de que una silueta rondaba el exterior de la casa. La sintió asomarse por la ventana, desplazarse por el patio trasero y jalar la perilla. A esa figura él la conocía bien. Un instante después, la puerta trasera se abrió, Bernardo Blanco entró a la sala y lo miró con sorpresa.

—Gracias por venir —dijo el Macetón—, hasta que nos vemos las caras.

—No es nada —dijo el periodista—; no tiene nada que agradecer.

Fue derecho hasta el álbum y tomó el retrato de la rubia, o eso le pareció. Iba vestido como la primera vez que lo vio: pantalón azul claro y camisa blanca. Se diría que una luz muy tenue irradiaba de él. El muchacho se guardó la foto en el pecho y el Macetón se animó a preguntar: Oye, Bernardo, entre tú y yo, ¿por qué te dedicaste a la nota roja? Su respuesta fue tan sencilla que lo dejó boquiabierto. El policía abrió los brazos para indicar el tamaño de su asombro: No puedo creerlo, le dijo, no puedo creerlo.

De golpe entendió todo el misterio de Bernardo. Esto es importante, se dijo, tengo que recordarlo. Y sin embargo, en el momento de pensarlo, sintió que sus propósitos se desvanecían en el aire. Mira, le dijo el muchacho, cuando despiertes vas a recibir una visita importante, una cuestión de vida o muerte, así que prepárate bien.

Se levantó de un salto y decidió que ya no iba a dormir.

Bebió un café, luego otro y otro más; pasó el resto de la noche sentado en el sillón de la sala, con la escopeta apuntando a la puerta, listo para reaccionar. El amanecer llegó arrastrándose, y los ruidos en las casas vecinas se sucedieron con vigor. A partir de las seis y media oyó diversos autos salir de las cocheras y rodar por la calle.

A las siete y cuarto sintió que tocaban la puerta de la sala y abrió con todas las precauciones. Una niña de seis años, vestida con uniforme escolar, señaló hacia una pickup negra:

—Dice mi papá que el padre Fritz le manda este libro.

—Hasta que lo encontré —le dijo el chofer—. Fritz dijo que podría estar aquí.

—¿Y usted quién es?

—Tito Solorio. Me dicen el Chícharo. Pero ábralo —insistió—. Fritz me dijo: «No te regreses hasta ver la cara que pone».

Aceptó el libro y lo abrió por curiosidad. Era el tomo perdido de la hemeroteca: junio y julio de 1978. Una sensación casi musical se apoderó de él en cuanto alzó la portada de ese tomo vetusto y polvoriento. La noche en vela le estaba cobrando la cuenta.

—¿Bernardo conoció este libro? —le preguntó—. ¿Tuvo este libro en sus manos?

—Sí, así consta en el registro: vea.

Y sí, estaba su nombre, en la ficha.

Uf… se dijo, no puedo creerlo. Tenía la solución del misterio. Estaba tan emocionado que fue a caminar al patio trasero, donde las grúas parecían retirarse, y un grupo de personas examinaba el motor del tráiler. Muy bien, se dijo, ya iba siendo la hora. Estuvo ahí hasta que el sol asomó, y fue a caminar a la orilla.

Un objeto brillante sobresalía en la tierra removida por la

excavación. Cabrera sacó una botella de Refrescos de Cola, de antes de la Segunda Guerra Mundial. Qué coincidencia, se dijo, qué coincidencia que aparezca justo ahora, y arrojó la botella lejos de él.

Bueno, se dijo, hay que volver a la casa, tengo que preparar mi declaración. Se dijo que debía ser lo más seco y sucinto posible, desaparecer él mismo, sacar los pies de la historia. Pero ¿por dónde empiezo?, ¿y a quién me dirijo?, y se respondió: Por Bernardo, se dijo, tengo que empezar por Bernardo. Así que hizo un esfuerzo y se imaginó al periodista, sentado en el escritorio.

Lo imaginó con alteros de fotocopias, mapas, esquemas. Lo imaginó escribiendo su libro. El libro exploraba un crimen que ocurrió hace más de veinte años, cuando Bernardo estaba aprendiendo a leer. Imaginó que con su perspicacia no habría tardado mucho en encontrar las condiciones en que, hace veinte años, un psicópata mató a cuatro niñas en esta ciudad. Como al Macetón le constaba, la investigación de Bernardo sugería que se culpó de las muertes a un inocente, y la farsa implicaba a los políticos.

A medida que redondeaba sus hallazgos, recibió una serie de amenazas que le hicieron temer por su vida… Hacía mucho que no pisaba territorio seguro y sabía de buena fuente que las personas implicadas en el hecho estaban planeando represalias. Al principio no se amilanó, porque los signos no eran claros o no los entendía, pero una noche lo habrían asustado, y a partir de este momento extremó sus precauciones. Luego de conocer los testimonios de Romero y el agente encubierto, y después de revivir las tragedias de las niñas, Bernardo sabría que estaba muy cerca de desentrañar quién era el asesino, y pensó que era su deber localizarlo.

Imaginó que Bernardo evitó salir a la calle por un tiempo y comenzó a transcribir las entrevistas. Con frecuencia se despertaba a medianoche y tardaba horas en dormir, una especie de alma en pena, que se quedaba deambulando por la casa. Le dio por pasar las tardes sentado en su patio, en un sillón frente a la laguna, bebiendo cerveza mientras apreciaba el movimiento de los juncos, la aparición de mapaches, nutrias o peces y la trayectoria de las lanchas; pero, sobre todo, esa carretera recta e interminable justo sobre la línea del horizonte, por donde transitan tráilers diminutos, ocupados en recorrer un paisaje de palmeras y huizaches. En lugar de terminar su reporte, Bernardo dedicaba su tiempo a observar cómo las serpientes de agua se deslizaban sobre un puñado de calles blancas y desiertas, construidas sobre terrenos que hace veinte años parecían inexpugnables.

Se imaginó su asombro el día que fue a la hemeroteca. Porque una foto a color, ubicada en la primera página, reproducía la imagen de su propia casa, la casa frente a la laguna, la casa donde Bernardo vivió toda su infancia. Cuando consiguió moverse de nuevo, más que leer habrá recordado. En una foto contigua habrá reconocido el rostro de Lucía Hernández Campillo, su primera compañera de juegos, la que fue su vecina, aquella niña preciosa, su primer amor en la vida, y recordó la expectación que sentía antes de ir a verla, a esta niña gimnasta, de cabello negro y sonrisa espléndida.

Entonces, si el sueño tenía razón, Bernardo habrá descubierto por qué le había obsesionado la nota roja durante toda su vida.

El Macetón caviló sobre la manera como el amor pervive en la memoria, pero eso no es importante. Claro, se dijo, una de las víctimas fue su vecina, con la que iba a jugar. El periodista tendría cinco años, y se quedó obsesionado con ello, por eso toda la vida se dedicó a escribir nota roja. Vaya, se dijo, quién lo iba a decir.

Salió a caminar y se dio cuenta de que el tráiler seguía estacionado. Sin advertirlo, estuvo ahí casi una hora, mirando cómo un mecánico, inmerso en el cofre, le daba los últimos toques. El técnico se despidió y se fue, dejando al chofer y al remolque. Un grupo de camiones pasaron con gran bullicio durante los siguientes minutos, y al final no quedaron más que el chofer y Cabrera, uno de cada lado de la laguna. Visto de lejos, le recordaba a Bernardo. De pronto reparó en que ambos se miraban con las manos en los bolsillos. Bueno, mi amigo, miró hacia el tráiler, no podemos seguir toda la vida estacionados aquí: hay que ponerse en movimiento y seguir. Como si lo hubiera oído, el chofer se subió a la cabina y avanzó a lo largo de la carretera. El Macetón todavía se quedó unos minutos, mirando cómo el remolque se perdía en el infinito.

10

DECLARACIÓN DE RAMÓN CABRERA, TAMBIÉN CONOCIDO COMO «EL MACETÓN»

Si quieres saber lo que pasó, calla. No voy a empezar por dónde tú quieres ni te voy a contar los hechos como estás acostumbrada. Voy a contar el hecho tal como lo viví, justo en el orden en que ocurrieron las cosas, que es el único orden que defiendo. Luego, si te portas bien, te daré una sorpresa. Sí, ya sé que no estoy en psicoanálisis, que contar una historia no es confesarse, y que tú sólo quieres oír las partes oscuras, siempre te han interesado más las partes oscuras, ¿por qué serás tan morbosa? Yo estuve a punto de morir, atravesé una serie de pruebas capitales, encontré algo que está cambiando mi vida… y eso a ti no te importa: lo único que quieres es saber si me acosté o no con todas las chavas del servicio social y, sobre todo, dónde estuve estos días. Lo siento mucho: no voy a empezar por ahí. Si quieres saber lo que pasó, calla, y escucha lo que te voy a contar.

No, no puedo caminar, me duele todo: la pierna, el torso, el cuello; las costillas, sobre todo las costillas. Por eso me voy a sentar en este sillón, frente al televisor apagado. Si acepto contarte todo, es para saber qué va a pasar con nosotros. Ahora calla, y no me interrumpas.

La cosa no fue como dijeron la radio, la prensa, los noticieros de la televisión. Yo no quería mezclarme en el caso, que te quede muy claro, y en eso me parezco a Rangel. ¿Te suena ese nombre? Vicente Rangel, mejor conocido como «el músico» entre todos nosotros. ¿No lo conoces? Me parece que sí.

Para mí todo empezó con el caso, ¿te acuerdas? El caso que me encargaron. Yo no quería tomarlo pero me sentí obligado. Nunca miro hacia atrás, el pasado de cada quien es cosa de uno, y de nadie más; pero no pude dejar el asunto cuando me enteré de que él estaría involucrado. Por eso seguí investigando incluso después de que me quitaron el caso. Por eso insistí, y me mandaron al hospital.

Dicen que desperté un día después del accidente. Me levanté entumido y tardé en comprender dónde estaba. Me dolía todo, me costaba moverme, estaba más dormido que despierto, como si hubiese salido de una larga hibernación. Lo primero que sentí, en ese nuevo nacimiento, es que el mundo se había vuelto incomprensible, me lo habían traducido a otro idioma, lo cual no es extraño si tomamos en cuenta lo que me pasó. El hijo del Cochiloco pretendió atropellarme. Me salvé por un pelo, tuve más suerte que él.

Me acuerdo que un zenzontle, oculto en los pinos, cantaba sin querer detenerse. A cualquier otro le hubiera gustado el ruido del ave, pero a mí no, que intentaba dormir. Chingado, me dije, pinche pájaro zonzo, a ver si lo hacen callar. Intenté levantarme para tirarle una piedra, pero me lo impidió el cuello ortopédico, y desperté.

Lo primero que vi fue al Gordolobo. No mames, me dije, estuve inconsciente doce horas y lo primero que veo es al Gordolobo, con eso ni ganas te dan de volver a la vida. Con permiso, le dije, me voy a volver a dormir. No mames, Cabrera, el Chaneque apareció muerto y el sospechoso eres tú. ¿Qué? ¿Cómo estuvo?

Me contó que todos los viernes, a las seis de la tarde, el agente Rufino Chávez Martínez, mejor conocido como el Chaneque, tenía por costumbre ir a un bar de Ciudad Madera, donde acostumbraba gastarse unos cuantos miles de pesos. Los meseros lo saludaban con reverencia. Pásele, patrón, pásele, su mesa está lista. Siempre pedía una botella de whisky, la mejor que tuvieran. Sabiendo esto, el gerente conseguía una buena selección de botellas, importadas de ultramar. ¿Qué tienes hoy, Totoro? Tengo un whisky escocés, añejado en barricas de roble. O: unas botellas del norte de Irlanda, de doce años de antigüedad.

El Chaneque llegaba con una muchacha, pocas veces la misma, y la dejaba beber hasta que daban las ocho, entonces pedía la cuenta. Ya estuvo bueno, y se hospedaba en el motel Subibaja. Cualquiera conocía esa rutina, el Chaneque era un ser de costumbres.

Según los meseros, el Chaneque llegó como todos los viernes, con la acompañante en turno, se sentó en su mesa y, antes de que el señor Totoro se acercara a saludarlo, uno de los meseros le sirvió dos tequilas: Momento, no he pedido nada, reclamó el agente. Se los manda el señor de la mesa, patrón, y señaló a un tipo de sombrero de palma, sentado tras una columna, en el rincón más oscuro del bar. Dicen que el Chaneque no probó su copa, a diferencia de la fichera, que bebió la suya de inmediato. A tu salud, mi amor. En el otro extremo del bar, el tipo del sombrero de palma también elevaba su copa. ¿Qué pasó, mi rey, preguntó la muchacha, me vas a dejar brindar sola? El Chaneque la calló con un ademán fulminante, al tiempo que el individuo salía del bar, dejando dos billetes en la mesa. Buenas tardes, licenciado, lo saludó el gerente, ¡qué bueno que vino! Me trajeron unas botellas de… Ahorita regreso, dijo el Chaneque, atiendan aquí a la señorita. La señorita pidió un guiso de jaibas y tres tequilas. A las siete pensó: Cuánto tarda, y a las ocho comprendió que no iba a volver.

Así que confiesa, pinche Macetas, confiesa que te lo echaste y explica por qué. ¡No mames!, pinche Gordolobo. Le pregunté a qué horas pasó todo, el panzón me explicó y le grité: ¡Cómo lo iba a matar si estaba inconsciente! A esa hora me atropellaban; de verdad, que *no mames, pinche colega. Pues sí, Macetón: para algunos eres el principal sospechoso; todos dicen que andas mal en el trabajo, que el jefe te andaba destituyendo, que le estorbaste al Chaneque y discutieron enfrente de todos. ¿Discutimos? Uchis, qué fino saliste: casi me mata el cabrón. También dicen que te llevas pésimo con tu mujer. Eso es asunto mío, le dije, y de ella. ¿Estoy bajo arresto? Cuál bajo arresto, estás bajo protección. El procurador del estado ordenó que te cuidaran hasta calmar las cosas, hay mucha gente que quiere tu muerte, empezando por el Cochiloco. ¿Y sabes a quién le debes la protección? A don Rubén Blanco, que está seguro de que atentaron contra tu vida porque investigabas la muerte de su hijo. Movió sus influencias, y me mandaron a cuidarte. Pues no me cuidaste mucho en la jefatura, pendejo, Chávez casi me rompe la pierna. Sí, ya me enteré de que te surtiste al Chaneque… Tu vieja está en el pasillo, ¿la quieres ver? A huevo, le dije, a huevo que sí.*

Estabas fría, distante, y te dije: Okey, muchas gracias; fíjate que me siento cansado, y te despaché. ¿No quieres que me quede? Que no. Estabas muy rara en los últimos días, se diría que te dio gusto que no volviera a dormir. Ésa es la impresión que me diste, no me discutas. Luego trajeron el desayuno: puras papillas y un jugo, y te fuiste de ahí.

¿Se le ofrece algo?, dijo la enfermera. Un vaso de agua, le dije, un vaso muy grande: me muero de sed.

El siguiente en llegar fue el Beduino, nomás de ocioso, porque nunca hemos llevado una buena relación. Al ver mi cuello ortopédico comentó: Pinche Macetas, te queda bien este look. *Antes de que pudiera moverse, tomé el vaso de agua y se lo vacié en la camisa. El Beduino no tuvo tiempo de reaccionar. Se limitó a escurrir la camisa y a despedirse de mí.*

Por la tarde tuve otras visitas. Ramírez, muy orgulloso de mis andanzas, y Columba, el chavito de lentes. Ramírez dijo: Te felicito, maestro, armaste una revolución; dice el procurador que va a hablar contigo, que necesita un elemento como tú a cargo de la comandancia, por fin van a reconocer tu carrera. ¡Qué? ¿De qué estás hablando? Pues nada, Ramón, eres el candidato a dirigir el changarro. El chavito de anteojos me miraba con admiración: Yo sabía que usted no tenía nada que ver con el asesinato del Chaneque, me dijo, siempre supimos que usted era una persona íntegra, aunque hayan encontrado sus huellas digitales en ese asunto… Mira, muchacho, mis huellas digitales son asunto mío, ya no me molesten. Como usted diga. Y Ramírez y el muchacho no dejaban de sonreír. Coño, pensé, primero me peleo con mi vieja y después me vuelvo el héroe de la juventud, puta madre, estoy salado. Tuve un presentimiento muy turbio: ¿Y Rosa Isela?¿Por qué no se encuentra al pie del cañón? No pudo venir, dijo el gordo Ramírez, pero te manda saludos… Está saliendo con Camarena, dijo el muchacho, se hicieron novios. ¿Qué? ¿Con Camarena? Puta madre, pensé, hijo del café descafeinado, nomás se esperó a que me distrajera para lanzarle los perros a las del servicio social… No presté mucha atención a lo que decía el joven de anteojos hasta que lo oí comentar que pudo abrir el disquet. ¿Cómo? Que pude abrir el disquet, fue sencillo. ¿Y luego? Nada, encontré el informe del periodista. ¿Qué? ¿Estás seguro? Pues sí, señor, como lo oye, está firmado por él. Chsss…, le indiqué, entonces baja la voz, ¿quién más sabe de esto? Sólo yo, y Ramírez, respondió muy turbado. Pues ni tú ni Ramírez pueden hablar de esto, ¿puedes imprimir ese documento? Aquí tiene, me entregó un mamotreto, impreso y engargolado, pensé que le iba a interesar. ¿Por qué le traes eso en estos momentos?, dijo Ramírez, tiene que descansar. Ni madres, dije yo. Dame eso, pinche Ramírez, y tú, trae p'acá; gracias, les dije, y no se lo cuenten a nadie, mucho menos al Gordolobo, queda entre ustedes y yo. Los despedí de inmediato y me puse a leer.

Leer el manuscrito me llevó toda la noche, sin importar que me dolía todo el cuerpo. Si el Gordolobo o las enfermeras tocaban la puerta, lo escondía presuroso. Cuando terminé, me dije: *Vaya, así que eso fue lo que pasó. No me extraña que el comandante esté tan arisco, ni que se hayan echado al reportero. Eran acusaciones muy graves. ¿Qué hago? ¿Me tomo estas acusaciones al pie de la letra o las tomo como una novela? Están pesadas, cabrón. ¡Pinche Fritz! ¿Por qué no me dijo que conocía todo el rollo? Y en cuanto a mí, ¡pinche periodista!*, me dije. *¡Ni una puta mención! No incluyó ni una puta mención a mi humilde persona. Yo también estuve ahí presente, ya trabajaba en la comandancia cuando ocurrieron las cosas, pero no me nombró. Cómo se nota que los pacifistas pasamos inadvertidos.*

Leí el mamotreto y me quedaban dos dudas: ¿qué pasó con el asesino? Y ¿qué suerte tuvo Rangel? *Se diría que faltaba otra parte. ¿Dónde estará la última parte?*, me dije. Calla, no me interrumpas. Lo pensé durante toda la noche en el hospital, y llegué a una conclusión: la segunda parte no existe porque apenas la iba a escribir. El periodista se iba a entrevistar con otra persona para conocer el final de la historia. ¿Qué te parece? Veo que estás muy inquieta. ¿Y quieres saber otra cosa? En la agenda del periodista sólo había una palabra: *Xilitlán*. Y un nombre: *Vicente Rangel*.

La idea no me pasó por la cabeza cuando vi la agenda, ni cuando me enteré de que el periodista escribía un reportaje sobre los años setenta. Pero cuando fui a la hemeroteca y cuando hablé con René Luz, no me quedó duda… Calla, no me interrumpas.

El Gordolobo no era tan buen vigilante. Un par de veces en que me paré al baño me asomé a verlo y las dos me lo encontré cabeceando. *Valiente vigilancia me pusieron*, pensé, pero para el caso daba lo mismo: hasta me venía mejor. Esperé a que se durmiera y me dije: *Hay que actuar pronto, no puedo perder tiempo*, así que salí a la calle y haciendo un esfuerzo supremo localicé un taxi vacío. Hacía un calor de cuarenta grados, ideal para criar cascabeles.

Vine por ropa a mi casa. Me vestí, pedí un taxi a la central de autobuses, fui a Xilitlán. Dormí en un hotel y al día siguiente empecé a mostrar el recorte del diario. Pronto, muy pronto, un niño me cobró cinco pesos por conducirme a una zona de la carretera, y me dejó allí. Llevaba mi escuadra, por lo que se pudiera ofrecer. De acuerdo a la descripción del sujeto que ultimó al Chaneque, pensé que podría tratarse del contador Práxedes, el rastreador del cártel de Paracuán… o quizá no.

Crucé la calle con el arma en la mano y sólo vi un pequeño remolque oxidado, al frente del cual habían dispuesto una mesa de plástico y sillas para asolearse en la playa. Un auto de los años setenta estaba a un costado, abandonado a su suerte. Se diría que nadie vivía allí, de no ser por una radio de pilas que tocaba blues. Había una hamaca extendida entre dos cipreses y un balón de fútbol. En el lago croaba una rana fosforecente. Quise avanzar y pisé la hojarasca. Al instante oí que amartillaban: Quieto o te tumbo, me gritó una voz ronca, ¿quién anda ahí? No hay problema, tiré mi arma al suelo, no busco problemas. Más te vale, gritó el individuo, tengo el dedo resbaloso. Desde el interior del remolque, una escopeta me apuntaba a la panza: Quieto, pelado, así no se salva ni Dios Padre, ¿qué buscas? Busco, le dije, busco a Vicente Rangel.

Un hombre de cuarenta y tantos años, botas vaqueras, bigote largo, se asomó a examinarme. Era el mismo de los recortes. Ninguno dijo palabra hasta que la radio tocó una canción de Rigo Tovar. Yo dije: Qué buena rola, y él: Es una mierda. A partir de allí empezamos a platicar. Pinche Macetas, me dijo, hace ¿qué? ¿Veinte años? Veinte años dos meses, dijo él. Me dicen que sigues chambeando con esa raza. Así es, le dije, te informaron bien.

Estuvimos hablando dos horas. Hasta entonces entendí por qué te pusiste nerviosa y se te cayeron los negativos cuando te dije que andaba buscando a un tal Vicente Rangel; por qué andabas tan irrita-

ble estos días. Ya me habían dicho que lo conocías, pero me negaba a creerlo, hasta que leí el manuscrito. Eso confirmó mis temores.

Siempre me imaginé que algo había ocurrido entre ustedes dos, cuando trabajabas en El Mercurio; sé que lo has visto en los últimos días, que se encontraron por azar en el puerto, cuando él regresaba, y que no sabes qué hacer. Es natural, fue una persona importante en tu vida.

Sé que te vas a ir, sé que te vas a ir y no te veré nunca. Tendré que consolarme con las muchachas del servicio social, si aún es tiempo, claro, si es que encuentro a alguna que le guste el verdadero café. Por si quieres saberlo, esa persona que te preocupa tanto te espera. Le prometí que transmitiría su mensaje y respetaría tu reacción. Hay una ética, o debería haber una ética entre colegas honrados, entre gente que intentó hacer bien su trabajo. Después de todo, yo anduve contigo desde que él desapareció.

Desde que te conozco sólo tenías ojos para Rangel. Cuando él se extravió, tú te fuiste al D.F. por un tiempo, y yo te extrañaba. Que anduve con otras chavas, es cierto, en algo tenía que ocuparme, pero sí te extrañaba. Sabía que de repente venías al puerto, estabas un par de días y luego te ibas. Por eso, cuando te encontré hace dos años en esa gasolinera, no lo dudé un minuto. Te abordé, y el resto ya lo conoces.

No sé qué va a ocurrir conmigo. Puede que me quede, que acepte la oferta del procurador, en cuyo caso tendré que andar con cuidado, el Cochiloco es gente de cuidado; puede que me vaya, que me ponga a salvo en otro lugar. Pero las cosas se van a poner calientes, de eso no hay duda. Habrá problemas en Paracuán.

Ahora mi vida, mi amor, mi cielo, tienes que decidir: puedes quedarte o puedes dejarme, estás en tu pleno derecho. Gracias por haberme escuchado. Sólo te pido una cosa: si sales, dame el control de la televisión. Es lo menos que puedes hacer por un pacifista.

POSDATA

Ésta es una obra de ficción sobre un crimen y una ciudad imaginarios, de manera que todo espejismo o reflejo de la realidad es cortesía del amable lector. Salvo un novelista, un cantante y un detective que aparecen aquí con sus verdaderos nombres, y realizan actos que en vida jamás realizaron —pero sin duda pudieron cometer—, el resto de los personajes surgió de una pregunta escuchada en un sueño. Mi novela es la respuesta a esa pregunta y, al mismo tiempo, un saludo para las siguientes personas: Bernardo Atxaga, Ana Berta y Alejandro Magallanes, José Javier Coz, Jis, Trino, Alejandro y Evelyn Morales, Rogelio Flores Manríquez, Federico Campbell, Élmer Mendoza, David Toscana, Eduardo Parra y Claudia Guillén, Horacio Castellanos y Silvia Duarte —por el viejito y el viaje a Polonia—, Carlos Reygadas, Mónica Paterna, Raúl Zambrano y Sophie Gewinner, Guillermo Fadanelli, Luis Albores, Elia Martínez, Adela y Claude Heller, Rogelio Amor Tejada, Ricardo Yáñez, Daniel Sada, Karina Simpson, Rogelio Villarreal, Pedro Meyer, Adriana Díaz Enciso, Freddy Domínguez, Paulina Del Paso, Alicia Heredia, Juan José Villela, Coral Bracho y Marcelo Uribe, Claude Fell, André Gabastou y los miembros del Taller de París, en particular Jorge Harmodio, Miguel Tapia, Cynthia Rosas, Iván Salinas y Lucía Raphael. Estoy en deuda con todos ellos, al igual que con Luis y Mónica Cuevas Lara, Ignacio Herrerías Cuevas e Ignacio Herrerías Montoya; Rosario Heredia Tejada, Gely y Luis Galindo, Taty y Armando Grijalva, Héctor y Andrea Rosas; Salvador, Pablo, Rosa María y Modesto Barragán, Silvia Molina, Juan Villoro, Sergio Pitol, Francisco Toledo, Guillermo Quijas, Claudina López, Agar y Leonardo da Jandra, Guita Schyfter, Hugo Hiriart, Guillermo Sheridan, Joaquín y Alicia Lavado, Ulises y Paty Corona, Tedi López Mills y Álvaro Uribe, Gerardo Lammers, Carlos Carrera, Francisco Barrenechea, Jorge Lestrade, Florence Olivier, Amelia Hinojosa, Svetlana Doubin, Erika y Néstor Pérez Castillo.

Por su interés y confianza en mi novela, Lauren Wein, Amy Hundley, Morgan Entrekin, Aura Estrada, Miguel Aguilar, Claudio López y Braulio Peralta comparten mi gratitud con los primeros, generosos lectores del manuscrito: Silvia Pasternac, Luis Camarena, Valerie Mejer, Jorge Volpi, Vesta Herrerías, Augusto Cruz y Francisco Goldman, los amigos más críticos, los críticos más solidarios, a quienes debo el impulso para escribir y reescribir esta historia.

ÍNDICE